Miss deer

[鹿小姐书系]

君子报恩 6

囧囧有妖 著

陕西新华出版传媒集团
三 秦 出 版 社

目 录
Contents

Chapter 1

▼

宁夕轻轻地在他的耳边叹了一口气，道："唉，我怎么这么喜欢你啊……当初决定跟你在一起的时候，我觉得自己已经够喜欢你了。"

一轮朝阳缓缓升起，转眼到了第二天早上。

今天，似乎注定是不寻常的一天。

翻看一下报纸，最热闹的莫过于娱乐版了——

“郭启胜导演超级IP玄幻大剧《九霄》即将开机，双女主对决，大咖云集”“娱乐圈第一名媛宁雪落被传实为乡下养女”“帝都八号酒吧惊现‘国民老公’宁夕”……

因为《寻梦人》的余热，宁夕的八卦关注度非常高，与宁雪落那条不相上下，即使陆景礼那边已经运作了一整晚，宁夕今早依旧是所有人瞩目的焦点，好在这会儿舆论已经被扭转了过来。

早间娱乐的电视画面里，一个记者正在采访一个长得挺漂亮的女孩子。

记者：“李小姐，您就是昨晚视频中那个亲眼看到宁夕踹人、抢车的女孩吧？”

女孩：“什么呀！你们记者别乱说好不好？那个视频那么模糊，你们到底是怎么认出那是我家夕哥的？当时我离得那么近，我最清楚，那人跟我家夕哥长得一点儿都不像，也就侧脸有些相似而已，长得没我家夕哥千分之一帅好吗？夕哥一根头发丝的美貌都……”

记者：“好了好了，这位小姐，我们已经清楚了。”

女孩：“你清楚什么，听我说完好吗？夕哥一根头发的美貌都能秒杀那个人！我知道夕哥现在很红，但有些人也不能无所不用其极，这样抹黑她吧？夕哥是公众人物，现在又是最重要的事业上升期，怎么可能独自一人出现在昨晚那样的场合呢？！”

最后，好好的一场采访，愣是成了宁夕迷妹的单口表白演讲。

无独有偶，其他当时在场的一些被采访者的口径都跟这个女孩差不多。

有些人是陆景礼安排的，然而其中不少人是自发这么说的。

因为这些人中很多是宁夕的粉丝，他们下意识地出于维护偶像的心理，都表示昨晚那人绝对不可能是宁夕。

在潜移默化之下，宁夕粉丝的忠诚度已经越来越高。

总之，一夜过后，昨晚闹得满城风雨的大八卦已经被归结成一场乌龙。

盛世娱乐这边忙了一整个晚上，星辉娱乐因为宁雪落那个突然冒出来的谣言也没闲着。

对向来以“白富美”“人生赢家”定位的宁雪落来说，如果“豪门千金”这个名头崩了，她的整个形象都会受到毁灭性的打击。

别说星辉了，最急的是宁家。

宁家那边连夜召开了记者发布会，宁耀华和庄玲玉一同出席，态度坚定地否认了这一个谣言，并且表示要追究造谣者的法律责任。

同时，宁家为了转移众人的视线，在记者发布会的最后表示，不久后将会宣布一个重大消息！

众人纷纷猜测，这消息八成是宁、苏两家的婚事。

宁雪落和苏衍终于要结婚了？

如果苏家依旧会跟宁家联姻，那么在某种意义上也算自动打破了宁雪落是养女的谣言，否则苏家怎么可能甘愿让自家的继承人苏衍娶一个乡下养女？

太阳缓缓升起，窗外的天色越来越亮。

宁家老宅，书房内，宁耀华一夜未眠。

“咚咚咚”的敲门声响起，庄玲玉端着一碗汤走了进来：“耀华，吃点东西吧！”

宁耀华看向妻子，长长地叹息了一声：“玲玉，你说……我把手中百分之十五的股份给雪落，怎么样？”

庄玲玉的眼睛顿时亮了：“耀华，你终于想通了？”

宁耀华没有说话，他哪里还需要去想，他如今只剩下这一条路可走了。

原本他把一切都计划好了——把宁夕手中百分之十的股份弄过来，他就是宁氏国际最大的股东，以后在公司里说一不二，加上有苏家这个有力的靠山，宁耀邦和宁秋彤压根不值得他放在眼里，甚至如果那天晚上在酒会上，宁夕能为他说一句话，他就能拿到十亿的投资！

可是现在，一切都毁了。

宁夕那个死丫头，难道真的就是天生来克他的吗？

自从她回国以后，他就不停地倒霉！

庄玲玉看宁耀华这副样子，忙开口道：“本来这件事就没什么好考虑的，你只要将股份给雪落，就什么事情都解决了。难道你还能不信雪落吗？耀华，你赶紧做决定吧，我昨晚看到雪落偷偷把行李都整理好了，你难道真要等雪落走了才后悔吗？”

沉默良久后，宁耀华终于开口道：“你去叫雪落过来吧。”

“好，我这就去。”

庄玲玉生怕又有什么变故，迅速把宁雪落叫到了书房里。

宁雪落看着宁耀华疲惫的脸色，垂着脑袋，满脸自责：“爸，你一晚上没睡吗？对不起，都是我给你添麻烦了……”

庄玲玉心疼不已地看着小脸异常憔悴的女儿：“这怎么能是你的错呢？这一切还不都是宁夕搞出来的！应该说是幸亏还有你才对，不然，我跟你爸爸才是真的不知道该怎么办！”

宁耀华看着眼前的女儿，长叹一声，说：“雪落啊，这下爸爸可是把一切都押在你的身上了，你一定要给我争气知道吗？”

宁耀华说完，从抽屉里拿出了一份《股权让渡书》：“雪落，你签个字吧，签完字，我手中宁氏国际百分之十五的股份便是你的了。”

宁雪落闻言，死死盯着这份《股权让渡书》，强自压抑着眸底的光亮，面露惊讶道：“爸，您这是做什么？”

庄玲玉拍了拍宁雪落的肩膀，说：“雪落，签字吧。”

宁雪落顿时满脸凝重，说：“我不签！爸妈，你们都把我当成什么人了？”

宁雪落的声音已经带着哭腔：“我不管别人怎么看我，但我绝对不想连你们也认为我是恩将仇报、别有所图的小人！爸爸，请您收回去，宁家的一切我是绝对不会要的！”

宁耀华看着宁雪落这副伤心欲绝的样子，心头的最后一丝顾虑也打消了，语重心长地劝道：“雪落啊，爸爸怎能不了解你的为人？这股份你必须收下，因为如今也只有你能帮我了！只有你收下了股份，苏家的怒火才会熄灭，你和苏衍才能够在一起。如今，你姑姑手里一共有百分之二十的股份，比我还多百分之五，连你二叔那边加上天心的股份一共也有百分之十六，所以我现在非常需要苏家的支持，你明白吗？”

庄玲玉拍着宁雪落的手说：“雪落，你就当帮帮你爸爸吧。你刚才也说了，不管别人怎么想，你只要知道我和你爸爸绝对不会那么想你就行了。这股份，你就收下吧！”

“可是……”宁雪落还是犹豫。

庄玲玉只好使出撒手锏：“别可是了，难道你真的舍得丢下苏衍吗？这股份给你，跟在我们手中还不是一样的！我和你爸爸将来还要指望你照顾呢，你可千万不能想不开做傻事，只许待在我们身边，哪里也不许去！”

宁雪落的眼泪啪嗒啪嗒地掉落下来，她断断续续地哽咽着说：“爸妈……谢谢你们，我一定不会让你们失望！我一定会帮你们守住宁家！”

宁耀华和庄玲玉皆欣慰地点着头：“好孩子！”

阴暗处，宁雪落微微扬起嘴角，露出了一抹志得意满、无比嘲讽的笑意。

宁夕，你以为巴结上了宁秋彤就能搞垮我吗？

这次还真是多亏了你这么一闹，让宁耀华和庄玲玉终于将股份彻底吐了出来。

这只是第一步，很快，整个宁家都会是我的！

……

铂金帝宫。

早上，宁夕是被惊醒的。

她做了一个梦，梦到自己喝得烂醉，在酒吧里唱歌、撩妹，还飙车、打架。

“叮”的一声，手机上弹出了一条八卦新闻的头条。

头条上赫然写着：帝都八号酒吧惊现“国民老公”宁夕现场热唱。

昨晚的记忆一点点浮现在脑海中，宁夕顿时哀号一声捂住了她的脸：“嗷，完蛋了！”

宁夕迅速翻了一下微博和各大门户网站，发现这件事情的影响并没有她想象

中的那么严重，目前的言论大部分类似“八号酒吧惊现一名男子神似‘国民老公’宁夕”。

很明显，是陆霆骁和陆景礼从中运作了，不然今天早上新闻绝对爆炸。

“你醒了。”

这时，宁夕的耳边传来男人如清风般舒服、低沉的声音。

宁夕立即打了一个激灵，抬起头，眼泪汪汪地看着来人：“BOSS大人……”

陆霆骁手里端着一碗醒酒汤：“没事，昨晚的事情已经压下来了。你把这个喝了。”

宁夕乖乖将醒酒汤端过去，一边小口小口地喝着，一边偷看陆霆骁，小心脏七上八下的：“你怎么不骂我啊？”

陆霆骁说：“你又没受伤，我为什么要骂你？”

宁夕说：“呃……”

这一副只要她不受伤，就算捅破天也没关系的语气是要闹哪样啊！

他不要一大清早就做出这种让人想将他扑倒的事情好不好？

他不要总是对她这么好，好不好……

宁夕的眸子迅速黯淡下去，仿若碎裂后失去了光泽的玻璃珠子。

情绪还未来得及释放，便被宁夕迅速掐掉，严严实实地收敛进了眸底。

宁夕的双臂环着男人的脖子，脑袋在男人的肩膀上蹭了蹭：“陆霆骁……”

“嗯？”陆霆骁很喜欢宁夕这样眷恋他的小动作，馨香、柔软的发丝痒痒地蹭在他的肩头，让他的整颗心无比柔软，想将全世界都捧在她的面前。

宁夕轻轻地在他的耳边叹了一口气，道：“唉，我怎么这么喜欢你啊……当初决定跟你在一起的时候，我觉得自己已经够喜欢你了。”

毕竟在此之前，她从未想过自己此生还会跟任何人在一起，若不是太喜欢，她不可能跨出那样一步。

“可是现在我才知道，当时的喜欢，不过是冰山一角、沧海一粟。”

当时她孤注一掷，主动跟眼前的男人告白，选择跟他在一起，其实内心深处还是有一丝出于自我保护的保留的，她认为到时候就算发生了什么难以预测的意外，她也可以立即抽身。

可真到了这个时候，她才发现，眼前这人虽然与她相识不久，但已经完全融入她的骨血，她若离开，无异于刮骨、抽血。

听着宁夕动情的告白，陆霆骁的胸口舒坦而滚热，但敏锐的神经处总有一丝不安萦绕。

宁夕轻轻拥着男人，良久后，她深吸一口气，开口道：“陆霆骁，我们好久没约会啦！你什么时候有空，我们出去浪呀，就我们两个人！”

“我什么时候都有空。”——只要是跟你在一起。

“好，那等我跟芝芝姐确定了最近的行程，回头告诉你时间呀！到时候，我有件事情要跟你说。”宁夕努力让她说话时的语气正常。

“嗯。”陆霆骁的眸子里闪过一丝暗芒，令宁夕情绪如此失常的原因，大概就是那件事情了。

说完后，宁夕松开手，离开了男人温暖的怀抱，掀开被子爬了起来："一不小心我又沉迷美色了，今天要去剧组报到，快来不及了。"

宁夕一边看时间，一边手忙脚乱地化妆、换衣服，又亲了陆霆骁好几口，然后迅速赶往了剧组。

刚到剧组门口，她就看到小桃已经在那边等着了。

"宝贝儿，你快告诉我，芝芝姐没有生我的气吧？"一见到小桃，宁夕立即紧张地问道。

小桃满脸担忧道："芝芝姐倒是没有生气，就是担心你。昨晚闹成那样，又联系不到你，我们都快急死了，还好二少力挽狂澜，一手把事情全部压下去了。夕哥，你家里的事情解决了吗？要不是二少跟我们说，我差点真以为那个人是你！"

家里的事情？

宁夕愣了一下，心想这应该是陆景礼帮她找的借口，于是忙点头，道："差不多了。"

因为是宁夕的私事，小桃也没有多问，只是用亮晶晶的眼睛瞅着宁夕八卦道："夕哥……你跟二少真的只是普通朋友吗？我怎么感觉二少对你好特别啊？"

宁夕抽了抽嘴角："呵呵……"

他们当然不只是普通朋友。

几日后，明珠大酒店。

包厢内，不久前酒会上的事件发生后，宁家和苏家两家人第一次聚在了一起。

"叔叔、阿姨，酒店今天刚从澳洲空运来一批新鲜的海产，你们正好可以尝尝鲜。"宁雪落小心讨好地开口道。

而圆桌对面，苏父和苏母两人的脸色都极为难看，丝毫没有平日里见到宁雪落时的热情，对于宁雪落的主动示好也是不冷不热的态度。

宁耀华和庄玲玉看对方这个态度，心里都很不高兴，无奈自己理亏在前，只能忍着。

宁耀华沉声问道："苏衍呢？他怎么还没来？"

宁雪落忙道："衍哥哥已经在路上了，应该快到了。"

话音刚落，"吱呀"一声，包厢的门被推开了，苏衍走了进来。

看到来人，宁雪落眼睛一亮，立即起身迎了过去，眸子里泛着委屈的水光："衍哥哥……"

苏衍不用想也知道父母肯定给宁雪落脸色看了，于是给了宁雪落一个安抚的眼神，然后牵着她一起落了座。

苏母看到自家儿子这明显维护的样子，脸色沉了下去："苏衍，你过来这边坐。"

宁雪落的脸色顿时一白。

苏衍无奈道："妈，来之前我们不是说好了吗？"

听苏衍的口气，应该是来之前他给父母做过心理工作了，只是两人能听进去几分就难说了。

苏母满脸阴云道："我咽不下这口气！你瞧瞧他们家做的那叫什么事情！还有你，既然早就知道了，为什么不告诉我们？"

苏父也是一脸不悦："这么大的事情，苏衍，你确实是太胡闹了！"

苏弘光这话看似在责备苏衍，却是看着宁雪落说的，他分明是在指责宁雪落把苏衍迷昏了头。

其实，仔细想想，苏弘光和郑敏君的反应会这么激烈，也是完全可以理解的。

当初知道苏衍在乡下养病的时候喜欢上一个乡下丫头之后，他们费了很大的功夫才终于让这两人断了，还私下里对宁夕说了很多难听的话，说她配不上苏衍，让她有点儿自知之明。

虽然宁家的老爷子宁致远不知为何好端端的竟然让宁耀华和庄玲玉收养了宁夕作为养女，但是一个养女，即使是宁家的养女，也依旧是完全配不上他们苏家的。

后来得知苏衍移情别恋喜欢上了宁家真正的大小姐宁雪落，他们两人都很是高兴，以为终于娶回来了一只真正的金凤凰。

谁知道到头来竟然一切都颠倒了！

宁夕才是真正的宁家大小姐，而宁雪落才是那只野鸡，他们硬生生被蒙在鼓里整整五年，这让他们如何能接受？

"叔叔、阿姨，对不起……真的对不起。我不是有意瞒着你们的。"宁雪落泪如雨下。

苏衍握着宁雪落的手，蹙眉道："爸妈，我已经跟你们说过了，是我让雪落不要说的，这件事情跟她没有关系。"

对面的庄玲玉终于忍不住了，着急地开口道："亲家，你们好好想想，当年我们都已经找回了宁夕，为什么依旧没有公布宁夕的身份，宁愿让亲生女儿受委屈，也依旧把雪落当成掌上明珠一样疼爱着呢？还不是因为这么多年，我们早已经把雪落当成亲生女儿，不忍心让她受到一点儿伤害吗？反而对于从没相处过的宁夕，我们才是真的没什么感情！"

"当年没有告诉亲家你们这件事，是我们不对，但雪落从小就在宁家长大，我和他爸爸请名师细心教导她，即使接回宁夕也没让她受丝毫委屈，在我们心里，她就是我们的亲生女儿，甚至比亲生的还要亲。我们已经准备一辈子把她当亲生女儿，所以说与不说，根本没什么区别。"

说到这里，庄玲玉加重了语气："你们也知道，雪落这孩子心地善良又孝顺，也非常优秀，刚被提名了影后，服装公司也经营得有声有色，圈子里的名媛有几个比得上她？我敢说，她没有任何一点配不上苏衍，配不上你们苏家！"

听到这里，苏母看了满脸伤心的宁雪落一眼，紧蹙的眉头稍稍舒展："我承认雪落很好，不然我也不会这么喜欢她，但我们这样的人家，最讲究的就是'门当户对''名正言顺'，宁夫人，这点我相信您比我更清楚吧？"

苏父点头开口道："说句不好听的话，你们就算说出花来，这假的也成不了真的，不是亲生的就不是亲生的！”

苏母的话就更直接了：“你们现在嘴里说得好听，若以后还是偏心亲生的呢？”

一个亲生女儿，一个养女，这宁家将来由谁继承还用说吗？

他们苏家好好的千金名媛不要，娶一个什么都没有的野鸡，不仅被人耻笑，最后还什么都落不着，那他们岂不是亏大了？

苏母比苏父更介意这一点，毕竟，苏弘光外面还有一个私生子苏洵虎视眈眈地盯着苏衍的位置。

她还指望着苏衍能有一门好亲事，以后能助他一臂之力，否则她当初也不会那么反对苏衍跟宁夕在一起。

现在，她对宁家的隐瞒是满心埋怨。难怪宁老爷子分家产的时候只给了宁雪落钱，没分给她一分股份，反而给了宁夕这个养女百分之十呢！

现在一切都说得通了。

说来说去，果然还是继承权的问题。

最后，宁耀华只能使出撒手锏，他从公文包里掏出了一份文件，递到了苏弘光的手里。

苏弘光板着脸看了宁耀华一眼，随后狐疑地将文件接了过来。

看清《股权让渡书》的一刹那，苏弘光和郑敏君明显有些意外，面面相觑，似乎没料到宁耀华会做到这种地步。

宁耀华竟然把他手中百分之十五的股份全给了和他没有任何血缘关系的宁雪落。

“这样的话，亲家可以相信宁某人的话和诚意了吧？”宁耀华开口。

看到这份《股权让渡书》，苏弘光的脸色确实好了不少。他仔细将文件看了又看，确定没有任何问题之后，还给了宁耀华：“老宁，你对雪落……确实是拳拳爱护之心，这点我没话说了！”

听到苏弘光说话的语气软了下来，宁耀华和庄玲玉对视一眼，顿时松了一口气。

宁雪落也不动声色地放松下来，同时眸底满是阴鸷之色——这几个老家伙，没一个是好糊弄的，全部要见到真家伙才肯松口。

幸亏之前宁耀华把股份转让过来了，不然她跟苏衍的婚事搞不好真的要吹。

苏母眼角的余光瞥到文件上写着宁耀华将他名下百分之十五的股份全部给宁雪落，态度顿时好了不少，长叹一声道：“我们也是为孩子们的将来着想，希望亲家不要介意！”

庄玲玉虽然心中满是嘲讽，但嘴上还是挺客气的：“都是为人父母的，我们自然理解。只希望这两个孩子能够一直好好的，只要雪落能够幸福，我也就满足了。”

这《股权让渡书》一出来，包厢里的气氛顿时好了不少，宁耀华也开始趁机提及宁雪落的婚事：“雪落和苏衍已经交往整整五年了，是时候成家了，两个孩子定下来，我也算了了一件心事。”

庄玲玉开口道：“我们雪落的服装公司刚跟M国一个奢侈品牌签了合作合同，大概也就这段时间比较闲，再等的话，估计她就抽不出身了。”

苏母想了想，说：“两个孩子的感情和事业都很稳定，这婚事确实不能再拖了。”

宁耀华看向苏衍和宁雪落，说：“你们两个自己的意思呢？”

宁雪落羞涩地垂着头：“我听爸妈的。”

苏衍的神色看起来有些恍惚，一时没有开口。

苏母看向自家儿子：“苏衍，你呢？”

苏衍这才回过神来：“我也没意见。”

最后，苏弘光拍板定下两人的婚事：“那我明天就去请龙大师测一个良辰吉日吧！”

对于苏弘光的话，其他几人纷纷点头，都表示没有意见。

苏母想起之前龙梵音大师给宁雪落批的那个“旺夫”的命格，心里倒是又舒坦了几分。

接下来，两家人便开始聊婚礼的事情，大致确定了一下相关流程，如同之前的不愉快完全没有发生过。

尘埃落定，宁雪落长舒一口气，果然，是她的，终究还是她的！

桃花坞。

回到家之后，宁夕一边脱鞋，一边让馒头帮她放洗澡水，随后就把自己整个沉进浴缸，泡了一个热水澡。

当身体被暖流包裹，她紧绷到快要断裂的神经，才总算放松了一些。

身体里的躁动因子疯狂叫嚣着，想要冲出理智的限制。很显然，昨晚那点程度的折腾，根本不够她发泄压力。

宁夕不停地做着深呼吸，才勉强打消出去作死的念头。

“叮”的一声，手机响了起来，应该是小桃把行程单给她发过来了。她擦了擦手，把一旁的手机拿了过来，果然是小桃发来的。

宁夕点开邮箱里小桃发来的行程单，发现她最近的行程挺满的，尤其是这两天，陆氏集团那边的广告宣传片已经做出来了，她这边要开始配合公司出席各种宣传活动。

忙完这几天之后，周末两天，林芝芝给她空了出来，让她休息。等她休息完，剧组那边就要开工了。

所以，应该只有那两天比较合适了。

宁夕盯着两个被标红的日子，盯了好半天。

最后，她还是给陆霆骁发了一条短信：亲爱的，我们约会的时间就定在这个周末吧？

如果可以，她希望时间可以充足一点。她最担心的是，到时候万一有个什么意外，她的状态失控，会影响到工作。但是现在新戏开机在即，她也只能在开机前赶紧把这件事情解决了。一直拖着的话，她也没办法专心做其他事情。

短信刚发过去没多久，陆霆骁便打了电话过来：“我看到信息了，我这边可以。”

“好的，就这么定了啊！”宁夕欢快地开口，实际上她却在听到陆霆骁声音的瞬间，顿时冒出退缩的念头，蛊惑着她逃避和遗忘。

“你忙完了吗？我刚开完会，过去找你？”陆霆骁开口。

宁夕心里顿时咯噔一下：“啊，别！我这边还没结束呢，可能会很晚……”

“好，你别太累了，忙完早点休息。”

“嗯嗯，我挂了，么么哒。”宁夕挂了电话，一脸如释重负的表情。

她不过是听到陆霆骁的声音就已经动摇如斯了，要是见到他真人，她好不容易下定的决心还不被抛到马里亚纳海沟底啊！

不行，她得在周末之前赶紧稳固决心，争取到时候一口气全部说出来，一了百了。

第二天，宁夕去参加记者发布会，一切顺利。

第三天，广告片的反响跟预想中的一样火爆。

一天很快在忙碌中晕晕乎乎过去，宁夕刚开车回到家，手机铃声就响了起来，是陆景礼打过来的。

“喂，干吗？”宁夕的语气懒洋洋的，透着一丝提不起精神的颓废。

“夕哥，我在我哥这儿呢。有朋友送了我澳洲大龙虾还有帝王蟹，我搬过来了，你过来做嘛，交给家里的厨师处理太浪费了。”

一听陆景礼是让她去陆霆骁那儿，她立即绷紧了脊背：“今天不行，我得看剧本。”

“那我还是让厨子做好了，你过来吃就行！”

“我也没空吃东西！”

陆景礼一脸失望地挂了电话，委委屈屈地看向沙发上的亲哥：“小夕夕不来，说要看剧本。可是吃顿饭的时间总有吧？难道是我太敏感了吗？我怎么觉得小夕夕是故意不想来的啊……”

陆霆骁没有说话，只是眸光愈沉。

陆景礼摸着下巴，沉吟道：“我总觉得小夕夕貌似哪里不对劲儿，早上她就不对劲儿了，给我一种很怕你、在躲你、一见你就很心虚的感觉。”

从某种意义上来说，陆景礼真的是太精明了。宁夕对陆霆骁的纠结心情，被他总结得很到位。

听陆景礼这样直接开口点出来之后，陆霆骁的神情明显更难看了。

陆景礼见亲哥的脸色不好，试探着问道：“哥，难道你跟小夕夕闹矛盾了？”

陆霆骁的回答是冷冷地看了他一眼。

陆景礼立即轻咳一声：“好嘛好嘛，我错了，你们两台狗粮制造机怎么可能闹矛盾！既然你们没闹矛盾，那是怎么回事？哥，你跟我好好说清楚啊，不然我没办法帮你分析。不是我乱说啊，这种事情可大可小的！我真的觉得小夕夕不太对劲儿。”

沉默良久之后，陆霆骁开口道：“她最近的状态确实不太寻常，从前天她在酒吧喝醉起状态就不对。”

陆霆骁捏了捏眉心，断断续续说了宁夕这两天的情况，说得很详细，是说给陆景

礼听，也是说给自己听。

宁夕最近的状态确实让他很担心。

陆景礼摸了摸下巴："我来总结一下啊，小夕夕先是突然在酒吧买醉，还飙车，跟小混混大打出手，一副心情很不好的样子，然后从昨天晚上开始，就一直有逃避你的迹象，最最重要的是，她突然很郑重地约你周末约会，还说到时候有事情跟你说……"

说到这里，陆景礼不知想到了什么，突然脸色大变，一副似乎天都要塌下来了的样子，看向亲哥，脱口而出道："完了！哥，小夕夕该不会是想跟你提分手吧？"

话音刚落，整个室内的温度以肉体可感的速度嗖嗖嗖地降了下去。

陆景礼这才察觉到他说了什么大逆不道的话，赶紧一把捂住了嘴，惊恐地看着瞬间切换到久违的暗黑系状态的亲哥。

妈呀！太吓人了！

他不过是随便做了一下猜测，亲哥的表情就如同要屠城百万一般，要是小夕夕真跟亲哥提分手，那还得了！

可是从目前来看，种种迹象真的全部指向了这个不祥的结果啊！

小夕夕厌倦了他哥，想分手，又觉得他哥对她太好了，觉得对不起他哥，所以才会如此挣扎、痛苦，难以开口。但感情的事情是不能勉强的，所以她还是决定周末一定要跟他哥说清楚。

短短几秒钟之内，陆景礼已经脑补了一段完整的剧情。

完了，这可怎么办呀！

陆景礼决定先把他哥稳下来，忙轻咳一声，小心翼翼地顺毛道："哈哈……哥，我的脑洞真是太大了，最近八点档的狗血肥皂剧看多了，小夕夕怎么可能跟你分手啦！"

第二天。

整个陆氏集团再次感受到了被大魔王所支配的恐惧。

而陆景礼则被一大群人给围住了。

"二少啊！这到底是怎么回事啊？陆总今天怎么有点吓人？"

"什么有点啊！是太吓人了啊！我都不敢多看他一眼，我和他视线对上的时候，简直以为下一秒要下地狱了！"

"二少啊，Boss是不是跟老板娘吵架了啊？你可千万劝着点啊！"

"Boss跟老板娘的感情不是挺好的吗，好端端的怎么会吵架了呢？Boss不会哄人的话，二少你可千万帮着点啊！"

"对对对，你绝对要帮着把咱们的老板娘给哄好了啊！"

"老板娘开心了，老板才会开心，老板心情好了，我们才有好日子过啊！"

……

公司里的人全是人精，如今都已经摸到他们Boss大人情绪变化的门道了。

总之，肯定跟老板娘有关。

只可惜苏以沫是老板娘的传闻破除之后，现在谁也不知道老板娘到底是谁，他们就算想帮忙、想讨好也使不上力。

于是，他们只能去撺掇陆景礼了。

陆景礼被一群人七嘴八舌地围着，简直焦头烂额，他一只单身狗，整天还要操心这小两口的感情状况，他容易吗？

不过，这件事情确实挺严重的，说十万火急也不为过，毕竟后天就是周六了。

他得赶紧想办法探一探小夕夕的口风才行。

下班后，陆景礼直接从林芝芝那边拿到了宁夕今天的行程，然后去了皇爵大酒店。

今天宁夕有一个饭局。

他就在附近守株待兔好了，不然她总是拿各种借口躲着他。

陆景礼这么想着，直接蹲守在了酒店大堂的角落里，并且拿了一张报纸遮着脸。

时间一点一滴地过去，宁夕迟迟没有出现，陆景礼中途等得睡着了，一觉醒来都快晚上十二点了，找了服务员一问，果然，宁夕那个包厢里的人已经走了。

陆景礼悲摧地扑了个空，只能杀去桃花坞。

走到走廊拐角处时，他意外听到前面传来一个有些熟悉的声音，好像是宁雪落，话语间还提到了宁夕。

于是，他下意识地后退一步，躲进了身后的空包厢。

“雪落，你没事吧？你喝太多酒了！”

“呵呵……没事，我要结婚了，我开心啊！”

“雪落，小心点！”

“常姐啊，你老实跟我说，你现在是不是特别后悔放跑了宁夕这棵摇钱树啊？”

“我没有……”

“我告诉你，宁夕那个贱人，她这辈子注定逃不出我的手掌心。她蹦得再高……我也能把她给拉下来！你信不信？”

“是是是，我相信！”常莉的语气明显很敷衍。

宁雪落似乎不满常莉敷衍的语气，醉醺醺地开口道：“你不信？我跟你说……宁夕那个贱人……十八岁就被男人搞大了肚子，还把那个孩子给生下来了！孩子生下来了，你知道吗？哈哈哈……”

“什……什么！”这下常莉是真的被惊到了，“那个孩子呢？”

“死了……那个野种生下来就死了！啧，真是便宜她了，要是还活着，该多精彩啊……”

等宁雪落和常莉走后，陆景礼才从包厢里走出来，面上满是惊疑之色。

这下他不去找宁夕了，而是赶紧回到了铂金帝宫。

“哥！我刚无意间听到了一个重大的消息！”陆景礼找了半天，终于在书房里找到了陆霆骁，气喘吁吁地扶着门框开口道。

书房里只开了一盏光线昏暗的小灯，陆霆骁背对着他坐着，正看着窗外的夜色。

虽然看不到他的正脸，但陆景礼一踏入书房，便感觉头到脚被一股浓得化不开

的阴郁气息给包裹了，那气息浓稠到几乎令人窒息，昭示着主人此刻危险到了极致的状态。

他哥的状态，比他想象中的还要可怕啊！

陆景礼强忍着惧意，尽快开口汇报："哥，刚才我本来是准备去找小夕夕的，结果意外碰到了宁雪落和她的经纪人，听到了她们俩的对话。那个宁雪落跟她的经纪人说小夕夕十八岁就怀孕了……还生下了一个死婴。我看她喝得醉醺醺的，也不知道说的到底是真的还是假的。"

陆景礼说完之后，书房内又恢复了如坟墓般的死寂。

不知过了多久，才传来陆霆骁的声音："真的如何？假的又如何？"

面对这样事关自己女朋友，并且对一个男人而言绝对具有爆炸性的消息，陆霆骁却没有一丝一毫哪怕是稍微讶异的表现。

他只有漠然的情绪。

"呃……"面对陆霆骁这样的反应，陆景礼表示无法回答。

好吧，真假对他哥来说确实没区别，反正他哥都不会在意的。

"我的意思是，不管是真的还是编造的，我怕宁雪落又准备作妖陷害小夕夕，我要不要适当去查一查，防患于未然啊？"陆景礼开口建议道。

大概听到关系到老婆的安危了，陆霆骁才总算恢复一些属于人类的气息，抬了一下手，表示同意了。

"好，那我回头就去查一下！"陆景礼说着，担忧不已地看着亲哥，"哥，你别太担心了，都怪我这张破嘴，净胡说，小夕夕那么喜欢你，肯定不会跟你分手的。"

"如果是呢？"陆霆骁的目光缓缓落在陆景礼的身上，开口道。

如果她真的不要他了……他该怎么办，该用什么留住她？

他不得不承认，这一次，陆景礼的推测确实非常有可能，宁夕所有的表现，都与那个结果越来越接近。

无论她为什么要这样做，她都确实想这么做。

陆景礼急了，随后眼睛一亮，急忙道："你就算对自己没信心，也要对小宝有信心啊！不然你约会的时候把小宝这个保命符带着好了，我看小夕夕怎么说得出分手两个字！"

陆霆骁的面上一片空茫之色："她之前说了，就我们两个人。"

陆景礼：……

她还特意说了不让带小宝？

这下事情可大条了！小夕夕，你这个郎心似铁的负心汉！

Chapter 2

▼

对我而言，你身上发生的那一切都不是污点，无论是怎样的经历和过去，那都是你，构成了现在的你，我最爱的你。

周六早上。

小包子抱着画轴，刚结束宋老的绘画课程，就被陆景礼哭爹喊娘地一把抱住了！

“包子啊！呜呜呜……你娘要跟你爹分手啦！你快去劝劝啊！现在只有你能劝动你娘了啊！”

小包子顿时板着小脸，很是嫌弃地从陆景礼的怀里挣脱出来，然后一丝不苟地理了理他被弄皱的衣服。

“哎哎哎……宝贝儿，你别不理我啊！我说的是真的！我是实在没办法了，才来找你请求支援的啊！咱们这个家就靠你了啊！”宁夕这些天行踪不定，陆景礼已经扑空了无数次，走投无路之下，只能来找小包子了。

小包子板着一张小冰山脸看向陆景礼：“妈妈要跟他分手？”

小包子至今对陆霆骁的称呼依旧是“他”，没叫过一次“爸爸”。

“是是是，就是明天！你妈妈最近一直躲着你爸爸，还约了你爸爸明晚见面，说有事情要说，这不是要分手是什么？”陆景礼忙道。

小包子闻言，目光淡淡地看着陆景礼，陆景礼则紧张不已地看着小包子。

一大一小，面面相觑。

半晌后，小包子面无表情地开口道：“二叔。”

陆景礼：“在。”

小宝：“你的脑洞太大了。”

陆景礼：……

小包子竟然鄙视他脑洞大，他的脑洞哪里大了啊！

“包子啊，二叔这明明是严谨、合理的推断啊！你不信我会后悔的啊啊啊！”陆景礼哀号道。

小包子抿着嘴，一副为对方的智商担忧的小表情：“二叔，难怪你到现在都没有女朋友。”

陆景礼：……

他刚才是不是被小包子鄙视了？他感觉小宝宝贝自打开口说话以来，一半是叫妈妈，另一半全是在“毒舌”他。

今天，整个宁家老宅，所有的仆人异常忙碌。

宁雪落的婚事在即，整个老宅已经开始布置了，从里到外喜气洋洋、张灯结彩。

大门外，一名少年正在徘徊，他穿着朴素，手里拎着一个大大的蛇皮袋，身后背着一个很大的黑色背包，长相清秀、腼腆。

正在布置院子的仆人看到了外面的少年，狐疑地走过去询问：“你找谁？”

正来回走动的少年因为这突然的询问而吓了一跳，急忙神情紧张地开口道：“请问……唐……不，宁雪落住在这里吗？”

仆人上下打量了他一眼：“你找我们大小姐做什么？”

知道自己没走错地方后，少年松了一口气，立即激动道：“你可以帮我叫一下她吗？我是她弟弟！”

“弟弟？”仆人上下打量着眼前这个穿着寒酸的少年，神色鄙夷，警惕道，“你搞错了吧！我们大小姐是独生女，没什么弟弟，你可别乱认亲戚！”

“我真的是她的弟弟！麻烦你帮我传句话，就说唐诺找她。你去跟她说，她肯定知道我的。”

仆人见他语气肯定，想了想，还是去了：“你等着。”

楼上宁雪落的卧室。

“咚咚咚……”敲门声响起。

“进来。”

卧室里，宁雪落正满意地看着她的妆容，她那贫穷、粗鄙的亲生父母，虽说一无是处，但好在相貌还不错，给了她一副好相貌。

“大小姐，外面有个小伙子说是您的弟弟，要不要请他进来？”仆人问。

“我弟弟？”

“是的，他说他叫唐诺。”

仆人的话音刚落，“砰”的一声脆响，宁雪落手里的护肤品罐子掉在地上，摔得粉碎。

仆人吓了一跳：“大小姐，您没事吧？有没有伤到？”

宁雪落的脸色一片阴沉，她唰地一下站起来，走到窗户边上，一把拉开窗帘，朝楼下看去。

果然，院子门口站立着一个满身土气、背着大包小包的少年。

该死的……这小子过来干什么，还是在这种敏感的时候！

她好不容易才把外面那些风言风语压下去，跟苏家的婚事也临近了，他这是成心跟她作对吗？

宁雪落满脸不悦地厉声开口道：“你在宁家做了这么多年都是白做的吗？我哪里有什么弟弟！这明摆着就是哪个八竿子打不着的亲戚想上门来捞点好处，你还不把人赶走？这点小事还用我教你吗？”

“是是是，我这就去！大小姐，您别生气！”仆人被骂得狗血淋头，赶紧退了出去。

院门外。

“快走吧！快走吧！哪里来的穷要饭的，还好意思跟我们大小姐攀关系！”

“我不是……”

“你不是什么？大小姐都说了不认识你，你再不走，我可要放狗了！”

一片难听的驱赶声中，少年只能一步三回头地黯然离开。

天空灰蒙蒙的，路上车水马龙。

这个繁华的大都市有着令人眼花缭乱的新鲜事物，却连一粒尘埃都不属于他，不属于他这样的人。

他早知道不该来的……

可是，他是真的没有办法了。

宁雪落的闭门不见和驱逐，斩断了少年唯一的一丝希望。

天空不知何时下起了雨，少年很快全身被淋湿了，他机械而麻木地拖着沉重的东西往不远处一个小卖店的避雨棚走去。

宁夕正开车漫无目的地在帝都的街道上行驶着，陡然看到路边一个熟悉的身影，差点以为她因为状态太差而出现了幻觉。

唐诺？

小诺怎么可能出现在帝都？

“吱呀”一道刺耳的声响，宁夕急急地将车停在了不远处的小卖店门口。

“你别堵在这里打扰我做生意！”彼时，小卖店的店主正在呵斥少年，如同在呵斥一个乞丐。

少年的面上浮现出一丝屈辱，然后他一言不发地扛着东西重新走进雨幕。

“小诺。”

这时，身后传来一个熟悉到几乎令他落泪的声音。

少年僵直着脊背，难以置信地转过身，呆呆地看着对面的女人，苍白的唇抖动着，过了好半晌才吐出一个字：“姐……”

唐诺跟宁夕一直有联系，他也经常用手机上网关注宁夕的相关信息，但此刻看到宁夕，还是被惊到了——她的变化实在是太大了。但是，对方脸上亲昵的神色一如既往。

“小诺！真的是你！”宁夕满脸愕然，看着少年这副狼狈的模样，也来不及多想了，急忙脱下身上的外套，严严实实地裹在少年的身上，“快先上车！”

宁夕一边接过少年手里的东西放到后备厢里，一边急忙开口催促道。

少年却局促地站在豪车旁边：“姐，我身上脏……”

“你胡说什么呢，被雨淋傻了吗？”宁夕没好气地一把将少年推进了车。

宝马载着美女和少年疾驰而去，小卖店的老板一脸蒙。

刚才他好像看到一个有钱的大美女载着那个乞丐走了？那个大美女长得好像一个大明星。

车上，宁夕开了暖气，递给少年一条毛巾，脸色很是难看：“你快擦一擦！你是怎么回事，不知道自己的身体不好吗，下雨也不知道躲着！你怎么会突然来帝都？来了怎么也不跟我说一声呢？我的手机号码和新地址你不是都有吗……”

听着耳边喋喋不休的碎碎念，少年再也忍不住了，眼泪啪嗒一声掉落在了手背上。

宁夕一看顿时急了：“你怎么哭了？到底出什么事情了？谁欺负你了，快告诉姐姐！”

唐诺摇摇头，仓促地抹掉了眼泪，神情赧然：“没有，我就是太久没看到姐姐了，喜极而泣！”

“你这小子！”宁夕哭笑不得。但她还是敏锐地察觉到了唐诺的状态不对劲儿，准备回去之后再好好问清楚。

半个小时后，宁夕将唐诺带回了别墅。

看着眼前奢华的住所，唐诺的眸子里满是惊叹：“姐，你真厉害，原来你说搬到大房子里了是真的！”

“废话，我还能骗你吗？我都说了姐现在火了！你不看电视的吗？好了，咱们回头再聊，你快先洗个热水澡！”宁夕找了一身男装塞给他，把他推进浴室，又详细地跟他说了一遍浴具的用法。

唐诺进去之后，宁夕坐在客厅的沙发上，脑海中满是方才唐诺狼狈、可怜的画面，一时之间眸子里满是阴云。

从小到大，她跟唐诺这个弟弟关系最好。她虽然柔弱可欺，但如果有人敢欺负唐诺，她绝对会第一时间站出来，哪里能忍受她从小疼到大的弟弟被人如此欺负！

直到耳边传来脚步声，唐诺洗好澡出来了，宁夕才收敛阴沉的脸色。她拉着少年在她的身旁坐下，面色严肃地问道：“说吧，到底是怎么回事？”

唐诺立即开口道：“没什么事啊……我只是趁着放假来帝都旅游，不想麻烦你，所以才没有跟你说。”

毕竟相处了十八年，宁夕一眼便看出了少年在撒谎：“是不是家里出了什么事？”

少年顿时绷紧了神经：“没有，家里好好的，能出什么事！”

见少年还是不松口，宁夕故意加重了语气：“既然你把我当外人不肯说，那就算了，我也不逼你。”

唐诺一听宁夕这话，顿时急得眼睛都红了：“姐，我没有，我只是怕你担心！”

宁夕的脸色顿时变了：“所以，家里真的出事了？”

唐诺紧紧捏着拳头，本不想说，见瞒不下去了，又因为担心宁夕误会他把她当外人，只好断断续续地开口道：“家里确实出了一点事……你也知道，咱爸耳根子软，前段时间被一个在工地上认识的工友忽悠着借了一大笔钱出去，结果现在要不回来了。”

“借了多少？”宁夕蹙眉问。

“大概是所有的积蓄，连你前几次给家里打的钱也都借出去了，加起来一共有六十万。家里本来准备在镇上买套房子，可是现在，连我的学费都拿不出来了。奶奶前段时间被气病了，医药费都是借的……”少年越说表情越难看。

宁夕沉默了一会儿后，沉声道：“你去找宁雪落了是不是？”

少年闻言，忙开口解释：“我实在是走投无路了，否则我绝对不会过来找她的！结果……啧，我果然不该来的！”

少年找宁雪落之后发生的事情，就算他不说，宁夕大概也知道是什么结果。

宁夕快到嘴边的“为什么不找我”终究还是被她咽了回去，她轻叹了一声，道：“好了，我知道情况了。你奔波了一天，现在肯定累了，今晚先在我这里住一晚，好好休息一下。明天我陪你一起回家。”

唐诺立即抬起头：“姐……”

为免少年拒绝，宁夕直接开口打断他：“你还当我是你姐姐的话，就别再废话了，去睡觉！你今天去找宁雪落，却没有找我，已经让我很生气了！”

宁夕都已经说到这种地步了，唐诺没办法，只能忐忑不安地乖乖去睡觉了。

实际上，他一直盼着姐姐能够回去。

可是，当年妈妈说出那种话肯定伤了她的心，他再想念她，也不敢提让她回去的事，甚至家里出了这么大的事情，他也没脸过来麻烦她。

可是现在，还是要麻烦她了……

深夜。

今晚依旧是一个不眠之夜。

她放轻脚步走到了少年的屋里，帮少年掖好被角，静静地看了一会儿少年的睡颜。

回去一趟也好，或许回到最初的地方，能够让她清醒。

第二天一大早，宁夕便带着唐诺前往了C市。把那边的事情解决之后，晚上她还要赶回来见陆霆骁。

为免被人认出来，宁夕像以往一样乔装了一下，这次她打扮成了一个淳朴、可爱的乡村小姑娘。

唐诺看着眼前穿着花裙子、扎了两条麻花辫、双颊红扑扑的女孩子，眼眶顿时湿了。

这么久了，他再想念也没有敢来找她，其实也是因为害怕，害怕他记忆中的姐姐再也回不来了。

还好，还好他的姐姐还在……

宁夕好几天没睡好了，不敢疲劳驾驶，所以是跟唐诺一起坐长途汽车回去的。

唐诺倒是一点儿都不在意，反而非常开心，也很自在。

姐弟俩一路上聊着各自的事情，很快就恢复了以往的亲密无间，就好像从没分开过。

半路上，宁夕掏出手机，翻出陆景礼的号码，给他发了一条短信。

宁夕：陆景礼，我现在要去C市我的养父母那边处理一点事情，不过晚上肯定会赶回来的，你帮我跟你哥说一声，我回帝都之后会直接去见他。

与此同时，铂金帝宫，陆霆骁的书房内。

男人保持着僵直的姿势坐了一整夜。

“咚咚咚”的敲门声响起，随后陆景礼小心翼翼地走了进来：“哥，刚才小夕夕发短信给我，让我跟你说一声，她要去C市她的养父母那里处理一些事情，不过晚上肯定会赶回来的，还说回来之后会直接过来找你……”说到这里，陆景礼眼珠子转了转，立即开口建议道，“哥，不然，我发条短信给小夕夕，跟她说你们改天再见吧，这么远的路，让她别这么急着赶回来！”

他真是太机智了！现在能拖一天是一天啊！

书房里一片冷寂，时间如同被放缓到了极致，每一秒都极缓慢地流淌着。

不知过了多久，陆霆骁站起身，拿起外套和车钥匙朝门外走去。

陆景礼见状，立即变了脸色：“哥，你这是……”

他这是要去哪儿啊？该不是准备去C市吧？他这不是去送死吗？

其实陆景礼觉得还可以抢救一下啊啊啊！

陆景礼张了张嘴，本来想要说话，可是，看清陆霆骁脸上的表情后，愣是没能开口说一个字，只能眼睁睁地看着陆霆骁走出他的视线。

那背影……让他的脑海里莫名浮现出那句“风萧萧兮易水寒，壮士一去兮不复还”。

他明知道前方等待自己的可能是死路，但是心爱的人在那里，所以就算是刀山火海也要义无反顾地往前冲。

在颠簸的旅途之后，宁夕终于看到不远处熟悉又陌生的村落。

阔别五年，宁夕再次来到她待了整整十八年的地方，她有片刻恍惚，有种恍若隔世的感觉。

她最无忧无虑的十八年，也是她所有噩梦开始的地方，在时间流逝之后，只剩下淡淡的怅惘和怀念。

“姐，到家还有一段路要走呢，我去叫一辆牛车来吧！”唐诺怕她走不惯，于是开口道。

宁夕收回蔓延的思绪：“叫牛车做什么，我连路都不会走了吗？”

“哦。”唐诺被宁夕瞪了一眼，却挺开心的。

他最怕宁夕跟自己客客气气的，她像以前一样对他反而让他说不出地舒服。

宁夕一边朝前走，一边问具体情况：“那个借钱的什么来头？”

唐诺沉声道：“那个家伙叫洪斌，以前在海城那边打工，不久前才回村里的。他说自己之前是跟着什么大老板混的，其实就是一个只知道吹牛的泼皮无赖。我跟爸说了很多遍，少跟他来往，可是两人喝了几顿酒，爸爸就跟他称兄道弟了，还把自己的家底掏得一点儿也不剩。最后别说许诺的高额利息了，连本钱都拿不回来一分……”

唐诺越说脸色越差，随后急忙开口道：“不过，姐，你别为这事儿担心了，我们已经报警了，肯定可以要回来的！”

宁夕怎么可能相信唐诺的话，要是报警有用，他就不会被逼到上帝都找宁雪落的地步。

走了大概二十分钟，终于到了以前住的地方，宁夕正在做心理准备，刚到门口就听到里面传来一阵乒乒乓乓嘈杂的声响，夹杂着几个男人的污言秽语，还有养母孙兰的尖叫、哭喊声。

“啊！别打了别打了！求求你们别打了！”

“唐善，你居然敢报警！老子今天就把你打死，我看谁敢管！”

“臭娘们，瞎叫唤什么呢！你再叫，我就割了你的舌头！”

“爸——妈——滚开！你们做什么？光天化日跑到我家里来，还有王法吗？”

“王法？我就是王法！”

“小诺啊！你怎么回来了？走，赶紧走！”孙兰急得不行。

“哟，儿子回来了啊！你回来得正好，是不是去跟那个在帝都的姐姐借钱去了？现在你把钱交出来，我心情好了，说不定还能让你爸多活几天！”洪斌一副十足无赖的语气。

“洪斌！你别欺人太甚！”唐善被揍得鼻青脸肿、奄奄一息，这话实在是没有任何威慑力。

孙兰顿时尖叫道：“小诺，你快走啊，别把钱给他们！”

“臭娘们，你找死呢！”洪斌顿时凶神恶煞地瞪了过去，“你还不把钱拿出来！想死吗？”

唐诺看着不停地让他快走，不要交出钱的母亲，满脸的苦涩和自嘲：“妈，够了，我身上一分钱都没有！你凭什么认为我借到了钱？我早就说过她不会借给我们的！她恐怕恨不得我们死了才好！”

孙兰的脸色一下子变了：“小诺，你在胡说什么！”

“我胡说？我去找她，结果连她的人都没有见到，直接被她当成乞丐赶了出来，她说自己根本没有弟弟！你到现在还不懂吗？她从没把我们当成亲人！”唐诺所有的屈辱在此刻爆发了出来。

孙兰和唐善的脸色顿时都无比难看，虽然他们不相信，但儿子不可能说谎。

孙兰不停地摇着头：“不可能的，雪落不会这么绝情的，她肯定是太忙了，没有空见你，或者你是不是找错地方了？”

唐诺满心无力，不想跟自欺欺人的母亲继续解释。

一旁的洪斌不耐烦了：“我可没空听你们在这儿叽叽歪歪，不管你们去借、去抢还是去偷，十万块，拿钱了事！你们给我十万块！今天我就饶了你们的狗命，不然……”

在来自亲生女儿和眼前这个强盗的双重打击下，孙兰和唐善满脸的绝望和死寂。

唐善在失控之下怒吼：“洪斌，做人别太过分了！你借了我的钱不还在先，我实在没办法了才报警的，现在你不仅打伤了我，还直接跟我讹钱，你简直就是一个畜生！”

洪斌被激怒了，满脸的阴鸷之色，阴森森道：“畜生？我让你看看什么是真正的畜生！你以为这个年头只有女人值钱吗？现在的有钱人口味特别的多着呢，你这个儿子长得倒是挺不错的，我看卖十万块钱估计还有多……”

洪斌的话音还没落下，下一秒，“啪”的一声，他整个人被一阵掌风扇得脸都偏了过去，嘴里“噗”地吐出了一口血沫。

“谁啊，不要命了吗？”洪斌的几个同伙急忙围过去，同时一起朝门口看去。

只见门口竟站立着一个俏生生的小姑娘，穿着朴素的粗布衣服，扎着两条麻花辫，一副弱不禁风的模样，脸上的表情却让人打心底里生寒。

“姐……”唐诺这时才想到宁夕，紧张不已地挡在了宁夕的身前。

唐善和孙兰听到唐诺这一声“姐”，也同时朝门口看去。

“小诺，你说什么？雪落来了？”

“雪落？”

当看清门口女孩的脸后，两人顿时傻眼了。

好像不是雪落……是唐夕……

是小夕啊！

怎么会是小夕？小诺不是去找雪落的吗？

洪斌擦了一把嘴角的血迹，此刻脸色难看到了极致：“你就是唐善的女儿？胆子挺大的啊！你知道我是谁吗，连我都敢打！”

洪斌的几个同伴也凶狠地附和：“臭丫头，你想死了是不是？”

“斌哥，干脆两个一起带走算了！这妞儿长得还真不赖！”

“可不是吗，瞧这皮肤，瞧这小脸蛋，十里八乡也没有这么美的，没想到唐善还有一个这么漂亮的女儿。”

听着这些人的污言秽语，唐诺顿时气红了眼睛：“你们敢动我姐一根头发，我要你们的命！”

孙兰也顾不得为什么宁夕会来，一把将冲动的唐诺拉了回去：“小诺，你别乱来！”

“别跟他们废话了，兄弟们上！”

宁夕看了一眼手表上的时间，面色有些不耐烦。

五分钟后。

刚才还凶神恶煞、横行霸道的五个大男人横七竖八地躺了一地，而唐善、孙兰、唐诺已经愣在原地，彻底呆了。

宁夕脚踩着洪斌的手腕，任由对方发出杀猪般的叫声，转向唐诺时，目光才变得温和一些，开口解释道：“如果我不下手重些，一次打服了，等我走了，恐怕他们会再来找你们的麻烦。”

“啊！老大饶命！饶命啊！我再也不敢了！我绝对不会再来找唐大哥的麻烦！”洪斌的额上冷汗涔涔。

宁夕打人的手法看似寻常，实际上是有讲究的，表面上看不出什么可怕的痕迹，却能让人痛不欲生，甚至好几个月身体都会莫名疼痛却查不出原因。这种阴毒的招式她一般不用，这次算破戒了。

“你光不找麻烦就行了吗？”宁夕冷声道。

“还有钱，我马上就还！马上就还！”

“你光还钱就行了吗？”

“还有利息！利息也加上！”

最后，几个人零零散散地凑出了大概七十万，全部交给了唐善，宁夕这才放

了人。

洪斌几人迅速跑了个没影，屋子里一时间便显得有些空荡，桌上突兀地摆放着七十万现金。

孙兰把趴在地上的唐善扶了起来，两人面面相觑，眸子里全是惊疑不定。

“姐，你好厉害啊！你这些功夫都是从哪儿学来的啊？我差点忘了，之前你的一期专访里面说你之前在国外刚入行的时候是做武术替身的，我还以为只是花架子呢，没想到你竟然这么厉害！姐，你有空教教我好不好？这样我就再也不用担心有人欺负上门了！”

唐诺像崇拜超级巨星一般的表情和激动的话语，让宁夕像被巨石压住的沉甸甸的心情放松了不少，她揉了揉少年的发丝，道：“好，有机会的话我教你。”

看屋里的气氛有些诡异，唐诺急忙提醒一旁的父母：“爸妈，你们说句话呀，姐好不容易回来一趟！”

两人这才如梦初醒。唐善似乎不知该怎么面对这个五年不见，一见面就变化这么大的“女儿”，神色尴尬道：“小夕啊，这次真是谢谢你了，要不是你……唉……”

“你这一回来就让你遇到这种事情！你吃饭了吗？我去给你们做饭。”

看着曾经亲密无间的亲人如今对待自己尴尬、小心的态度，宁夕心里说不出是什么感觉，忙开口道：“你们别忙了，我今天还有事，还得立刻赶回去呢！下次有空再回来看你们！”

“那好，小诺，你快去送送她。”

“不用了。小诺，爸妈受了惊，你陪陪他们，还有，你赶紧送爸去医院包扎一下。”宁夕努力让自己忽略掉她说要走时，孙兰和唐善面上如释重负的表情，脚步很快，直接转身离开了。

而她的身后，孙兰和唐善在听到她说的那一声“爸妈”之后，面色一怔，随后顿时一齐红了眼眶。那是小夕……那是他们的女儿啊……五年了，她好不容易回来，他们竟然就这么让她走了。

宁夕不知道自己到底是怎么离开唐家的。她感觉自己身体里好像浸满了咸涩的海水，沉重又黏腻，让她每走一步都要花费全身的力气。

灵魂深处，巨大的负面情绪此刻全部如鬼魅一般包裹了她。

她就好像真的是一个不祥之人，从出生开始，就一直在失去，失去身边最重要的东西。

她越是努力想要抓住，就越是失去得快，只有她什么都不要了，才不会失去。

前方的道路仿佛蒙上了一层模糊不清的雾气，隔着那层雾气，她隐隐约约看到前面有一个什么人。

天边如火烧般的晚霞下，熟悉的黑色迈巴赫，熟悉的颀长身影，每次那个身影都能如同夺目的阳光一般冲破迷雾，照亮她的世界。此刻，他却如同催命符一般，让她面色骤变。

“陆霆骁……”

“你的事情处理完了？”陆霆骁不知道已经在那里等了多久，脚边一堆烟蒂，身上散发着淡淡的烟草味。

宁夕呆呆地站在原地，在看到陆霆骁的一瞬间，她费尽心思花了那么多天时间才下定的决心，顿时碎成了粉末。

她不想失去眼前这个人。

“嗯，我已经处理完了！”宁夕努力让自己的语气正常，开口问道，“我不是让陆景礼跟你说我回去了就去找你吗，你怎么还跑过来了啊，这么远的路！”

“因为我想早点见到你。”陆霆骁就好像没有发现宁夕异样的神色，迈步绕过去，帮她拉开了车门。

宁夕深吸了一口气，动作机械地上了车。

陆霆骁发动引擎，车子行驶时有些颠簸，他缓缓地将车开出狭窄的乡道。

车子里静悄悄的，一时之间谁也没有说话。

车窗外面，熟悉的景色和小村庄飞速倒退，如同那些一个个离开她生命的光亮。不多久，车子离开乡间小道，驶入主道，道路越来越开阔，因为地处偏远，路上空荡荡的，一辆车都没有。

陆霆骁修长的手指握着方向盘，平静地看着前方的道路，突然，一只白皙、柔软的手用力扳过了他手中的方向盘。

“吱呀”一声，轮胎摩擦地面发出刺耳的声音，车子陡然变道，从左边一路往右，竟一路开进一片宽阔的麦田。

“宁夕！”陆霆骁因为宁夕这猝不及防、无比危险的行为，原本冷寂的脸色陡然大变，怒喝着。

下一秒，驾驶座的靠背“砰”的一声被宁夕放倒，他满眼的怒气瞬间消失在宁夕猝然靠近的眼眸中，以及冰冷、柔软的嘴唇上。

宁夕的身体剧烈颤抖着，压在陆霆骁的身上，动作毫无章法，像穷途末路一般用力地亲吻着他。

陆霆骁此刻哪里还顾得上其他，低咒一声，宽大的手掌按住宁夕的后脑勺，更加激烈地回吻过去。

宁夕倾尽一切般亲吻着眼前的人，冰凉的手指滑过男人的发丝、胸口、小腹……一路来到最炙热的地方。

“咔嗒”一声，是腰带被解开的声音。

陆霆骁倒吸了一口冷气，头皮一阵发麻，眸子里也陡然升起一股浓烈的怒意，用力扼住了宁夕的手腕。

该死的！

她到底是什么意思？她到底想怎样？

跟宁夕交往的这段时间里，陆霆骁时刻关注网络，让自己与时俱进，加上在陆景礼的旁边耳濡目染，在这种情况下，他的脑海里立即浮现了三个字：分手炮！

难道宁夕是这个意思，分手之前跟他做一次？

这算什么，补偿他吗？

想到这里，陆霆骁的心凉得如同坠入冰窖。

宁夕垂着脑袋，看着陆霆骁扼住她手腕的大掌，因为太过愤怒，连青筋都暴了起来。

见自己被陆霆骁阻止了，宁夕呆呆地跪坐在男人的身上。半晌后，她发出了一声满是嘲讽之意的低笑："啧，陆霆骁，其实你真的不必如此，我又不是什么清纯、干净的少女，又不是第一次……"

陆霆骁看着宁夕一副自我厌弃的表情，心疼的同时，胸口没来由地涌起一股怒气："宁夕，你认为我会在意这种事情？"

宁夕抬起头，静静地看着眼前的男人，瞳孔一片漆黑，没有任何光亮："陆霆骁，我不是第一次，你不在意是吗？那如果五年前，我在十八岁的时候就已经不是处女了呢？如果我十八岁就跟一个连我都不知道是谁的陌生男人发生了关系，还怀了他的孩子，并且生下来一个死婴、一个野种呢？"

说到最后，宁夕几乎已经歇斯底里，身体颤抖得无法抑制。

耳边回荡着宁夕如困兽般的声音，陆霆骁突然怔住了，面上浮现出一种奇异的如同获得救赎的表情。

陆霆骁生怕惊扰到宁夕，极轻极缓地问道："宁夕，你之前说的今天要跟我说的事情就是这个？"

宁夕死死捏着手指，如同全身的力气被抽干了，如同在等待最后的判决："是。"

宁夕话音刚落，便只觉一阵天旋地转，等到她反应过来的时候，已经被陆霆骁反客为主压住，炙热、激烈的，夹杂着他劫后余生的吻，铺天盖地落了下来。

陆霆骁的吻带着浓烈到滚烫的爱意，一个又一个落在宁夕的额头、鼻子、脸颊、嘴唇、锁骨上。

虽然他什么也没说，但宁夕从吻里感受到了他的情绪。

陆霆骁的反应似乎跟她想象中的不一样……

宁夕正在失神，突然唇瓣被用力咬了一口，顿时惊呼出声，眼里含着水光，控诉般地看着陆霆骁。

陆霆骁的眸子里是剧烈翻腾的怒火："我再问你一遍，你今天约我见面要说的事情就是刚才那件？"

宁夕下意识地点头："是。"话音刚落，她又被男人恶狠狠地吻住了。

过了好半晌，陆霆骁才放过她，又问了一次："你没有别的要说了是不是？"

宁夕这一次不敢再说"是"了，一脸茫然地开口问："你以为我要说什么？"

虽然这次宁夕没有回答"是"了，但陆霆骁的脸色不知为何更加难看了，这一次比刚才吻得还用力，完全是一副惩罚的架势。

麦浪滚滚，密闭的车厢里，不知过了多久，陆霆骁绵长、炙热的亲吻终于结束："宁夕，在你眼里，我是那种出尔反尔之人？在你心里，我对你的感情就那么容易被动摇？我说过，就算在我没有参与的你的过去，你十恶不赦、恶贯满盈，我也不在意！你认为我说的都是在欺骗你吗？"

"真正欺骗你的人是我！"宁夕失控般地开口道。

陆霆骁将几乎崩溃的宁夕用力揽入怀抱，一字一句在宁夕耳边道："宁夕，你听清楚了，你没有骗我。你一开始就跟我说过，一开始就警告过我，是我勾引你，是我招惹你，是我让你不得不把自己最不愿人知的伤口在我的面前撕开，而我刚才还那样凶你，是我的错，你别生我的气，我以为你要跟我说分手……”

宁夕一直忍着的眼泪，无声地汹涌坠落，连同压在她身上整整五年不曾挥去的阴影。

陆霆骁小心翼翼地将宁夕拥在怀里，轻拍着安抚着，眸子里是深深的疼惜。

其实，一开始接触宁夕，结合她对一些亲密行为的恐惧、排斥，甚至对男人的厌恶，他就隐约猜测到她从前可能有一些不太好的经历。

所以，他从不会擅自窥探她的过去，不会多问，在男女之事上更是异常小心谨慎，即使忍耐到了极致也不愿意惊扰到她。

宁夕如同受到致命伤害后对人类无比防备的小兽，从一开始悄悄地从洞口探出脑袋，到小心翼翼地爬出洞口好奇地张望他，然后壮着胆子试探着舔舐他的手指，蹦跶到他的膝上酣睡，甚至大胆地在他面前闯祸胡来。

她一点点地试探着，直到确定了他的无害、他的温柔……直到今天，她才把所有的盔甲卸下，把所有的刺、所有的保护毁掉，将这比他料想中惨烈百倍的伤口，将她内心最脆弱、最柔软地方狠狠撕开，如同献祭一般，呈现在他的面前。

陆霆骁的胸腔鼓胀着，他紧紧将宁夕拥在怀里，恨不得融入他的骨髓。

除却内心巨大的感动和心疼，男人的脸上一片阴鸷之色。

如此看来，之前景礼在宁雪落那里听到的，应该都是真的。

宁雪落也知道这件事情，并且把它作为拿捏宁夕的最大的把柄和底牌。

除此之外，他发现宁夕方才的话有太多的疑点。

一个连她自己都不知道是谁的陌生男人……

她为什么会跟一个陌生男人发生关系？既然是被迫的，发现怀孕之后，又怎么会留下那个男人的孩子呢？

“跟宁雪落有关？”陆霆骁以肯定的语气开口问道。

宁夕以为她这辈子都不可能开口说出当年的事情，毕竟，就连当年给她看病的全美催眠术最厉害的心理医生，也没能成功让她说出这段过去。

但是此刻，听着陆霆骁的声音，她自然而然地开了口：“当年，我一直把宁雪落当好姐妹，对她没有丝毫防备，没想到她早已经背着我跟苏衍在一起。在苏衍生日的那天晚上，她给我下了药，然后安排了两个男公关……”

陆霆骁的手臂蓦然收紧：“你不想说就别说了！”

宁夕摇摇头，不在意地继续开口道：“我听信了她的话，去了她告诉我的那个房间找苏衍，结果中间出了一点意外……我进错了房间，房间里的人不是宁雪落给我安排的那两个男公关，而是那个我至今不知道是谁的陌生男人。”

大概是回忆起了当时的事情，宁夕的身体颤抖得不像样子。

“宁夕……”

“陆霆骁，你别说话，让我把话说完。有些事情如果我现在不说，我可能没有第二次开口的勇气。”

宁夕抬起头，继续开口道：“进了房间之后，我便因为药力失去意识了，当时什么都不知道，不知道自己被宁雪落设计了，更不知道苏衍早就背叛了我，只知道第二天早上醒来之后，床上的人是苏衍，所以我自然而然地以为是跟苏衍发生了关系，而苏衍也是这么跟我说的。”

宁夕惨然一笑：“后来的事情，你大概也能猜到。我怀孕之后，以为那个孩子是苏衍的，所以坚持留了下来。当时苏衍在国外一个非常偏远的地方出差，一直到我怀孕快八个月了他才回来，回来后，他告诉了我真相。他说那天晚上的人不是他，孩子也不是他的，他撞破了宁雪落对我做的事情，为了掩饰宁雪落的罪行，所以才说那天晚上的人是他。”

“在他跟我说出真相后，我在情绪激动之下横穿马路出了车祸，孩子生下来就死了。这大概是老天对我唯一的仁慈了，否则，我真的不知道该如何面对和对待这个孩子。”

宁夕一口气说完这些，当年所有的情绪都在此刻浮上了心头：“喃，你能了解我当时的感受吗？天崩地裂也不过如此。”

“宁雪落和苏衍都不知道，其实一开始我就怀疑苏衍的话了。虽然那天晚上我的记忆非常混乱，但感觉是不可能忘掉的……那个陌生男人非常可怕。”

“我很疼……很疼……是那种感觉自己会死掉的痛苦。那次之后，我高烧了一个星期，在床上躺了一个多月才恢复过来。看医生的时候，那令人羞耻的感觉，我至今都忘不了。当时，唯一支撑我的只有那天晚上的人是苏衍，如果那个人不是我的男朋友，我想都不敢想这个结果……所以，我才一直自欺欺人，直到再也骗不下去，付出了更大的代价。”

宁夕顿了一下，然后继续开口道：“后来，我对男人的恐惧也一直如影随形，我极度厌恶和排斥男人的接触，五年前的那一次，是我唯一的一次性经历……我看了很久的心理医生，没有任何结果，不过，后来我也不在意了……”

听完宁夕说的一切，尤其感受到宁夕提到那个陌生男人时的恐惧，陆霆骁眸底满是森寒的杀意：“那个男人是谁？”

宁夕的身体下意识地微微颤抖了一下：“不知道，我查了很久，没有任何线索，也不确定是不是宁雪落安排的，就好像那个人根本不曾在这个世界上出现过。”

终于说完了这一切，宁夕面上一片茫然，呆呆地看着眼前的陆霆骁：“我说完了，这就是我的过去，那么不堪，而你那么好，好到有时候我很卑劣地希望你坏一点、渣一点就好了。”

陆霆骁眉头紧蹙，盯着眼前的女孩，神色凌厉道：“宁夕，我清楚地告诉你，你是情人眼里出西施，因为你喜欢我、爱我，所以才会看我什么都好。我的第一次，唯一的一次是与别的女人，甚至留下了一个孩子，一个我此生无法磨灭的污点。”

“胡说，小宝才不是污点！”宁夕呆呆的表情顿时消散，瞪起眼睛，摆出一副无比严肃的小模样。

陆霆骁无奈失笑道：“那就对了。对我而言，你身上发生的那一切也不是污点，无论是怎样的经历和过去，那都是你，构成了现在的你，我最爱的你。”

Chapter 3

▼

小包子基因这么好，简直完美到逆天，他的亲生母亲肯定也是一个特别优秀、特别厉害的人吧！

"谢谢。"陆霆骁说完后，低头亲吻宁夕的嘴角。

宁夕一脸茫然："啊？你谢我什么？"

看着宁夕一副无辜的模样，陆霆骁脸色阴沉，咬牙道："谢谢你是说这些，而不是跟我说分手。谢你的不杀之恩。"

咯咯……不杀之恩……

宁夕听完后顿时愣住了："其实我刚才就想问了，为什么你会觉得我是想跟你提分手？"

意识到陆霆骁的脸色不对劲儿，宁夕立即转换了表达方式："咯咯……我的意思是，我怎么可能会跟你提分手呢！"

陆霆骁黑着脸，捏了捏眉心，其实现在他也觉得自己挺傻的，竟然就这么被陆景礼带到沟里去了。

直到此刻，宁夕才终于明白，之前陆霆骁的态度为什么那么奇怪，盯着她简直就跟盯着一个始乱终弃的负心汉似的，恨不得掐死她，同时眸底里隐藏着的，是下一秒可能会失去一切的恐惧和紧张。

他竟然是害怕她跟他提分手？！

宁夕回忆着她最近的状态和对陆霆骁的态度，她不仅情绪失常，还一直在逃避他，偏偏这个时候又约他在周末见面，说有事情要跟他说……还真是挺容易让人误会的。

暮色四合，帝都，铂金帝宫。

别墅大门口，微凉的夜风中，飘荡着一阵凄凄惨惨戚戚的歌声。

"小白菜呀，地里黄呀，两三岁呀，没了娘呀。跟着爹爹，还好过呀，只怕爹爹，娶后娘呀。"

"娶了后娘，三年半呀，生个弟弟，比我强呀。弟弟吃面，我喝汤呀，端起碗来，泪汪汪呀……"

客厅内，沙发上，小包子极其无奈地捏了捏眉心，然后迈步朝门口走去。

"包子啊，我苦命的包子！"一见到小宝，陆景礼立即眼泪汪汪，一把抱住了小包子。

要是小夕夕走后，家里又变成原来的样子可怎么办呀？要是再也吃不到那么好吃的饭菜可怎么办呀？简直生无可恋。

小包子也是实在没办法了，只能板着小脸，用小手轻轻拍着这位多愁善感的二叔，安抚着他受伤的心灵。

一阵汽车引擎声由远及近，陆景礼立即紧张地竖起了耳朵，朝不远处看去。

随后，他便看到亲哥那辆熟悉的车子缓缓开到了门口。

陆景礼的心都提到了嗓子眼，然后他就看到车门被打开，他的亲哥从驾驶座上下来了，但很快，他的亲哥又绕到了副驾驶座旁边，然后打开车门，从车子里抱出了一个女孩？！他顿时瞪大了眼睛，难道他哥把小夕夕打晕了？

嗯，从小夕夕的武力值来看，这个可能性貌似不大啊！

看到爸爸妈妈回来了，小包子总算松了一口气，他们再不回来，二叔就要疯了。

“哥，这是什么情况啊？你们……”陆景礼一路追问着，直到陆霆骁将宁夕抱到了楼上的卧室，小心翼翼地将她放在床上并盖好被子。

给宁夕掖好被子后，陆霆骁俯下身，在她的唇上印下一吻。

宁夕已经连续好几晚没有睡好了，跟陆霆骁说明一切，把所有的压力卸下后，便支撑不住，在回来的路上就睡着了。

这会儿，宁夕迷迷糊糊地睁开眼睛，看着眼前满眼温柔的男人：“到家了吗？”

“嗯。”陆霆骁点头，“我们到家了。”

宁夕伸出手臂，搂住陆霆骁的脖子：“困，我想睡觉。”

陆霆骁说：“你继续睡。”

宁夕立即蹙了蹙眉：“你不陪我吗？”

陆霆骁差点就脱口而出“陪”了，稳了稳心神，才不舍地开口道：“我有点事情要处理，让小宝陪你好吗？”

宁夕立即乖乖地点点头：“嗯。”

“小宝，陪陪你妈妈。”陆霆骁立即转向儿子叮嘱道。

小包子哪里还需要陆霆骁说，早已经麻溜地脱了鞋子，爬上床陪妈妈睡觉了：“妈妈，小宝陪你。”

宁夕搂过软乎乎、香喷喷的小包子亲了一口，无比满足。

陆霆骁分别亲吻了儿子、老婆的额头，然后才直起身。

一旁一脸茫然的陆景礼说：“喂，我还在这里呢！你们一个两个三个，谁能先理我一下吗？”

还有，这熟悉的虐狗派画风是几个意思？还是一家三口一起虐！跟他想象中的完全不一样啊！

安顿好宁夕之后，陆霆骁示意陆景礼跟他去书房，陆景礼自然屁颠儿屁颠儿地跟过去了。

“哥，到底是怎么回事啊？你跟小夕夕到底分手了没有？”

陆霆骁一个冰冷的眼刀射过去，陆景礼立即咽了一口口水：“小爷我可是神算子啊，难道这次猜错了？”

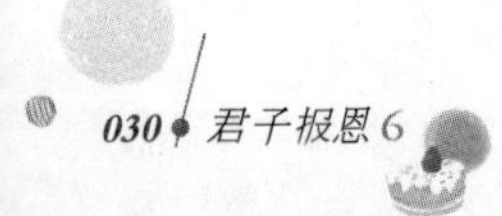

从现在的情况来看，很明显，他神算子的名头确实砸了。

“你之前说的事情查了吗？”陆霆骁开口问道。

陆景礼一时没有反应过来陆霆骁说的是什么事情：“啊？什么事？”

陆霆骁说：“你从宁雪落口中听到的事情。”

陆景礼一听，脸色立即变得不太好：“初步调查的结果是这件事情是真的，当年小夕夕确实生下过一个死婴……至于具体是什么情况，因为我一直在操心你跟小夕夕的事情，所以还没有细查。”

陆霆骁说：“你去查一下，越详细越好。”

陆景礼闻言，觉得有些意外。之前他哥对这件事分明是完全没上心的，去了一趟C市之后，怎么突然亲口叮嘱他去查清楚呢？

陆景礼的眼珠子飞快地转了转，智商突然上线：“哥，你不要告诉我，小夕夕这次约你出去，要说的事情其实就是这件事？”

陆霆骁没有说话，算默认了。

陆景礼简直要哭出来了：“有没有搞错啊？就这件事吗？”

那他岂不是自己吓自己这么久？

崩溃了好半天之后，陆景礼的心情才终于缓过来，好吧好吧，只要不是闹分手就好，神算子的名头随便砸！

话说回来，陆景礼突然非常佩服小宝宝贝，他简直是家里的顶梁柱啊，瞧那淡定的风范！

接下来，陆霆骁和陆景礼互相交换了一下信息。

陆景礼听完宁夕的事之后，出奇地愤怒：“到底是什么人这么无耻啊？简直是一个禽兽啊！哥，你放心好了，我一定把这个禽兽给揪出来！”

这几天，陆氏集团的所有人都是一副严阵以待的模样。

不久后，陆家一年一度的家族大会将会召开，届时，全国各地，包括海外的陆家各个宗族的管事都会在帝都齐聚，进行为期一周的聚会，所以大家要保证这段时间绝对不能出任何问题。

公司的董事会刚刚结束，其他人陆续离开，会议室里只剩下陆霆骁和陆景礼两个人。

陆景礼无力地仰靠在椅背上，一副身体快要被掏空的样子：“又要到一年一度最可怕的时候了！”

每到一年一度的家族聚会举行的时候，那些人除了谈论正事，最热衷的就是想方设法给他哥俩塞女人。被塞得最多的是他哥，当然，他也不少。

连他这么喜欢辣妹的人都招架不住，别说他这个不近女色的亲哥了。

今年他哥虽然脱单了，但是他哥跟宁夕的关系还无法公布，就算公布了，如果宁夕的身份、家世没有足够的分量能让那些人死心，也只会让他们更疯狂地给他哥塞人。

毕竟这可是当家主母的位置，背后牵扯着巨大的利益，谁不想把自己的人送上位呢。

同时，宁夕当年的事情也是一大隐患。

陆霆骁看着窗外的暮色说：“小夕的事情查得怎么样了？”

陆景礼抓了抓头发说：“那个男人的身份确实不好查，那么大的酒店，那么多房间，要想知道那天晚上的男人是谁太难了。最棘手的是，偏偏是沁园。哥，你也知道的，沁园在帝都是以保护隐私出名的，整个酒店包括方圆十里内都没有监控设备。不过，哥，你放心好了，我会把那天晚上入住的所有人排查一遍，我就不信抓不住那个禽兽！”

“我给你放七天假。”

“没问题，我会尽快搞定！”

桃花坞。

宁夕刚拍完戏，正如同死狗般拖着被摧残的身躯回家，手机铃声忽然响了起来。来电显示是庄荣光，这小子的号码还是上次他自己硬要存进来的。

看到庄荣光打来电话，宁夕有些讶异，似乎没料到他会给她打电话：“喂？”

“喂，夕姐，收工了吗？过来玩儿啊！”电话那头传来庄荣光兴冲冲的声音。

“玩啥？”

“当然是射击啊！还是老地方，快来快来！你跟我比试一下，我最近可厉害啦，感觉自己的射击水平已经要超越你了，哈哈哈！”

电话那头庄荣光兴奋、热情的声音让宁夕悲摧的心情稍稍被感染，她想着自己这段时间被折腾得状态确实太差了，去放松一下也好，便答应了：“少年，既然你要求虐，那么我满足你！你等着，我马上到！”

与此同时，铂金帝宫。

陆景礼别墅的书房内，他正头昏脑涨地整理、分析五年前的各种资料，排查当天晚上所有有嫌疑的对象。

当天晚上，宁夕去找的苏衍的那个包厢是713，但后来似乎出了一点意外，进的是另外一个包厢，遇到的也不是宁雪落本来安排好的那两个男公关，而是一个比那两个男公关还畜生的禽兽。

若是男公关，做他们那一行的，是绝对不会让人家怀孕的，而那个男人不仅什么措施都没有做，而且吃完就跑，一点踪影都没有。

后来他终于查到，当天晚上，宁夕真正进的是713正对面的718包厢。

沁园是会员制，所有包厢都是需要预订的，并且都有详尽的预订记录，所以，只要查一下当晚预订了718包厢的人是谁，基本就能查出凶手了。

然而，事情怎么可能这么容易？

果然，在调查之下，他发现，五年前那一夜，那个包厢的预订记录竟然被人为抹掉了，他查不出丝毫的蛛丝马迹。

接下来的几天里，陆景礼铆足了劲儿去查那天晚上订了那个包厢的人到底是谁。

结果，他熬了好几个日夜进行盘查，还找了计算机高手试图修复当年被抹去的记

录，都一无所获。

眼见着一个星期的时间已经到了，陆景礼只能顶着两个大大的熊猫眼去跟陆霆骁汇报调查进度。

陆景礼连衣服也没换，直接穿着好几天没有换的睡衣、拖鞋，抱着资料，吭哧吭哧跑去了隔壁找他哥。

“哥，哥，我对不起你，说好了七天之内一定帮你把那个禽兽揪出来的，结果那家伙实在是太狡猾了，一点蛛丝马迹都没留下来，难怪小夕夕查了五年都没查到呢！我看那家伙的作案手法，绝对不是临时起了歹意，而是一个惯犯！一个色中恶魔！”

陆景礼抱着一大摞资料，声泪俱下地控诉着，那张他引以为傲的俊脸此刻活像被女鬼榨干的可怜书生一样憔悴，可见这几天他为了查这件事情，确实被折腾得不轻。

看着陆景礼一副焦头烂额的样子，陆霆骁有些讶异。调查信息是陆景礼最擅长的事情，更何况他还给了陆景礼最大程度的便利，在这种情况下，七天时间竟然都查不出那天晚上的男人到底是谁？

“进度。”泛着冰冷色泽的书桌跟前，陆霆骁面色冷冽地开口道。

陆景礼忙把一堆资料放在了陆霆骁的跟前：“我已经锁定对象了，可就是查不出那个家伙是谁。沁园可是从M国引进了最新的防卫系统，就算是顶级的黑客也不可能做到悄无声息地抹去自己的痕迹且完全无法恢复……”

陆霆骁的目光快速地扫过了纸面上的一个日期，以及一个包厢号。

看清那个日期和房间号的瞬间，陆霆骁向来泰山崩于前而色不变的冰山脸瞬间变了色。

陆景礼因为情绪激动，一时没有注意到，还在喋喋不休：“现在我可以肯定，小夕夕当晚进的包厢就是718，预订718的人绝对就是我们要找的那个禽兽。可我就是不知道预定718的到底是谁！哥，哥，你听到我说话了吗？”

陆霆骁眉眼微抬，原本落在笔记本电脑上的视线落在陆景礼的脸上。

这个眼神极其诡异……

陆景礼被这一眼看得心里莫名咯噔了一下：“哥……你怎么了啊？”

陆霆骁的指尖在纸面上那行日期和包厢号上轻轻点了一下，随即低沉、沙哑的声音在冷清的书房里响起：“是我。”

陆景礼挠挠头：“啊？什么？什么是你啊？”

陆霆骁薄唇轻启，缓缓念出一串日期：“那天晚上，订下718包厢的人是我。”

话音刚落，陆景礼整个人都呆愣在了原地，似乎没听懂陆霆骁到底在说什么，过了好半天才回过神来，追问道：“哥！你说啥？那个包厢是你订的？”

“那天晚上的记录，也是我亲自删的。”陆霆骁继续开口。

书房里一片死寂。

片刻的呆愣后，陆景礼连滚带爬地跑到陆霆骁的办公桌前拿起那页调查资料，再次看了一眼日期和包厢号，尤其是日期，然后他的眼睛越瞪越大，到后来，他脸上的表情简直跟被雷劈了一样：“我……我去！”

他好像想起来了。

“这不是五年前我给你下药的那天吗？！”他是昏了头吗，竟然完全没有想起来！

不过也真的不能怪他，都是那么多年前的事情了，他又在一心一意地查小夕夕的事情，哪里会想到那个！之前他注意的一直是包厢号，压根没在意日期，至于包厢号，五年前沁园是他们常去的地方，每次去也没有固定的包厢，所以对于包厢号这个东西根本没有什么印象。

直到听到他哥提起，他才如梦初醒。

难怪他怎么查都查不出来……

他哥亲自抹去的痕迹，他到哪里查去？谁也不可能查出来啊！

陆景礼把那页资料看了一遍又一遍，几乎要看出一个洞来，一副快要疯掉的凌乱表情：“五年前，你竟然跟小夕夕在同一个时间待在同一个会所，这简直是神一样的巧合啊！哥，你会不会记错了啊？”

陆霆骁的目光如同冰条一般扫向他：“你认为我会记错？”

陆景礼被这个冷冰冰的眼神吓得瑟缩了一下，顿时把头摇得像拨浪鼓。

不会！绝对不会！

陆景礼近乎崩溃，抱着脑袋说：“那到底是怎么回事啊？我简直要疯了！小夕夕进的怎么可能是你所在的那个包厢呢？那个禽兽……”

说到“禽兽”两个字，陆景礼陡然噤声：“不对不对，一定是我哪里弄错了！”

谁来告诉他，他是在做梦，这一切简直太惊悚了！

然而，更惊悚的还在后面。

陆霆骁翻开另一页资料，语气无比压抑、低沉：“宁夕出车祸早产的那天是八月十八日？”

陆景礼连连点头，不懂他哥为什么突然关心这个：“是的，这个是绝对可以肯定的。”

陆霆骁捏了捏眉心，脸色简直如同海上十二级风暴：“小宝是哪天到陆家的？”

听到这个问题的瞬间，陆景礼脸上的表情彻底龟裂，整个人仿佛蒙了。过了好半天，他才像失了魂儿一样条件反射般地开口回答：“八月十八……也是八月十八日！”

一下子接收到这么劲爆的信息，陆景礼简直要被震晕过去了。

妈呀！五年前，他哥被他下药的地方，与宁夕被宁雪落下药陷害的地方，竟然是相同的，巧合的是还在同一天！

更可怕的是，宁夕发生车祸产下死婴的日期，跟小宝被人送到陆家的日期也是相同的！

这说明什么？

他骂了这么多天的禽兽，难道是……他简直不敢再继续想下去了。

“继续查。”此刻，陆霆骁的脸色也极其难看，恐怖到陆景礼连看一眼的勇气都没有。

“是是是，我马上重新去查！估计是我搞错了，小夕夕那天晚上进的肯定不是你

订的那个包厢。”陆景礼的脸色极其难看。

临走之前，陆景礼不知道哪里来的勇气，顿住脚步，转过身，抖着腿开口道：“哥，我再怎么查也是可能有偏差的。那个包厢虽然是你订的，但也有可能有其他人进去，其实还有一种绝对不会有错，可以搞清楚一切的方法……”

陆霆骁说：“闭嘴！”

“嗷！”陆景礼被吓得哀号了一声，然后跑了个没影。

他从没见过陆霆骁这么可怕的样子，他都能想到的方法，他哥能想不到吗？

最直接的方法就是给宁夕和小宝做一个亲子鉴定，这样一切就都能搞明白了。

但是，他哪里敢说啊！他都快被吓死了好吗！

那天晚上，是他亲自给陆霆骁下的药，而且他怕药效不够，下了足足三倍的量。

陆霆骁的包厢正好在713的对面，包厢号“718”又跟“713”看起来如此相似，万一是小夕夕走错了包厢，遇到了被他下了那么大剂量药物，完全失去了神志，只剩下本能的他哥……

还有，如果一切如同他刚才所推测的，那么小夕夕怀的那个孩子可以肯定是他哥的，只是当年小夕夕生下的明明是一个死婴，怎么会在连小夕夕自己都不知道的情况下被送到了陆家来呢？

陆景礼感觉他的大脑在超高速运转之下快要死机了！

他从陆霆骁的言语之中就能了解到，宁夕对当年的那个男人到底有多痛恨，而那个男人又对小夕夕造成了多大的伤害，如果那个男人真的是他哥，那后果……他简直死定了啊！

不不不！他也不能完全这么想吧？

如果小夕夕就是小宝宝贝的亲妈，那小宝宝贝该多开心啊！

他这算不算功过相抵呢？

书房里。

陆景礼应该感谢自己跑得快，因为几乎在他离开的一瞬间，书房的温度就降低了，书桌前，男人周身的阴郁气息可怕到了极点。

陆霆骁再怎么想也不可能想到，他追查当年欺辱宁夕的人，到最后竟然会查到他自己身上。

那个他恨不得挫骨扬灰的人，竟然可能是自己。这一切就像一个无比荒诞的梦境。

陆霆骁不知在书房里待了多久，突然唰地一下站起身，穿上外套，拿了车钥匙，朝门外走去。

“少爷，您要外出吗？”

“备车，去接小宝。”

“好的。”

学校门口。

正是放学时间，门口异常热闹，活泼可爱的小朋友们陆续走了出来，跟着爸爸妈妈离开。

陆霆骁向来一丝不苟的领口被扯得微乱，此刻他正静静地靠在车门上，手里夹着一支烟，眸底深处的情绪却如同巨大而又危险的漩涡，激烈地翻涌着。

终于，学校门口出现了一个熟悉的小小的身影。

小包子背着小书包，严肃地板着小脸，和往常一样等着管家爷爷来接，然而，他一抬头就看到了一辆熟悉的车子，以及车前熟悉的颀长身影。

小家伙的眼睛立即亮了一下，他噔噔噔地快速朝着车子跑去：“妈妈！”

陆霆骁掐了手里的烟：“你妈妈没来。”

小包子顿时满脸失望，几乎一秒从热包子切换到了冷包子的状态。

黑色的车子缓缓地在道路上行驶着，车窗外的景物如浮光掠影般快速倒退。

车内，一大一小两个人皆一言不发。

小包子面无表情地坐在副驾驶座上，陆霆骁修长的手指搭在方向盘上，开着车，他的目光深邃，用余光打量着坐在副驾驶座上的小家伙。

小宝冷着小脸，面无表情的样子像极了他，五官轮廓也完全是他的翻版，不会有任何人怀疑，这小家伙是他陆霆骁的亲生儿子。

这么多年，家族里每次都有人质疑小宝的身份，但只要见了小宝一面，所有的质疑就都会打消。

“妈妈今天晚上会过来吗？”小宝问。

“我给她打一个电话。”陆霆骁盯着手机联系薄中的“吾爱”两个字，过了许久，终于拨通了电话。

“喂，心肝儿。”手机那头传来宁夕清越的声音，如同温暖的流水，瞬间让他那颗焦灼到快要无法承受的心安稳下来。

“你在哪里？”

“我刚收工。庄荣光那小子打电话给我，约我去射击场，我正准备去玩两把放松一下。”

“我可以带小宝去找你吗？小宝想你了。”

“当然可以啦，把我乖儿子带来。”宁夕立即开心地说道。

听到宁夕那一句“我乖儿子”，陆霆骁脑中思绪万千：“好，我们稍后就到。”

“我们要去妈妈那里吗？”小宝的小脸上顿时浮现出光彩。

“嗯。”陆霆骁点头。

小家伙闻言，顿时抿着唇，露出了一个浅浅的、开心的微笑。

陆霆骁无意间一瞥，发现小宝微笑的时候，眉宇间的神色像极了宁夕……

陆霆骁猛然怔住了。

自从宁夕出现，小宝的笑容开始变多之后，他便已经发现，小宝笑起来的时候，那眉眼是与他完全不同的。

甚至不止一次有人说，小宝跟宁夕相处久了，连长相都跟宁夕有些相似了，笑起来的时候，眉眼之间的神态尤其像。

从前他听到这话的时候，只觉得两人是有缘分，从未多想，此刻再回忆起来，当

初小宝对宁夕的一见如故，宁夕对小宝异常的喜爱，一件件、一桩桩的事情简直……

射击场。

不过短短数月不见，宁夕再次见到庄荣光的时候，差点认不出他来了。

少年的变化不仅仅体现在穿着打扮、发型这些表层，现在，他整个人的精神面貌焕然一新。此刻，少年正在跟几个朋友聊天，眉宇之间除了少年特有的蓬勃朝气，还有一抹凌厉、坚毅之色。

看样子，他这次是真的改过了，而非像以往一样又是三天打鱼，两天晒网。

宁夕此刻穿着自家品牌的红色一字领高定套裙，踩着银色镶碎钻高跟鞋，摘下了墨镜，露出一张漂亮到极致、美得肆意张扬的脸。

今天不是节假日，平时这个时候射击场的人不多，再说，她就算作为明星来射击场玩一下也没什么，不需要刻意遮掩，所以她也没有费事去做伪装了。

不过饶是如此，宁夕的出现还是吸引了一群人的目光，但纯粹是因为她的颜值、气场，而不是她的明星身份。

如今，宁夕的男装形象比女装形象更出名，在妹子这边比在汉子那边出名，而来射击场的大部分是男人，所以宁夕穿了女装之后，倒并非所有人都认识她，只有零星几个粉丝认了出来。

"哇，有美女！超级大美女！"

"哪里哪里？美女在哪里？"

"啊！那不是大明星宁夕吗？"

"哪个宁夕啊？"

"就是那个演《寻梦人》的女主，她穿女装就是这副样子！"

"哎，大明星怎么会来这里？没想到这么个大美女竟然还喜欢射击。"

早已等候多时的庄荣光听到身后的议论，下意识地朝门口看去。

他愣了一下，才认出眼前气场强大的超级大美女是谁，顿时兴奋地挥手喊道："夕姐，这里，你快过来！"

庄荣光最近新交了不少朋友，看到这一幕，他们纷纷凑上来打趣他。

"光子，你小子什么时候认识了这么一个大美女啊？"

"而且还是大明星！"

"你赶紧给咱们介绍一下啊！"

"这该不会是你新泡的妞吧？"

听到最后一句，庄荣光脸色微红，没好气地用手肘往后面捅了一下说话的少年："你胡说什么呢，没听到我叫人家姐吗？她是我姐的闺密，射击技术一流。我之前跟你们说的神枪手就是她。"

"庄荣光，你逗我呢？你吹的那个神乎其神的神枪手就是她？"

"开玩笑吧，怎么可能？她这么漂亮，会射击？"

"我还以为你说的是一个彪悍的女汉子呢。"

宁夕大老远就听到一群人在热闹地议论，不由得有些好笑，谁说长得漂亮就不能会射击了？

“夕姐，你终于来了！快让这群没见识的人开开眼！”庄荣光兴奋地迎上前去。

宁夕挑了一把枪，随便开出几枪试了一下，已经足够这些少年满眼放光，纷纷跟着庄荣光叫起“姐”来。

看着这些家伙一个个目瞪口呆的样子，庄荣光比自己被夸还要得意。

因为围过来看热闹的人越来越多，庄荣光带着宁夕另找了一个安静无人的靶场继续射击。

庄燎原本陪着庄老爷子正在附近钓鱼散心，听说荣光叫来了宁夕，要跟她比试枪法，两人都感兴趣地赶来了。

两人到射击场的时候，庄荣光正兴高采烈地跟宁夕吹嘘：“夕姐，你那招蒙眼的招数我终于学会了！”

说罢，他便掏出一块黑布蒙住自己的眼睛，举起枪，对准了对面的靶子。

“砰。”

“砰。”

“砰。”

三枪下去，计分器上迅速报出了成绩：十环，十环，十环。

宁夕挑眉：“不错呀！”

“是吧是吧！”听到宁夕夸他，他简直尾巴都要翘上天了，“我早就说了，小爷天赋异禀。之前只是我不想学而已，我认真起来我自己都怕。”

“臭小子，有点成绩就沾沾自喜。”身后，庄燎原板着脸开口道，虽然是训斥的语气，但他的眸子里是满满的自豪和欣慰，看着宁夕的神色更是感激。

他们家这个臭小子能有今天，全靠这个丫头。

看到庄宗仁和庄燎原，宁夕忙打了一声招呼，随后笑道：“在这么短的时间内就能做到这种地步，荣光确实挺不错的。”

庄荣光一听，顿时更得意了：“看吧，连我夕姐都这么说了。夕姐，你别搭理他们了，来来来，咱们继续。”

两人切磋、比试了一会儿，身后突然传来一道奶声奶气的呼唤声：“妈妈。”

一听到自家宝贝的声音，宁夕顿时放下了手里的枪，开心地转过身去，然后便将噔噔噔朝她飞扑过来的小家伙抱了个满怀：“乖儿子！”

小家伙的身体香喷喷的又软乎乎的，抱起来手感别提有多好了，宁夕抱着简直不想撒手。

身旁的庄老爷子听到那一声“妈妈”，看着扑向宁夕的小家伙，面上顿时露出讶异的神色来。他狐疑地看向身旁的庄燎原：“这孩子是……”

两人正说着话，身后传来了一阵沉稳的脚步声，然后他们便看到一身西装革履，跟这只被宁夕抱在怀里的小包子长相极其相似的男人迈步走来。

看到陆霆骁之后，不用庄燎原回答，庄宗仁便已经反应过来：“这就是陆家的那个小孙子？”

“是的。”庄燎原看到陆霆骁，顿时板起了脸。

他们只是男女朋友，宁夕还没过门呢，怎么他儿子都管宁夕叫妈妈了？

"庄老先生，庄首长。"陆霆骁依次跟两人打过招呼，随后招呼了小宝过来，"叫人。"

小宝看看庄燎原，又看了看庄宗仁，乖巧地开口："庄叔叔好！庄爷爷好！"

看小家伙长得粉雕玉琢，像白面团子似的可爱，又仰着小脑袋亲切地叫着自己，庄燎原脸色倒是顿时软和了不少，轻轻点了一下头。

他怎么感觉这个小家伙比上次在陆老宴会上见到的时候更活泼了，连话都多了起来。

而庄宗仁则早已满脸慈爱的神色，伸出粗糙的大掌揉了揉小家伙的脑袋："乖孩子。"

也不知道是不是因为年纪大了，他格外喜欢小孩子，这孩子他第一眼看着就特别喜欢。

不远处，庄荣光看着陆霆骁和陆霆骁的小小翻版，有些不高兴地撇撇嘴："夕姐，你什么眼光啊，那么多男人，为什么偏偏看上陆霆骁？"

宁夕挑眉："因为他帅啊！"

庄荣光被噎了一下，看着陆霆骁帅气的脸，偏偏又无法反驳，于是开口道："你咋这么肤浅呢，他连娃都那么大了好不好？"

宁夕："不好意思，我最喜欢的就是他的娃。"

庄荣光：……

一只软乎乎的小包子，一点儿气概都没有，有什么好喜欢的？

"夕姐夕姐，我还是觉得你更适合跟咱们威武霸气的兵哥哥在一起。等我入伍了，我帮你留意，绝对给你找一个比陆霆骁帅一百倍的人，然后生一个基因超级棒、长大后跟你一样霸气侧漏的娃娃，这样多好啊！"

宁夕潇洒、霸气的形象在庄荣光的脑海里已经无法磨灭，这样如同万鹰之神海东青一般勇敢、聪慧、坚忍、正直、强大的女人，他的女神，怎么可以像金丝雀一样被束缚在那种老牌豪门里呢！

这简直令人痛心疾首！

宁夕这会儿满眼都是她的宝贝儿子，满脸温柔的神色，没工夫搭理在那儿不停碎碎念的庄荣光，径直走到了小包子跟前。

见小包子亮晶晶的眼睛瞅着庄荣光手里的枪，她弯下腰，微笑着开口问道："宝贝，你想玩吗？"

小包子顿时瞪大了如黑葡萄一般乌黑的大眼睛："妈妈，我可以玩吗？"

宁夕当即笑道："当然可以啦！"

听到宁夕同意让小宝玩枪，无论是陆霆骁还是庄燎原、庄宗仁，都没觉得有任何问题，尤其是庄燎原和庄宗仁，反而觉得理所当然。

像庄家这样的军政世家，庄宗仁那一代都是在战火中成长的。而庄荣光刚会走路的时候，庄燎原就开始把枪给他当玩具了；庄荣光三五岁的时候，庄燎原已经经常带着他出入射击场、训练场这样的地方了。

庄荣光继承了庄家人的天赋，从小就天赋异禀，也很喜欢枪械，只可惜那段时间政局混乱，庄家一度处在风口浪尖，大人们忙于各种争斗，对庄荣光疏于管教，错过了他最重要的成长时期，等到想要扭转的时候，急躁之下教导方式过激，让好好的一个苗子差点被毁了。

一旁的庄荣光看着宁夕一脸温柔、宠溺到不行的表情，不屑地撇撇嘴道："夕姐，你小心闪了他的小胳膊！不是所有人都跟小爷一样三岁摸枪、五岁就能打出十环的好吗！"

"要是我能打出来十环呢？"这时，一旁响起了一个奶声奶气却莫名让人觉得冷冰冰的声音。

庄荣光顿时朝着说话的小不点看过去，一脸好笑的表情："哈？小屁孩，你的口气不小啊！你摸过枪吗？"

小宝："没有。"

庄荣光当即开口道："没有摸过枪你还敢大放厥词！你要是能打出十环，我管你叫爸爸！"话音刚落，庄燎原立即一个冷眼瞪了过去。

庄荣光摸了摸鼻子："咯咯咯……反正就是这么个意思。你要是能打出十环，让我干什么都行！"

小宝冷着一张小脸看过去，面无表情地开口道："如果我打出了十环，你不许再在我妈妈面前挑拨离间。"

这小家伙的耳朵怎么这么好，他说那么小声，小家伙都听到了。他顿时脸上一热，随后梗着脖子开口道："我什么时候挑拨离间了！我说的全是实话好吗！还有，她是你妈妈吗，你就乱叫！"

"她是我妈妈！"听到这一句，小包子捏着小拳头，小脸上是从未见过的冰冷，明显动了真怒。

随后，他一字一句地对眼前的少年开口道："我要是打出了十环，你要说一百遍她是我妈妈！"

庄荣光丝毫不以为意地斜了一眼过去："说就说！我怕你啊！"

一旁的庄燎原看着自家儿子都十八岁了还一副如此幼稚的模样，跟一个五岁大的小孩子较真，顿时黑着脸道："荣光，不许胡闹！"

庄宗仁的老脸也有些挂不住："臭小子，你多大了，还欺负一个娃娃，也不知道害臊！"

"不碍事。"陆霆骁看着眼前的一幕，倒是并不在意。

"我咋了！你们明明看到是他自己向我挑衅的……"庄荣光不服气地咕哝。

"是我挑衅的，要是我做不到，我跟你道歉，叫你一百遍哥哥。"

"来来来，我等着你的一百遍哥哥。"

宁夕知道小包子不是那种任性、胡闹的小孩子，他是认真的，也是真的生气了。

"宝贝，你真要赌啊？"

小包子看着宁夕，如同看着全世界最最重要、连一丝一毫都不允许别人质疑的珍宝："妈妈，你是我妈妈。"

宁夕见小包子态度坚定，最后还是去给他选了一把抢。

看两个孩子也不过是闹小脾气，陆霆骁都没有介意，庄燎原和庄宗仁也没有多干预了。

宁夕给小包子选的是一把轻型手枪，后坐力不大，但对才五岁的小孩子来说已经够呛了，连能不能把枪拿稳都是一个问题。

也是因为在场的几个大人都是专业的，她才敢让小宝这么玩。

“宝贝，咱们开开心心地玩，妈妈就是你的妈妈，不用跟任何人证明，知道吗？”宁夕安抚道。

小包子乖巧地点点头，但眸子里的光异常明亮。

“来，妈妈教你怎么握枪！”宁夕仔细、耐心地教小包子握枪的方式，还有怎么瞄准。

一旁的庄荣光贱兮兮地在旁边插嘴：“哎哎哎，错了，手指怎么可以放在那里？这么简单竟然都能做错，小爷三岁……”

宁夕一眼瞪了过去：“你是不是想让我真刀真枪地跟你切磋一下啊？”

庄荣光咽了一口吐沫，头摇得像拨浪鼓，同时心里酸酸的：这么一副老母鸡护小鸡的模样是闹哪样啊？这小软包子到底哪里好了啊，不就是长得可爱了一点、白嫩了一点、萌了一点吗！

陆霆骁看着耐心教小宝的宁夕，以及认真学习的儿子，眸子里闪过一丝不易察觉的微光。

五岁，十环。

若非宁夕和庄荣光这样有着来自家族遗传的超强天赋，是绝对不可能做到的。

陆家世代经商，子嗣皆受古老的贵族教育，在这些方面，明显不可能有太大的天赋。

宁夕在那儿耐心地教着小包子，母子两人其乐融融，气氛温馨，庄荣光则上蹿下跳，时不时地在一旁捣乱一下。

“宝贝，记住了吗？”

“妈妈，我可以了。”小宝乖巧地点了点头。

“好，咱们来试试啊！你控制好呼吸，三点一线……”宁夕在旁边指导着。

小宝手握着枪，笔直抬起，因为身形较矮，稍稍上抬角度，对准了不远处的靶子。一旁本来正在交谈的庄燎原、庄宗仁、陆霆骁三人也顿时朝小家伙看去。看到小宝握枪的姿势和力度，庄燎原和庄宗仁的眼睛都亮了几分。

庄宗仁面露惊讶：“这小家伙……看不出来啊，腕力竟然还不错。”

庄燎原也点了点头：“他的下盘也稳当。”说完，庄燎原朝陆霆骁看了一眼，看样子这孩子平时做过系统的训练，还好，没被陆家教成书呆子。

如今小宝的身体更加强健，早已经甩同龄人几条街，所以握枪、开枪对他而言，其实都是没有太大难度的。

一旁的庄荣光看到小家伙手握着枪，有模有样地瞄准靶子的模样，也有点惊讶，不过嘴里还是哼哼着：“光会摆花架子有什么用！”

话音刚落，“砰”的一声，小宝开出了第一枪。

所有人都下意识地朝靶子看了过去，片刻后，计分器上弹出了分数：零环。

空气中诡异地静默了一阵，随后，庄荣光捂着肚子爆笑了起来：“哈哈哈……零环！你居然脱靶了！旁人就算闭着眼睛也不可能打脱靶啊！哈哈哈，你居然还跟我吹牛说要打十环，哎哟，笑死我了！”

宁夕黑着脸瞪了庄荣光一眼：“小宝是第一次摸枪好不好，怎么可能打出十环，能顺利开枪都已经很厉害了！”

其实宁夕说得没错，这可是真枪啊，一般的小孩子连摸都不敢摸，就算敢也驾驭不住，哪里能做到拿起来就开枪的？

“小小年纪，确实已经很不错了！”庄燎原和庄宗仁也开口道。

“谁让他刚才口气那么大的……”庄荣光哼哼。

第一枪放空了，还被庄荣光一通嘲笑，小宝却面不改色，反而眸子里的光芒更加闪亮夺目了。

宁夕从没看到过小家伙这么兴奋的小模样，也被感染了，蹲下身温柔开口道；“宝贝，好玩吧？”

小包子眼睛亮晶晶的，用力地点点头。

“咱们继续玩，别搭理这个幼稚鬼！”宁夕说着，瞪了庄荣光一眼。

于是，小包子再次举枪。

“砰”的一声，三环。

“不错不错，你打到靶子啦！你继续！”宁夕在一旁鼓励小宝。

“砰。”四环。

“宝贝好厉害呀！你又进步了！”宁夕一脸开心的表情。

庄荣光看得嘴角直抽抽：“你要不要这么夸张啊？他打得这么烂，你还把他夸得像一朵花。小爷要是打成这样，我爹早就抽死我了好吗！”

宁夕不搭理他，继续陪着小包子玩，小包子也完全沉浸在射击的乐趣里。

“砰。”五环。

“砰。”六环。

“砰。”七环。

当计分器上出现九点二环时，庄燎原和庄宗仁的目光都变了，只是庄荣光依旧很不屑。

“小屁孩运气不错啊，居然打出九点二环了，可十环也不是有运气就能打出来的！”他的话音刚落，“砰”的一声——十环！

“砰。”又是十环！

连续两个十环，正在嘲讽小宝的庄荣光差点咬到自己的舌头，结结巴巴道：“小屁孩，运气果然不错啊……”他这话刚说完，小宝“砰”的一声，打出了第三个十环。

三个十环？这运气是不是……好过头了？

“砰。”又是一个十环，第四个十环。

接下来，伴随着“砰”“砰”“砰”的枪响，小包子射出的每一枪都是十环，一个九点多的成绩都没有。

不仅庄荣光呆愣在那里，一脸便秘一般的表情，庄燎原和庄宗仁也都满脸愕然，连宁夕都被小宝吓到了，刚才还夸得起劲儿，这会儿反而被震惊得不知道说什么了。

小宝不仅打出了十环，而且在短暂练出手感之后，就犹如神枪手一样枪枪命中靶心。

过了好半晌，宁夕才呆呆地说了一句：“陆霆骁，你儿子逆天了啊！这基因未免也太厉害了吧！”

陆霆骁：……

陆霆骁心想：老婆，这貌似不是来自我的基因。

此刻，看着越玩越上瘾，且枪枪神准的儿子，陆霆骁内心极其复杂。

他敢肯定，陆家包括他自己在内，没有任何人有这方面的特长，小宝也确实是第一次摸枪。

庄荣光的天赋来自他的亲生父母，而宁夕的天赋似乎也来自庄家。

那么小宝呢？他的天赋又来自哪里？

脑海中那个因为陆景礼的调查结果而产生的念头，从一颗种子渐渐发芽，直至长成参天大树。

毕竟年纪小，腕力支撑不了太久，宁夕怕小家伙伤到手，玩了一会儿便让他停止了。

小包子依依不舍地摸着枪，一脸意犹未尽的表情。

小宝对任何东西的兴趣都是淡淡的，宁夕看到他这副小模样，倒是挺高兴的，同时心内更是觉得亲切。

本来庄燎原因为小宝是陆霆骁的儿子，还是带着一点偏见的，见此情形，哪里还有半分偏见，看着小家伙的眼神简直闪闪反光，比当初看到宁夕的时候还要夸张：“这孩子，太有天赋了，比荣光的天赋还高！”——甚至很可能超越了宁夕。

庄荣光泪流满面，心想：爹，我已经够丢脸了，你别再说了好吗？我都要叫人家爸爸了！

小包子这时才想起最重要的事情，冷着小脸转向庄荣光：“别忘了你的承诺。”

庄荣光总不至于跟一个小屁孩打赌还反悔，只能无奈地开口：“我保证以后再也不挑拨了。”

“还有呢？”

“宁夕是你的妈妈，是你的妈妈……是你的妈妈……”

闻言，小包子那张一直无比严肃、紧绷的小脸总算舒展开来，露出了一个极其可爱又满足的微笑。

庄荣光看着萌萌的小包子笑起来的小模样，不自觉地愣怔了一下，刚才那一瞬间，他怎么觉得讨厌的小家伙还挺可爱的呢？

今天宁夕发现小包子在射击方面这么有天赋，觉得惊喜和格外亲切的同时，难免也有些嫉妒。

小包子基因这么好，简直完美到逆天，他的亲生母亲肯定也是一个特别优秀、特别厉害的人吧！

不过见了短短一面，庄燎原和庄宗仁已经都喜欢上了萌萌的小包子。看在小包子的分上，他们热情地留父子俩晚上在家里吃饭，席间对小包子异常热情，老爷子还要留小包子在这边住几天。

陆霆骁自然婉拒了，吃完饭就带着老婆和娃走了。

这庄家的人，要抢他老婆还不够，居然连他儿子也惦记上了！

Chapter 4

▼

宁夕一直说他是她的阳光，可转瞬间，
他便成了她一切黑暗的源头。
他要如何告知她这个残忍的真相？
她知道真相后又会是怎样的反应？

深夜，铂金帝宫。

宁夕哄睡小包子之后，带上门走了出去。她还要回别墅那边，正准备跟陆霆骁打个招呼，找了半天却没有找到人，最后才在后面小花园影影绰绰的蔷薇藤蔓下看到了他。

陆霆骁穿着一身棉麻的居家休闲装，坐在花架下的藤椅上，一只手臂横在身后的椅背上，另一只手里点着一支烟，烟头红色的光亮在夜色中忽明忽暗。

宁夕眉头微蹙，踩着绵软的草地走过去："你怎么一个人在这里？"

听到宁夕的声音，陆霆骁周身那仿佛让他与世隔绝的冰面才碎裂开来，他掐了手里的烟，抬眸朝宁夕看去："过来。"

宁夕依言走过去，刚走到陆霆骁的身前，便被他牵着手，坐到了他的膝上。

陆霆骁的怀抱一片温热，带着淡淡的烟草味儿，以及一丝令宁夕有些不安的气息。

"怎么了，你有心事吗？"宁夕抬头问。

"你喜欢小宝吗？"静谧的夜晚，陆霆骁问道。

"当然喜欢啦！"宁夕一脸迷茫地回答，不懂陆霆骁怎么突然问这个。这个问题还需要问吗？为了证明自己说的话，宁夕继续开口道："其实我在遇到小宝之前是不太喜欢小孩子的，也不能说不喜欢，就是不愿意亲近小孩子，直到遇到小宝。"

听着宁夕的话，陆霆骁心头微沉。

那日在春风镇的麦田内，宁夕的一字一句仿佛还在他的耳边回响。

"孩子生下来就死了。这大概是老天对我唯一的仁慈了，否则，我真的不知道该如何面对和对待那个孩子……"

陆霆骁下意识地抱紧了怀里的宁夕，微微倾身，似要亲吻，却在快要靠近的瞬间退了回去，脑海中又浮现出她说过的话。

"那个陌生男人非常可怕，我很疼……很疼……是那种感觉自己会死掉的痛苦。我高烧了一个星期，在床上躺了一个多月才恢复过来。看医生的时候，那令人羞耻的感觉，我至今都忘不了……后来，我对男人的恐惧也一直如影随形，我极度厌恶和排斥男人的接触，五年前的那一次，是我唯一的一次性经历。"

一字一句，言犹在耳，如烈火焚心，让他感觉一半是天堂，另一半却是地狱。

直到此刻，他才终于知道，宁夕一个人怀揣着一个无法言说的秘密是怎样的感觉。

不知过了多久，陆霆骁漆黑的眸子里翻涌的暗潮终于沉寂下来。下一秒，陆霆骁修长的手指覆在宁夕白皙、修长的颈脖上，微凉的吻，带着满腔浓郁到化不开的情愫，落在了宁夕的嘴角。

宁夕也不知道陆霆骁的不安到底源于哪里，只能迎合着他的吻，好让他安心。

"啊！"突然，宁夕捂着脖子痛呼了一声。

"你怎么了？"陆霆骁紧张不已地问。

"嗯……好像有什么东西扎到我了。"宁夕捂着她的肩膀。

陆霆骁抬起手，朝他的袖口看了一眼："抱歉，是我衣服上的扣子有豁口。"说完，他忙掏出手帕捂着宁夕流血的伤口，扶着她站起来，"我带你上去处理伤口。"

陆霆骁说着话，脸上布满阴云，脸色极其难看。

宁夕看他一脸好像自己流了一缸血的夸张表情，无奈地笑道："小伤而已啦，不碍事的。"

陆霆骁看宁夕没有察觉，对他没有半分戒心的模样，心脏更是一阵刀绞般的疼痛。

楼上卧室里，陆霆骁小心翼翼地帮宁夕将伤口处理了一下。

如果她仔细看会发现，那个伤口在靠近肩膀的地方，正好衣领能遮住，不会影响到她平时的生活和拍戏。

"陆霆骁，你今天到底怎么了啊，心不在焉的。"宁夕有些担忧地问。

陆霆骁收起医药箱，看了她一眼："我怕你嫌弃我有一个拖油瓶。"

听到这里，宁夕总算恍然大悟，哭笑不得地勾住他的脖子，在他板着的脸颊上亲了一口："荣光是小孩子，小孩子说的话你还真在意了啊？我早说了自己最喜欢小宝了啊，怎么可能因为这个嫌弃你？小宝分明是你的外挂、你的神助攻好不好？"

"嗯。"男人亲吻着她的额头，似被她的话安抚了。

从头到尾，宁夕对陆霆骁的异样没有丝毫怀疑。接下来宁夕还有通告，所以她回桃花坞了。

等宁夕离开之后，陆霆骁看着一块带血的手帕，迟迟没有移动视线，直到一阵手机铃声响了起来，是陆景礼打过来的。

"哥，你睡了吗？"

"你过来。"

"我马上去。"

不到几分钟，陆景礼就已经从隔壁赶过来了。

看到亲哥一副全身都冷得掉冰碴儿的样子，陆景礼没敢靠他太近，隔着好远开始汇报："哥……我又查了一遍，小夕夕那天晚上进的真的就是你订的那个包厢，但她到底是什么时候进去的，会不会是在你离开之后进去的，你离开之后又会不会还有其他人进去，真的不能确定……"

不等陆景礼说完，陆霆骁突然摊开掌心，递给陆景礼一个东西。

陆景礼不解地走上前去，下意识地接过他哥递过来的一块手帕：“咯……这是什么啊？”

难道是他哥给他擦汗的吗？

陆景礼正奇怪着，定睛一看，发现手帕上居然有血迹，顿时瞪大了眼睛，结结巴巴地问：“这……这血是？”

陆霆骁说：“小夕的。”

果然！他哥终于还是决定验DNA了啊！早就该这么做了嘛，害得他查得都快吐血三升了！

“哥，你是用什么办法弄到血的？会不会引起小夕夕的怀疑啊？现在情况这么复杂，万一……”

陆霆骁直接打断陆景礼的碎碎念：“美人计。”

“呃……”好吧，他哥这招都用了，小夕夕肯定不会怀疑了。

“那小宝的血样怎么办？”陆景礼又问。

“明天小宝的学校会安排学生集体体检。”陆霆骁开口道。

“那就没问题了。”陆景礼连连点头，抖着手，小心翼翼地捧着这块带血的手帕。

其他样本不方便采集，用头发倒也可以，但必须是带毛囊的，而且太小的孩子毛囊发育不完全，检测起来会有偏差，所以最准确的样本还是血液，弄到了血液去检测的话，那肯定万无一失了。

他好紧张啊！

他的小心脏都快蹦出来了！

最惨的是，这种惊天的大秘密，他还要死死憋着守口如瓶，也不知道会不会憋死他！

原来，劲爆八卦知道太多也是一种忧伤。

宁家府邸。

宅院内张灯结彩，屋里的宴客厅内一片觥筹交错、衣香鬓影。

今日，是苏、宁两家订婚的大好日子。

因为只是订婚，所以在场的人都是两家的亲戚，即便如此，场面也已经相当气派，来往的都是有头有脸的人物。

“恭喜恭喜啊！”

“两个孩子真是郎才女郎，是天造地设的一对。”

所有来宾都客气地说着恭维和喜庆的话，如同那日酒会上宁秋彤当众说出宁雪落身世的事情根本没有发生。

如今宁耀华将手中的股份都交给宁雪落了，苏衍下个月就要如期举行婚礼迎娶宁雪落，稍微有眼色的人也知道宁家这两个女儿哪个比较重要，所以没人会在这种场合提及那件事情。

宁雪落挽着苏衍忙碌地招待着来宾，接受着所有人的祝福和羡慕的眼神，内心前

所未有的满足。

这仅仅是刚刚开始而已，未来她得到的还会有更多、更多。只可惜，今天宁夕那个贱人不在，不能亲眼看到这一切。不过没关系，下个月就是她的婚礼了，到时候全城人都将见证这一切，宁夕就算想躲也躲不掉！

一阵手机铃声响了起来，宁雪落拿出手机看了一眼，是一个陌生号码。

“喂，哪位？”宁雪落声音甜美又客气地询问，以为是哪个宾客打来的。

“雪落，是我啊……是妈妈。”

宁雪落瞬间变了脸色，捂住手机，微笑着对一旁的苏衍开口道：“衍哥哥，我去接个电话。”

“嗯，你去吧。”

宁雪落急匆匆地拿着手机走到了院子里，面上的甜美微笑瞬间荡然无存，厉声开口道：“我不是说过让你不要打我的电话吗？”

电话那头的人顿了一下，然后传来一个有些窘迫的声音：“雪落，我听说今天是你订婚的日子，妈只是……”

“闭嘴！”那一声“妈”如同触碰了宁雪落脆弱的神经，她立即厉声将那头的人的话打断。

孙兰大概也意识到了女儿的忌讳，忙改了口：“我只是想跟你说一声恭喜。”

“不必了，只要你当没我这个人，我就已经很感谢你了！”

“对了，前些天小诺去找你……”

“你还敢提小诺，我说过多少次了，你们绝对不能来宁家，你到底有没有听我的话？是不是非要害死我才开心？”一提到那件事，宁雪落的火气立即又被点燃，却丝毫没有问那日唐诺来宁家到底是因为什么事。

“雪落，你说这样的话就太伤我的心了。我也知道你在宁家不容易，为了不给你添麻烦，这些年我们一次都没有找过你，这次也是实在没办法了，才让小诺去了一趟帝都……”

“够了，我现在很忙，没空跟你说这些，你直接说吧，要多少钱，但只此一次。你们搞清楚，你们没有养过我一天，我对你们没有任何义务，更不是你们的提款机！”宁雪落一听对方的语气就猜测估计是为了钱，顿时满脸的厌恶之色。

“雪落，你误会了，我不是为了钱……”孙兰怎么也没想到女儿竟然如此误会她，她若不是被那些流氓逼得走投无路了，怎么可能会去麻烦雪落？可雪落问都没问一句小诺为什么去帝都找她、家里出了什么事，便说出了这种话来。

“雪落，你怎么一个人在这里？”身后突然传来苏母的声音，宁雪落不等孙兰解释，赶紧把电话给挂了。

“苏阿姨。”宁雪落忙露出招牌的温婉、乖巧的微笑。

“好孩子，没几天你就要改口叫我婆婆咯，我等这一天可是等了五年。”苏母拉着宁雪落的手，满脸慈爱。

自从宁雪落的身份被揭穿之后，苏母对她的态度冷淡了不少，即使宁耀华把股份给了她，也终归还是难以恢复到跟以前一样了。

宁雪落没想到苏母今晚对她的态度突然这么好，难免受宠若惊，于是忙露出一副娇羞又感动的神情："能有您这样的婆婆，是雪落的福分。"

苏母笑容满面，又拉着宁雪落说了好些体己话，随后话锋一转："雪落啊……你跟苏衍结婚，家里有邀请庄家那边的人吗？"

听到这里，宁雪落顿时愣了一下，她就说苏母今晚对自己的态度怎么突然殷勤了起来，没想到竟然是为了庄家。

宁雪落顿时面露为难的神色："这个我不曾听爸妈说起过，宴客名单上似乎没有庄家的人……"

闻言，苏母蹙了蹙眉头，随后又拉着宁雪落的手，语重心长地开口道："雪落，现在我们好歹是一家人了，所以有些话我还是想要说几句。天下哪有不是的父母呢，做父母的还不都是为了小辈好吗？你妈妈跟庄家那边疏离了那么些年，也该放下了，你说呢？"

宁雪落斟酌了一下措辞："我自然也希望妈妈能跟外公那边冰释前嫌，一家人和和乐乐的，但是妈妈的性子您也是清楚的。"

苏母眸光微动，继续开口道："傻孩子，有些事情你母亲自己自然是拉不下这个脸的，庄家那边也需要一个台阶，这时候自然就要靠你们这些后辈了。"

"下个月你跟苏衍大婚就是一个难得的好机会啊！若这个时候你主动去邀请庄家，给庄家一个台阶下，庄家那边只要有和解的意思，便一定会到场的。到时候只要庄家一来，在你大婚这样的日子里，你妈妈就算心里有不快，肯定也不会放到明面上说。趁着气氛好，大家把一些事情说开，矛盾不就解开了吗？"

"说到底，当年庄家不同意你妈妈跟你爸爸的这门婚事，也是觉得门不当户不对，现在宁家发展得越来越好，你又知书达理、聪明能干，现在与我们苏家又是姻亲，庄家再怎么样也该改变态度了。"

苏母完全没有去想宁雪落不是庄玲玉亲生的这件事，她觉得，连庄玲玉自己都只承认宁雪落这个女儿，庄家当然也是一样，难道还能去亲近那个被宁家赶出家门的宁夕吗？

苏母说了这么长一番话，可谓非常有道理，然而，宁雪落的面上没有丝毫的喜色。

苏母想到的，她怎么可能没有想到呢？

一早她就已经偷偷给庄家送过请柬，但是这么多天了，那边一点回应都没有，分明就是丝毫没有要搭理他们宁家的意思。

如今，苏家那边有苏洵虎视眈眈，苏洵的妻子也是一个不好惹的，如果只是这样，靠着她在娱乐圈的人脉、自己的公司，以及手中宁家的股份，她嫁去苏家之后，想站稳脚跟绰绰有余。

但是，她不是宁家亲生女儿这件事情闹开之后，就像一个定时炸弹悬在她的头顶，所以光有这些远远不够，如果能有庄家这个助力的话，她就可以高枕无忧了……

宁雪落自然不可能直接跟苏母说庄家对宁家不屑一顾，于是开口道："苏阿姨，我明白您的意思了，庄家那边我会尽量去邀请的。"

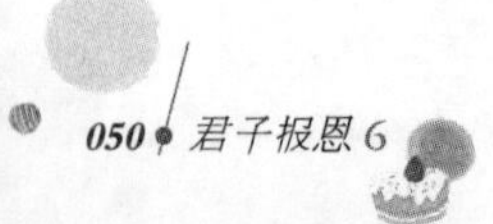

见宁雪落是一个聪明的人，明白了自己的意思，苏母满意地点了点头。

宁雪落的脸上闪过一丝阴鸷之色，庄家那边，看来她得另想办法了。

次日上午，陆氏集团。

公司的董事会刚刚结束，片刻后，陆景礼就小心翼翼地探着脑袋钻进了会议室。

“报告什么时候出来？”陆霆骁问。

陆景礼的眼睛顿时一亮：“就今天！今天下午！待会儿我就去医院拿鉴定报告了！我找的是帝都军区总院，绝对权威！”

这时，陆霆骁目光凉凉地朝他看了一眼，他这个亲哥肚子里的蛔虫立即赌咒发誓：“哥，我发誓，这件事我谁也没说，谁也不会说的，你放心好了。”

陆景礼说完，轻咳一声，忍不住问道：“哥，亲子鉴定的结果，你到底希望是还是希望不是啊？”

到底希望最后得到的是怎样的结果……陆霆骁神色微怔，并未开口。

他若知道这个问题的答案，也不会如此心神难安。

陆景礼挠挠头，也觉得这个问题实在是够让人纠结的：“唉，我去医院候着了，一切还是等结果出来再说吧，现在想再多也是瞎想！”

铂金帝宫。

拿到鉴定结果后，陆景礼立刻驱车回了铂金帝宫。他怀里揣着一个公文包，跟做贼似的朝他哥院子的方向疾步走去。

他刚走到门口，结果迎面撞上了一个人，吓得他差点魂飞魄散：“小夕夕！”

“你干吗呀，怎么看到我跟看到鬼似的！”宁夕挑眉打量着对面的陆景礼，面露狐疑。

陆景礼死死抱着怀里的公文包，帅气的小脸都吓白了，心想：你比鬼还要可怕好吗！！！

“小夕夕，你怎么来了，今天不用拍戏吗？”陆景礼好不容易才把他那颗差点破体而出的小心脏给塞了回去，强自镇定地问道。

看着陆景礼这副目光游移、头冒冷汗，还结结巴巴的可疑模样，宁夕双眸微眯：“你是不是做坏事了？”

“没有！谁说我做坏事了！我这么萌、这么乖、这么可爱，你才做坏事呢，你全家都做坏事！”陆景礼语速飞快地开口否认。

宁夕无语，嘴角微抽，他这么激动，明显更可疑了好吗！

“你手里拿的什么东西？”宁夕的目光下意识地落在陆景礼抱在怀里的黑色公文包上。

陆景礼的小心脏顿时又抖了一下：“包，你自己不会看吗？”

宁夕却没有就此罢休，竟继续问道：“包里装了什么？你这么紧张做什么？”

“当然是文件啦！机密文件！我能不紧张吗？”

“问题是，你看到我这么紧张做什么？”

陆景礼简直快哭了：“我不跟你说了，我还要急着把东西送去给我哥呢！”

宁夕嘴角一勾，故意挡在了陆景礼的跟前，眯着眼睛一步步逼近，那姿态活像一个逼迫良家妇女的流氓恶霸：“哎，你别走啊。我越看你越可疑，这包里的东西是不是跟我有关呢？”

嗷！哥！救命啊！

陆景礼发出了来自灵魂深处的哀号。他哥说绝对不能让任何人知道，其中最重要的就是不能让小夕夕知道啊！他怎么这么倒霉，一来就撞上了她，最惨的是他还打不过她。

就在宁夕的手快要碰到陆景礼手中的公文包时，突然，一只温柔而有力的手轻轻拥住了她的腰。

“你们在做什么？”

耳边传来陆霆骁温润、低哑的声音，宁夕顿时被身后的人转移了注意力，转身主动搂住大魔王的腰，满脸恶趣味，笑道：“我逗陆二玩儿呢，他都快被我吓死了，哈哈哈……”

陆景礼：“你怎么可以这样！人吓人真的会吓死人的好吗！”

“每年的家族大会，总有人送一些女孩的资料过来。”陆霆骁看着宁夕，神色有些无奈地解释，同时眸子里也含着一丝紧张。

“这个呀……我还以为是什么呢！我有那么小气吗？真是的！”宁夕撇撇嘴，回忆起当初她在陆霆骁的办公室里等他，结果意外地在他的桌上看到了一本相亲相册，当时他的反应比陆景礼刚才的反应还要夸张，跟救火似的，一路从视察的工厂赶了回来，就怕她误会。

对于陆霆骁的话，宁夕没有丝毫怀疑。

如此可怕的危机，就这么被一句话解除了。陆景礼对亲哥的演技以及美人计简直心服口服，急忙顺着亲哥的话开口道：“好吧好吧，我就知道你肯定不会看的，就让我独自一人承受这一切吧！”说完，他就一溜烟跑了。

他先躲过小夕夕再说。

“你怎么这会儿过来了？”陆霆骁牵着宁夕的手，一边往屋里走，一边问道。

“今天难得放假，我上午在家休息了一会儿，陪了一会儿天心姐，下午就过来陪我的宝贝儿子啊！小宝放学回来了吗？”

“他回来了，刚刚还在问可不可以去看你。”

“当然可以啊！其实不用顾忌天心姐的，我们的事情，我都已经跟天心姐说过了，以后你可以直接带小宝过来找我。”

“好。”陆霆骁不动声色地朝身后看了一眼，陆景礼已经一溜烟跑了个没影。

只是听到宁夕的脚步声而已，小包子已经飞快地从楼上一路小跑下来，然后一头扎进宁夕的怀抱：“妈妈！”

小家伙平时对其他人都是冷冷淡淡的，虽然已经能够开口说话，但也跟以前没两样，在宁夕不在的情况下，依旧一天都可能不说一句话，但每次只要宁夕一出现，绝对便是一声甜到不行的“妈妈”，并且跟宁夕每说一句话都一定要带一声“妈妈”，听得让人的心都化了。

若是不知情的人看到这一大一小两个人，绝对不会怀疑这是一对感情非常好的母子。

“包子，看妈妈给你带什么来了，嘿嘿！”宁夕把拎过来的袋子打来，里面是各式各样的枪，当然啦，都是玩具枪。

“你现在还太小，不可以玩真的枪，妈妈陪你玩水枪好不好？”

“好的，妈妈，小宝喜欢水枪。”

“你去叫爸爸跟我们一起玩呀，人多比较好玩哦。”宁夕冲小宝使着眼色。

小包子犹豫了一会儿，随后迈着小短腿走到了陆霆骁的跟前，仰着小脑袋，面无表情地说：“一起玩。”

看着小包子一秒切换到高冷状态的小模样，宁夕哭笑不得。

小包子叫了爷爷，叫了奶奶，叫了二叔，连对陌生人也很有礼貌，为什么就是不愿意叫陆霆骁爸爸呢?

宁夕陪小宝疯玩了一下午，晚饭后，一大一小两个人玩累了，终于双双睡了。

陆霆骁看着床上一大一小两个人，满目温柔之色。

陆霆骁俯身亲吻着小宝和宁夕的额头，随即，宽大、温热的手掌一次抚过宁夕的眉眼、鼻梁、唇……一路移至她平坦的小腹处，温柔至极地轻轻抚摸着。

在遇见宁夕之前，他对此生并无任何期待；在遇到宁夕之后，对于婚姻、家庭、孩子，这些他原本不曾有任何期待的东西，因为与她联系到了一起，于是都变得如此重要。

一想到她或许真的是小宝的亲生母亲，一想到眼前这个他爱之入骨的女孩或许曾经为他孕育了一个孩子，胸腔里便盈满了难以言喻的感动和幸福。

孩子，他和她的孩子。

与此同时，对面别墅的某只小锦鲤都快被折磨得神经衰弱了。

虽然才过去几个小时，但守着这样一个天大的秘密还不能看，对他而言无疑是史上最残忍的酷刑。

就在陆景礼已经忍无可忍地朝着亲子鉴定报告伸出手的时候，他哥的电话终于打来了。

陆霆骁说：“你过来。”

一听到亲哥的召唤，陆景礼顿时拿出了上学时百米赛跑的速度，飞快地朝对面别墅跑去。

当然，虽然这次是亲哥给他打了电话，但之前他实在是被宁夕吓怕了，所以他还是偷偷摸摸地观察了半天，直到确定附近没人了才赶紧溜进去。

“哥，小夕夕睡着了吗？”陆景礼扶着门，压低了声音，跑得上气不接下气。

“嗯。”

陆景礼轻手轻脚地带上书房的门，并且反锁了起来，这才终于放心地擦了一把汗，朝陆霆骁走过去。

陆霆骁的目光落在陆景礼手中的黑色公文包上。陆景礼忙小心拉开公文包的拉链，从里面拿出一份报告书，放到了陆霆骁的书桌上。

薄薄的一张纸，却好似有千斤重。

其实，直到现在，陆景礼还是没什么真实感，因为这件事情实在是太玄幻了！

陆景礼等了半天，见陆霆骁都没有要看的意思，紧张地咽了一口口水：“哥，有什么问题吗？”

陆霆骁面上的神色变了又变，如同眼前的报告掌握着他的生死。

不知过了多久，陆霆骁依旧没有碰这份报告，于是陆景礼试探着开口道：“哥，其实吧，我真的觉得你想多了，当年那个禽兽怎么可能是你呢！这份鉴定报告肯定能证明你的清白！就算你不看，好歹让我看一眼嘛，怎么说也是我经历九死一生才拿回来的。我看完不告诉你总行了吧？”

见陆霆骁没说话，陆景礼一边说，一边去拿桌上的报告：“我看了啊，我真的看了啊！我保证看完之后，你不问，我绝对不说！”陆景礼说完后，如饿虎扑食一般，“嗖”的一声把报告书给拿了起来，并且直接扫到了最后一行。

“上述基因座均遵循孟德尔遗传定律，联合应用可进行亲缘关系鉴定，综上述19个STR基因座的检验结果可知，宁夕的被检测遗传基因符合作为陆擎宇亲生母亲的遗传基因条件，他们之间的亲子关系概率值经计算为99.9999%……依据DNA分析结果，支持宁夕与陆擎宇存在亲生血缘关系。”

在陆景礼看到最后一行字的一刹那，虽然陆霆骁没有亲自看这份报告书，陆景礼也一个字都没有说，但是他太了解陆景礼了，即使从陆景礼一个细小的神态，也已经知晓这份报告书的结论是什么了。

宁夕真的是小宝的亲生母亲……

“哥，你看我干吗呀？我可什么都没有说啊！”

但他的眼睛里已经满满的都是“天啊，小夕夕竟然是小宝的亲妈，那晚的禽兽竟然真的是他亲哥”。

本来陆景礼一直想着，等亲子鉴定结果出来，排除了亲哥的嫌疑之后，他就可以毫无顾忌地着手去找真正的禽兽了，结果当他看到鉴定结果的时候，他简直感觉自己整个被五雷震碎重组了一遍。

此刻，陆景礼看陆霆骁的眼神简直跟看“神”没有两样。

“哥，你简直太厉害了！我本来还一直觉得你的进度太慢了，居然跟小夕夕交往到现在连床单都没有滚过，万万没想到啊！你不仅睡了她，居然连孩子都五岁大了！哥，老奶奶过马路我都不扶，我就服你！我再也不敢说你不会把妹了，你简直就是我的偶像，我的superstar，我的人生导师！”陆景礼语速飞快地说着。

话说完了，人还没停下来，陆景礼又像打了鸡血似的在屋子里直转圈圈，根本停不下来：“嗷，天哪天哪天哪！要是我宝知道这个消息，还不得高兴得疯了啊！小夕夕真的是他的妈妈啊，是他的亲妈啊！果然是苦尽甘来了吗？咱们小宝的运气简直逆天了好吗！”

陆霆骁捏了捏眉心，朝着聒噪的自家弟弟伸出手。

激动得差点去啃桌子的陆景礼这才回过神来，忙乖乖地把亲子鉴定报告双手递了过去。

陆霆骁接过报告书，犀利的目光一字不漏地扫过报告上的内容。虽然已经被陆景礼间接告知了结果，可是，当他真正亲眼看到那一句“支持宁夕与陆擎宇存在亲生血缘关系”时，内心依旧剧烈震荡着。

很显然，某个大魔王内心的激烈程度其实不亚于小锦鲤。

是她……

早知会是她，五年前，他就应该去查清楚，这样的话，他是否可以早些与她相遇？

须臾之间，陆霆骁的脑海中有无数念头纷乱地闪过。

陆景礼念叨了半天，小心翼翼地观察了一下陆霆骁的脸色，然后才嗫嚅着断断续续地开口道：“哥，你看虽然当年那个缺德的主意是我出的，药是我给你下的，地址也是我选的，我害你做了一回禽兽，但是在阴错阳差、误打误撞之下，当年睡你的人竟然是小夕夕！不仅你的贞操保住了，而且你的第一次、你的娃，总之你的全身心都给了小夕夕，属于小夕夕！这简直是激动人心、普天同庆的大好事！我算不算功过相抵了？”

陆景礼偷偷觑了亲哥一眼，又特别不要脸地嘀咕了一句：“其实我觉得自己的功劳更大……”

哼哼，不抵也得抵啊，他哥要是不松口，他就去找小宝给他撑腰。小宝宝贝要是知道了真相，一定会给他撑腰的，以后他可就是小宝宝贝跟前的大红人、第一大功臣了。

陆霆骁目光清冷，漫不经心地朝陆景礼看了一眼。

不得不说，陆景礼方才的一句话，字字说到了他的心坎上。

当他确定当年那个晚上的女人是宁夕的时候，不得不承认，他内心深处狂涌而上的……满满的都是前所未有的庆幸和喜悦。

五年前的那件事情发生之后，他跟陆景礼之间多少还是存了一些嫌隙，而且陆景礼自己也心虚，一直挺怕他的，尤其忌惮提起五年前的那件事，直到因为宁夕，当年的事情才重新被放到了明面上。

而此刻……陆霆骁看着自家这个蠢萌的弟弟，莫名觉得他似乎还挺顺眼的。

“哥。”陆景礼被亲哥那不同寻常的目光盯得心里有些发毛，“哥，你别不说话呀，怪吓人的。”

嗷！完蛋了！他哥该不会是想杀人灭口吧？要不然他哥的目光怎么突然温柔下来了？这是最后的温柔吗？嗷！

陆景礼急吼吼地开口：“哥，其实我觉得，这件事情就算让小夕夕知道了应该也没什么。虽然小夕夕对当年那人恨之入骨，欲杀之而后快，但如果那个人是你的话，肯定一切就不一样了啊！小夕夕这么喜欢你！”

耳边传来陆景礼的话，陆霆骁目光微沉。他不是没有想到这一点。实际上，他也一直是这么安慰自己的。但是，陆景礼没有亲眼看到，当时宁夕在他怀里绝望地回忆当年那件事情的画面。

一字字、一句句，如同刀子一般在他的心上凌虐。

该死的！

当年陆景礼下的药剂量太大了，他只有一开始有些模糊的记忆，只知道是一个女人进来，主动摸索着靠近他，但后面就完全不清楚了。

没想到他竟然做到了让宁夕遍体鳞伤、高烧不止，甚至在床上躺了一个月的地步……他简直不敢继续想下去。

宁夕一直说他是她的阳光，可转瞬间，他便成了她一切黑暗的源头。

他要如何告知她这个残忍的真相？她知道真相后又会是怎样的反应？

饶是陆霆骁在商场上运筹帷幄，也无法预料这个结果，更无法预料届时他是否能够承受那样的结果。

陆景礼是什么人，眼珠子一转就反应过来了，于是帅气的小脸一红，扭捏道："喀喀……哥，是不是……是不是你那晚太神勇了……把小夕夕折腾得有点惨，所以才不敢说啊？"话音刚落，亲哥那如北风呼啸般的眼神扫了过来。

亲娘啊！陆景礼立即瑟瑟发抖，噤了声，过了好半天才哭丧着脸道："好嘛好嘛，我的错，我不该给你下那么大剂量的药。可你平时总是一副性冷淡的样子，我当时又被爸妈逼到绝路上了，我也没办法呀！"

陆霆骁反复看着这份亲子鉴定报告，眉宇间阴晴不定，不知过了多久，才终于开口道："我会告诉她，但不是现在，而是等这件事从头到尾全部查清楚了。"

为什么当年的人会是宁夕？为什么死婴会变成小宝？这中间肯定有一个知情人。

当然，更重要的是，他与宁夕刚进入感情最甜蜜的时候，这样一件事就毫无征兆地砸下来，他自己都毫无准备、心绪混乱，怎么敢去告诉她，自然要等一切稳定了再说。

陆景礼离开之后，陆霆骁将亲子鉴定报告又反复看了不知多少次，才无比郑重地将它收了起来。

他轻轻推开宁夕卧室的房门，只见柔和的暖黄色夜灯给床上的母子俩镀上了一层温柔、静谧的光芒，他的一颗心顿时变得无比柔软。

陆霆骁轻轻坐在床沿，将宁夕耳鬓的一绺发丝拨到耳后。

宁夕怀里抱着小宝，睡得格外香甜，此刻未施粉黛，面容看上去甚至有些稚嫩。

是啊，她今年也不过是普通女孩子们大学刚毕业的年纪。

当年她怀小宝的时候才十八岁，当时她也不过是一个孩子，却要一下子面对那么大的事情，更别提后来一件件、一桩桩的事情。如果换成一个稍微心志不坚定的人，不是彻底崩溃，便是一蹶不振。而他在陆景礼查到的那些资料中看到了，当年的她确实试图自杀过。一想到这里，他心里就一阵难以言喻的后怕，心脏一阵阵疼痛。

他从未像此刻这样无比强烈地想拥抱她，想将她融入他的身体。于是，他悄悄将她抱到了自己的主卧里。

虽然陆霆骁的动作已经非常轻，但是他将宁夕放到床上的时候，还是惊醒了她。

因为身旁是陆霆骁令人安心的熟悉气息，宁夕没有丝毫的警惕心和防备，迷迷糊糊地睁开眼睛，发现自己被陆霆骁抱到主卧了也丝毫没有觉得哪里不妥，像猫儿一般在陆霆骁的颈窝里蹭了蹭："嗯，心肝儿。"

“嗯。”陆霆骁托着宁夕后颈的手没有收回来，顺势让她枕着，随后在她的身旁躺了下来。

宁夕自觉地一骨碌滚进陆霆骁的怀抱：“你怎么这么晚还不睡啊？”

“我想你了，梦到你了。”

听着耳边陆霆骁沙哑、低沉、好听到简直让耳朵怀孕的声音，分明她就在隔壁，他却说想她、梦到她了，她心里满是甜蜜，轻笑着睁开了如剪水般的眸子。

这双眼睛里如缀满了星辰，漂亮得不像话，加之半梦半醒的慵懒，简直勾得人血液沸腾。

偏偏这个时候宁夕撩人的坏毛病又发作了，她慵懒地半睁着眼睛，看着身旁的陆霆骁道：“你梦到我了？是穿衣服的……还是不穿衣服的？”

刹那间，陆霆骁的眸子便暗淡了下来，在宁夕话音落下的瞬间，他便凶猛地朝着宁夕吻了下去，宁夕脖子被蹭得有些痒，一边笑一边躲着：“痒……”

陆霆骁一点点啃着宁夕的锁骨以及往下的肌肤，欲海翻腾的眸子稍稍抬起，看着宁夕眸子里的笑意以及面上对他毫无芥蒂的全身心信任和爱怜，心头软得一塌糊涂。

两人刚相识的时候，他因为发现宁夕对男女之事异常排斥，所以当对她的感情无法抑制时，甚至用装作梦游的方式去亲近她。

可是现在，小丫头在他的面前已经没有丝毫的不适，甚至已经完全习惯了他的存在、他的亲近，这样的认知让他的心中满溢着感动与满足，与此同时，自然还有隐忧。

不过，他面上刚浮现忧色就怔住了——

房门“吱呀”一声被推开，小宝鼓着腮帮子气呼呼地站在门口，一脸“你太卑鄙了，又抢我妈妈”的表情。

陆霆骁看得一阵好笑，朝着儿子招了招手：“过来。”

小家伙明显有些不情愿，但看看妈妈，又顾不了那么多，立即噔噔噔跑过去。小短腿爬床有些费劲儿，陆霆骁低笑一声，把儿子给捞了上来，放到了中间。

宁夕立马有了儿子忘了夫，像抱住心肝宝贝似的搂住小包子亲了一口，小包子也一把抱住妈妈，警惕地看着身后的爸爸。

陆霆骁眉头微挑，若有所思地看着儿子，突然有些期待，小家伙若知道宁夕就是他的亲生母亲，知道他是自己跟宁夕生的，会是怎样的反应。

帝都某高级婚纱造型会所。

一只戴着白色蕾丝手套的手轻轻撩开帘子，宁雪落以一席纯白色的华美婚纱出现在众人眼前，帘外顿时传来一阵此起彼伏的惊叹声。

“天哪！太美了！”

“宁小姐，这身婚纱真是太适合您了！”

“果然还是苏先生的眼光最好！挑出的这款婚纱最适合苏夫人！”有机灵的店员直接把对宁雪落的称呼改成了“苏夫人”。

此刻，苏衍正穿着一身剪裁合体的高级手工定制西装站在那里等待着，看到宁雪落换好婚纱走出来的瞬间，脸上顿时闪过惊艳的神色。

宁雪落显然极满意苏衍这样的反应，亭亭玉立地站在那里，羞怯地开口道：“衍哥哥，我好看吗？”

苏衍面色温柔：“好看。”

宁雪落顿时面露开心的神色，满脸依赖、眷恋地依偎在苏衍的怀里：“衍哥哥，我终于可以做你的新娘子，你知道我等这一天等了多久吗？”

苏衍看着穿着一身圣洁婚纱，美得如同梦幻的宁雪落，和她仿佛看着全世界一般的表情，心里一丝不该有的杂念被压回了角落里，轻轻抚摸着她的发丝：“我也是。”

旁边的几个店员、造型师以及店长，看着两人如此恩爱，都是满脸羡慕的表情：“苏夫人，还有配套的佩饰，您都戴上一起看看效果吧？”

“好的，麻烦你们了！”

“哪里哪里，苏夫人能来我们这里定制婚纱是我们的荣幸！”店长一脸客气地开口道。

这可是他们跟帝都好几家店竞争许久才得来的生意，宁雪落大婚势必是最近全城内最大的盛事，其宣传效果胜过多少广告。

接着，宁雪落又将佩饰都试戴了一遍。

这些佩饰都是苏衍提前了许久从国外定制的，全球独一无二，尤其是头顶的皇冠，出自Y国皇室，之前在拍卖会上被私人收藏家购买，又被苏衍花高价求得，跟上次慈善晚宴上的那顶皇冠Queen相比，虽然没有被虚抬出的一个亿的夸张价格，但总价值六千万，是Queen实际市场价的两倍，已经相当惊人。

旁边的众人皆是一片夸赞之声，宁雪落的面上满是幸福的神色。

将一切都敲定之后，宁雪落挽着苏衍的手臂，体贴地开口：“衍哥哥，我再把衣服、佩饰这些东西最后检查一遍，待会儿直接去美容院做个SPA，你不用陪我了，有事就先去忙吧！”

“好，老婆辛苦了！”苏衍低头，在宁雪落的唇上亲吻了一下，然后才离开。

宁雪落看着苏衍修长、挺拔的背影，看着即将彻底属于她的男人，满眼得意，啧，这样的男人，就该属于她才对！

宁雪落正跟工作人员商议补充一些细节，手机响了起来，是苏衍的母亲打过来的。她眉头微蹙，拿着手机走到阳台上，然后才接起电话：“喂，阿姨。”

“雪落啊，你今天在跟苏衍看婚纱吗？”

“是的，我刚看完，衍哥哥已经去公司忙了。”

“你还满意吗？有什么不满意的地方尽管跟阿姨说，我让他们满足你的一切要求，毕竟结婚是一辈子的大事，绝对不能马虎。”苏母的语气异常温和。

听着苏母的语气，宁雪落便知道她可能另有话要说，目光闪了一下，随后用一副受宠若惊的语气开口道：“阿姨，我都很满意的。其实真的不用这么麻烦，我只要可以和衍哥哥在一起，别的都不在意的，结婚不过是一个形式而已。”

“那怎么行，你可是我们苏家的长媳，我们自然不能让你受半点委屈。总之，只

要你满意就好。”苏母说着，果然，话题一转，接着开口道，“雪落，阿姨上次跟你说的事情怎么样了啊？庄家那边会过来人吗？”

宁雪落脸色微沉，强撑着乖巧、甜美的语气开口道：“阿姨，您放心，已经有些眉目了，我会尽量邀请的，应该问题不大。”

听到宁雪落的回答，苏母这才满意，又叮嘱了好几句，随后才挂了电话。

苏弘光的那个私生子苏洵娶的是赵家三千金赵姗姗，赵家最近得势，所以苏洵对苏衍的威胁越来越大。这种时候，自己这边又出了这么大的纰漏……宁雪落不禁深吸一口气，拿出手机打了一个电话：“手链订到了吗？”

能不为苏衍的未来做打算吗……

电话那头传来常莉的声音：“订到手链了，我刚从店里取到，现在给你送过去吗？”

“你直接送到美容院来吧。”

“好的。”

宁雪落打完电话后回到屋里，店长忙走过来，面色焦急地开口道：“苏夫人，手链好像忘了准备。”

“没关系，我这边会自己安排。”

“哦，好的好的。”

离开婚纱造型会所后，宁雪落驱车前往一家帝都顶级千金名媛们最常去的会员制美容院。

门口，常莉已经等在了那里，手里拿着一个黑色天鹅绒的小盒子，见宁雪落过来，急忙将东西递给了她。

宁雪落打开看了一眼，确定没问题后开口道：“媒体那边都打点好了吗？”

“放心，我已经都准备好了，他们连稿子都已经提前写好了，霸占一整个月的热门都不成问题。”常莉语气笃定地开口道。

很多天前媒体就已经开始造势了，从宁雪落的婚纱、戒指、皇冠到酒店菜色以及伴手礼……一步步地为婚礼正式举行那天铺垫着。

“嗯，行了，你回去吧。”宁雪落点头，说完直接进了美容院。

常莉狐疑地朝宁雪落进去的方向看了一眼，不懂宁雪落为什么要让她偷偷买一串这么贵的手链。

婚礼所用的佩饰不都是由苏家那边准备的吗？

Chapter 5

▼

趁着今天这个机会，她倒是要让他们好好看看，什么是真正的捧场，什么是真正的撑腰！

宁雪落所到的这家美容院只对帝都名媛开放，就算以宁雪落一线当红女星的身份也进不了，但她同时还是宁家大小姐，又是未来的苏夫人，所以自然弄到了会员名额。

宁雪落刚进入美容院里，便有相熟的店员满脸笑意地恭喜她。

“宁小姐，您来了！我提前跟您道一声恭喜啊！”

“恭喜大婚，百年好合！”

“谢谢！”这些天，宁雪落显然已经习惯了这样的恭贺，得体地感谢了几句，同时不动声色地观察着四周。

终于，宁雪落眼前一亮，看到了她今日要寻的目标。

庄可儿踩着高跟鞋，一身香槟色则灵高级定制装，气场冷艳地走进来。

宁雪落看着庄可儿身上则灵品牌的衣服，目光黯淡了一瞬，随后很快便收回了目光，装作没有看到对方的样子，一边将手包放回包里，一边径自朝前方走去。

就在她朝前走去的时候，一张照片不经意间从她的手包里掉落出来，恰好飘到了庄可儿的脚下。庄可儿下意识地弯腰拾起照片，正要叫住前面的人，却在看清照片后微微变了脸色。

这张照片看背景似乎已经有些年头了，不过照片是翻新过的，最重要的是，里面的五个人竟然有四个她都认识！

中间的人是她爷爷，爷爷左边的人是她的二姑、三姑，右边的人是她的父亲，还有另外一个女人……

虽然照片中的几人看上去都年轻了不少，但是她可以很肯定地辨认出来，只是父亲旁边的那个陌生女人是谁，为什么会出现在这样一张看起来应该是全家福的照片里？

庄可儿回过神来，想叫住前面那人的时候，宁雪落已经走过了转角。

“你好，请问一下，刚才前面走过去的那位小姐是谁？”庄可儿只好询问一旁的工作人员。

“那位是宁家大小姐宁雪落。”工作人员热情地回答。

“宁雪落？”庄可儿面色微变。

小夕的那个妹妹？

她也是后来跟宁夕熟了一点之后才知道宁夕是宁家的养女，有关宁家的其他事情就一概不知了。

可是，为什么宁雪落会有这样一张照片？

思索片刻后，庄可儿开口道："你把我跟宁小姐安排在一个包间。"

"好的。"

宁雪落进了包间之后，便舒服地躺在了真皮躺椅上，等待着美容师的服务，以及……庄可儿。

果然，不到三分钟，她的耳边便传来一阵高跟鞋声。

"宁小姐，您的东西似乎掉了。"庄可儿将照片递了过去，随即试探着开口。

宁雪落一看到庄可儿手中的照片，立即变了脸色，紧张不已地接了过去："啊！是我的照片！谢谢！实在是太感谢你了！"说完，她无比珍视地轻轻抚摸着手中的照片。

庄可儿一边观察着宁雪落的神色，一边开口："抱歉，宁小姐，可否问一下，为什么你的手中会有这张照片？虽然有些冒昧，但你这张照片中的人，有我的爷爷、父亲，还有二姑和三姑。"

宁雪落闻言，顿时面露为难的神色，一副没料到这张照片竟会被庄可儿看到的样子。与此同时，她也确定了一件事——庄可儿完全不知道自己还有一个姑姑。

宁雪落犹豫了许久，最终，她还是让刚走进来的两个美容师先出去一下，随后面色无奈地看向庄可儿道："没想到会意外地让庄小姐看到这张照片，其实照片中的那个人是我的母亲。"

"我父亲旁边的那位？"庄可儿顿时面露惊讶的神色。

"是的。"

"怎么会……"

说到这里，两人顺其自然地坐下，交谈起来。

宁雪落看着照片，长叹了一声，开口道："我的母亲，名字叫庄玲玉。"

听到宁雪落说她的母亲姓"庄"，庄可儿立即反应过来了："你的母亲也姓庄？难道……"

"是的，我的母亲是庄家最小的女儿。"宁雪落开口道。

"为什么我从来都没听家人说过？"庄可儿蹙眉。

爷爷还有第三个女儿？她从未听家里的任何人提过！

宁雪落斟酌了一下措辞，然后开口道："其实我一开始也不知道，也是长大一些之后才发现这件事的。当然，我知道的事情也不是那么具体，只大致听说母亲当初跟父亲相爱，但是因为'门不当，户不对'，外公无论如何也不同意。为了能跟父亲在一起，母亲跟外公多次争吵，误会和矛盾越来越深，最后闹到了断绝父女关系的地步，已经整整二十多年没有往来了。所以，如今几乎没有人知道当年那桩事了！"说到这里，宁雪落满脸的黯然之色，"其实，我知道母亲一直特别后悔当初伤了外公的心，也特别思念家人，只是母亲的性子太过倔强，一直不肯先低头。"

宁雪落说到这里，看着庄可儿，神情有些苦涩："我实在心疼母亲这个样子，所

以试图解开母亲跟外公之间的误会，但是我想要联系和见到外公实在是太难了，所以我那段时间才会试图去联系你，没想到因为一些小误会，错失了跟你说话的机会。”

宁雪落这话无疑是暗指之前在History的店里，庄可儿为了宁夕出头的事情，甚至暗含宁夕从中阻挠的意思。

庄可儿又看了宁雪落一眼，面色狐疑地问道：“为什么你会随身带着这张照片？”

“这张照片的原片是我在母亲的床头发现的，因为长期抚摸，磨损已经很严重了，我便偷偷拿去店里修复了一下，今天刚取过来。其实，我今天来美容院也是抱着碰运气的心态，想着能不能遇到表姐你，没想到，老天终于帮了我一把。”宁雪落倒是丝毫不否认，直接承认了她的意图，甚至装作不自觉地将她对庄可儿的称呼改成了“表姐”。

果然，听宁雪落这么说，庄可儿表情缓和了不少，对于宁雪落的话已经信了好几分。毕竟宁雪落没有必要骗她，这种事情，她回去一问便知道真假了。

没想到，她竟然有三个姑姑，其中一个还离家出走，跟家里断绝关系多年。

回想起爷爷经常面露忧愁之色，她还以为他只是因为思念奶奶，是不是也有一些原因是那个离家多年的小女儿呢？

“晚辈的事情，我们做小辈的也不好插手，但我又实在不忍心看母亲每日这么憔悴下去，所以才冒昧跟表姐你说了这么多。”宁雪落一脸抱歉道。

虽然庄玲玉真的是她的姑姑，宁雪落也确实是她的表妹，但是，她听到宁雪落称呼自己为表姐，心里有种不太舒服的感觉。

还有一些地方她也觉得不太对劲儿，仅仅是因为“门不当，户不对”，爷爷就能跟亲生女儿闹到二十多年老死不相往来的地步吗？

“这张照片，可以给我吗？”庄可儿开口道。

见庄可儿终于对这件事情感兴趣了，宁雪落自然连忙点头：“当然可以，我洗了好些张照片保存。”

庄可儿：“谢谢。”

“唉，其实我母亲一直想找机会跟外公和好的，但因为性格没办法开口是一方面，另一方面，也是因为没有合适的时机。”接着，宁雪落又跟庄可儿说了好些庄玲玉这些年有多思念亲人之类的话，顺带着提了几句她的婚事。

做完护理后，两人一起离开了美容院，站在门口等车来接。

宁雪落正在打电话：“什么？车子抛锚了？可是我马上要赶一个通告，还有不到半小时就开始了。”

再派一辆车过来，时间来不及，因为是公众人物又不方便打车，一时之间，她满脸焦急之色。

这时，庄可儿的车子过来了，她见状随口问了一句：“你去哪儿？”

“会展中心。”

“我正好顺路，载你一程吧。”

“表姐，谢谢你！”宁雪落感激不已地上了车，在车上趁机委婉地邀请了庄可儿过来参加她的婚礼。

庄可儿回家之后，把那张照片翻来覆去看了好几遍。

她要问一下吗？

可是，既然家里的长辈这么多年从不提及庄玲玉这个人，应该是很忌讳当年的事情吧，她贸然去问会不会不太好？

爷爷那边肯定是不能问的，至于妈妈，也不知道她对这件事是否清楚。

去问小夕？

肯定不行，小夕只是宁家的养女，对于这么隐秘的事情估计压根不知道，而且她也从未听小夕提起过。

庄可儿正纠结着，一阵熟悉的脚步声由远及近。

“爸，您回来了！”庄可儿立即站起身。

“嗯，你爷爷呢？”庄燎原身上穿着军装，面容一丝不苟。

“爷爷去钓鱼了，还没回来。”庄可儿犹豫再三，最后还是开了口，“爸……爷爷有几个女儿？”

庄燎原听到这个问题，冷肃着面容，顿时微蹙起眉头：“你怎么突然问这个？”

“今天突然听到有人说爷爷有三个女儿，还有一个叫庄玲玉。”庄可儿试探着开口。

果然，听到这个名字，庄燎原瞬间变了脸色：“你怎么知道的？听谁说的？”

“原来是真的！”庄可儿惊讶着，随即将手中的照片递了过去，“我今天在美容院遇到宁家大小姐宁雪落，捡到了她的照片，和她聊起来才知道。听她说她的母亲一直很思念爷爷。”

“她是这么说的？”庄燎原的脸色有些怪异。

“是啊，她还说这张照片一直被她母亲放在床头，因为经常抚摸都磨损了，所以她拿去修复了。”庄可儿点头道。

听到庄可儿这么说，庄燎原的脸上没有丝毫类似思念和动容的神色，反而如同被触及了逆鳞，神色更冷：“这件事情不是你该过问的，你就当什么都没听过，千万不要在你爷爷面前提起。”

庄可儿其实也料到了父亲可能会这么说，见父亲脸色难看，乖乖点头：“哦，我知道了。”

既然庄燎原已经摆明态度了，那之前宁雪落提到的有关婚宴的邀请，自然也直接被庄可儿忽略了。

虽然具体的情况父亲不想提，但这里面肯定有隐情，她不能听宁雪落的一面之词，也不会贸然插手。何况，就算是为了小夕，她也不想跟这个凭空冒出来的表妹有太多交集。

铂金帝宫。

今晚，陆霆骁下厨，小宝打下手，宁夕则被父子俩勒令离开厨房，等着吃就好。

宁夕随手刷了一下娱乐新闻，铺天盖地全是有关宁雪落和苏衍大婚的报道，想刷

点别的娱乐八卦都不行，无奈只能关了新闻界面，还是继续偷看小包子和大包子吧。

这边，宁夕刚放下手机，手机铃声突然就响了起来，一看来电显示，是唐诺打过来的。

难道是家里又出了什么问题？宁夕忙接通电话："喂，小诺，是家里出什么事了吗？那些人又回去找你们了？"

"没有没有！姐，他们没回来找过我们，不对，倒是上门来过一次，不过是来送鲜花和水果的，而且态度很客气。"

——一看就是上次被宁夕打怕了，看来出手重点一次打服了是对的。

"那就好！"宁夕这才放下心来，笑道，"小诺，还有几天就高考了，到时候需要姐过去陪考，给你打气吗？"

"千万别，你们谁也别来，还是让我保持平常心吧！"唐诺急忙道。

宁夕轻笑道："好吧，随你！加油啊，我还等着你考来帝都呢！"

"姐，你等着好了，我一定能去！"

"哟，你的口气不小啊！"宁夕揶揄着，不过唐诺成绩一直很好，考来帝都肯定不成问题。

"对了，姐，我给你打电话其实还有一件事情……"唐诺似乎有些不好意思开口，犹豫了一下才继续说道，"姐，你上次回来得太突然也太匆忙了，我们都没来得及留你下来，爸妈的意思是，你帮了那么大的忙，怎么也得请你吃顿饭。你什么时候有空，可以回家一趟吗？姐，我们一家都好久没聚在一起了。"最后一句话，唐诺说得很是可怜。

从小到大，和他关系最好的姐姐突然就这么离开了，甚至变成了毫无关系的人，他心里也非常不好受，只是这件事涉及太多人，爸妈那边也反对他跟宁夕联系过密，他再想念宁夕也只能忍着。直到这次宁夕在意外之下回家一趟，家人的关系才破冰。

宁夕闻言，犹豫了一下，听着唐诺小心又可怜的声音，终究没忍心直接拒绝："好吧，等我有空了会去的。"

"真的？姐，你答应了可不许反悔！"

"是是是，我不反悔，你别管这些了，专心备考吧！"

"嗯嗯，我知道了，姐，我一定给你争气！"

"乖。"宁夕满脸温暖的笑意。

姐弟俩聊了一会儿，唐诺支支吾吾，语气不太好地开口道："对了，姐，那个女人是不是快要结婚了？"

宁夕意识到他说的是宁雪落，点头道："是的。"

电话那头的唐诺哼了一声："她连一个电话都没有给家里打过来，我们还是从电视上看到的。我真担心我妈又要巴巴地跑过去，热脸贴人家冷屁股，好在这次妈什么也没说，也没说要去了。她之前还一直催着我寄点土特产过去给人家婚宴上用，我怎么劝妈妈都不听，也不知道为什么突然消停了。"

估计是她跟宁雪落通过电话碰了钉子吧。不过，这话宁夕没有说出口，很多事情以她的立场都不方便说。

宁夕跟唐诺聊完挂了电话，陆霆骁和小包子的饭菜也终于做好了。

“妈妈，可以开饭了！”小包子一脸献宝的表情，将宁夕牵到了饭桌前。

宁夕见桌上摆放着简单又家常的四菜一汤：凉拌西红柿、红烧肉、可乐鸡翅、山药排骨汤，还有一道陆霆骁最拿手的炒白菜。菜的式样比她想象中的丰盛多了，而且居然卖相都挺不错的样子！

“你快尝尝。”陆霆骁递给她一双筷子。

宁夕拿起筷子，挨个尝了一口，一旁的大包子和小包子都紧张地盯着她。

半晌后，宁夕亮着眼睛竖起大拇指：“味道很不错呀！好吃！”

大小包子都松了一口气，小包子满脸开心，陆霆骁帮宁夕拉开椅子：“吃饭吧！”

“嗯嗯。”宁夕眼角的余光看到陆霆骁的手背上起了一个泡，顿时一把抓住陆霆骁的手，“你的手怎么了？”

“被油溅到了而已，不碍事，我已经处理过了。”陆霆骁不在意道。

宁夕忙给他的手吹了吹气：“还疼不疼？我给你呼呼！”

陆霆骁看着宁夕像哄小孩子一样的动作，哭笑不得，不过满心都是温柔。

一旁被忽视的小包子一脸愤慨地看着爸爸，一脸“爸爸，你怎么可以背着我用苦肉计争宠”的表情。

“妈妈，小宝也要！”小包子终于忍不住了。

宁夕轻笑一声，忙对着小家伙白嫩的小爪子吹了吹。小包子立即满意了：看，小宝就算不用计也很得宠！

晚饭后，宁夕哄睡了小包子，跟陆霆骁在小花园里坐着聊天。

“心肝儿啊，你今天怎么突然对我这么好啊？”宁夕有些奇怪地问。

实际上不仅今天，这几天都是这样。

以前陆霆骁对她已经够好了，这几天就更夸张了，她简直感觉自己快被宠成一个废人了。

陆霆骁哪里敢说是因为心疼她和对她感到愧疚。

“我担心你难受。”陆霆骁想了想，找了另一个理由。

“难受？你是说苏衍结婚的事情吗？”宁夕挑眉，似笑非笑道，“如果是那件事，那你真的想多了，啧，他俩挺般配的，在一起多好！”

最近，宁夕主演的《九霄》拍摄进展非常顺利，在拍戏的同时，林芝芝也适当给她安排了一些通告和活动。毕竟一部戏的拍摄周期动辄几个月，她一下子消失这么久，不在公众面前出现，很快就会被遗忘，所以还是要保证一定的热度。

宁夕的人气越来越高，喜欢她的人越来越多，当然，针对她的人也越来越多，莫须有的八卦绯闻满天飞，还好有林芝芝坐镇，加上公司的支持，都没有翻出什么风浪，反而变相增加了她的人气和曝光率。

在工作的同时，有一件事情是宁夕一直坚持的，那就是参与慈善活动。

以前她能做的事情有限，如今以她的身份，可以做到的事情就多了。

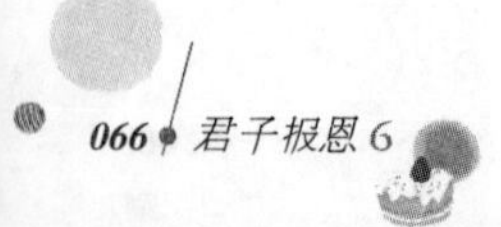

林芝芝对此也非常赞同和支持，积极从中运营、组织着，直接以宁夕的名义成立了一个慈善基金会。

“我这边已经帮你安排好了成立仪式，这个月八号，正好你那天没戏份。”林芝芝开口道。

“八号？”宁夕眉头微挑。

“你八号有事？”

宁夕笑了笑，摇头：“没事，就八号吧！”

“这是宴请名单，你看一下。”

“好。”宁夕点头，拿起名单看了一眼，都是娱乐圈的名人和一些重要的合作伙伴，“没问题。”

宁夕刚从林芝芝的办公室离开，手机便响了起来。

宁夕手滑，没看是谁打来的电话就直接接通了，结果电话那头传来了宁耀华的声音：“喂，小夕啊，雪落的婚礼你可千万别忘了！”

“我八号有事。”

“有事？你能有什么事？什么事情比雪落的婚礼还重要？”电话那头似乎换了人，说话的人是庄玲玉。

“啧，你确定想让我去？”

宁夕的语气让庄玲玉本能地警惕了一下，她当然不希望宁夕来，谁知道宁夕来了又会闹出什么事。

“你以为我愿意叫你过来！雪落结婚这么大的事情，你不来就算了，连天心也有事来不了。你们一个两个的，是生怕外人不知道我们宁家不和吗？”庄玲玉没好气道。

“算了算了，她不来就不来吧，也没什么大碍的。”电话那头，宁耀华嘀咕了一句，然后试探着对宁夕开口，“小夕，你八号是有什么事？小夕啊，其实过去的事情就过去了，感情这种事情强求不来，我看那个云总其实蛮不错的……”听宁耀华的语气，似乎是真怕她因爱生恨趁机闹事，而且他竟然还没忘了云深！大概是上次之后，他看到了她的价值，所以最近对她的态度都好了不少，却更让她恶心了。

“宁董可以去官网看我的行程表或致电我的助理。”宁夕说完，直接挂了电话。

转眼到了八号。

帝都展览中心门口车水马龙，会聚了大半个娱乐圈的各路宾客还有圈内的富豪、名流，气氛及场面可与颁奖典礼媲美。

其他明星举行婚礼的地点大多是酒店的宴会厅或者海岛，而宁雪落和苏衍的婚礼因为宴请了上千名宾客，规模太大，所以苏家干脆壕气地包下了整个帝都展览中心。

宁雪落和苏衍站立在门口接待宾客，两人无比登对，如同画中的璧人，两人的伴娘团和伴郎团全是圈内年轻一辈的名人，也相当吸引眼球。

“苏总，恭喜恭喜啊！”

“李总客气了，您里面请！”

“雪落，恭喜，新婚快乐！你今天实在是太美了！”

“琳姐，您今天才是美艳不可方物好吗，我这个新娘子都压不住你的风头！”

婚宴厅内。

宁耀华满面红光地安排着客人，与帝都顶级圈子里的一众老总聊着天。

此刻，他无比庆幸自己把百分之十五的股份转让给了宁雪落。

雪落果然是他的福星！

嗬，当年庄家狗眼看人低，那样反对把女儿嫁给他，若看到今天这样的场面，不知会有何感想。

出于这样的想法，雪落给庄家那边送请柬的事情，他并没有反对。

若庄家改变态度的话，他倒也不是不可以尽弃前嫌。

转眼间，时间过了大半，宾客们到得差不多了。

“雪落、苏衍，这边交给我们，你们俩快进去吧，待会儿还要彩排。”庄玲玉满脸笑容地开口。

宁雪落的眉头微不可查地蹙了蹙：“没事的，妈，还有客人没到呢，我和苏衍再待一会儿吧！”

“好吧，你们也别等太久。”庄玲玉说着，进去忙了。

宁雪落又等了一会儿，只等到零星几个来得迟的宾客，却始终没有等到庄家人。

该死的！她都已经做到那种地步了，竟然还是没有用！难道庄家人就真的这么绝情吗？这么好的台阶都递过去了，她还特意跟庄可儿说了那么多，只要那边有一丝和解的意愿，那边今天就一定会来人才对。

“雪落，你外公那边的人来了吗？”苏母笑着走过来问，面上的神色很是关切。

“还没有，估计会迟点到，我们先进去吧！”宁雪落微笑着开口，眸子里闪过一丝阴鸷。

苏母这么在意庄家，她若刚嫁到苏家就把第一件事情就搞砸了，以后还怎么在苏家立足？

无论如何，她今天都必须让庄家的人到场才行，哪怕只是露个面。看来她只能用最后一招了……

与此同时，军区大院。

庄可儿换了一身深色系的比较庄重的礼服，拎着包，看样子准备出门。

“可儿，你约了朋友吗？男孩女孩？”坐在客厅沙发上的孟琳琅问道，看她的眼神似乎有些期待。

庄可儿神色无奈：“妈，我是去给小夕捧场！”

“小夕？那孩子今天有什么活动吗？”孟琳琅问。

“小夕的慈善基金会今天成立，作为好朋友，我当然要去给她撑个场子啦！”庄可儿回答道。

孟琳琅感叹地点点头：“那孩子，是个好的，没有被名利迷了眼睛，依旧不忘本心，不愧是……”

“妈，不愧是什么？”

母女俩正说着话，保姆手里拿着一个黑色的小盒子走了进来。

“小姐，这条手链是您放在车里的吗？”

“手链？什么手链？”庄可儿不解。

保姆开口道：“老张洗车的时候在车里发现的，看起来很贵重。小姐，这么贵重的东西您还是好好收起来吧，放在车里太不安全了。”

庄可儿打开小盒子看了一眼，一头雾水：“这不是我的啊！”

保姆不解：“不是小姐的？那是夫人的吗？可是，我看这条手链的款式，应该是年轻女孩佩戴的。”

“不是我的，我也没见过。”孟琳琅开口。

“那就奇怪了，我这车子没有其他人坐过啊……”庄可儿反复看了几眼手链，一眼看出这条手链确实非常贵重，少说也有几百万。

这时，庄可儿突然想起来一个人：“难道是宁雪落？”

“可儿，你说谁？”听到这个名字，孟琳琅眉头蹙了一下。

“就是那个宁家千金，她的父亲是宁耀华，母亲叫庄玲玉，我也是最近才知道自己还有这样一个表妹。”

“表妹？”孟琳琅的眉头皱得更厉害了，“她算你哪门子的表妹！等等，你怎么会知道这些事情的？谁跟你说的？”

“是宁雪落跟我说的。”庄可儿回忆了一下，把那天在美容院发生的事情又说了一遍。

孟琳琅从头到尾沉默地听着，听到后面冷笑连连：“真是信口开河！她庄玲玉会把照片放在床头，夜夜思念家人？她若还有半分良心，当年也不会做出那种狼心狗肺的事情来！”

“妈，当年到底发生了什么事？我问了父亲，可是他什么也不愿意说，还让我不要问，不要在爷爷面前提及。”庄可儿满脸不解。

孟琳琅让保姆先离开，然后开口道：“你可知道当初你爷爷为什么不同意庄玲玉跟宁耀华的婚事？”

“‘门不当，户不对’吗？应该没那么简单吧？要是因为这个，大家顶多吵几次，哪能闹得那么严重？”庄可儿开口道。

孟琳琅的脸色有些难看，她似乎也极其不愿意提及这件事情。但是，她若不说，可儿又可能被那边的人蒙蔽利用。犹豫再三后，她还是开口道：“当年宁家的条件其实并没有那么差，虽然不是机关体系，也非世家豪门，但开了一家公司，尽管规模不大，也还算一个富裕之家。当时还是宁致远当家，公司发展得不错。宁致远为了磨砺两个儿子，让他们自己在外面打拼两年。”

“但是，宁家的两个儿子一个不如一个，宁家老二宁耀邦整日花天酒地，而宁家那个老大，也就是宁耀华，自己开了一个小公司，表面看上去倒是混得不错，实际上，凭借着自己那张还算不错的面皮周旋在好几个女人中间，踩着女人上位这种事情，他不是第一次做了。”

“你父亲当年去详细调查过，回来跟庄玲玉说了，结果你那个拎不清的姑姑完全被迷昏了头，什么话都听不进去，还说是家里在从中作梗、棒打鸳鸯，甚至……”说到这里，孟琳琅脸色更加难看，“宁耀华还勾引过我，只是做得隐晦，并没有证据。这事我只跟你父亲说过，结果你父亲没什么心眼，直接去跟庄玲玉说了，结果你应该也能猜到，她不仅不信，竟然还诬陷我勾引她的男人。嘁，我的眼光还没差到那种地步！”

庄可儿满脸惊讶，总算明白为什么当时父亲什么也不肯说，这种事情，尤其还是长辈们之间的事情，确实是不太好对一个晚辈开口的。

“后来，宁耀华频频在庄玲玉那里吹耳边风，庄玲玉听完后就回来跟你爷爷闹，让你爷爷给宁耀华开后门。她以为批张条子、拿块地给他是那么容易的事情吗？当时上面查得那么严，你爷爷又是那么清明、正直的性子，别说他了，就算是亲生儿子也从没动用过特权，你父亲所有的功绩都是自己一步一步咬牙拼出来的。”

孟琳琅大概也憋了许久，干脆将当年的事情一件件、一桩桩全部说了出来：“结果，她被拒绝之后，背着你爷爷，打着庄家的名头私下里行贿，去找了人帮忙，后来被你爷爷的政敌发现，差点利用这件事情把你爷爷拉下马不说，还毁了你爷爷一辈子的名声，你爷爷怒极了，这才跟她断绝了父女关系。”

庄可儿听得心惊胆战：“原来是这样！”

孟琳琅冷哼一声，说：“尽管后来你爷爷跟她断绝了关系，你父亲终究还是念着几分亲情，私下里去警告过宁耀华，让他好好对待庄玲玉，不然你以为他能把庄玲玉当祖宗一样供着，生不出儿子也屁都不敢放一个吗？”

听完这些，庄可儿总算明白了：“那宁雪落说的那些话……”

孟琳琅冷笑道：“一个月前，庄玲玉碰到我和你父亲还是一副豪门贵妇的高傲态度，都没正眼瞧我们一眼，你认为她会有丝毫悔过之心？那个宁雪落年纪不大，心眼多着呢，无非想借我们庄家的光而已！”

“这条手链又是怎么回事？难道是她为了讨好我又怕我不收，所以故意留在车上的？”庄可儿不解，但这么想似乎也解释不通。

“她这是想骗你去参加她的婚宴！”孟琳琅看了一眼时间，“不信你可以等着看，待会儿她就会打电话过来，说自己的手链不小心落在了你的车上，编造各种你不得不亲自送手链过去的理由，请你帮忙送过去！”

“到时候，只要你去了，虽然你只是去送一条手链，但别人可不知道，别人只看到你去了宁雪落的婚宴，还送了她一条无比贵重的手链作为结婚礼物，别人只知道你是庄家大小姐，你参加宴席代表着我们整个庄家，到时候，她的身价就会踩着我们庄家水涨船高！”

孟琳琅太了解自家这个女儿了，外冷内热，若宁雪落真想设计她，她八成会中计，也幸亏被自己及时发现了。

庄可儿咬着唇，脸上的表情简直跟吃了苍蝇一样：“这个女人的心机简直太可怕了！”先是打亲情牌，最后怕她不上道，还给她挖了手链这个坑，简直让她防不胜防。

孟琳琅的眸子里闪过一丝厉色：“好一个宁雪落，我还没去找她，她倒是敢算计到我们庄家的头上了！”说完，她便站起身，转向庄可儿道，“你刚才说今天小夕的

慈善基金会成立是吗？”

“是今天，妈，怎么了？”

“地点在哪儿？”孟琳琅又问。

“帝都展览中心顶层的小厅。我记得宁雪落婚礼的举办地点也在展览中心，而且包下了中间一整层最大的那个厅。”庄可儿回答。

展览中心经常举办大大小小的活动和会议，中间那层场地最大、最奢华，一般是重要的国家级会议或者大型活动举办的地方，其他活动都是在顶层小厅举行。

庄可儿是宁夕的忠实粉丝，很久之前就在官网看到了宁夕慈善基金会成立的相关事宜，成立仪式的举办地点和时间也是一早就定下来了的，远在宁雪落的婚礼之前。没想到这么巧，宁雪落的婚礼也是同一天、同一个地点……

就在这时，庄可儿的手机响了起来，来电显示是宁雪落。

那天在美容院的时候，宁雪落跟她互换了手机号码。

庄可儿下意识地看向了母亲。

孟琳琅一脸嘲讽地笑了笑，随后开口道：“你接吧，看她怎么说。”

“嗯。”庄可儿点点头接通了电话，并且开了免提。

“表姐！我可以麻烦你一件事吗？我有一条今天婚礼上必须用的手链弄丢了，怎么找都找不到，我回忆了一下，很可能是那天从美容院离开，搭你车子的时候不小心落在你的车上了，你可以帮我找找看吗？实在抱歉，麻烦你了！”宁雪落的语气诚恳又焦急，所说的内容与孟琳琅预料的一模一样。

庄可儿的怒气顿时更甚，尤其是听到对方叫她表姐的时候，口口声声叫着她表姐，却在一步步做着算计她的事情。

庄可儿正要开口，这时，孟琳琅却给她使了一个眼色，示意她顺着宁雪落的话继续说下去，于是她开口道：“稍等，我帮你找找看吧。”

“好的，实在是太感谢了！”

庄可儿暂时先挂了电话：“妈，你想怎么做？”

“待会儿你直接答应她会送过去，接下来我自有安排。”孟琳琅开口道。

“好。”庄可儿点头。

故意等了几分钟，庄可儿才拨通了宁雪落的电话：“找到手链了，是在我的车上。”

“实在是太好了！这条手链对我而言有非常特殊的意义，是我的幸运物，要是在婚礼这天弄丢了，我真不知道该怎么办！”

宁雪落满是庆幸的语气，说到这里，话锋一转，犹豫地开口道：“表姐，实在不好意思，你现在有空吗？我可能还要麻烦你一件事情！我这边婚礼就快开始了，我派人过去取的话，一来一回肯定来不及了，可不可以麻烦你帮我送过来一下？真的很抱歉！”

在宁雪落举行婚礼这样重要的日子里，对她如此重要的手链，她又说得这么急，自己若看到这条手链，发现这条手链价值几百万，以自己的个性，在一无所知的情况下，怕真的会把手链亲自送过去。

想到这里，庄可儿愣怔了一下，随即顺势开口道：“我帮你送过去吧。”

“谢谢您，表姐！真是太感谢了！”宁雪落又连连道谢了好多遍。

挂断电话之后，庄可儿便是一阵后怕。

若到时候她真的过去了，再将手链给了宁雪落，那真是什么都坐实了。

而就算到时候“庄家人参加宁雪落的婚礼并送贵重礼物”类似的话传到她的耳朵里，宁雪落也可以直接说是宾客们自己误会了来撇清所有干系，而她这边也不可能一个一个去找当时在场的宾客去解释清楚。

孟琳琅看着女儿脸上的表情，叹了一口气。

孟琳琅的这个女儿什么都好，就是心思太单纯了。偏偏孟琳琅那个一根肠子通到底的丈夫当时听女儿说了宁雪落找她的事情之后，也没能警惕。

算了算了，这件事还是她来做吧！她早就打算做了，只是现在提前了而已。正好趁着今天这个机会，她倒是要让他们好好看看，什么是真正的捧场，什么是真正的撑腰!

孟琳琅拿起手机，当即开始打电话：“喂，赵科长啊，最近在忙什么啊？呵呵，我还能忙什么，调回帝都了，突然闲下来倒是有些不习惯了，最近主要在做些慈善……”

接下来，孟琳琅一连打了好几个电话，并且还在继续。

庄可儿似乎意识到了什么，也拿起手机开始邀请她圈子里的朋友。虽然她几乎没有什么朋友，但想巴结她的人多如牛毛，只要她说一句话，有的是人肯来捧场。

片刻后，庄可儿穿着一身黑色的小礼裙，手里拿着手包以及一个精致的礼品袋，孟琳琅也是一身庄重的深色系，母女俩一起上了车，朝展览中心的方向而去。

与此同时，展览中心，婚宴大厅内，苏母已经催了宁雪落好几次，眉宇间隐隐有些不耐烦。

宁雪落刚跟庄可儿通完电话，面上满是愉悦，快速走到了苏母跟前，语气肯定地开口道：“妈，您放心好了，我刚刚已经跟我表姐打过电话了，表姐已经在过来的路上了。”

“是吗？那太好了！赶紧让人去门口迎着啊！”苏母大喜。

“我已经派人去了。”

“那就好那就好，只有你表姐一个人来吗？”苏母又问。

“这个，应该是的。”

“哦哦，这样也好，也好！你表姐能来已经很好了！一样的！”苏母满脸喜色，不时看着门口的方向，翘首以盼。

宁雪落跟苏母说完之后，又走到了庄玲玉的跟前。

宁雪落担心庄玲玉会坏事，所以不放心地挽着庄玲玉的手，软声开口道：“妈妈，待会儿庄家那边会过来人，希望您不要跟他们多计较，不然您气坏了身体多不值当。”

庄玲玉其实早就知道他们偷偷请过庄家，她都睁一只眼闭一只眼了，此刻闻言，开口道：“我知道了，今天是你大喜的日子，妈妈心情好，不会跟他们多计较的。”

当然，她也有自己的考量。虽然她绝对不会原谅哥哥还有父亲他们当年做的事情，但是不可否认，若庄家能来参加雪落的婚礼，确实对雪落有很大的好处，到时候她便勉为其难招待一下好了。

今天的喜宴，娱乐圈的人几乎没有不来捧场的，就连星辉娱乐的死对头盛世娱乐也来了好些人。

虽然他们隶属盛世，但公司不可能限制他们的私人关系。

角落里两个盛世的女星就在小声议论着。

其中一个黄衣女星不太放心地开口道："哎，以星辉和盛世这样的情况，我们跑来参加宁雪落的婚礼会不会不太好啊？最近宁雪落和宁夕的关系似乎也挺紧张的。"

旁边的红衣女星一脸不屑："不然呢，这么重要的场合你不来，难道还跑去楼上那个寒酸的小厅参加什么劳什子慈善捐款仪式吗？你要去自己去！"

"喀，我只是随口一说嘛！话说回来，宁雪落、宁夕这两人是不是有什么亲戚关系啊，都姓宁……"

早在宁夕还在星辉的时候，宁耀华就已经完全封锁了宁夕跟宁家的关系的消息，所以至今娱乐圈中都无人知晓宁夕的身份，只是世上没有不透风的墙，难免有那么一点儿风声漏出来。

红衣女星闻言，开口道："是有这个传闻，估计都是空穴来风。要是宁夕真跟宁家有关系，宁家之前也不至于那么针对她，为了宁雪落，又是撤资，又是赶她离开星辉，没见今天这样的场合宁夕都没出现吗？"

"也是……"黄衣女星连连点头，放心了不少。

"而且宁家可不仅仅是你看到的那样只是做生意的，人家的后台硬着呢！"

"哦？怎么说？"

"据说今天连帝都庄家的人都会到！开国将军庄宗仁的那个庄家，你现在明白了吗？啧……不跟你说了，姐姐我要办正事了。"

红衣女星匆忙补了个妆，然后站起身，摇曳着身姿朝其中一名她早就盯上的老总走去。

宁雪落的婚宴，帝都几乎所有的富豪都到了，在她们这些女星看来，简直是一块块大肥肉，这么好的机会，傻子才不来。

宁夕不过是因为苏以沫倒台之后，盛世娱乐山中无老虎，才称了大王罢了，又不像之前的苏以沫有"陆氏集团老板娘"这个唬人的名头和后台撑着，红衣女星觉得自己还没必要给她面子给到放弃这样大好机会的地步。

这样的场合，最适合的便是各种交际，也是攀关系、谈合作的好机会，大家都是抱着跟红衣女星一样的目的来参加宁雪落的婚礼的。

至于庄家会来人的消息，现场已经有不少宾客得到了消息，这会儿便有不少人走到苏母跟前打听了。

"苏夫人啊，听说庄家那边的人会来，是不是真的啊？"

苏母刚才已经从宁雪落那里得到了肯定的答复，所以此刻满脸笑容地开口道："庄家人是会到，刚刚雪落跟我说庄小姐已经在来的路上了。"

“哎呀，雪落？雪落怎么会认识庄家的人？苏夫人，你家这个儿媳妇可真是神通广大啊！”

苏母被一群人包围着，不远处的苏洵和他的老婆全程满心不甘，却还要强撑着不表露出来，谁会知道宁雪落居然会冒出这么大的一个后台来！

苏母听着周围人的恭维，又看了一眼私生子苏洵难看的脸色，心下非常痛快，得意地开口道：“哎，其实庄家是我们亲家母的娘家。”

听到这话，周围的人果然更加惊讶了，他们还以为顶多就是小辈之间有个什么交情，谁知道居然还有这么一层关系在里面！

庄家是庄玲玉的娘家？可是他们怎么从没听说过啊？

众人面面相觑，都满心疑问，可又不方便多问。

此刻，有几个年纪大点儿的人恍然大悟：“还真有这么一回事！当年，宁家的长媳就是庄老将军的小女儿来着，只是后来跟家里闹翻了，很多年没联系。看这样子他们是和好了？”

“毕竟是亲生骨肉，和好了也很正常吧？”

“原来如此！啧啧，苏家这回可真是捡到宝了！本来我还以为娶了一个假凤凰……”

“什么假凤凰啊，我看就是宁秋彤想打宁家家产的主意，在搞事情，宁耀华不都开记者发布会否认了吗？”

众人正议论纷纷，这时，人群中不知是谁发出了一声低呼：“门口的人是不是庄家大小姐？”

刹那间，所有人都下意识地朝门口看去。

这一看不要紧，众人不仅看到了一个年轻的女孩子，还看到女孩身旁有一个神态端庄、年纪较长的妇人，两人好像正在跟迎宾说着什么。

只见那名妇人保养得非常好，穿着一袭藏青色刺绣暗纹旗袍，站在女孩身旁不像母亲，倒像姐姐，虽然没有佩戴任何贵重、华丽的饰品，但气质自然而然地透着高贵。

立即有几人将两人认了出来：“没错，就是庄家大小姐，还有庄夫人！”

“什么？那女孩身旁的人是庄夫人？”

“天哪！没想到连将军夫人都来了！庄夫人可是从来不出现在这类场合的！”

“看来庄家跟宁家的那层关系是真的，不是亲家怎么可能如此重视！”

伴随着两人的出现，所有宾客的注意力都被吸引了，不远处，等待多时的宁雪落和苏母对视了一眼，随即快步迎接了上去。

两人都没料到连庄夫人孟琳琅也来了！

宁雪落最为惊讶，因为她不过是让庄可儿帮忙过来送条手链而已，没想到她竟然把孟琳琅也带来了。

看样子，她们肯定不仅仅是来送手链的，难道庄家终于在最后一刻改变主意，同意来参加她的婚礼了？如果是这样就太好了！

宁雪落恳求般地朝庄玲玉看了一眼，庄玲玉面上还有些不情愿，尤其是看到孟琳

琅的时候，神色很不好，不过看在女儿的分上，她伸手整了整鬓角，还是随着宁雪落一起迈步走过去了。

宁耀华则是大喜，尤其在看到宁耀邦那嫉妒到跳脚的样子的时候。

方才宁耀邦还阴阳怪气地说他把股份给了一个没有血缘关系的女儿，说他是傻子，让他小心竹篮打水一场空之类的难听酸话，现在这一幕彻底证明了他的决策是多么正确!

不过，宁耀华如今的地位大不一样了，心里再得意，也依旧装出一副矜持的模样，看宁雪落和庄玲玉她们过去了，便没有急着上前，而是一边应对着众人的恭维，一边等待着庄家的恭贺。

在所有宾客的目光之中，宁雪落这个新娘子亲自迎到了大厅的门口，亲昵地唤了一声："表姐还有舅妈，快里边请！"说完，她还不忘跟苏衍介绍了一遍，"衍哥哥，这是我的表姐和舅妈，之前我跟你说过的。"

表姐!

舅妈!

其他对宁、庄两家关系还不知情的宾客听到宁雪落对庄家人的称呼，都倒吸了一口冷气。

而且这一次，宁雪落非常高调，叫人的声音也不小，生怕别人听不到似的。

原本如果来的只是庄可儿，她怕别人知道庄可儿来的真相，肯定会低调一点，把庄可儿带到别人听不到她们谈话的地方，做得暧昧、隐晦一点儿，以便让人误会，但是现在，完全不需要了!

苏母也满脸热情："庄夫人，真没想到你也会过来！庄小姐真是越来越漂亮了！"

就在宁雪落和苏母热情寒暄的时候，孟琳琅终于说话了。

孟琳琅用看陌生人的淡漠目光看了一眼眼前的人，随即眉头微蹙，看向一旁的庄可儿："可儿，她们是谁？你认识？"

庄可儿更是一脸迷茫，一副无辜的样子："我也不知道啊，不认识。妈，走吧，再迟一会儿我们就赶不上了！"

孟琳琅点了点头，随后便被庄可儿挽着，头也不回地朝楼上走去。

身后的宁雪落、庄玲玉、苏母、苏衍、宁耀华以及所有宾客都没有料到这个发展，起码整整沉默了十秒钟，被丢下的一大厅的人才反应过来。

这是什么情况？庄夫人和庄大小姐说压根不认识他们？而且两人根本不是来参加宁雪落的婚礼的，不过是路过而已？

Chapter 6

▼

她为了今天的婚礼忙了那么久，好不容易才请到这么多人，
最后竟然全部白白便宜了宁夕！

“刚才庄小姐和庄夫人跟你说什么了？”苏母蒙了半天，似乎还无法从刚才的变故中回过神来，焦急之下，连语气也没来得及掩饰，厉声朝门口的侍应生问道。

侍应生也傻了，战战兢兢地回答：“她们没说什么啊，刚才的夫人和小姐不过是跟我问个路。”

什么，问路？

刚才那一幕，周遭一大片人都看得清清楚楚，很快，所有宾客都知道庄夫人和庄大小姐根本不是来参加宁雪落婚礼的。

“我的天，什么情况？我都蒙了！”

“你还没看懂吗？庄家跟宁家压根一点儿关系都没有。呃，好吧，不管他们有没有关系吧，看庄家的态度，总之是肯定没打算跟宁家结交的，从头到尾不过是宁家一厢情愿而已！”

“噗，笑死人了！宁雪落想给她的脸上贴金也不用说这种谎话吧？”

“谁知道呢！也可能是庄家本来确实答应了过来，但中途又反悔了？更可能的是，庄家单纯就是因为跟宁家交恶，故意要给宁家一个下马威，让宁家难堪。”

“哈哈，宁家可真是偷鸡不成蚀把米……”

看不惯宁耀华小人得志模样的大有人在，这会儿全部在偷偷幸灾乐祸地看着好戏。

宁家和苏家的人反应过来之后，迅速打着哈哈说弄错了，生硬地把话给圆了回去。今天这样的大喜日子，宾客们也不会在场面上闹得太难看，都笑一笑就过去了。

只是，等今天之后，他们私下里茶余饭后会怎么说可就不知道了。

婚礼的仪式即将开始，两家人暂时撤到了酒店的套房里。

刚关上门，苏母脸上难看的表情就再也撑不住了：“雪落，你是怎么回事？你不是信誓旦旦地跟我说庄家的人一定会来吗？结果来是来了，却是来砸场子的？”

宁雪落也不知道到底是哪里出了错，但现如今她已经没有别的办法，只能一咬牙，两行委屈的眼泪顿时滚落下来：“妈，我不知道，我真的不知道，电话里表姐跟我说得好好的，我也不知道怎么会这样……”

庄玲玉一见苏母这个态度，顿时怒了：“亲家，这件事情怎么能怪雪落呢！雪落若知道会这样，还会让庄家的人来吗？而且，亲家，你平心而论，若不是你一直希望雪落邀请庄家的人，会出现今天这样的事情吗？”

苏母顿时冷笑道：“啭，说起来，这还成我的错了？你以为我为什么一定要你们这边请来庄家人，还不是因为……”

眼见着丈母娘和亲妈就要吵起来了，苏衍又看了一眼满脸委屈的宁雪落，捏了捏眉心，在亲妈说出更难听的话之前开口：“妈，别说了，事情都已经这样了，这里面可能是有什么误会，现在不是讨论这些事情的时候，等婚礼结束了再找机会弄清楚吧！”

宁耀华和苏弘光的脸色也极不好看，但也只能暂时忍耐下来：“婚礼马上就要开始了，你们俩抓紧时间准备一下，可别再出什么差错了！”

短暂的交流之后，两家人赶紧出去招待宾客了，这种时候，他们若离开太久就太惹人怀疑了。

然而，此刻的婚宴厅里，确实已经炸开锅了。

“对了，你们刚才听到没有，庄大小姐说什么再迟一会儿就赶不上了，两人来这边似乎也是参加什么活动的啊！”

“参加活动？展览中心最大的厅都被苏家给整个包下来了，顶层不过是一个小厅而已，能举办什么重大活动，让将军夫人和小姐亲自过去参加？”

“那就奇怪了啊……”

就在众人议论纷纷的时候，陆续有人接到电话，然后偷偷摸摸地接了起来。

“什么？慈善基金会？赵科长就在楼上？”

“刘部长也来了？你确定？你可别唬我玩儿啊！我约刘部长都约三个月了，也没约到人！”

“这不太可能吧？好，我待会儿就去看看。”

“我这儿也没收到邀请函啊，贸然过去会不会不太好？什么，不需要邀请函，只要捐款？那当然没问题啊，知道了知道了！”

伴随着一通通的电话，婚宴上的贵宾人数越来越少，陆续有宾客一脸抱歉地跟宁耀华和苏弘光辞别。

“宁董事长，实在是不好意思，公司突然有点急事，我得先走一步了，再道一声恭喜！抱歉抱歉！”

“没事没事，汪总哪里的话，您今天能过来已经非常捧场了！汪总慢走！”

宁耀华刚送走一位，转头又有一个公司的合作伙伴找了过来：“宁董啊，最近公司比较忙，我还是挤了会议的时间过来参加婚礼的，我就先走一步了，宁董勿怪！”

宁耀华忙道：“哪里哪里，姜总，我送您！”

“不必，宁董您忙！我自己走，自己走就行！”

一开始，宁耀华完全没觉得哪里不对劲儿，直到第五个人过来跟他告辞的时候，才终于觉得哪里不对劲儿了。

与此同时，苏弘光那边也遇到了类似的情况。

只是婚礼仪式马上就要开始了，两人来不及多想就被司仪叫了过去做最后的准备。

与此同时，楼上的多功能厅。

门口放着慈善基金会的宣传海报，有两名迎宾。虽然门口的装饰很简单，不过海报设计精美，迎宾也异常客气有礼，指引着前来的宾客签到进场和做善款登记，一看就是用了心的。

大厅内的布置也简明而井井有条，此刻，来的大部分人是盛世娱乐的艺人以及合作伙伴，人不多，但气氛挺不错。

宁夕正亲力亲为地和助理、经理人一起忙碌着，一边还打着电话。

电话是庄可儿打来的，她说她马上就到了，而且是跟母亲一起来的。宁夕闻言，有些惊讶，随后满脸笑意地感激道："谢谢你，可儿！"

"你跟我还客气什么！我已经到门口了，先挂了！"

门口，庄可儿登记了她的名字，然后将手里的一个礼品袋拿到桌上，从袋子里拿出一个黑色的小盒子，对负责登记善款的工作人员开口道："我捐这条手链。"

庄可儿拿出来的，正是宁雪落故意落在她车上的那条手链。

反正这东西她也不可能还回去了，放在她这里也是恶心，不如捐了做好事。

登记完之后，庄可儿便和母亲一起进去找宁夕了。

宁夕看到两人忙迎了上去："可儿，庄夫人，谢谢你们过来捧场！"

要是只有可儿也就算了，但庄夫人竟然也亲自来了，这确实是太给面子了，宁夕难免受宠若惊。

孟琳琅看着宁夕一副感激的样子，一脸温和，嗔怒道："你这孩子，我都跟你说多少遍了，跟我们还这么客气做什么，要感谢也该是我们感谢你。之前你帮了我们那么多忙，我们也就只请你吃了几顿饭，其他地方我们也没有插手的余地，这做慈善，我还是可以帮到一些忙的，你就不要感谢了。"

孟琳琅也是在斟酌之后才决定今天做这件事情的。做慈善是一个再好不过的机会，她在这方面帮助宁夕，无论是对庄家还是对宁夕，都不会落下话柄。

宁夕自然也想到了这一层，感动于孟琳琅心思细腻，微笑着领二人去一旁先休息、用茶。

只是，宁夕怎么也没想到，孟琳琅不仅自己来了，还做了许多超出宁夕想象的事情！

几乎是孟琳琅前脚刚进来，空荡的小厅门口，人不知不觉间就突然多了起来，而且这些人都有些奇怪……

比如现在正在做登记的这位老总，穿着一身正装，像刚从什么重要宴会上过来，到了之后直接问道："只可以捐款吗？捐东西行不行？"

"当然可以！"工作人员点头。

于是，那位老总竟二话不说，直接从他的手上取下了一块一看就价值不菲的手表："我就捐这块手表吧！"

"呃，好的。"

无独有偶，已经连续有好几个宾客跟这个老总一样，说是来得匆忙没有准备，二话不说，直接拿下随身佩戴的饰品，弄得两个工作人员面面相觑。

林芝芝见生面孔越来越多，走到宁夕跟前问：“宁夕，这些人是你请过来的吗？”

宁夕扫了一眼周围明显不在名单上的人，说：“呃，芝芝姐，不是你请的吗？”

两人皆愣了一下，显然都以为那些是对方请来的人。

因为今晚的宴会是慈善性质的，所以林芝芝很早之前就已经开始了宣传和邀请，但这些人中很多明显不在她能宣传到的范围之内。

加上后来宁雪落婚礼的时间定下来，正好跟他们今天宴会的时间撞上了，几乎大半的人去了宁雪落那里，今天能来的人就更少了。

宁夕像突然想到了什么，沉吟了一下，然后道：“我好像知道了，我去问一下。”

宁夕跟林芝芝说了一声，然后走到了庄可儿和孟琳琅那边：“庄夫人，今天貌似来了不少公司的老总和本市的名人，不在我们的宴请名单之内，是夫人帮忙邀请的吗？”

孟琳琅看了一眼那些人，淡淡一笑，直接开口道：“这些人？不是。”

她竟然否认了！

不是孟琳琅邀请的这些人，那会是谁？这下宁夕是真有些疑惑了。

此刻，那些听到消息后匆匆赶来的老总正三三两两站在一起说着话。

“到底是怎么回事儿啊？你们的消息是不是出了什么误差？我刚才问过了，这儿不过就是小明星以私人名义弄的慈善基金会而已。”

“再等等吧，你们没看到庄夫人和庄大小姐确实过来了吗？”

“那赵科长、刘部长呢，不是说都会来的吗，我怎么一个也没见到啊？我这可是冒着得罪苏、宁两家的风险提前退场的，这不是坑人吗？”

“这个庄小姐，我看她年纪不大，是不是那个叫宁夕的小明星的粉丝啊？我女儿也是这个女明星的粉丝，整天在我耳边念叨。”

“这么一说，倒是真有可能。”

“呃，所以什么科长、部长的难道都是弄错了？不然我们再回楼下去？”

就在一群人一头雾水、抱怨白白跑了一趟还莫名其妙地捐了款时，门口突然走过来一群人，为首的正是他们一直在议论的赵科长和刘部长。

一看后面，更可怕，竟然有好几个人是他们平时想见一眼都难如登天的高官和官太太！最夸张的是，他们看到了谁？

“那不是庄燎原庄将军吗！”

与此同时，孟琳琅看向宁夕，轻轻一笑，接着开口道：“喏，那些人才是我请来的。”

宁夕：“呃……”宁夕被惊到了。

所以说，这些人才是孟琳琅请过来的，至于其他人，看这样子是听到消息之后冲着这些人来的？

庄燎原跟同行的人说了一声之后，便径直朝宁夕她们走来。

“庄首长。”宁夕看着亲自赶过来的庄燎原，都不知道该说什么了，心想这面子

给得也太大了。

“丫头，我擅自将你这次的活动与慈善总会的项目联合了，希望你不会介意。”庄燎原开口道。

宁夕忙道：“怎么会！我只是觉得如此劳师动众，太麻烦您了！”

庄燎原不在意道：“只要不会给你带来困扰便好。”

“当然不会！只是我这边的场地比较小，布置也有些简陋，只怕会有些怠慢。”

“这个你不用担心，你这个场地完全够了。我们是做慈善，又不是作秀，简单些更好。”

听到这里，宁夕总算放下心来，又感谢了一番，随后开口道：“庄首长，你们先聊，我先去忙了。”

孟琳琅柔声道：“你快去忙吧，不用管我们。”

宁夕第一时间跟林芝芝解释了情况。

“宁夕，你认识庄将军？”林芝芝有些惊讶地问。

“之前我偶然帮了庄家一点忙，我私下跟庄可儿的关系也还不错，应该是因为之前我帮忙的事情，所以他们才来捧场的。”宁夕简单解释了一下。

林芝芝这才安下心来。虽然她意外来了这么多人，但是完全不用她多操心，因为慈善总会那边也来了不少工作人员，他们经验丰富，已经帮着接管了这次的活动。

楼下婚宴大厅。

众人等待已久的婚礼仪式终于开始了，台上的司仪做完热情洋溢的演讲之后，神圣的《婚礼进行曲》响起，红毯尽头的大门被打开，穿着一身白色婚纱的新娘挽着父亲的手臂，一步一步朝着红毯另一头台上的新郎走去。

终于到了这个激动人心的时刻，所有受邀媒体的镜头同时对准了万众瞩目的新娘宁雪落，场上的宾客们，尤其是女孩子们，眼里的羡慕都要溢出来了，刚才因为庄家而带来的尴尬，此刻已经完全被令人激动的婚礼冲去。

因为场地非常大，所以红毯很长。就在宁雪落往前走的过程当中，周围的宾客已经悄无声息地又消失了一大片。

“怎么回事啊？我怎么看到有好多人中途走了？”盛世娱乐的黄衣女星狐疑地朝四周张望着。

一旁的红衣女星也面露狐疑之色。就在她们说话的时候，她旁边的一位老总也匆匆掉头朝门外走去。她忙拉住那位老总：“李总，您这是去哪儿啊？”

“我有一个重要的活动要赶去参加，冯小姐，咱们有空下次再见。”李总说完便匆匆离去。

红衣女星越想越奇怪，最后实在忍不住，追着走到了门外，黄衣女星也紧随其后。然后，两人便看到，方才离场的那些贵宾竟然都是往楼上去的。

“奇怪，楼上有什么重要活动吗？”

“楼上不是举行宁夕的慈善捐款仪式吗？上面就一个小厅，不可能再有其他活动的。”

就在两个小女星觉得越来越奇怪的时候，楼梯口突然走来一行人。

为首那人差点亮瞎她们的眼睛，来人不正是她们的老板陆景礼吗，而陆景礼旁边的那个人竟然是他们的大老板陆霆骁，后面跟着的也全是她们平时难得见到一面的公司高层。

然而，这还没完，紧跟着，右边的楼梯口又传来一阵脚步声，一个戴着墨镜的白发男子悠悠然地迈步上来，身后跟着几个冷面黑衣保镖，旁边是一个戴着金丝边眼镜的男人。

这标志性的白发！难道是传闻中的那位云总？

在两个小女星震惊到几乎瑟瑟发抖的目光中，这一左一右两拨人正好对上了。

“哟，陆总，好巧啊，您也来锦上添花？”白发男子摘下墨镜，朝对面面若寒霜的男人笑着说道。

陆霆骁双眸微眯，只是脚步微顿，很快便继续朝楼上走去。陆景礼朝身后的男人看了一眼，撇撇嘴，急忙跟上了亲哥。

怎么连这个家伙都来了啊！今天真是诸事不顺！

本来他们想得好好的，今天一定会帮小夕夕撑住场子，怼死楼下的那对狗男女，结果没想到会被庄家横插一脚，没能雪中送炭，只能锦上添花不说，连陆霆骁的情敌也跑过来凑热闹。

楼下。

此刻，周围的其他人也渐渐发现不对劲儿了，纷纷交头接耳，互相询问着，最后全部得知那些离开的人无一不是去楼上。

连宾客都发现不对劲儿了，何况是媒体。

立即便有机灵的记者察觉这里面搞不好会有大新闻，于是不惜暂时放下宁雪落这边的拍摄，偷偷潜去了楼上。

这不看不要紧，一看简直吓呆了！

原以为下面已经是百年难得一见的盛况，看到楼上才知道什么是排场。

高官云集、富豪扎堆……

打一个不太恰当的比方，要是此刻在这个小厅里面投放一枚炸弹，那么整个国家都会崩掉。

于是，所有上去查看的记者一去不复返。

宁雪落挽着宁耀华的手臂，眸子里光芒闪耀，一步一步朝着她的幸福、她得到的一切走去。

终于，当她走到了苏衍的跟前，转过身来时，她却发现原本满满当当的婚宴大厅内，人竟少了一半，而且还在以肉眼可见的速度飞快地减少。

但是，此刻在众目睽睽之下，她也不好去询问打听，只能强压着不安把婚礼进行下去。

两人交换戒指、宣读誓词……原本这是她最为期待的环节，可越是到后面，宴会厅里的人就越少，到了后来，竟然只剩下三分之一的人。

几乎仪式一结束，宁雪落便立刻下去询问情况。

“爸妈，这是怎么回事？怎么会突然走了这么多客人？”

宁耀华的额上冒着细汗："我刚派人去打听了，说是走的客人都去了楼上。"

"他们去楼上做什么？"宁雪落阴沉着脸。

好端端的婚礼，先是庄家那边出问题，现在还在关键时刻，却一下子少了这么多人，剩下的宾客也都心不在焉地在议论怎么回事。她刚才在上面的时候，简直跟傻子一样，她都不知道自己是怎么熬过那十几分钟的，中间连誓词都不小心说错了。

然而更可悲的是，就算她说错了话，也没人注意到。

楼上？

今天宁夕不是在楼上弄什么乱七八糟的慈善活动吗？

当初定婚礼时间的时候，她选择和宁夕的活动在同一天、同一个地点举行，很大一部分原因就是故意要跟宁夕撞上，所以她此刻便想起来这件事。

但是，那些人去楼上做什么？难道宁夕为了避开她的婚礼，把活动改期了，楼上在举行其他重要的会议或者活动？

"这个还没打听到，现在楼上全是人，根本挤不进去，没办法知道发生了什么。"苏弘光沉着脸开口道。

庄玲玉的脸色异常难看，她看向苏弘光和苏母，道："今天这么重要的日子，怎么会出这种差错？出了这么大的问题，到现在还没弄清楚到底是怎么回事，难道还要我们女方来查吗？"

苏母拧眉道："不是都说了已经在查吗？到底怎么回事还不一定是哪边出的问题呢！走的客人又不全部是我们苏家这边的人。"

"你这是什么意思？"

苏衍眉宇之间满是疲惫之色，忙开口道："妈，你们别吵了，我亲自上去看一下情况吧！"

"衍哥哥……"

"乖，你等我一下，我很快回来。"苏衍揉了揉宁雪落的头发，然后快步朝厅外走去。

当苏衍上去的时候，原本挤在外面的人已经全部不见了。他只看到厅外立着的一张慈善活动的海报，海报上是宁夕穿着一身白裙拍摄的宣传照。

"您好，这位先生，请这边登记！"看到苏衍，其中一名工作人员客气地开口道。

这时，另外一个人认出了苏衍，忙开口在同伴耳边小声说了几句。

同伴看了一眼苏衍胸前挂着的上面印有新郎字样的胸花，尴尬地噤声，心想苏衍这个新郎跑到这里来做什么。

"抱歉，请问一下，今天这里是有什么活动吗？"虽然看到了那块牌子，但苏衍还是想确定一下。

"是我们夕哥发起的慈善基金会启动和捐款仪式。"工作人员回答。

苏衍顿时眉头微蹙，没想到真的是宁夕。

虽然可能有些失礼，但苏衍满心狐疑，还是忍不住朝厅内看了一眼，随即便发现那些离开的宾客竟都在这里，不仅如此，坐在前排的竟全是本市的重要官员，他还看到了庄家的人。

“又一朵桃花？”就在苏衍脸色煞白、满脸震惊的时候，身后传来一个幽幽的声音。

他一转身便看到一个白发男子正似笑非笑地看着他，而旁边同时出现的竟然是陆霆骁。

另一边，宁夕得到了大老板也要过来的消息，亲自出门迎接她家的心肝儿，结果就看到了这样令她一脸蒙的一幕。

这是什么情况啊？为什么云深也来了？云深就算了，为啥连苏衍都在！

宁夕看看陆霆骁，看看云深，又看看苏衍，整个人都是蒙的。

这三个人是怎么神奇地凑到一起的？

云深看到宁夕出来后，低笑一声，看向苏衍的方向开口道：“亲爱的，这就是你的那个初恋吗？眼睛够瞎的啊！”

宁夕额头的青筋暴跳：“你才眼瞎，你全家都眼瞎！”

听到宁夕的话，云深朝陆霆骁和陆景礼的方向看了一眼，有些神经质地笑了起来：“啧，我全家都眼瞎？说得没错。”

“神经病！”宁夕一脸无奈的表情，然后朝唐夜看了一眼，“你能把你家老大的绳子牵好吗？”

唐夜一副“跟我无关”的表情。

宁夕说完看向苏衍，眉头微挑：“苏先生，您是不是走错片场了？”

苏衍此刻脸色极其复杂，看着宁夕欲言又止，最后还是什么也没说，转身走了。

他以为宁夕不来参加自己的婚礼是因为无法接受和面对，却没想到他所看到的与自己想象的完全不同。

仿佛今天他的婚礼对她没有任何影响，就连自己的出现在她眼中也掀不起丝毫波澜。更让他心惊的是，眼前两个男人对待宁夕的态度以及看她的眼神，同为男人，这样的眼神他再清楚不过。

还有这一厅的重要宾客……

馆长似乎特别下令把与这个小厅相通的另一个从未开放的大厅给开放了，以便容纳宾客。

他发现，原本那个他无比熟悉的女孩，不知道在什么时候已经让他完全看不懂了。

看到苏衍离开，宁夕终于转向了陆霆骁，眼睛亮晶晶的，完全换了一副态度：“老板，您快请进！”

陆霆骁似乎很满意宁夕看到他时截然不同的欣喜表情：“嗯，你别太累了。”

“嗯嗯，我知道啦！老板！”宁夕连连点头。

“喂喂喂，这里还有一个老板呢！小夕夕，你真的有点儿眼神不好！”完全被忽视掉的陆景礼满脸控诉的表情。

“是是是，老板，您也快请进，老板，您辛苦了！”

“这还差不多！”陆景礼这才哼了一声，走进去了。

没有受到客气邀请的云深丝毫不以为意，直接悠悠地踱步进去了。

在陆霆骁进场的瞬间，大厅内响起一阵此起彼伏的惊呼声，而当后面的云深紧跟着出现时，惊呼声更大了。

“天哪！我刚刚还在说，如果陆霆骁和云深也来了，这个场子就真是政商两界的大佬全部来齐了！没想到他们竟然真的都来了！”

“这也太吓人了吧！那个小明星到底是何方神圣啊，面子也忒大了吧？”

“据说她是盛世娱乐目前的台柱子。”

刚才那两个跑去参加宁雪落婚礼的盛世娱乐的女明星，这会儿发现楼上的情况后，已经悔得肠子都快青了，明明早就得到了邀请却没有来，现在白白错失了这个大好的机会，等到赶过来的时候，慈善活动都进行大半了！

“衍哥哥，你回来了啊，事情搞清楚了吗？上面到底是什么情况？”宁雪落急忙问道。

“上面有一个重要活动……走的那些宾客估计是腾空去走个过场。”苏衍只说上面确实有一个重要的活动仪式，却没有提及宁夕。

苏衍含糊其辞，不说清楚，不代表别人不会说。

一旁的苏洵不知道什么时候走了过来，一脸嘲讽地开口道：“什么重要的活动仪式，不过是一个女星私人弄的慈善基金会成立仪式！哦，对了，我差点忘了说，那个女星啊，就是宁夕！”

宁雪落的脸色顿时一白：“苏洵，你说什么？”

“苏洵，你不知道就别乱说话，苏衍都说了是重要活动！”听到宁夕的名字，庄玲玉顿时变了脸色。

苏洵闻言，却更加得意了，径自继续说道：“啧，我乱说？不信你自己去问苏衍看到的是不是我说的那样啊！方才声称完全不认识你们宁家人的庄夫人和庄大小姐，这会儿可是宁夕的座上宾呢！不仅如此，连庄首长都亲自过来了！”

“啧啧啧，不过是一个小小的慈善活动，一家三口亲自来捧场不说，还把帝都能请到的高官请了个遍。”

“苏衍，他说的是真的吗？”不等庄玲玉开口，苏母已经一把拉住了苏衍的手臂，满脸的难以置信。

庄玲玉和宁雪落也是满目震惊。宁雪落完全无法相信苏洵方才所说的话，这简直是天方夜谭！

宁夕不过是哄了庄可儿，跟庄可儿有几分交情而已，怎么可能让庄夫人和庄首长做到这种地步？这绝对不可能！

然而，苏衍沉着脸色，一言不发，看这样子，竟是默认了。

这还没完，苏洵的妻子赵姗姗笑着开口道：“这算什么，连陆氏集团的总裁陆霆骁和那位传闻中背景神秘的云总都到场了！这么大的排场，也难怪人家一听到风声就全部跑了过去。”

宁耀华当即一惊：“陆霆骁都亲自到场了？”陆霆骁也算是盛世娱乐的老板，他倒还可以理解，但是云总又是哪位？

“云总？哪个云总？”宁耀华又问。

“就是上次在酒宴上替宁夕解围的那位云总啊！”

赵姗姗生怕宁雪落还不够恨她似的，又故意提起了上次的酒会，还啧啧咂舌，看向苏母开口道：“妈，我也真不知道你是怎么想的，费了这么大的力气，花了这么多钱，弄这么大的排场，就为了娶一只野鸡？这野鸡啊，五颜六色的，平时看着是不错，奈何禁不住对比啊！这不，一到真凤凰面前，就露馅了！”

“赵姗姗！你说谁是野鸡呢！”庄玲玉气急，忍无可忍地朝赵姗姗扑了过去。

“哟，你们敢做还不让人说了？你敢说宁雪落真的是你的亲生女儿吗？你敢现在就去医院做亲子鉴定吗？你们骗骗外面的人也就算了，在我们面前还装什么装！”赵姗姗的话一句比一句难听，且句句带刺，全部扎在宁雪落最在意的地方。

赵姗姗在宁雪落进门之前特意把她查了个门儿清，只可惜一直没有确切的证据，这会儿总算能好好恶心她一下了，怎么可能放弃这个机会呢！

苏洵原本因为苏衍结婚的排场比他的大这么多，憋了许久，这会儿看苏衍的婚礼搞砸了，简直身心舒畅，一副幸灾乐祸的语气开口道：“哥，不是我说你啊！据我所知，当初你本来是跟宁夕交往的吧？你的眼光越来越差了啊，挑到最后就挑了这么一个人回家？”

“闭嘴！”苏衍脾气再好，这会儿也满脸阴鸷，“我的事情还轮不到你来置喙！”

苏洵笑得开怀，气完了苏衍，又去气亲爹：“爸，我真是服了你们的脑回路，你们到底是怎么想的，觉得庄家的人会给宁雪落这只野鸡脸面？你们的两个亲家拎不清就算了，庄家是什么人，难道谁是真货谁是假货都分不清吗？他们不帮着自家的亲生骨肉，还能去帮一个完全没血缘关系的野鸡吗？”

苏洵一口一个“野鸡”，宁雪落、庄玲玉、宁耀华的脸色已经难看到了极致，无奈外面全部是宾客，这会儿闹起来只会更难看，他们只能生吞了这口恶气。

宁耀华虎着脸说：“苏洵，注意你的措辞！”

而苏父和苏母这会儿除了脸色难看之外，内心其实已经有了悔意。

苏洵的话虽然难听，但是很在理，同时也完全解释清楚了今天所有事情的来龙去脉，一切的起源是庄家给宁夕撑腰，后来才会有那么多宾客闻风而去，连陆霆骁、云深这样有分量的人物都去捧场了。最后，楼上的排场像滚雪球一样越滚越大。

庄家难道真的是特意去给宁夕撑腰的？

这个庄宗仁的亲生女儿庄玲玉和她视为掌上明珠的宁雪落都没能得到庄家的青睐，倒是宁夕这个刚在娱乐圈有点名气的小明星，能让庄家如此大费周章地维护吗？

这简直让人难以置信，但事情真的就这么发生了！

苏弘光和郑敏君对视了一眼，从彼此的眼中看到了惊疑不定。

如果庄家真的更在意宁夕，甚至接受和承认宁夕，那么他们跟宁家的这桩婚事，可真的是亏大了！就算是一百个宁家，也抵不过庄家的一个墙角啊！

宁雪落看着苏弘光和郑敏君面上不经意间闪过的悔色，恨得指甲都快掐断了，强装镇定开口道：“这些年，官方一直提倡我们艺人发挥自身影响力多做慈善，这次估

计是正巧被宁夕赶上了官方的政策响应。”

宁耀华一听，忙接着开口道：“没错，一定是这样！谁知道我们这个日子会正好跟这次的活动撞上！不管怎样，我们还是赶紧把剩下的流程走完吧！外面的人还等着新郎新娘敬酒呢！”

郑敏君沉着脸色，此刻已经完全掩饰不住情绪了，看着宁雪落的神情也已经无法压抑不满：“他们到底是出去敬酒还是出去丢人？”

宁雪落咬着唇，眼眶通红：“爸妈，真的很抱歉。是我不好，我应该考虑得周全一些，我真的没想到会跟宁夕这次的活动撞上……”

“我真的没想到会跟宁夕撞上，对不起……”宁雪落哽咽着，满脸委屈。

所以，到底为什么会这么巧就撞上，还撞得如此惨烈？

在场的两家人不禁都开始思考这个问题，尤其是庄玲玉，恨得当即怒骂出声：“那个死丫头，她分明是故意的！”

不管是怎么回事，都已经不是他们现在该考虑的事情了，当务之急还是赶紧把场子给圆回去才行！思索了好半天后，苏弘光深吸一口气，开口道：“其他事情以后再说吧，苏衍，你立刻带着宁雪落出去敬酒！”

苏衍揽过宁雪落的肩膀，带着她出去了，庄玲玉也被宁耀华劝住，忙出去招待客人。

郑敏君却还是有些不甘心，等人都出去之后，瞪着丈夫开口道：“难道你真的就这么算了？”

苏弘光没好气道：“那你能让我怎么办？证领了，跟所有亲朋好友都宣布了，婚礼都进行到一半了，难道还能退货吗？”

“我倒是想退货……”郑敏君嘀咕着。

“你想都不要想！事情已经够乱了，你别给我闹事了！现在庄家的态度还不明了，就算明了，苏衍娶都娶了，你还能让他离婚吗？到时候会闹得更难看！你还嫌今天不够丢人是不是？”苏弘光满腔怒气地说。

听到这里，郑敏君的心思却开始活络了：“谁说现在就让他们离婚了？自然是再等等看，若庄家真的愿意给宁夕脸面，甚至承认她这个外孙女，就算让苏衍离了再娶又怎样？总之是他们宁家欺骗我们苏家在先，要不是他们刻意瞒着，苏衍能娶一个假的回来吗？我们苏家再怎么做也不为过！”

苏弘光闻言，没说同意，也没说不同意，只催促郑敏君赶紧出去稳住剩下的客人。

事情发展到了这个地步，无论上面到底是什么情况都已经无法挽回了，他们只能赶紧继续接下来的敬酒环节，否则，再拖下去的话，连剩下的这些客人都要走光了。

剩下的这些还没走的人，大多是两家的亲戚，要不是因为沾亲带故，早已经忍不住去上面看看到底是什么情况了，自然也巴不得婚宴赶紧结束。

按照以往的结婚习俗，至少会有些性子活泼的宾客闹闹新郎新娘，可这会儿整个婚宴厅里异常安静，气氛无比尴尬。

宁雪落就这么顶着无数异样的目光，硬撑着随苏衍敬酒，随后送客，最后眼睁睁看着那些客人前脚刚走，后脚就偷偷摸摸地溜去楼上……

她为了今天的婚礼忙了那么久，好不容易才请到这么多人，最后竟然全部白白便宜了宁夕！

她就算死，也要死个明白！

宁雪落怎么想都不甘心，于是趁进酒店套房卸妆换衣服的时候，换了一身不显眼的衣服，戴上口罩、墨镜，偷偷朝楼上走去，并且捐了她的一对耳环，然后混进了内场。

她赶到的时候，只见大厅内已经座无虚席，连从未开放的内厅也开放了。

她好不容易挤到了前面一点，只见前排坐着的那些嘉宾，随便一个都是跺跺脚就能让整个政商界抖三抖的人物！

这些人都是冲着庄家来的？

看到庄家这可怕的影响力之后，宁雪落嫉恨得都快把嘴唇咬破了。

如果庄家今天来的是她的婚宴，那么这一切就是属于她的！这样的念头折磨得她简直快要疯掉。

可是现在呢，她眼睁睁看着宁夕穿着光鲜亮丽，受万众瞩目地站在大红色的讲台上进行演讲，而她梦寐以求的婚礼却成了一场噩梦，被彻彻底底搞砸了！

宁夕演讲结束之后，台下响起了雷鸣般的掌声，随后是主持人宣布捐款仪式开始。

浑浑噩噩之间，宁雪落看到庄可儿走到台上，一旁的主持人正在介绍庄可儿捐赠的物品——一条手链。

庄可儿明明说好会来参加她的婚礼，结果竟出现在了这里，还将她落在庄可儿车上的那条手链作为捐赠物品。她口罩后面的脸简直白得像鬼，难道庄家真的已经知道了她跟宁夕当年被抱错的事情吗？仅仅是因为发现了她不是亲生的，所以就这样对待她吗？

明明她才是宁家的大小姐，明明她才是庄玲玉亲口承认的也是唯一的女儿，明明她才是庄家应该承认的外孙女！

为什么会变成这样？宁夕这个贱人，她凭什么？

担心待在这里太久会被人发现，宁雪落脑海中残存的最后一丝理智让她咬着牙匆匆离开了这里。

眼下，她要解决的事情太多，除了郑敏君这边的怒火，还有她已经能预料到的明天媒体铺天盖地的报道。

Chapter 7

▼

现在她们各自握着对方的把柄，还不是她能跟对方撕破脸的时候，就算到时候撕破脸了，也绝对是宁夕死得更惨！

次日清晨。

各大报纸以及网络上铺天盖地地飘满了有关苏、宁两家婚宴的报道。

与大家预先所料想的情况不同的是，所有有关婚礼的报道伴随着“宁夕”这个名字和一场原本完全不为人知的慈善活动。

“宁夕慈善基金会成立仪式贵宾如云，秒杀世纪婚礼”“独家解密宁雪落世纪婚礼夭折之谜”“世纪慈善PK世纪婚礼”……

相关报道中极其详细地描写了当时的全过程，宁雪落的婚礼从座无虚席到人去楼空，以及楼上足以轰动整个帝都的排场。

“噗，真是笑死人了，我看星辉的人以后还怎么得意！完全被我们盛世秒杀啊！”

“就是就是，我们盛世一个小小的慈善基金会仪式都够碾压他们的世纪婚礼了！”

“自从苏以沫垮台后，好多人都在传我们盛世快不行了，各种唱衰，真是气死人了，这下看他们还敢多嘴！盛世想另捧一个一姐出来小菜一碟好吗！”

“我只怕又出一个苏以沫啊……”

“应该不会吧，我感觉宁夕上位之后完全没有任何变化，人还是一直挺好的，之前我在剧组被孟诗意欺负，她还帮我来着。”

“说起来，上次我的节目被星辉的人截和，也是宁夕帮我解决的，夕哥战斗力超强，当时只是说了几句话而已，就吓得那个导演立即把节目名额重新给了我。”

“以前苏以沫在的时候，只知道压榨我们，尤其是跟她资源冲突的时候，生怕我们动摇她的位置似的，一直死死盯着，可宁夕倒是挺护短的。”

“这是有实力和没实力的区别好吗！以我们夕哥的实力，她才不会担心地位被动摇呢！”

相比盛世娱乐轻松、惬意的氛围，整个星辉娱乐都弥漫着一层阴云。

昨天，他们大半个公司的人去参加宁雪落的婚礼了，眼见着宁雪落丢脸和尴尬，连带着他们都面上无光。当然，对此幸灾乐祸的人也不在少数。

常莉的办公室内。

新婚第一天，宁雪落就已经早早过来了，此刻脸上的表情是前所未有的难看。

常莉忙得团团转，好不容易才得空：“雪落，且让他们再得意一会儿，下午我就把准备好的消息都透露出去，这次一定让宁夕吃不了兜着走！”

听到常莉的话，宁雪落的脸色却丝毫没有缓和，她这边有动作，林芝芝那边也会有防范，光靠这些就想弄倒宁夕，根本不切实际，还需要更有效的手段。

几天前，网络上还全是各路大咖和名流热热闹闹地晒宁雪落婚宴的请柬和伴手礼的景象，所有人都在等真正到了举办婚礼的时候，场面该是怎样的火爆。结果谁都没想到，最后这场婚礼以这样的结局收场。

宁雪落的婚礼如此盛大，被宁夕一个小小的慈善活动打脸到了完全抬不起头的地步，一时之间，网上什么声音都有，有嘲笑宁雪落的，有八卦宁夕后台的，还有不少人认为宁雪落一个婚宴花了几百万，如此奢侈浪费，而反观宁夕，成名之后的第一件事情却是做慈善，两相对比，高下立现。

很快，这位网友的评论被顶上了热门，一时之间，那些本来就不满宁雪落如此大张旗鼓地举办婚礼的人纷纷出来发言。

“宁雪落这哪里是在举行她的婚礼，这是给了媒体一个婚礼！完全是为了秀而秀！”

“我早就想说了，这几天刚获得诺贝尔奖、为国家赢得如此高荣誉的冯一兰没有得到任何关注，反而一个女艺人的婚礼闹得沸沸扬扬，这个社会还能不能好了？”

“我觉得这次的慈善总会和上面的人估计是看不下去了，才故意整了这一出，来正一正娱乐圈的风气！”

本来网上都是嘲讽或指责宁雪落的声音，到了下午，风向却渐渐变了。

“话虽如此，但你们不觉得这件事情从头到尾都透着诡异吗？为什么宁夕的慈善活动正好跟宁雪落的婚礼在同一天举行，而且就在楼上楼下？”

“就算这一切都是上面人的意思，娱乐圈那么多元老、大咖，为什么偏偏选了宁夕这么一个一夜爆红的女艺人？”

“婚礼对一个女人来说是一辈子最重要的事情，在有能力的情况下隆重一点怎么了？又不是只有宁雪落是这样！只责备她未免也太不公平了吧？倒是宁夕让我觉得这场慈善活动简直弄得太刻意了，简直跟在作秀一样！”

“这个慈善基金会水深着呢，你以为艺人们成立慈善基金会真的是为了做慈善吗？你们忘记之前王荔还有方艺华的丑闻了？”

到了最后，舆论被引导到了“宁夕故意选在这一天抢宁雪落的风头”“宁夕有后台”“宁夕利用慈善基金会捞钱”这三点上。

前两者还好，所有女星都会遇到这样的绯闻，没证据的事情几天就会被人们忘了，但是后者，其严重程度足以毁掉一个艺人。

之前王荔的“诈捐门”使得她的名声一落千丈，而方艺华的基金会账务不明等一系列丑闻让他不仅在娱乐圈混不下去，还差点受牢狱之灾，可见宁雪落这一招有多狠。

“这些人也太无耻了！时间和地点我们分明早就定好了，谁稀罕跟他们同一天啊！”尽管早就有准备了，看着网上这些评论，小桃还是气得不行。

“先把第一份证据放上去。”林芝芝开口道。

“嗯嗯，我知道了！”小桃立即登录微博，然后把三个月前就定好时间和地址的证据发了上去。

宁夕这边刚澄清没多久，宁雪落那边立即又把炮火转移了，毕竟她们也知道前面两点弄不倒宁夕，于是把重点放到了第三点上。

很快就有号称是知情者的人士开始各种爆料，声称宁夕阴险伪善、私吞善款、借慈善之名大捞特捞，说得有鼻子有眼，就跟天天躲在宁夕床底下，什么都知道似的。

因为这次的事情还涉及上面，宁夕要是闹出了这种丑闻，上面绝对不会坐视不管，就算是基于舆论的压力也一定会彻查。

常莉虽然没有确切的证据，但娱乐圈中这么做的明星实在是太多了，她笃定宁夕绝对干净不了，只要她在网上把这件事情给闹大了，上面的人介入，只要查出一星半点儿不干净的地方，那么宁夕就彻底完了。

“雪落，你知道宁夕那栋桃花坞的别墅多少钱吗？还有她最近购置的几部跑车，就算她现在红了，但她才红几天，怎么可能一下子弄到这么多钱？就算是片酬和代言费全部加在一起也不够她这么挥霍的，这里面肯定有猫腻！”常莉一副胸有成竹的样子。

嗬，那是自然！

宁雪落冷笑一声，宁夕以为她搭上了庄可儿，跟上面牵上关系就能高枕无忧了吗？现在她们就要把这些变成她的催命符！

在宁雪落这边的全力推波助澜下，很快网上出现了各种流言，很多网民没有判断能力，看舆论往哪边倒便站在哪边，目前事情都在朝宁雪落所预测的方向发展。

她就不信，宁夕的事情闹成这样，庄家依旧无动于衷，任凭自己被宁夕拉下水。她查不到宁夕的猫腻，但若庄家动手，就一定可以。

然而这一次，宁雪落又失策了。

常莉这边先是从宁夕的人品入手，各种编造事实给宁夕泼脏水，说她伪善、靠做慈善作秀，从而一步步让大家相信宁夕会做出私吞善款这种事情。

然而，等事件发酵得差不多了，常莉可以给上面施压让他们彻查的时候，宁夕那边的官方微博突然公布了一份资料。

那是一份宁夕这些年来做慈善的资料。

一张张如雪花一般的汇款单，一份份来自被资助学生的亲笔感谢信，从宁夕十八岁开始，一直到现在，风雨无阻，从未停歇。

如果说宁夕做慈善只是为了作秀，为了打压同行，那么在她入圈之前、成名之前呢？她有什么必要毫无间歇地去做这些事情？

接下来的事情已经不用林芝芝这边多做，记者们蜂拥般去往资料中透露出的各个山区、福利院等地方采访取证。

如果说一家两家、一人两人还可能是宁夕这边作假，但跑遍了所有地方，全部证实了是真的，一时之间，整个网络上一片哗然，舆论瞬间逆转！原本所有人都不明白为什么上面的人偏偏选中了宁夕，甚至让她做慈善大使，如此给她捧场，现在他们终于明白了。

此刻关注着网络动向的有很多人。

庄家。

客厅里，庄宗仁、庄燎原、孟琳琅三人都在。

网上的事情他们已经清楚了，这件事一看就是有人故意在后面推动的，要是解决不好，确实会很麻烦，更棘手的是，只要他们介入了，就算最后查出来的结果证明小夕是清白的，网上的流言还是不会消失，因为对方可以继续操控舆论说他们故意包庇宁夕。

因为要顾及宁夕的名声，所以他们顾虑得会比较多，此刻，三人正商量着怎么解决，旁边一直盯着电脑的庄可儿突然激动地惊叫一声，然后抱着电脑跑到他们跟前说："爸、妈、爷爷，你们看！"

三人面面相觑，随即一齐看向了电脑屏幕，然后便看到了密密麻麻的汇款记录和孩子们的感谢信，稚嫩的文字和绘画……

庄可儿又翻出刚才找到的最新新闻，都是记者们的采访，有院长，有乡村老师，最多的是一张张天真无邪的孩童的面孔。

"对呀，小夕姐姐前天还过来了呢，给我们带了很多好吃的，还有书本！"

"我最喜欢小夕姐姐了！"

"小夕姐姐什么时候才能再来看我们？"

不仅采访资料，那些记者还弄来了不少老旧的影像资料。看着这些，庄可儿一脸骄傲和自豪："我就说这件事情你们根本不用担心吧！"

不知道为什么，不管发生什么，她对小夕就是有这种盲目的自信。虽然明知道宁雪落在血缘上是她的表妹，但她还是义无反顾地站在宁夕这边。

现在网上的舆论瞬间被扭转过来，之前针对宁夕的谣言，甚至对上面以及慈善总会的不利言论和质疑也都一下子消散，于是自然不需要他们再介入，这无疑是最好的结果。

庄宗仁看着这些影像资料，长叹了一声，心中满是感叹和惋惜："这么好的孩子，却无端遭受了那么多。"

孟琳琅知道庄宗仁在想什么，当即笑道："爸，你应该庆幸宁夕没在她那个爸妈跟前长大才对，否则还不知道被带歪成什么样呢！她现在这样子多好啊！"

"咯……"庄燎原轻咳了一下，虽然妻子这话说得露骨，但也是事实。

当然，仅仅是扳回了这一局自然还不够，林芝芝这边自然还要反击回去。实际上，她都不用刻意去做什么，网上便已经有人猜到了这次针对宁夕的事件的幕后操控者是谁，于是，刚被忽略的宁雪落再次被推到了风口浪尖。

"我现在算是知道了，真的不能以貌取人，谁说美人都是蛇蝎？"

"宁夕其实也挺惨的，都说她是靠脸上位的，但我完全没看到她哪里靠脸了，反而因为这张脸受了无数不公平的对待！"

"不是我偏心夕哥，以我家夕哥的姿色，她要是真想靠脸，还用这么辛辛苦苦地混圈儿，早就做豪门太太去了！"

“这下某些人总该闭嘴了吧！人家难道还能穿越回五年前做这些事情吗？”

“某些人这一手转移视线玩得可真溜啊！至于某些人到底是谁，想必就不用我说了吧？”

常莉跌坐在椅子上，面如死灰。

这一次她彻底失算了！

她千算万算，怎么也没想到林芝芝那边能拿出这样的证据来！

这个宁夕，竟然在入圈之前就已经在做慈善了，这下不管她们怎么说都没用了，反而让宁夕的人气、名声、形象一下子大涨，算是免费帮宁夕炒作了一番。

这样的效果完全比林芝芝那边把宁夕做慈善的资料发出来宣传艺人形象的效果要好得多，他们忙活了那么久，全部为他人做了嫁衣！

常莉此刻甚至开始后悔帮着宁雪落跟宁夕作对，她发现事情已经逐渐脱离自己的控制，如果是一次两次还好，但是那么多次，绝对不是偶然。这个宁夕，确实非常不好对付。

意料之中地，下一秒她的耳边就传来了一阵嘈杂的碎裂声以及宁雪落的怒骂声。

宁雪落最近的脾气越来越差了，她的日子也越来越不好过。

外人都道宁雪落多么温婉、端庄，只有她知道真正的宁雪落是什么样子，她知道宁雪落那么多秘密，就算此刻后悔，也来不及了。

她偶尔遇到宁夕和林芝芝，看到宁夕对林芝芝和颜悦色，两人如同朋友一般的相处模式，说她没有丝毫感触，是不可能的。

宁雪落总算发泄完毕，面色阴狠道：“你慌什么！我早就说过，宁夕不过是我案板上的肉，她蹦跶得再高，只要我想，她立刻就会死无葬身之地！”

只是现在她们各自握着对方的把柄，还不是她能跟对方撕破脸的时候，就算到时候撕破脸了，也绝对是宁夕死得更惨！

该做的还是要继续做，否则宁雪落又要借机发作，常莉捂着被飞起的瓷片伤到，血流不止的手臂，强打起精神开口道：“如今之计，你只有先低调一段时间，让舆论消退下来。我刚刚得到内部消息，《大山》已经入围今年的金马奖，你被提名最佳女主角，回头我就找一个合适的时机把这个消息放出去。还有，跟罗伯特导演的合作也已经在谈了，想弄一个角色应该不难。作为一名演员，还是用作品来说话的。”

宁雪落捏了捏眉心，满脸阴沉。她费了那么大的力气，总算获得了这个提名，加上刚得到的好莱坞这部大片的角色，虽然只是跑几分钟的龙套，但东方面孔在好莱坞即使只是露个面，都已经很不容易，这意味着她将正式进军国际市场，她的事业将展开新的篇章，怎么可能是宁夕那个堕落到去拍电视剧的贱人能比的！

“宁夕那边你也给我继续盯着。”她就不信，抓不到宁夕的任何把柄！

常莉闻言，只能应下，实际上，宁夕身边被林芝芝防得跟铁桶似的，除此之外，她隐约觉得暗中还有另外一股力量在保护宁夕。她查了那么久，也没查出任何蛛丝马迹，就算她继续盯着宁夕，也只是浪费时间而已。

但是，这些她是不可能跟宁雪落说的，就算说了，最后也只能得到一句办事不力的评价而已。

对宁雪落来说，娱乐圈这边的事情还不是最棘手的，比起对付宁夕，她还有更重要的事情去做。

她让常莉帮自己推了近期的工作，费尽心思陪着苏衍，尤其是讨好郑敏君。

原本若这次庄家的人来了她的婚礼，她这个苏家长媳的位置就彻底坐稳了，结果如今却要她伏低做小，甚至要受赵姗姗那个贱人的气，听那个贱人冷嘲热讽。

“妈，不久History就要参加洛林时装周了，这是第一排的入场券，妈，您到时候有空的话可以去看看。”

郑敏君接过入场券，看上去倒是挺高兴的，这张入场券可不是一般人能弄到的，更何况还是前排的位置：“谢谢你，雪落，你有心了！”

宁雪落乖巧地笑了笑：“不客气的，妈。”

这时，赵姗姗从楼上下来，手里拿着一张报纸，故意凑到了苏母和宁雪落的跟前，阴阳怪气地开口道：“哎呀，名门千金就是名门千金，妈，您瞅瞅人家这修养、这气度，这么多年默默做好事不留名，这才是真正的大家闺秀呢，身体里流淌着名门之后的血，骨子里就透着高贵！哪里像某些人那么小家子气啊，有一点点成就就恨不得满世界地宣传。”

“你！”宁雪落简直气得发抖。

这个赵姗姗，嘴实在是太毒了！事到如今，她必须做些什么，否则她在苏家将会一直处于被动状态。

“好了，姗姗，你少说几句，雪落是你的嫂子！”比起赵姗姗这个私生子苏洵的妻子，她自然还是站在苏衍的妻子宁雪落这边的，即使赵姗姗的话句句都是往她最在意的地方戳。

宁雪落的身世确实是她心头最大的一根刺。

“我不过是说了实话而已，难道她不是乡下野鸡吗？”赵姗姗自从发现这个称呼能让宁雪落失控之后，就开始乐此不疲地刺激她。

这时候，宁雪落结婚后从家里带过来的一个小女佣突然冲了过来，一副气到实在无法忍耐的表情开口道：“二少奶奶，你实在是太过分了！我们小姐才刚进门，你就这么欺负她！我们小姐是被我们夫人一手带大的，最是知书达理，哪里小家子气了，真正登不了台面的分明是那个在乡下长大的宁夕！你以为宁夕真的像表面上看到的那么好吗？宁夕……”

宁雪落闻言，忙面色痛苦又委屈地开口道：“小玲，别说了！”

“雪落，你阻止小玲做什么，你让她说！到底是怎么回事？宁夕做了什么？”郑敏君立即追问道。

其实她当年就觉得有些奇怪了，为什么那会儿铁了心要跟宁夕在一起的儿子突然就跟宁夕分手了呢？

当时，她本来认为儿子见识到更好的宁雪落之后移情别恋是很正常的事情，那段时间她沉浸在儿子终于想通，宁夕也终于被宁家送到国外的喜悦里，并没有深究，但现在想来，发现事情似乎不太寻常。

小玲在宁雪落的眼神示意下，立即便要按照宁雪落的示意说出那些事情：

“宁夕……”

就在这时候，门口传来一声怒斥：“闭嘴！”

说话的是苏衍。

只见苏衍一向温润如玉的面上是从未有过的可怕神色，小玲顿时被吓得一个字都不敢说了，忍不住瑟瑟发抖。

连宁雪落也被苏衍这样的反应惊到了：“衍哥哥，对不起，是我没管教好这个丫头。”

“你去跟管家结算这个月的工资。”苏衍直接冷声开口道。

小玲顿时满脸惊恐：“姑爷，我错了！我真的知道错了，你不要赶我走！”

“衍哥哥，你就饶她这一回吧！小玲一直跟在我的身边，都照顾我这么多年了，这次不过是实在看不下去才……”宁雪落一副泫然欲泣的样子，朝赵姗姗看了一眼。

“好了好了，够了！你们刚刚结婚，大喜的日子闹成这样做什么？小玲，你下去吧！姗姗，你也回屋里去！”郑敏君面色不悦道。

赵姗姗一脸黑沉地撇撇嘴走了，心想：啧，宁雪落这一手装可怜的本事可真是炉火纯青，难怪苏衍一直被她攥在手心里。

“苏衍，你怎么发这么大的火？你好歹听听她想说什么啊。”郑敏君叹气道。

苏衍眉头紧蹙：“妈，你知道我最反感下人妄议主人家的事情，她要说的无非又是小夕刚回宁家时因不懂社交礼仪而失仪的那些事罢了，还能说什么？”

郑敏君想了想，小玲一个小丫头能知道什么，估计想说的也确实是那些，于是也没多问了。只是，她看着儿子这维护宁夕的态度，不由得多想了，毕竟是从她肚子里出来的，她最了解不过，怕不是他对那丫头还有感情吧？

片刻后，楼上苏衍与宁雪落的新房内。

“衍哥哥，你还在生我的气吗？”宁雪落小心翼翼地走到阳台。

“方才小玲想对母亲说的是什么？”苏衍立在阳台的栏杆边上，神色消融在了夜色里，语气有些冷。

宁雪落闻言一慌，但很快便镇定下来：“还能是什么，就是当年小夕不懂礼仪闹出的那些事情吧。”

苏衍转过身，目光深沉地看了身旁的女人一眼，神色异常严肃：“雪落，记住我当初跟你说过什么，当年那件事情对宁夕的影响太大了，不能让任何人知道！包括我家这边的任何人！更何况那件事本来就是我们的错！”

“衍哥哥，我当然知道那件事情对姐姐的影响有多大，我怎么可能在外面乱说！衍哥哥，你这是不相信我吗？你难道怀疑我今晚是故意让小玲在妈面前说出那件事吗？”宁雪落满脸的难以置信，近乎崩溃。

苏衍沉默不语。

他方才及时打断了小玲的话，小玲当时到底想说什么，现在已经无从深究。

此时，宁雪落已经满脸泪痕，踉跄着后退一步，眸底盈满了凄绝：“衍哥哥，在你心里我竟然就是这种人吗？”

看着宁雪落伤心到极致的神情，联想起这两天她所受的委屈，苏衍终究软下

了心：“我不是这个意思，我只是提醒你一下而已。你别哭了，是我语气太重了，抱歉。”

宁雪落哽咽着扑到苏衍的怀里：“衍哥哥，我好难过，我真的好难过。我只是想跟你在一起，只是想嫁给你而已，为什么他们全部要那么说我？”

“你不用理会赵姗姗，等陪爸妈一段时间后，我们就搬出老宅住了。至于网上那些流言，别再看了，相信你的人自然会相信你。”苏衍开口道。

宁雪落满脸的失落和不安：“衍哥哥，是不是你也觉得姐姐更好？我这样的出身根本配不上你。”

“你胡说什么？我若在意这个，当初又怎么会跟你在一起？”苏衍皱眉，轻拍宁雪落的后背，“过几天我就带你出去散散心，度蜜月的地方我已经定好了，你别胡思乱想。”

宁雪落依偎在苏衍的怀里点着头：“嗯，衍哥哥，我现在什么都不想，只想能快点给你生个孩子。”

为了不再处于被动状态，原本她准备通过小玲的嘴让郑敏君知道宁夕当年的丑事，结果没想到正好被苏衍撞见，而且苏衍的反应居然这么大。更让她不安的是，苏衍对宁夕的态度，总让她觉得不像只是愧疚而已。

现在苏衍已经对她起疑，她只能暂时作罢，等她怀了苏衍的孩子，怀了他们苏家的长孙，她就不信到时候郑敏君和苏弘光还会有话说！

不管是为了苏家，还是宁家，这个孩子都至关重要。

如今她不能容忍再出任何差错！

第二天，宁雪落抽时间给唐家打了一个电话，这是几年来她第一次主动给唐家打电话。

电话那头的孙兰语气异常激动，似乎难以置信：“喂？雪落？”

“是我。”

“雪落，你怎么会给我打电话？是有什么事吗？你结婚我本来是想去的，但是又怕你不高兴，所以就没去了。你最近还好吗？”孙兰语气小心地问道。

宁雪落直接开口道：“你把账号发给我，要多少钱你直接说，但只此一次。”

孙兰立即语气窘迫地拒绝：“不用了不用了，事情已经解决了，借钱的人已经把钱还给我们了。雪落，对不起，当时他们一群人天天拿着刀上门，我实在走投无路了，才会让小诺去帝都找你的，真的不是有意麻烦你……”

“行了，我没空跟你说这些，既然事情解决了那就算了。我问你，唐诺大学志愿填的是哪个城市？”宁雪落问。

孙兰以为宁雪落是关心弟弟，忙开心地回答道：“小诺啊！昨天小诺还跟我说呢，说是准备志愿全部填帝都！这孩子打小就想考去帝都，他成绩还不错，应该没有什么问题。他从小没怎么出过门，我实在不放心他，等他上大学了，我想过去陪着他。不过他说不用我陪，唉……这都是以后的事了，到时候我们再商量。”

孙兰絮絮叨叨地说着家常，而电话那头的宁雪落眉头已经越皱越紧：“让唐诺改志愿，填别的城市。”

“啊？”孙兰陡然听到这句话，愣了一下，似乎没反应过来。

“如果你真的对我还有半分愧疚，真的还把我当你女儿，让唐诺改志愿，离帝都远一点！”宁雪落的话已经非常直接。

“我当然把你当成我的女儿！可是，这与小诺考哪个城市有什么关系？”孙兰急了。

宁雪落的语气顿时更加不好了：“现在宁夕害得我的身世已经泄露，连我婆家都知道我根本不是宁家大小姐，而是一个乡野村妇的女儿！你知道我现在的处境有多艰难、多尴尬吗？这种时候，你还要让唐诺来帝都，自己还要一起跟着过来！你是生怕知道这件事的人还不够多吗？”

孙兰听到那句“乡野村妇的女儿”，心脏猛地抽痛了一下。她没想到女儿嫌弃他们嫌弃到了这种地步。

孙兰语气微颤：“雪落，我知道你为难，但这事关小诺的前途和未来啊！到时候我可以不去帝都，但小诺的志愿恐怕没法改。小诺一早就心心念念想去帝都了，要是这时候去跟他说改志愿，他怎么受得了！”

宁雪落冷笑一声：“嗬，你口口声声说为了我做什么都可以，现在事关儿子了就这样，这就是你所谓的爱？”

“雪落，不是的，雪落，你让我想想……让我想想好吗？这件事情不是我一个人可以决定的。”

C市，春风镇。

一栋低矮的平房内。

孙兰坐在桌旁抹眼泪，唐善蹲坐在门槛儿上抽着烟。

少年满脸怒容：“凭什么！凭什么让我改志愿！她以为她是谁！她有什么资格让我们做这做那的！你们是没养她一天，但她呢，她有尽过一天孝道吗？谁欠她了！”

孙兰哭泣道：“小诺，你别这么说，她怎么也是你姐姐，而且她现在的情况确实不容易。她说自己的身世现在已经泄露了，婆家的人也知道了，现在她的处境很不好。”

唐诺的脸色却更加难看了：“泄露了又怎样？早在五年前，这事儿就应该告诉所有人了好吗！她还真以为自己是宁家大小姐了？这一切本来就是我姐……我夕姐的！她都霸占这么多年了，难道还不够吗？妈，你能不能不要这么自私！虽然夕姐不是你亲生的，但好歹人家在咱们家待了十八年，家里有困难的时候，第一时间出现的也是她！”

“我没有说小夕不好，现在我们说的是雪落。你姐可怎么办啊！她担心我们去了帝都，她的事情会被更多人发现。我知道那些本来就该是小夕的，但是你姐走到今天也不容易啊！她刚嫁过去，嫁的又是那样的人家，肯定日子也不好过，我们若离她那么近，就算不去找她，不被任何人发现，她的心里也终归是不舒服的，整日里提心吊胆。”

“日子不好过？她锦衣玉食，嫁的又是豪门，到底哪里日子不好过了？霸占别人的东西那么久，她提心吊胆也是活该！妈，你自己想想，这些年她是怎么对我们的，

我真不知道你对她到底有什么好愧疚的！”唐诺气得脸都涨红了。

“爸，难道你也同意让我改志愿吗？”唐诺看向一旁的父亲。

母子俩一直在争执，唐善则从头到尾一言不发。他本来就是一个没有主见的，此刻更是完全没主意了。

听到儿子问他，他下意识地看了妻子一眼，然后支支吾吾地开口道：“小诺，其实你妈妈说得也有道理，你不一定非要考帝都啊，其他地方的好学校也多的是，你考个距离帝都近点儿的城市其实也是一样的。”

唐诺满脸失望和愤怒：“总之，我是绝对不会改志愿的！我就是要考帝都的学校！谁也别想拦我！”

他从小就向往帝都，自从宁夕离开之后，他就更想去帝都了。他想他姐了，他忍了这么久，就是为了有一天可以考去帝都，这样就可以离姐姐近一点，还能经常去见她。现在那人一句话就让他放弃一直以来的目标和愿望，凭什么？那人嫌弃他碍事，他还讨厌那人害得自己没了姐姐呢！

“我一过来就听到你们在吵吵嚷嚷的，吵什么呢？小诺都快考试了，你们到底还让不让他安静复习了！该不会是阿善又借钱给别人了吧？”一个头发花白、面容看上去有些严厉的老太太走了进来。

“奶奶。”唐诺叫了一声。

“不是的，妈，我哪儿能啊！”唐善忙解释。

孙兰看到老太太过来，下意识有些慌张。

她这个婆婆，年轻的时候丈夫就死了，一手把儿子拉扯大，在家里说一不二，性子强硬又很厉害，所以她有些怕婆婆。

“那是怎么回事？小诺，奶奶的乖孙，你过来告诉奶奶。”老太太看着唐诺的表情异常慈祥。

唐诺眼睛一亮，像看到救星一般，立即走到老太太的跟前，把所有的事情都跟老太太说了。

唐诺一边给老太太捏肩，一边义愤填膺道：“奶奶，就为了宁雪落心里不舒服这么个可笑的理由，我爸我妈非让我改志愿，不让我考去帝都。奶奶，你是知道的，我从小就喜欢帝都，我还答应奶奶要带你去帝都玩儿呢！”

老太太一听，果然勃然大怒：“简直胡闹！谁敢让我乖孙改志愿！这么大的事情说改就改，她是哪根葱？一个小贱蹄子居然还管起我们唐家的事情来了！”

孙兰偷偷推了丈夫一把，唐善无奈，只能开口：“妈，您这话说得未免太难听了，她好歹是我的女儿，是您的孙女。”

“狗屁孙女！没吃我唐家一粒米，算个什么孙女？既然把她给了别人，那她就是别人家的，我不想沾她半点光，她也别想插手我们唐家任何事！尤其是小诺的事情！”老太太声如洪钟，“什么也没我的乖孙重要，再让我听到你撺掇阿善让小诺改志愿，你给我滚回你们孙家去！”

孙兰诺诺不敢言，唐善更是一言不发。

其实他们哪里愿意委屈了儿子呢，只是对于这个不在他们身边长大的女儿，心中难免会多惦念一些。

最后，改志愿的事情因为老太太的介入，两人终于还是歇了这个心思。

在附近影视城的拍摄结束后，宁夕跟随《九霄》剧组奔赴全国十几个地方取景。时间一晃而过，终于，她结束今天的拍摄就可以回帝都了。

也是巧合，今天这场戏的拍摄地点竟然在C市，更巧的是，就在春风镇的那片麦田里。

《乱世英雄》中有一场在麦浪中滚床单的戏份儿，就是在这边拍的。上次她在车上强扑她家心肝儿的时候也是在这里，只可惜当时没有滚。

这部戏，柯明宇也出演了，但这段时间都没有柯明宇的戏份，所以她跟陆霆骁已经好久没见了，她已经归心似箭，想回去见大包子和小包子。不过她想到这会儿正好在C市，之前又答应了唐诺要过来吃饭的，不如趁这个机会直接去一趟唐家，省得来回跑。

她刚跟唐诺那边联系好，陆霆骁的电话打过来了。

“喂。”

“你今天回来？”

“嗯嗯，我突然想到自己答应了小诺回唐家吃饭的，正好今天在C市这边拍戏，我准备收工之后过去吃顿饭再走，所以估计回去会比较晚。”宁夕开口道。

“如果太晚了，你就别急着赶回来了，明天回来不迟。”

“嗯嗯，我知道啦！”

“快开会了，我先挂了。”

“好的，你去忙吧！我这边也快开工了。”

宁夕挂了电话后，心里有点失落。这么久没见，她家心肝儿难道一点儿都不想她吗，居然还让她不要急，明天再回去。

暮色四合。

今天的戏份终于全部拍摄完成，宁夕先是跟剧组众人道别，然后跟小桃说了一下她要去附近看一个亲戚，随即开车前往唐家。

通往唐家的某一段路，车子是开不进去的，宁夕将车停在了路口，然后准备步行过去。

刚下车，她就看到了少年熟悉的身影。

“姐！”唐诺看到她之后似乎愣了一下，随后才面露欣喜的神色。

宁夕不像上次特意乔装成乡下丫头，这次就是她本来的模样。收工之后，她直接卸了妆，换上了平时的装束，虽然脸上未施粉黛，但皮肤吹弹可破、白得发光，五官精致漂亮到了极致，如海藻般自然微卷的长发搭配着一袭浅绿色的长裙，整个人鲜嫩又惊艳。

“小诺，你怎么在这儿？”

“我来接你啊！”唐诺一副理所当然的语气，随后又眼睛闪闪发光地打量了她好几眼，“姐，网上说你颜值逆天，本来我还不信呢，以为都是P出来的。”

宁夕一阵无语："姐都是货真价实的好吗！你是亲弟吗？"

宁夕本来只是习惯性地脱口而出这句话，说完才反应过来。一时间，姐弟俩都莫名有些尴尬。宁夕忙转移话题："快走吧，别让你爸妈等急了！"

"嗯！知道你要来，妈一大早就出去买菜了，爸还去钓了鱼，可鲜活了！"唐诺开始跟宁夕聊起来。

"哎呀，我差点忘记夸你了，高考分数那么高，帝都大学妥妥的啊！我弟实在是太厉害了！你的高考通知书拿到了没有？快给姐拍个照出去炫耀一圈儿！"

唐诺不好意思地挠挠头："还没呢，我正在等。"

到了唐家。

果然，孙兰已经做好了一桌子的菜，唐善也早早在门口等着了，见到唐诺两人，立即把他们迎了进去。相比上一次的尴尬，这次气氛倒是好了很多，虽然疏离、客气，但至少不会冷场。

"小夕来了，快进来快进来！实在是太不好意思了，上次都没留你吃顿饭就让你走了。"

"没什么的，不过举手之劳。需要我帮忙吗？"

"不用不用，你去等着吃就好，我这边还有一个汤要做，马上就可以开饭了！"

片刻后，曾经的一家四口围桌而坐。

孙兰看着如今宁夕的模样，一脸尴尬："真是女大十八变，我都快认不出你了……"

唐善也感叹地点头："小夕更漂亮了！"

上次看她那身打扮，他们没察觉出什么，这会儿仔细一看，才深切感受到这个曾经的女儿的变化，无论是样貌还是气质，都是那么陌生。

聊其他话题怕会尴尬、冷场，于是他们渐渐聊到了唐诺的身上。聊到唐诺这次考的好学校，孙兰和唐善都高兴不已。

"这孩子，一心想考帝都的学校，这下可总算如了他的愿！"

"男孩子是该去大城市看一看、闯一闯。"宁夕道。

唐善也连连点头："不错，是这样的！"

看儿子考得这么好，孙兰和唐善此刻都无比庆幸当初做的决定，要是真让小诺改志愿了，那可真是耽误他了。

"只是录取通知书一直没寄过来，实在是太让人着急了。"唐善皱眉道。

"你急什么，录取通知书还能飞了吗？"孙兰嗔道。

几人正说着话，唐诺的奶奶匆匆跑来了。看到来人，几人忙站起身。

"奶奶。"

"妈，您怎么这么晚过来了？"

老太太在镇上开了一个小饭店，平时都是住在店里的。

老太太朝屋里多出的一人看了一眼："这是？"

"奶奶，她是我姐啊！我姐唐夕！"唐诺忙拉住宁夕的手臂。

"唐夕？她怎么回来了？"老太太明显很惊讶，但此刻来不及多说了，忙从怀里掏出一个大大的快递信封出来，激动不已地对唐诺开口道，“小诺啊，你的录取通知书到了！”

“什么？”

“录取通知书！”

一时之间，所有人的目光都落在了老太太手里的信封上。

“唉，我歇不住，隔一会儿就要去快递点看看有没有我们小诺的信，这不，总算让我给等来了！你们快拆开看看，念给我听听！”老太太高兴不已道。

唐诺激动地接过信封，深吸了一口气，然后将信封拆开了，孙兰和唐善也都激动地围了过去。

宁夕看着一家四口开心的模样，心中也替唐诺开心。下一秒，唐诺却不知为何陡然变了脸色。

里面的确是录取通知书，可压根不是帝都大学的录取通知书，而是距离C市、距离帝都十万八千里的西疆某大学！

Chapter 8

▼

陆霆骁也是因为知道这一点，才会故意那么说。他知道，对宁夕而言，唐家是她的软肋，对付宁雪落，最好的方式还是通过唐家自己的手。

“怎么会这样？这个什么西疆技术学院，我压根没有填报啊，为什么收到的会是这个学校的通知书？”

“什么？西疆！”孙兰一下子呆了。她不识字，只能急得赶紧催丈夫看看到底是怎么回事。

唐善忙接过录取通知书看了又看：“怎么会这样？怎么不是帝都大学，而是西疆技术学院？是不是寄错了？”

“可上面写的就是小诺的名字啊！”孙兰虽然不识字，但她儿子的名字“唐诺”两个字还是认识的。

唐老太太怎么也没想到，她满心欢喜地过来，结果却变成这样，焦急不已地拉着唐诺问道：“小诺啊，该不会是你不小心把志愿填错了吧？”

“不可能！我绝对没有填西疆的任何学校！而且我事后检查过很多遍，绝对不会填错的！”唐诺的语气极其笃定。

“那是怎么回事？是不是因为有同名同姓的，这个什么西疆的学校搞错了？”唐老太太猜测道。

唐善摇摇头：“学校弄错的可能性应该不大吧，如果小诺没有填报这所学校，那这所学校怎么会有小诺的信息？”

孙兰面如土色：“小诺，你赶紧查查这到底是一所什么学校啊。”

唐诺早就已经在查了，闻言，沉着脸色从手机上抬起头：“这是一所二本院校，因为地处偏远，有政策扶持，三百多分就能上。”

“二本……小诺的分数可是能上重点大学的啊！怎么会变成这么个破学校，还那么远，坐火车都要两天两夜！我听说那地方乱得很，治安也不好，小诺怎么可以去那里上学！这可怎么办啊？”孙兰急得直接哭了起来。

唐善慌乱道：“要不然我们再等等？说不定过几天小诺就能收到帝都大学的通知书了？”

孙兰怒道：“老师早就说过了，绝对不可能有这种情况，怎么可能同时被两家学校录取！要是真被这个学校录取了，帝都大学肯定就上不成了！造孽啊，我家小诺怎么这么命苦啊！”

“别哭了，你哭有什么用！”唐老太太一看孙兰这副样子就更来气。

这时，旁边一直没有说话的宁夕忍不住开口说了一句：“这会儿太晚了，也联系不到人，还是等明天白天直接打电话去相关的学校和部门问清楚情况再说吧。”

听到宁夕的话，孙兰连连点头：“对对对，我们打电话去问清楚！一定是哪里弄错了！”

唐诺死死攥着通知书，没说话。

唐善耷拉着脑袋：“也只能这样了。”

唐老太太看了宁夕一眼，没有反驳。

当天晚上，唐家人围绕着唐诺这件事情讨论了很久，自然是没有任何结果的。

“姐，现在太晚了，你开车回去不安全，不然今天就在这边住一晚上吧？”唐诺强打起精神对宁夕开口道。

宁夕想了想，最后还是点了点头：“好。”

本来她是准备今天晚上赶回帝都的，但是现下唐诺出了这样的事情，她实在不放心，于是同意了留下来，随即给陆霆骁发了一条短信说明情况。

“姐，你住我那间屋吧！床单、被罩都是我刚洗好晒过的。”唐诺开口道。

接到宁夕的电话后，他就特意亲自把床单、被罩都给洗了，就是想着万一太晚了她不方便回去能住一晚。

之前宁夕是睡在一个堆放杂物的小柴房里，如今多年没回来，那个房间自然已经不能住人了。

“那你睡哪儿？”宁夕问。

“我在客厅随便打个地铺就行了！”唐诺不在意地说。

这时，旁边正在跟儿子、媳妇说话的唐老太太立即变了脸色：“那怎么行，你着凉了怎么办？”

“奶奶，我是男人，打个地铺有什么关系，总不能让一个女孩子打地铺吧？”

“不行，你的身子骨这么弱，地上又湿又潮怎么能睡！”唐老太太不依不饶，看着宁夕的眼神就像她谋害了自家孙子似的。

“咳。”宁夕轻咳了一下，“小诺，不用麻烦了，我去附近的旅店凑合一晚上就行了。”

“那更不行了，那地方条件又差、环境又乱！”唐诺眉头紧蹙，看看一副绝对不会妥协模样的唐老太太，又看了看宁夕，最后开口道，“怎么也还是家里比较好，那姐睡客厅吧，我把垫的东西给你铺厚一点！”

“好。”看着唐诺期冀的目光，宁夕只好点了点头。

唐老太太这才勉强没话说了，把儿子、媳妇拉到一旁，道：“我还没问你们，这个死丫头今天怎么过来了？”

唐善轻咳了一下，然后说：“妈，现在人家是有钱人家的大小姐了，可不是你的孙女。”

“我们白给她吃那么多米了，结果居然是人家的！当初我就说了把这个赔钱货扔了，你们偏不听！现在好了吧，白给人家养了这么多年闺女！”唐老太太一脸肉疼的表情。

唐善忙把母亲拉远了一些，压低声音道："妈，你别说了！要是我们真把她扔了，人家找过来了，我们才是真麻烦呢！"

三人说话的声音越来越远，唐善和孙兰送走了老太太，随后进了卧室。

唐诺则埋着头开始在客厅里打地铺："好了。"

"谢谢了！"宁夕正准备躺下，却被唐诺一把拉起了起来，"干吗呀，姐，你还真准备睡这儿啊？我那是唬奶奶的，我一个大老爷们怎么可能真让你一个女孩子睡地铺！你快睡屋里去！"

宁夕闻言，愣了一下，不知道回忆起了什么，眼眶微微泛红，下一秒，她上前一步，一把将唐诺揽在了怀里，不让他看自己湿润的眼眶："死孩子！"从小到大，这孩子总是这样时刻护着她。

唐诺一脸无辜的表情，挠了挠头："姐，你怎么了？"

宁夕调整了一下心情才将唐诺松开："没事。"

"姐，你快进去睡吧，熬夜会有黑眼圈的！"

"好吧，我就不跟你这个大老爷们争了。对了，录取通知书的事情，你别太担心了，不会有事的。"宁夕安慰道。

提到这个，唐诺的脸色顿时沉了下去，他苦笑道："我怎么可能不担心呢？我盼了这么多年，努力了这么久！实际上我已经快要难过死了，我好怕万一真的上不了帝都大学该怎么办！"

宁夕笑着揉了一下少年的头发："放心好了，姐保证，你一定可以上帝都大学！"

第二天早上，天刚刚亮，唐老太太就赶了过来，催着儿子和儿媳妇打电话，结果电话自然是没人接的，这么早，人家还没上班。

唐老太太、唐善、孙兰的脸色都很憔悴，一看就是一夜没睡。至于唐诺，也不知道是不是因为宁夕临睡前的安慰，没想到竟然睡着了。

终于等到了上班的时间，唐善立即开始拨打西疆技术学院的电话，因为太过紧张了，磕磕巴巴说不清楚，最后还是唐诺自己拿了电话询问了那边，并且开了扬声器。

"您好，是西疆技术学院招生办吗？我是C市育林中学的高三学生唐诺。昨天我收到了贵校的录取通知书，但是我的志愿上并没有填写贵校，所以想请贵校核实一下，是不是哪里出了差错。"

"你收到录取通知书了？"

"是的。"

"你既然收到录取通知书了，那就是被我们学校录取了啊，能出什么差错？"

"但我的志愿并没有……"

"那肯定是你的志愿填错了，你应该去找你们市县的相关部门，或者去问你们的老师。"

"我是准备去问的，如果确定了不是贵校那边弄错了的话。"

"你先去查你的志愿，如果没错再打过来！"那边的人说完后，直接"啪"的一声挂了电话。

“这个老师什么态度啊！事关我们小诺一辈子的事情，怎么能这样推三阻四！他帮忙查一下能费多少事？”唐老太太气急了。

“算了算了，估计人家也忙。小诺，你还是赶紧给招生办打个电话查一查吧！”唐善开口道。

唐诺闻言，眉头蹙了一下，只能打电话给招生办。

他非常确定自己绝对不会填错志愿的，但西疆那边这么说了，他也只好再次确认一下。

查志愿又费了一番波折，好不容易等到下午，招生办那边终于回电话了，最后查出来的结果却让所有人都绝望了。

“没有错，你的第一志愿填写的确实就是西疆技术学院！”

“这不可能！我当初填的根本不是这个学校，我填的明明是帝都大学！”唐诺语气激动道。

“这位老师，志愿不能改了吗？”孙兰小心翼翼地问。

“要是每个学生都像你们这样，自己没选好志愿，就说一句我当初填的根本不是这个学校，我就给你改了，你觉得可能吗？”

“我的老师可以证明！”唐诺立即道。

工作人员冷笑一声：“谁知道你们是不是一伙的？我跟你说，你们这样的人我见多了！光今天，你就已经是第三个了！”

“我不是，我真的没有填错……”

“行了行了，你别胡搅蛮缠了！如今你要么就去上这个西疆的学校，要么就复读一年吧！”

电话那头的人说完便直接挂了电话。

一室死寂。

唐诺红着眼睛，死死捏着拳头：“我不信！我不信！我明明没有填错！”

这时，一旁的宁夕沉吟着：“你的志愿是不是被什么人给改了？”

她自然相信唐诺不可能犯这种低级错误，重点是，唐诺事先都不知道这所学院，更没把它作为备选，怎么可能神奇地填错？

“这……这可怎么办？”孙兰哭泣不止，已经完全乱了分寸。

唐老太太这会儿也已经慌了神：“该不会小诺的志愿真被人给改了吧！到底是哪个杀千刀的做的？”

唐善：“有老师做证也不行吗？”

孙兰：“刚才人家都说了不行！再说了，还不知道是不是老师那边出的差错，谁知道老师为了逃避责任会不会出来做证！”话音刚落，三人的脸上都爬满了绝望。

唐诺呆呆的，片刻后，又快速拿起了手机。

他拨打了本县教育局、考试院、学校等地方的电话，得到的全是公式化的回答，如果调档证明他填的确实是西疆，那就没办法了，他只能上西疆技术学院。

“真的没办法了吗？”孙兰神情恍惚。

唐善蹲在那里抽着烟：“咱们没权没势的，还能怎么办，只能吃了这个哑巴亏。”

唐老太太气得直喘：“这怎么成！这事儿没完！我拼了老命也一定要去给小诺讨个公道！大不了我天天睡在招生办的门口，我就不信这事没人管了！”

唐善无奈道：“妈，您年纪都这么大了，就别折腾了。隔壁村老牛家为了他儿子的事情闹了三年都没结果，前些天还不知道被什么人堵着打断了腿，我们这样没权没势的，谁会听我们的话？”

唐诺的面上一片灰败之色：“奶奶，您别冲动。算了，大不了我重读一年。”

宁夕身份比较尴尬，不太好插手唐家的事情，但这会儿也不得不开口了：“等下我打个电话，看能不能找人帮忙吧。”话音刚落，唐家所有人都朝她看了过去。

“小夕，你能找到人帮忙吗？”孙兰压抑着激动的情绪问道，唐善也朝她看了过去。

宁夕斟酌了一下措辞：“应该问题不大，你们别太担心了。”

唐老太太立即冷哼了一声，没好气道：“口气倒是不小，你一个戏子能有什么办法？”

唐诺不知想到了什么，顿时面露不安的神色，把宁夕拉到一边，道：“姐，我真的没事，你别为了我麻烦别人！”他知道宁夕跟宁家关系不好，能有今天全靠自己，他不想她为了他去求人。

宁夕不在意地笑道：“什么麻烦啊，我找的是你姐夫！”

“啊？姐夫？我有姐夫了？”唐诺顿时愣了一下。

“等会儿跟你说，我先去打电话。”宁夕拍了一下唐诺的肩膀，然后去屋后打电话了。

“喂？”电话那头传来男人令人安心的声音。

“喂，心肝儿啊，我可能有件事情要请你帮忙，就是我昨晚跟你提到的事情。”

“你弟录取通知书的事？”

“是的，小诺的志愿很可能被人篡改了。”

“好，我知道了，我会尽快给你答复。”电话那头的人回复得简单又明了。

见宁夕打完电话回来，孙兰立即迎了上去：“小夕，你打过电话了吗？人家怎么说？”

“他说会尽快给我答复。”宁夕回答。

听到这个模棱两可的答案后，孙兰和唐善都有些失望，唐老太太则忙着打电话到处找人，看他们能不能帮忙。

“对了，小夕，你找的是什么人啊，靠不靠谱？”唐善问了一句。

“我男朋友。”宁夕倒是没有隐瞒。

孙兰有些惊讶：“小夕，你交男朋友了啊？对方是做什么的？”

宁夕：“他是做生意的。”

一旁刚打完电话的唐老太太一脸鄙夷的表情：“一个做生意的人能有什么本事？要找也应该找个当官的！你别白耽误了时间影响小诺。”

对于唐老太太的话，宁夕倒是没有反驳，只是静静地听着。

对于宁夕的这通电话，唐家的人都没有抱什么希望，仍然像没头苍蝇一样忙得团团转，想着办法。

唐诺对这个未谋面的“姐夫”倒是挺感兴趣的，凑到宁夕跟前问了好些事。

“姐，你真的有男朋友了？”

“我骗你干吗？”

“他帅不帅？比苏哥……呃……不对，比苏渣渣还帅吗？”

“废话，当然比苏衍帅啦！”

转眼到了傍晚，天色越来越黑，唐家这边一筹莫展，宁夕那里也一直没有消息。

“小夕，你男朋友那边回你了吗？”无计可施之下，孙兰只能把最后一线希望寄托在宁夕的身上。

宁夕摇头：“还没有。”

虽然陆霆骁那边一点消息都没有，但宁夕不急，也没打电话去催。她家心肝的办事能力，她怎么可能怀疑！

“哦。”孙兰顿时满脸失望。

终于，天色彻底黑了下来，唐善再也坐不住了：“小夕啊，还没消息吗？不然你打个电话问一下？”

“问什么问！你还真指望她一个上不了台面的戏子吗？”唐老太太焦急孙子的事情，这会儿正憋了一肚子火气，语气也越来越不好。

她才不管宁夕是哪家的小姐，在她眼里，宁夕就是一个白吃了他们唐家那么多年饭的白眼狼！所以说，女儿就是赔钱货，养着一点儿用都没有，看着就碍眼。

“咚咚咚……”突然，一阵敲门声响了起来，在死寂的屋内听起来异常清晰。

“这么晚了，谁啊？”孙兰伸头往外看。

“我去开门吧！”唐诺一边说，一边朝门口走去。

“吱呀”一声，唐诺拉开了大门。下一秒，唐诺愣在了原地，呆呆地看着立在门前的高大身影。

男人穿着一身修身的铁灰色正装，系着暗纹领带，如清风朗月般背对着夜色站在门口，让人觉得这狭小、昏暗的矮屋都一下子亮堂了起来。

唐诺的脑海中顿时浮现出四个字——“蓬荜生辉”。

“你是？”唐诺呆呆地看着眼前面容俊朗、气质矜贵的男人，不知想到了什么，突然眼睛一亮，“难道你是我的姐夫？”

男人听到“姐夫”两个字，清冷的眸子微微动了一下，余光扫过少年：“你是小夕的弟弟唐诺？”

“呃，是的，我是唐诺！”唐诺忙点头。

男人闻言，抬起了手。

唐诺这才发现男人的手中拿着一个大大的信封，不解道：“这是？”

男人直接将信封递给跟前的小舅子：“我给你的见面礼。”

“啊？”唐诺一脸茫然，下意识地将信封接了过来，正准备客气地说些什么，却在看到信封上的几个字之后，一下子变了脸色。

只见信封上写的寄件人是帝都大学，他慌忙拆开信封一看——帝都大学录取通知书！

“啊啊啊……姐！姐！你快来！”

门口突然传来唐诺无比激动的喊叫声，唐善、孙兰、唐老太太还有宁夕一齐朝门外走去，然后就看到门口站着一个男人，唐诺则手里拿着一个信封，一副激动不已的模样。

“姐！你看！录取通知书！帝都大学的录取通知书！”

“什么？小诺，这是哪儿来的？”孙兰、唐善、唐老太太一下子围了上去，宁夕也满脸惊讶。

“姐夫！是姐夫刚才给我的！说是给我的见面礼！”唐诺把录取通知书像宝贝一样揣在怀里，然后又拿出来给爸妈还有奶奶看。

呃……见面礼……

宁夕看着站在门口的男人，嘴角微微抽搐了一下。

她知道大魔王办事靠谱，但万万没想到这么靠谱啊，居然直接把帝都大学的录取通知书给送过来了！

而且现在距离她打电话的时间才多久？不过半天而已！除去他开车过来的时间，他大概用了不到一个小时就已经搞到了这张录取通知书。

她简直要给他跪了……

那边，唐诺他们正激动着，宁夕走到陆霆骁的跟前，忍不住感叹：“你这速度也太快了吧。”

陆霆骁：“你第一次开口让我帮忙。”难得老婆有需要他的时候。

宁夕顿时轻咳了一下：“呃……”

她怎么莫名觉得陆霆骁这话说得有点哀怨呢？她似乎确实从没让陆霆骁帮忙做过什么，这次也是为了唐诺才开口的。

“这真的是帝都大学的录取通知书？”孙兰难以置信地问道。

毕竟他们一家今天打了无数个电话，跑了无数个地方，得到的回复都是没有办法了，谁会知道宁夕打一个电话，这帝都大学的录取通知书竟然就直接被送上门来了。

“小诺啊，你看清楚了吗？”唐老太太又惊又急。

“我一个字一个字地看了，没有错，还有帝都大学的印章呢！”唐诺激动道。

“小夕啊，你的男朋友怎么称呼？这次实在是太感谢他了！太感谢他了！”孙兰问道。

“他姓柯。”宁夕出于谨慎，没有说陆霆骁的真实信息。

“原来是柯先生，我真不知道该怎么感谢你！”

“姐夫，你到底是怎么做到的？他们都说我的志愿肯定改不了了。”

“我找了一个朋友帮忙，你这边有老师做证，问题不大。”陆霆骁简单地开口解释道。

虽然是轻描淡写的一句话，但唐家的人都知道，事情绝对不是这么容易的，这次若不是有小夕的这个男朋友帮忙，他们这个闷亏就吃定了。

唐老太太手里捧着录取通知书，喜不自胜。唐老太太倒是没想到，这丫头这次真的能帮上忙，算是没白养她十八年。她好歹还知道帮着她的兄弟，比那个飞上枝头就忘了本，一次都没回来过的死丫头好多了！

这丫头找的这个男人虽然不知道到底是什么家世、为人如何，但光看他的相貌、气度，倒确实没话说，她瞅着比那个苏家的大少爷还要出色。

唐老太太走到了陆霆骁跟前，喜滋滋道："柯先生是吧！这次咱们小诺的事情真的是麻烦您了。大老远跑来一定饿了吧，一定要留下来吃顿饭啊！"

陆霆骁没说话，而是看向了宁夕。

唐诺急吼吼地跟宁夕开口："姐，姐夫第一次来家里，当然要留下来吃顿饭啦！我还有好多话要跟姐夫说呢！"

他们第一次见面，能有什么话要说？听着唐诺一口一个"姐夫"，宁夕觉得有些好笑："好。"

于是，唐老太太忙乐呵呵地亲自下厨去做菜了，还忙不迭地跟儿子还有儿媳妇打招呼："兰子，你们去把院子里的鸡逮来杀了；阿善，你去把地里的那坛好酒给我挖出来；小诺，你去地里摘点蔬菜！我们这里的东西可新鲜了，你们城里人可吃不到！"

说完，她又看向宁夕："你这个丫头，傻站着干什么，还不领你对象去屋里坐，给他泡茶！用红色罐子里的茶叶子，那是我从镇上买来的。抽屉里有干果，你们端出来吃。"

宁夕打开红色罐子，取出茶叶，给陆霆骁泡了一杯茶，不由得感叹陆霆骁这家伙太逆天了，就连唐家奶奶这么难相处的人，第一次见陆霆骁就完全被他收买了。

"托你的福，老太太对我的态度还从没这么好过。"

陆霆骁摸了摸宁夕的头发，眸子里满是心疼。

宁夕知道他在想什么，忙笑道："都过去啦，你对我的好，已经弥补了我的一切不好。"

饭桌上。

唐善喝得醉醺醺的："小夕，爸敬你一杯。上次那些人借钱不还的事情也是你帮忙解决的，我们唐家欠你太多了，是我们唐家对不起你。"

"老唐，你喝多了！"孙兰忙尴尬地拦了唐善一下。

唐老太太听得眉头紧蹙："上次的事情也是这个丫头解决的？"

"是我姐想办法吓唬了他们一下，不然那些流氓怎么可能乖乖还钱！"怕奶奶对宁夕有偏见，唐诺没说宁夕直接揍人的事情。

唐老太太沉默着没说话，之前憋的一肚子火以及对宁夕的不满消散了不少——算这丫头有良心。

因为抱错孙女的事情，她心里的这股气已经憋了很久，白养了别人家的孙女不说，自己家的还要不回来了，哪里有这种事！

唐诺的事情解决之后，唐家的人开始想另一个重要的问题了。

"小诺志愿书上的第一志愿填的是帝都大学，怎么变成西疆技术学院的？"孙兰沉声道。

“我确定自己绝对没有填错！”唐诺语气笃定。

这时，陆霆骁开口道：“这边的流程不太规范，从收集志愿到录入系统的过程中，有很多被人动手脚的机会，如果对方做得隐秘，可以完全不露痕迹。”陆霆骁说着，顿了一下，然后继续开口道，“你们最好想想最近是不是得罪了什么人。”

“得罪了人？没有啊，我们能得罪什么人？总不是那些混混吧？他们早就离开春风镇了。”唐善眉头紧蹙。

孙兰想了半天也完全想不出会是谁做的这种事。

这时候，唐老太太却一下子站了起来：“我知道是谁了！是那个丫头！一定是那个死丫头！”

“妈，你说谁啊？”孙兰狐疑道。

唐老太太用手指着孙兰的脸，气急道：“还能有谁！还不是你生的那个好女儿！她不想让小诺去帝都碍自己的眼！前段时间，她不是还撺掇着你让小诺改志愿吗？”

孙兰一下子蒙了，似乎完全没想过这个可能：“这不可能吧！我已经跟雪落解释过，到时候只让小诺自己去帝都，我不会跟着他去的，而且也绝对不会让他去打扰她的生活，当时她都同意了，也没说什么啊！”

宁雪落撺掇着孙兰让小诺改志愿？宁夕听到这里，皱了皱眉头，原本志愿的事情她就觉得很蹊跷，如今看来，她的猜想怕是没错，这事八成真的是宁雪落做的。

虽然她一开始就怀疑了，但从头到尾都没有提过。如果这件事情从她口中说出来的话，就成了挑拨离间，而由陆霆骁这个旁观者一点拨，老太太立刻就联想到了宁雪落的身上。

唐老太太这会儿已经彻底爹了：“你个蠢货！她说什么你就相信吗？我们唐家能得罪什么人！谁有本事偷偷摸摸地把小诺的志愿给改了！她现在是帝都有钱人家的大小姐，又做了苏家的少奶奶，做这些龌龊缺德事还不是容易得很！除了她还能有谁？”

“是我大意了，居然没有想到，差点把小诺给害了啊！这个女人怎么这么毒、这么狠啊！我们唐家这是造了什么孽啊！”唐老太太拍着腿便哭喊了起来。

唐善被老太太这一嗓子喊得清醒了起来，忙慌张地劝道：“妈，您冷静一点，这是没有证据的事，小诺毕竟是她的亲弟弟，我觉得她应该不至于……”

“你们两个缺心眼的，到现在还拎不清吗？小诺迟早被你们害死！”唐老太太满脸恨意，“这个讨债精！她就是祸害我们唐家来的！她生怕别人发现自己是山沟沟里出去的，让她没了脸面，怎么可能会善罢甘休！”

“妈，这里面可能有什么误会，等明天我打个电话问一下雪落吧。”

“问什么问，难不成她还能承认自己做的好事？”唐老太太狠狠瞪着孙兰，抱着唐诺又哭了一通，随即像看救星一般，看向了宁夕和陆霆骁。

“夕丫头啊！小诺虽然不是你的亲弟弟，但好歹和你做了十八年的姐弟，等小诺去了帝都，你可一定要帮衬帮衬他！”

唐诺闻言，有些窘迫：“奶奶，我不用我姐帮！我自己可以的！”

不等宁夕说话，一旁的陆霆骁就开口道：“小夕一直很疼爱唐诺这个弟弟，虽然不是亲弟弟，但比对亲弟弟还亲。我们交往至今，她从未求我帮她做过什么事，这次还是她第一次跟我开口让我帮忙。唐诺去帝都之后，不用您说，我们肯定会好好照看他。”

说到这里，陆霆骁话锋一转：“只不过，唐老夫人想必也知道，小夕只是一个小小的艺人，而我也不过是有几个钱，这次也是侥幸认识一个朋友，他在教育部门任职，才帮上了忙。所以，若你们那个很有权势的仇家不甘心，日后还要对唐诺做什么，我们怕也无能为力。”

陆霆骁的话合情合理，没有任何问题。唐老太太当即狠狠道：“夕丫头、柯先生，你们只需要帮忙照看一下我家小诺就行了，至于那个小贱蹄子，我老太婆自有办法对付她！”

虽说宁雪落是唐家的亲骨肉，孙兰和唐善对这个女儿也多有惦念，但是在唐老太太心里，什么也没有她的孙子重要，亲孙女又怎样，亲儿子、亲儿媳都要靠边站，她就是拼得鱼死网破，也不会让宁雪落害她的宝贝孙子。

陆霆骁也是因为知道这一点，才会故意那么说。

他知道，对宁夕而言，唐家是她的软肋，对付宁雪落，最好的方式还是通过唐家自己的手。

因为第二天陆霆骁还要开一个会议，所以宁夕和陆霆骁吃完晚饭便驱车返回了帝都。

回去之后，两人没有相聚多久，就又各自忙碌。最近陆霆骁非常忙，宁夕也忙得团团转。

林芝芝刚帮她签下一个包括宁雪落在内的好几个大腕争抢的一线品牌的代言，新电影的剧本也在挑选中；则灵正在备战今年的洛林时装周，顺利的话，明年便能上市。

则灵这边一切已经上了正轨，不像以前一样需要宁夕经常盯着，但这样关键的时候，宁夕还是尽量抽了时间亲自过去，好在《九霄》这边的拍摄一切顺利，大概还有几天就能杀青了。

几日后。

“嫂子，好消息！好消息！超级好消息！”陆景礼风风火火地从门外跑了进来。

“什么好消息啊？”宁夕扭过头问。

陆景礼的手里攥着一沓表格资料，兴奋不已地开口道：“嫂子，你……”

“你入围金棕奖最佳女主角了。”说话的是陆霆骁。

陆景礼顿时满脸哀怨：“哥，你怎么可以这样！我的速度都这么快了，你怎么知道得比我还快，就不能让我显摆一下吗？”

宁夕闻言，愣了一下：“什么？”

陆景礼终于有说话的机会了，立即把手里的表格塞给宁夕，开口道：“你因为拍了《寻梦人》，被提名这届金棕奖的最佳女主角了，内部第一手资料！白纸黑字写着呢！大概还要三天，这些入围的名单才会对外公布。”

宁夕一目十行地扫了过去，果然看到《寻梦人》同时被提名了最佳导演、最佳女主角两个奖项。而且，她还看到了另一部熟悉的影片——《天下》。

“《天下》也入围了？”宁夕问。

陆景礼凑过去看了一下：“啊，貌似是，《天下》不是没赶上去年的评选吗，所以放在今年了。你凭借《天下》里饰演的角色也被提名了最佳女配角！我刚才只注意到你被提名最佳女主角，竟然没发现这个！”

宁夕看着“最佳女配角”几个字，心里激动的程度不亚于看到自己被提名最佳女主角。

毕竟《天下》是她拍的第一部电影，对她而言有特殊的意义，能够被国内含金量最高的金棕奖提名，已经是对当时还是新人的她的一种肯定。

紧跟着，她扫到下一行，看到……

“哎哟！就宁雪落那破演技，她居然还被提名了最佳女主角？”陆景礼惊呼出声，咕哝道，“肯定有黑幕，要么她就是来陪跑的！”

宁夕终于看完所有的名单，发现宁雪落这次居然有两部片子同时被提名了最佳女主角，一部是《天下》，一部是《大山》。

看来这次宁雪落是准备打一场翻身仗了。

“她居然有两部作品入选了！评委是不是瞎了？”陆景礼还在继续吐槽。

宁夕摸了摸下巴，开口分析：“宁雪落在《天下》中的表现确实不错，能被提名最佳女主角倒是在我的意料之中。”

甚至现在都还有很多人说宁雪落在《天下》中的表现是她演技生涯的巅峰。殊不知，宁雪落的演技很大程度上是当时被宁夕给硬逼出来的。

宁雪落拍戏没了危机感，自然再达不到那种状态。

宁夕顿了一下，然后继续说道：“至于《大山》这部片子，当时跟《寻梦人》一起上映的，票房惨淡，只有几百万，但这部戏本来就不是冲着票房，而是冲着拿奖去的，类型和题材都很合适，角色设定也能讨得那些学院派评委的欢心，被提名了倒也不意外。”

不管宁雪落背后有没有打通关系，她的这两部片子被提名应该都不会有什么争议。

倒是宁夕的这部《寻梦人》，一度被定义为商业狗血剧，能获得提名才真是爆冷门了。而她在《天下》中的表现虽然很好，但这次最佳女配角的竞争也很激烈，她看到了好几个很强的对手，所以她能否拿奖也是未知数。

陆景礼拍着宁夕的肩膀说：“小夕夕，据我推测，你拿奖的可能性还是很大的！毕竟你的实力摆在那里啊！”

一旁的陆霆骁说：“这还需要推测？”

陆景礼顿时无语：“是是是，这不需要推测，你老婆最厉害！”

陆霆骁看向宁夕，安抚她：“你不用紧张，金棕奖之所以如此被推崇，除了因为专业，很大程度是因为它的公正，最后能够得奖的人只能是凭借实力。”就算有人从中做什么手脚，手也绝对伸不到最终的结果上。

宁夕还真的有点紧张，毕竟是第一次被提名，不过听到陆霆骁的安抚后，心情顿时好了不少。

“恭喜妈妈被提名。”一旁的小包子奶声奶气地给宁夕贺喜，而且不知道什么时候弄了一捧花过来。对小包子而言，那捧花简直是巨物，把他的整个身体都给遮住了。

陆霆骁从小包子手里接过花束，递到宁夕怀里，然后在她的额头上落下一吻：“恭喜。”

这父子俩竟然早有准备了！陆景礼这个孤家寡人看得无语，但还是强撑着心痛，从兜里掏出一串车钥匙，说：“这是公司的奖励，提前发给你了。”

“谢谢。”宁夕轻轻捧着花束，此刻她的内心已经没有不知道是否能得奖的患得患失的心情，而是满满的温暖。

这一幕，与当初她获得孟长歌这个角色时的画面重叠在了一起。

当时，她连一个分享好消息的人都没有，正准备一个人在家吃火锅，陆霆骁便带着小包子从天而降，然后父子俩在饭桌上跟她道喜。

“你怎么了？”陆霆骁见宁夕发愣，揉了揉她的发丝。

宁夕微笑着摇摇头：“没什么，我就是想到当初你第一次带着小包子来我家的事情。那会儿，你也是第一个恭喜我的人。”

不知不觉间，这个男人竟已经陪伴她走了这么久。

从她默默无闻到她终于在自己梦想的世界里闯出一片天地，从她以为是不可能的人到今日他们惺惺相惜。

接下来的几天，宁夕回到剧组拍完了《九霄》的最后一点戏份。

“杀青啦!”

“恭喜恭喜!”

“大家都辛苦了！”

“我好舍不得啊！”

“我也特别舍不得大家！”

最后一场戏拍摄结束后，剧组所有工作人员欢呼出声，甚至激动得热泪盈眶。导演助理推着装了蛋糕的车过来庆祝，大家互相留存联系方式，纷纷不舍地拥抱着。

虽然宁夕已经不是第一次经历这样的场景，但这依旧是宁夕每次最开心、满足的时刻。

“喂！我呢？你怎么就知道抱妹子！”一旁的江牧野黑着脸说。

宁夕笑着走过去，跟这只傲娇“金毛”拥抱了一下：“辛苦了，江前辈！”

“哼！”感受着宁夕大力的拥抱，江牧野脸上的表情有些别扭，几不可闻地叹息了一声。

或许该庆幸，他终究还是守住了那个秘密，所以此刻还能留在她的身边，而不是像某人一样。

大家伙闹腾了一会儿后，便约定去附近的四季酒店聚餐。

Chapter 9

▼

宁夕终于从地狱爬出来，获得了新的人生！这一切就好像在做梦一般，飘浮在柔软的云朵上，没有真实感。

第二天。

金棕奖评选是娱乐圈一年一度最大的盛事，名单一出来，便引起了轩然大波。

最引人注目的莫过于宁雪落的《天下》和《大山》同时获得最佳女主角的提名，除此之外，《大山》还获得了包括最佳影片、最佳导演、最佳女配角在内的八项大奖提名，是本届影展上提名最多的一部电影，也是得奖的大热门。

一时之间，网上对于宁雪落的评价水涨船高，各路影评家纷纷出来花式吹捧宁雪落在这两部片子中的表现。之前因为宁雪落在婚礼上丢脸且被指给宁夕泼污水的事情而消沉了一段时间的宁雪落的粉丝们也全部亢奋了。

“我家雪落就是厉害，演的两个女主都被提名了。上一次还是十年前的事情呢！”

“演员的本分就是演好戏啊，哪像某人整天就知道投机取巧，炒作抱大腿抢人风头！听说某人这次也被提名最佳女主角了，一部狗血爱情剧而已，居然还被提名最佳女主角了，评委是不是瞎了啊？”

“那又怎样，她肯定是陪跑的。”

宁夕这个刚成名不久的新人，竟然同时被提名了最佳女配角和最佳女主角，会得到众多的关注以及质疑的声音也是预料之中的事情。

当然，如今宁夕粉丝的战斗力也不是吹的，他们蜂拥而至，跟宁雪落的粉丝以及黑粉们掐了起来，并且，很多懂行的粉丝从各方面分析了宁夕获得提名的必然性。

“狗血爱情剧？有句话叫自己是什么看到的就是什么，也就你们这样没文化的人才会认为《寻梦人》只是一部狗血剧！”

“我们家夕哥在剧中一人分饰女主和女主的双胞胎哥哥两个角色，同时还要饰演两个性别，从头到尾无缝切换，毫无违和感，我看得畅快淋漓，这样叫没演技？”

“还有夕哥在《天下》中饰演的孟长歌，从无邪少女到背负家族命运的女将军，再到心机深沉的妖妃，把孟长歌的一生演得荡气回肠！当时宁夕可还是一个刚出演第一部电影的新人啊，就已经有这样的水平。说夕哥不是凭实力获得提名的人才是瞎了眼！”

总之，从名单公布那日起，两方的粉丝便掐得猛烈，网上有很多人打赌下注，赌影后最后到底花落谁家，甚至很多私人赌场已经把局给开起来了，被押注最多的是宁雪落，陆景礼则暗搓搓地给自家嫂子押了不少钱。

星辉娱乐。

“雪落姐来了！”

“雪落姐，恭喜啊！两部片子全部入选了最佳女主角，你实在是太厉害了！”

“《天下》得了四项提名，《大山》获得了整整八项提名，这次的影后肯定非雪落姐莫属了！”

“那还用说，我们雪落姐唯一的对手只有自己！”

宁雪落闻言，谦虚地应对着众人的恭维：“哪有你们说的这么夸张，我只是被提名而已，再说了，这次还有很多有实力的候选者。”

“雪落姐，您太谦虚了，《大山》可是峰导的大作！峰导是谁，那可是拿奖拿到手软的大导演，是沈眠那种拍垃圾商业片之流能比的吗？”

“就是就是！这奖项肯定是咱们雪落姐的，偏偏某些人的粉丝简直笑死人了，居然拿那种爆款的商业片跟我们雪落的片子相提并论！那个谁简直给雪落提鞋都不配好吗！”

“某人用《天下》获得女配角提名都是沾了我们雪落姐的光，居然还让粉丝黑我们雪落姐，如此忘恩负义，简直太无耻了！”

宁雪落听了一会儿众人对她的吹捧以及对宁夕的不屑、鄙夷，连日里的阴霾一扫而空，笑着开口道：“晚上我在豪爵请客，大家有空的话都过来吧！”

“一定一定！”

“谢谢雪落姐！”

等宁雪落走出很远之后，刚才奉承她的这些小艺人三五成群地聚在一起窃窃私语起来。

“我看这次影后到底归谁也未可知吧！瞧她这副模样，倒像已经是囊中之物了，网上一片吹捧，也不知道买了多少水军！”

“如今的宁夕可不是当初还在常莉手下跑龙套的十八线了，人家现在有颜值、有资源也有演技，出道以来的这两部片子质量都挺高的，刚杀青的《九霄》也是大制作，目测后面又会一阵大火，再来几个有分量的奖项加持，我看混进超一线，成为第二个冷曼云也是早晚的事，比苏以沫那个顶着老板娘头衔，万年演女神，怎么捧也捧不上去的人要靠谱多了！”

“宁夕唯一美中不足的，大概就是家世差了一点，听说是从农村出来的，家里特别穷，爹妈都是种地的，跟宁雪落那样含着金汤匙出生的千金小姐相比，格调上到底还是差了一截。”

“这种事情都是天生的，就没办法了啊……”

说到这里，众人一阵唏嘘，毕竟她们跟宁夕一样，都是普通家庭出身，对于宁雪落这样的人自然都是嫉妒又仰望的。

这次的金棕奖网上讨论得尤其热闹，热度一直没有消散，一个月后，终于到了颁奖晚会的这天。

宁夕多少还是有些紧张的，毕竟这是她这么久以来的梦想，也是检验她努力成果

的时候。

颁奖晚会开始之前，照例是“硝烟”弥漫的明星走红毯环节。每次的星光大道都是女明星的必争之地，所有人使出浑身解数，争奇斗艳。

宁夕原本被安排了与另一个女星同时入场，没想到中途出了一点儿意外。

那个女星叫叶姿萱，是一个颜值不亚于宁夕的大美女，花瓶的称呼跟女神的称呼一样多，不少粉丝喜欢将宁夕和叶姿萱这样两个人放在一起对比。

因为叶姿萱成名已久，粉丝众多，其拥护者纷纷呵斥宁夕不自量力，当然，说宁夕长江后浪推前浪的也不在少数。

两人虽然从来没有过交集，但因为经常被放在一起比较，关系其实有些尴尬。

这次主办方故意把两人放在一起，怕是也想制造一些噱头，毕竟太多人想看到两人同框了。

对于主办方的安排，林芝芝自然知道他们打的什么主意，原本是想直接拒绝的，因为没有对比就没有伤害，只要一方的形象落了下乘，另一方就会被人逮住机会猛踩猛黑。不过，林芝芝看到宁夕的红毯造型之后，便完全打消了这个念头。

不承想，宁夕这边没有意见，最后却是叶姿萱那边出了问题。都临到走红毯的前一刻了，对方才说拒绝跟宁夕一起入场。

“她怎么这样啊！不愿意早说啊，都快到门口了才说不要跟我们夕哥一起走！坑爹呢！”小桃气得不行。

一般情况下，因为时间有限，走红毯的时候，大家是按照每部入围影片的相关人员一起入场，或者男女组合、老少组合等多人一起入场，宁夕与叶姿萱也算是一种组合，除了特殊情况，只有类似影帝、影后等身份比较高的人才会单独入场。

而现在，沈眠和郭启胜他们那边的人都已经走过了，宁夕便面临着要一个人走红毯的处境，有些尴尬。

就在这时候，只见前面那辆黑色的车子停了下来，宁雪落与苏衍跨下车门。苏衍绅士地牵着宁雪落的手，二人一起朝前走去。

苏衍作为星辉娱乐最大的股东之一以及宁雪落的丈夫，与她一起携手走红毯再正常不过。刹那间，镁光灯此起彼伏，红毯两边，粉丝们的尖叫声不绝于耳。

叶姿萱出问题就算了，没想到走在宁夕之前的人竟然是宁雪落，这样一来就更尴尬了。

林芝芝迅速打了一通电话：“江牧野，你是不是快到了？宁夕这边临时需要一个男伴！你可不可以赶过来？”

江牧野这次是一个人走。本来雷明给他安排了女伴，但他死活不要，反正他我行我素惯了，也不在意其他人的看法。

“怎么回事？宁小夕不是跟叶姿萱一起走吗？”身后传来了江牧野的声音，这家伙手里还拿着正在通话中的手机。

林芝芝看到他后猛地松了一口气，随即挂了电话，还好能拉到人救急。

江牧野说话间，余光便瞥到了车内的宁夕，只是隐约的一眼，一个侧脸，便顿时一呆：“难怪呢……”他突然无比理解叶姿萱为什么要临时反水了，八成是偷偷打探到宁夕今晚的造型了吧！

这死丫头，今晚简直妖精上身了，哪个女人愿意跟她一起走啊！脑抽了吧！

不过，想跟宁夕一起走红毯的男星肯定是排长龙的。

他倒是无所谓啦，好吧，作为一个正常的男人，其实他也挺乐意的！

此刻的台上。

“宁小姐和苏先生果然是郎才女貌，是天造地设的一对，不愧是我们的国民夫妻，在这里祝二位新婚愉快、早生贵子，希望雪落今晚能夺得大奖，爱情事业双丰收！好了，有请二位入场！”

宁雪落和苏衍虽然只有两个人，但是占用了不少时间，毕竟宁雪落是得奖的热门人选，两人又是高人气CP，且背景深厚，主持人非常给面子，几乎把两人夸出了花，然后这才转向下面即将入场的人。

此时，两位主持人已经被告知宁夕和叶姿萱要分开走的事情，只是，他们还并不知道到底是宁夕这边拒绝了一起走，还是叶姿萱那边要求的。

伴随着所有人的视线，一辆黑色的车子缓缓停靠在红毯尽头，先是一只璀璨的、镶满钻的水晶高跟鞋迈出，随即是一条修长、白皙的美腿。

在车门被完全打开，宁夕自车内踏出的瞬间，现场竟鸦雀无声，诡异地静默了下来。过了大概好几秒，咔嚓咔嚓拍照的镁光灯才此起彼伏地亮了起来，现场红毯两边的粉丝们的尖叫声几乎冲破夜空。

“啊啊啊……夕哥！夕哥！夕哥！”

“女神嫁我！”

“夕哥娶我！我要给你生猴子！”

宁夕的五官精致完美，如同上帝之手铸造的，肌肤在如此昏暗的情况下，如同被月光洗涤过一般，白得发光，一头黑色鬈发就像海藻。今晚她身着一袭正红色晚礼裙，晚礼裙如同被烈焰焚烧过，竟然有多处金褐色的灼烧痕迹，裙摆呈现不规则形状。

顿时有不少人认出来，宁夕身上的这件晚礼裙竟然是则灵那位传说中的设计师第一次参赛，突出重围获得了金顶奖的参赛作品“涅槃”。

这一套大红色晚礼裙是其中最经典的一款，有包括名模秦笙月在内的多位女星穿过，但是没有一人可以将这件衣服穿出这样令人惊艳到震撼的效果。

宁夕整个人的气场如同浴火重生的凤凰，给人强烈的视觉冲击，完美契合了这套衣服的主题。

他们都知道宁夕的女装跟她的男装一样让人惊艳，也知道宁夕的颜值逆天，但万万没想到可以惊艳到这种地步，全场粉黛都被衬托得没了颜色。

所有人的脑海中顿时浮现出了那一句话：我花开后百花杀！

此时此刻，某高级公寓。

宫尚泽、乔微澜、韩茉茉等几人正激动地看着颁奖晚会的直播。

在宁夕身着“涅槃”出现在画面中的一瞬间，宫尚泽的眸子里猛然绽放出夺目的光彩，随即双眸迅速湿润了。

之前他曾经建议宁夕挑那两件镇店之宝，而且他也以为宁夕的首选肯定是那两

件，结果没想到，宁夕毫不犹豫地选了这一件晚礼裙，选了这件全程由他亲手设计、制作，并且纪念着他重新走上梦想的设计——涅槃！

宁夕出现的一瞬间，台上的两个主持人互看了一眼，同时从对方眼里看到了同一个信息——

难怪叶姿萱不愿意跟宁夕一起走红毯呢，这绝对不是宁夕的锅，而是叶姿萱拒绝同框没跑了！别说叶姿萱，全场哪个女人乐意跟她一起走！这不是找虐吗？

宁雪落故意慢了一步，就是准备看跟在她后面出场的宁夕，看宁夕看到她跟苏衍一起出现后的表情，但万万没想到，这该死的女人只凭一张脸就吸引了全场的目光，比她方才还要出风头。

这贱人，果然就是一个狐狸精！

此刻，一旁的苏衍神情恍惚，眸子里同样满是惊艳。听着众人的赞叹，感受着那些男人落在她身上无比灼热的视线，他的内心有种说不清道不明的感觉。

当年的小丫头，如今竟成了艳光四射、倾国倾城的大明星。

而眼前这个足以令所有男人疯狂的女人，她的初恋，她第一次喜欢的人，是他……

她曾那般爱怜他、倾慕他，愿意为他付出一切。想到这里，他的眸子顿时火热了起来，有种奇异的满足感，但是下一秒，不知想到了什么，脸色又变得阴沉。

宁雪落自然注意到了苏衍的目光，笑容有些牵强地看着他，语气略显失落地开口道："衍哥哥，姐姐今天可真漂亮，把全场的女明星都比下去了呢！"

苏衍闻言点头："嗯，她是很漂亮。"

若是往日，他可能还会顾及宁雪落的情绪，安慰她几句，说风格不同、各有千秋，她也很美，但是现在他实在说不出违心的话。

宁雪落闻言，顿时被噎了一下，指甲差点掐进掌心的肉里。她咬着牙，面色阴鸷地重新朝宁夕看去，只见宁夕独自一人下了车，且迟迟没人和宁夕一起走。据她所知，今晚跟宁夕一起入场的本来应该是叶姿萱，看样子叶姿萱不会出现了。

树大招风，她今晚又这样故意出风头，回头有她好受的！

宁夕那边，林芝芝已经帮她跟江牧野说好了。

宁夕下车后，借着整理裙摆的时间，等后面那辆车里的江牧野，同时跟周围一直喊着"夕哥看这边""女神看这里"的摄影师以及粉丝们打着招呼。

耳边一阵沉稳的脚步声响起，宁夕下意识地转过身去，正准备与江牧野一起走，下一秒却愣住了，而男人在她意外的目光中自然而然地走到她的身边，为她整理了一下裙摆，随后站在她的身侧，示意她挽着他的手臂。

"心……"宁夕惊讶地看着来人。

心肝儿？

一张可夺日月之辉的脸，属于上位者的强大气场，如同孤冷的国外矜傲的古老贵族，一举一动皆赏心悦目，每一帧画面截图都堪称时尚大片，比现场任何一个男艺人都要出众的相貌与气度，不是陆霆骁又是谁！

"怎么是你呀？"宁夕压低了声音询问。

“你不是缺男伴吗？”陆霆骁面无表情地反问，一副理所当然的语气。

宁夕嘴角微抽：“我需要男伴是因为不想一个人走红毯太出风头，可是如果男伴是你，那就更出风头了啊！”

可是，今天的陆霆骁实在是太帅了！美色当前……她死活说不出拒绝的话啊！真是悲摧！

在经过了极其深刻的痛苦和挣扎之后，宁夕毫不犹豫地挽上了陆霆骁的臂弯。

反正到时候她可以把责任全部推到叶姿萱的身上，本来就是叶姿萱临时拒绝跟她一起走红毯，就说陆霆骁顺路过来救场好了！

宁夕给自己找了一个完美的借口，掩饰了她沉迷美色的事实。

看到宁夕挽住陆霆骁的手臂，两人一起走上红毯，所有的媒体、受邀嘉宾以及围观粉丝几乎疯了！

“天哪！那是谁？那是谁？夕哥今天的男伴是哪个明星，为什么我从来没有见过？”

“这样的姿色，本饿狼怎么可能没印象！他肯定不是艺人，估计是哪个公司的老板或者高层吧？”因为这双重视觉盛宴，粉丝们已经炸锅了。

认出了陆霆骁的一些圈内人则差点跌破眼镜：“我的天！我是不是看错了？宁夕的男伴是陆霆骁吗？”

几个盛世娱乐的艺人也很是亢奋：“妈呀！我们夕哥今天美上天就算了，连大Boss都来吸引人的眼球！”

“咱们公司的组合简直是史上最强！绝了！哈哈哈哈，这下星辉娱乐傻眼了吧，看他们以后还敢吹，还敢卖最强颜值的设定！论颜值，咱们大Boss和宁夕甩他们几百条街好吗！”

两人一个是热烈的火，一个是沉静的水，相携着款款走来。

短短的一路红毯，愣是被两人走出了婚礼现场的既视感，简直快把人的眼睛闪瞎了。

身后的江金毛差点血洒当场：“我去……”

有这么截和的吗？还有宁小夕，她居然被美色冲昏头脑，就这么跟他走了。

一旁的陆景礼语重心长地拍了拍他外甥的肩膀：“同是天涯沦落狗，别伤心，还有小舅陪你呢！”

江牧野：……

谁要他陪了啊！

等宁夕和陆霆骁终于走到签名墙前，两个差点看呆的主持人这才回过神来。两人互相看了一眼，皆有些尴尬。亏得他们刚才还把前面的苏衍和宁雪落夸上了天，什么娱乐圈颜值最高CP，什么今晚最受瞩目的组合……在眼前的这两个人面前，简直被秒杀得连渣滓都不剩啊！

“欢迎我们的夕哥，不，今晚应该要说夕女神了！欢迎我们的夕女神和陆总，两位今晚实在是太惹眼了！”

“是啊是啊，俊男美女的组合简直让我们大饱眼福！”

入口处，苏衍看着宁夕身旁的男人，脸色一阵青白。

虽然陆霆骁是盛世娱乐背后的大老板，与旗下力捧的艺人一起走红毯很正常，但是看着宁夕挽住那个男人的瞬间，他心里还是说不出的阴郁和焦躁，甚至脑海中冒出了一个疯狂的想法——如果此刻宁夕身旁的男人是他……

送走这两位之后，后面的一对竟也相当惹眼。

陆景礼揽着不情愿的江牧野的肩膀，硬是拖着他一起走上了红毯。

两个人，一个笑得如三月桃花勾魂摄魄，一个满脸桀骜不耐烦，惹得粉丝们的腐女之魂熊熊燃烧。

两个多小时后，高潮迭起的走红毯环节终于结束，激动人心的颁奖典礼正式开始。

金棕奖被誉为华语电影的奥斯卡，是华语电影界的最高荣誉，但凡对其有所关注的人都知道，这个奖项意味着对电影作品以及演员实力的巨大肯定，宋琳、冷曼云、赵思洲、方晓雯、孟诗意……几乎所有的电影大咖都在这里拿过奖项。

说直白点，金棕奖就意味着格调，意味着咖位。

金棕奖能有这样的地位，与它的专业和公正分不开，所有评审流程都是严格保密的，所以，在座所有被提名的艺人都非常紧张。

包括宁雪落，她动用了所有的力量，也不过是让常莉提前帮她弄到了入围名单，为了造势，又给《大山》多弄了几个无关紧要的奖项提名，而最终结果，她是完全无法获知的。

不过，她凭借着自己的实力，凭借两部电影被提名最佳女主角，呼声最高，得奖的可能性也是最大的。

今晚，她走到哪里都备受关注，大屏幕上的摄像机频频切给她镜头。

宁雪落保持着端庄得体、无懈可击的完美姿态，脸上挂着恬淡的微笑，余光瞥向身旁不远处的宁夕。她在心中冷笑：哧，这里是金棕奖颁奖典礼，可不是靠脸就可以哗众取宠的地方，最后还是要凭借实力说话的。

只要她拿到了这个奖项，之前的一切负面新闻就可以被冲刷掉。

而且，如今唐家那边的事情也终于解决了。

她派人过去打探过，得知唐家到处找人帮忙，竟还天真地试图把志愿改回来，结果自然是处处碰壁，最后只能徒劳回家。

一切如同她预料的那样。

唐家这样没权没势的家庭，遇到这种事情就只能吃哑巴亏，那些相关的部门机构怎么可能为了唐诺一个人费心费力地去做吃力不讨好的事情？

后来孙兰还打了一个电话给她，问她知不知道唐诺志愿填错，没考上帝都大学的事情，她一听孙兰的口气，就知道孙兰又想找她帮忙，她直接不耐烦地回了几句便把电话给挂了。

她绝对不可以被这些人、被这样的家庭拖累！

她姓宁，是宁家大小姐，与唐家没有任何关系！

台下，众星云集，中间一排连着坐的分别是《大山》《天下》《寻梦人》的剧组人员。

台上，美女主持人贺佳颖款款而来。

“现场的贵宾，全球的观众朋友们，晚上好，我是主持人贺佳颖，欢迎来到第五十三届金棕奖颁奖典礼的现场……”

在热情洋溢的开场白之后，现场掌声雷动，短暂的热场之后，进入正式颁奖的环节。

“接下来，我们要颁发的是最佳视觉效果奖。大家都知道，这个奖项意味着对电影的第四次创作，是电影的重要组成部分之一。下面大家请看大屏幕，看看我们的入围作品有哪些。”

……

前面几个奖项颁发后，表演嘉宾登台演唱。在短暂的放松之后，颁奖晚会进入一个小高潮。

贺佳颖语气激动地开口道：“接下来，我们要颁发的奖项是……最佳女配角！”

现场掌声雷动，摄像机的画面一一切换至五个入围女星，一同出现在大屏幕上，正中间的是宁夕。

宁夕跟着众人一起鼓掌，表情明显有些紧张，当然，其他几人也如此。

宁雪落沉稳地坐在椅子上，看着大屏幕上宁夕面上的紧张之色，内心满是嘲讽与不屑：不过是个最佳女配角而已，也值得她这么紧张！

大屏幕上开始展现每一部入围影片的片段，音响里响起介绍的声音：“吴烟的《我有一个秘密》，刘晶晶的《房客》，秦彩霖的《八号咖啡馆》……宁夕的《天下》。”

最后一部展示的是宁夕在《天下》中饰演孟长歌的相关片段。主办方截取的是剧中最经典的一幕——孟长歌怀抱着被万箭射杀的孙涣卿，朝虚空中长安皇宫所在的方向看了一眼，嘴角绽放出血色的花朵，一个眼神，便完成了从将军到妖妃的巨大转变。

光透过屏幕，众人都能感受到那巨大的震撼，宁夕的表演，非常有冲击力！

外行以及那些黑宁夕的人都喜欢用宁夕的外貌说事，但在场的大多是比较专业的人士，对于这个新人女孩的演技都是满眼赞赏，心想恐怕日后娱乐圈里又要多一个奇迹了。

“亲爱的观众朋友们，现在我要揭开悬念了，第五十三届金棕奖最佳女配角的得主是……”

伴随着主持人的声音，大屏幕上五个入围的女星的画面飞速切换，最后定格成同框的画面。

因为大屏幕上的画面是五个镜头合在一起的，所以并没有出现宁夕身旁的江牧野。这家伙低头看着宁夕紧紧握着的手，撇撇嘴，开口道：“你怎么这么紧张？”

宁夕很想瞪他一眼，无奈此刻摄像机就对着她，她还是要保持形象。

“第五十三届金棕奖最佳女配角的得主是——宁夕！”

主持人的话音刚落，现场所有人都朝宁夕看去，纷纷鼓起掌来。

“我早就说不用紧张了啊，你能不能有点出息！你可是将来要横扫所有奖项的人好吗……”江牧野哼了两声，下一秒，被宁夕大力地一把抱住。

江牧野还没反应过来，宁夕已经松开他，跟另一边的郭启胜和工作人员拥抱了一下。

“宁夕，凭借《天下》获得最佳女配角。她在《天下》中饰演的是孟长歌，展现了层次分明的演技。”

伴随着讲解的声音，宁夕接受完周围好友的恭贺，收拾好心情，然后朝台上走去。

江牧野看着台上的宁夕，怀里空落落的，不过心里倒是挺满足的——哼哼，她可是他剧中的对象啊！他也与有荣焉。

主持人退下去，将舞台留给了宁夕。

此刻，陆霆骁就坐在第一排，虽然刚才他距离宁夕很远，几乎看不到她，但是，当她站到了台上，她便距离他非常近。

陆霆骁一直在鼓掌，目光始终落在她的身上，眸底满是骄傲，如同她做成了什么了不起的事情。

宁夕站在话筒前，深吸了一口气，然后开始说获奖感言：“《天下》是我出演的第一部电影，对我而言，有着非常特殊的意义。在这里，我要谢谢金棕电影大奖，谢谢评委们对我的肯定。我还要感谢导演郭启胜先生给了我出演这个角色的机会，感谢我的搭档江牧野……”

宁夕出演的这部戏里能感谢的人还真是挺少的，当时她被宁雪落诬陷，被公司解约，孤立无援，可以说那是她最艰难的时期。

江牧野听到自己的名字，都快乐傻了，心想这丫头还有点良心！毕竟，他可是打破了非男主不演的原则，做出了巨大的牺牲去演孙涣卿的，虽然当时闹出的绯闻也差点让他被这丫头追杀。

“最后，我最感谢的……”宁夕顿了一下，朝台下第一排正中央的方向看去，“感谢我的老板陆先生。可以说，没有他，就没有我的今天，感谢他给予我的信任。”

摄像机的镜头顿时对准了陆景礼的方向，毕竟大家都知道宁夕是陆景礼当初亲自从星辉娱乐挖过去的，当时这件事闹得沸沸扬扬。只有保持着欣慰笑容的陆景礼自己清楚，小夕夕深情款款感谢的陆先生是他哥好吗！

“演戏是我的梦想，也是为了对得起所有支持我、信任我、爱护我的人，士为知己者死！”宁夕用这句话做了获奖感言的收尾。

现场掌声雷动，这番话赢得了不少人的好感，看不出来，宁夕不仅演技在线，情商也挺高。

台下，宁雪落保持着祝福的微笑，与众人一起鼓着掌，看着大出风头的宁夕。

该死的！没想到竟然还真让她拿了最佳女配角！

拿了金棕奖的最佳女配角，以后她混得再差，也不至于接不到戏。最重要的是，这个有分量的奖项对她这样总是饱受“花瓶”称呼的女星来说，是一种非常有力的回击。

宁雪落深吸一口气，按下心内的不悦。

不过是一个最佳女配角而已，没错，她活该就是女配角，一辈子的女配角，永远不过是宁雪落的配角而已！

只有宁雪落才是永远的主角！

颁奖典礼继续。

接下来，《天下》又拿了一个最佳动作设计奖，其他各项大奖也陆续出炉。被提名奖项最多的《大山》拿了一个最佳原著剧本大奖，场上反应很是热烈，大家明显都觉得这个奖项实至名归。

这样的好本子，就算是征战国际四大电影节也是很有可能的，明显齐峰也是抱着这个野心来的。

至于《寻梦人》，毕竟是小制作，剧本不是原创的，而且导演没钱，请不起一流制作人员，自然也无缘 “最佳摄影”“最佳视觉效果”“最佳美术设计”等这类需要烧钱的奖项，所以只获得了“最佳导演”和“最佳女主角”这两个提名。

最佳男主角被一个入围了六次的老戏骨拿走。随后，终于到了倒数第二个要颁发的奖项，也是最重要的奖项之一：最佳导演奖。

这次入围的有《大山》《天下》《寻梦人》三部电影的导演，还有一个拍摄科幻片的导演、一个拍摄动作片的导演。

大屏幕上出现了齐峰、郭启胜、沈眠、谢一磊、乔言之五位导演。

不仅这几位导演，其他主演也非常紧张，毕竟这是一荣俱荣的事情。

宁雪落深呼吸了一下，缓解着她担忧的情绪，郭启胜或者齐峰都可以，但是绝对绝对不可以是沈眠！

宁夕的左边是江牧野，江牧野的左边是郭启胜；宁夕的右边是沈眠，沈眠前排斜对面的便是齐峰。

齐峰拿奖次数最多，多次入围四大A类电影节，获得过四大电影节之一的洛林电影节大奖金翎奖，金棕奖也拿过两次，捧红过无数电影大咖。这次宁雪落出演他的片子是零片酬，而且要配合他的一切要求，在剧中各种无底线扮丑。

见过太多这样的场面，齐峰自然是最淡定的。郭启胜也依旧笑呵呵的，一副好脾气的模样，他本来就主打商业路线，这次能被提名已经是不错的收获。

至于沈眠……之前沈眠就跟宁夕聊过，这次他得奖的可能性不大。虽然他入围可以证明评委组里有不少欣赏他的人，但金棕奖的大部分评委还是那些喜欢文艺片的学院派，他们这部戏的题材不太符合那些评委的口味。

这次的颁奖嘉宾是国外的一位名导，他用不太熟练的中文开口道：“下面，将由我来为大家揭晓本次最佳导演奖的得主……”

所有人屏息凝视，等待着结果。

这个奖项之所以这么重要，还因为它就是最佳女主角的风向标，在很多情况下是一部片子同时获得最佳女主角和最佳导演。

“本次最佳导演奖的得主是——郭启胜！”

郭启胜在圈子里的人缘非常不错，现场顿时响起热烈的掌声，大家纷纷跟郭启胜道贺。

郭启胜听到自己的名字之后，似乎愣了一下，随即才站起身，拱手感谢周围人的道谢。

这次郭启胜会得奖倒是意料之外、情理之中的事，毕竟天时、地利、人和，本子好，资金充足，演员的演技也在线。

宁雪落的激动之情溢于言表，她立即起身，要与郭启胜拥抱，然而，郭启胜第一个转向身旁的宁夕，跟宁夕拥抱了一下。

宁雪落的脸色顿时有些难看，他第一个拥抱的不是她这个女主角，而是宁夕这个女配角，是什么意思？

还好宁夕坐得离郭启胜最近，郭启胜遵循就近原则，先去拥抱宁夕也说得过去。

接下来，郭启胜才一一跟宁雪落、赵思洲等几位主演还有其他主创人员拥抱。

沈眠也笑眯眯地恭贺了郭启胜几句，前面的齐峰则看不出面上是什么表情。

台上，郭启胜中规中矩地感谢了所有人。

他正准备下台，主持人为了活跃气氛，故意询问道：“郭导，您能给我们预测一下，这次的最佳女主角会是谁吗？值得一提的是，雪落这次有两部片子入围了，您觉得《天下》和《大山》哪个的可能性更大呢？”

这个问题实在是太难回答了，偏偏每次都有主持人喜欢问，这次因为情况特殊，还问得尤其刁钻。

是他的《天下》可能性大，还是齐峰的《大山》可能性大？这让他怎么回答？他只能笑着打太极，语焉不详加转移话题，把这个问题给带了过去。

最佳导演奖颁奖结束之后，便只剩下最后一个奖项——最佳女主角，也就是今晚最受瞩目的影后奖项！

明显可以看出，本来因为漫长的颁奖典礼而有些疲惫的众人顿时都打起了精神。

“谢谢颁奖人，也恭喜得奖者！下一个奖项的颁奖人是江行舟、宋琳。”

光听到两个颁奖人的名字，就已经够让人热血沸腾了。

一个是德高望重的国际名导，一个是大满贯纪录保持者宋琳！

江行舟：“晚上好。”

江行舟穿着一身黑色西装，相貌儒雅，看上去很是亲切、和善，但所有了解他并跟他合作过的人都知道，他拍戏时会完全变成另外一个人，严厉到有艺人跟他合作之后直接跑去看心理医生，这样的人还不在少数。

但跟他合作的艺人还是如同过江之鲫，因为他拍的片子就没有不得奖的，当然，他选角之严，多少人光第一关就过不了。

宋琳：“大家晚上好！感谢主办方邀请我来颁发这个奖项……”

宋琳穿着一身白色晚礼裙，容貌姣好、气质优雅，年仅三十五岁的她目前已集齐金棕奖、金鸾奖、金鹿奖这三个华语影坛含金量最高的影后奖杯，将亚洲各大电影奖项影后桂冠共计十二座奖杯收入囊中，是内地最年轻的大满贯影后得主，且曾被有奥斯卡风向标之称的金球奖提名最佳女主角，是国际影坛上中国的代表人物之一。

两人简单打完招呼又互相寒暄几句之后，大屏幕上便开始播放起片花来——

许皎皎的《独木舟》。

罗琦的《爱丽丝的镜子》。

宁雪落的《天下》。

《天下》选取的是宁雪落饰演的女主上官映蓉在梨树下对着男主回眸一笑的画面。

接下来是宁夕的《寻梦人》。

当大屏幕上出现《寻梦人》中的开场画面，也就是宁夕在宴会中穿着一身男装，偏头与沈瀚辰低语勾唇浅笑的那一幕时，台下响起了一阵不小的惊呼声，不管其他任何因素，这是他们作为观众产生的纯粹的生理反应。

接着，终于到了最后一部被提名作品，大屏幕上再次出现了宁雪落的名字：宁雪落，《大山》。

《大山》的片花与《寻梦人》的奢靡以及美色盛宴的格调形成了鲜明的对比，背景是荒凉的黄土高坡和质朴的矮土房，宁雪落一副地地道道的农村妇女打扮，说的也是一口晦涩难懂的方言，压根认不出是她本人了，可见这次为了拿奖，她确实下了血本。若是以前，她绝对不会愿意出演这样的角色。

影片播放结束后，台下响起了热烈的掌声。

宁雪落朝对准过来的摄像头露出了感谢、谦虚的微笑。

郭启胜旁边，一个圈内的同行忍不住嘀咕：“最近台州的电影业发展越来越不像样子了，选来选去就选了个罗琦出来，这明显就是陪跑了。许皎皎的这部电影倒是有点意思。你那部《天下》吧，虽说宁雪落算是超水平发挥了，但有宁夕的孟长歌衬托，似乎就有些不够看了。光看《寻梦人》和《大山》这两部作品的话，宁雪落这次确实够拼的，不惜自毁形象啊，而且明显《大山》更符合评委的口味吧？老郭，你怎么看？”

郭启胜呵呵笑着：“我怎么看不重要，关键是评委怎么看。”

那人一听就不乐意了：“嘿，你跟主持人打哈哈就算了，跟我还不说实话？”

郭启胜面露无奈的神色，随后只开口说了一句：“这个奖项是最佳女主角。”

“啊？什么意思？”

不等那人去想郭启胜到底是什么意思，台上，两位颁奖人已经准备公布最终的得奖名单。

江行舟和宋琳互相谦让了一番之后，最后宋琳还是将信封交给了江行舟，让江行舟来公布这个名字。

于是，江行舟打开信封，对着话筒缓缓开口道：“那么，就由我来公布这个名字吧……”

伴随着“咚咚咚”一阵急促的鼓点声，台下所有人的心脏都提到了嗓子眼，摄像机一一扫过在座的嘉宾、观众：郭启胜、齐峰、沈眠、苏衍、陆景礼、陆霆骁……最后，大屏幕上定格了四位被提名者的脸。

所有人都屏息等待着最后的结果，除了现场的被提名者和在座的嘉宾，还有守在电视机前看直播的所有观众。

宫尚泽、乔微澜、韩茉茉、宁天心、安妮、唐诺、庄家一家人……此刻他们都守在电视机前。

听到“宁”字的瞬间，大屏幕上罗琦和许皎皎的面色明显黯淡了下来，与之相对的是宁雪落眸底陡然亮起来的光泽，她身旁的经纪人和一些工作人员更是掩饰不住情绪，甚至已经有人微微站起身准备去拥抱恭喜她。

“宁夕！”下一秒，江行舟的声音响彻整个大厅，所有人的耳畔都萦绕着这个名字——宁夕！

现场大概静默了一秒钟之后，《寻梦人》剧组发出了激动不已的惊呼声，纪语萌直接从后面跳过来扑到了宁夕的身上：“夕哥！恭喜你！”

宁夕这才稍稍回过神来，一一拥抱过来祝贺的人。

同时现场也响起了雷鸣般的掌声。

“宁夕，凭借《寻梦人》中同时饰演纪飞雪、纪飞白，以及性别反串，向我们展现了精湛、纯熟的演技以及丰富的角色内心……欢迎我们这届的影后上台来！”主持人激动地开口道。

也不知道摄像师是不是故意的，镜头突然一晃而过扫到了宁雪落的身上，宁雪落难看的脸色差点没来得及收回来，看到大屏幕上出现了她的脸，她立即鼓着掌，摆出了大方祝福的姿态，但是神色怎么看都有些牵强。

至于《大山》的导演齐峰看到这个结果，面上倒是露出了类似“果然如此”的尘埃落定之色。

最佳女主角，最终拼的自然还是女主的演技。

《大山》的本子再好、题材再符合评委的心意，也改变不了宁雪落的演技无法打动评委的事实。

他们拿到的最佳剧本奖，反而是对他们最大的讽刺，这样一个好本子，他却辜负了……

随着时代的发展，文艺片的市场越来越惨淡，即使是他们这样的导演，也有不少晚节不保，跑去请流量小生、小花撑票房，拍狗血IP剧的。

即使是他也不能免俗。虽然他还是坚持拍好本子，但是他明知道宁雪落的演技撑不起这部剧，最后还是屈服于她的背景、人气，更何况她不仅注入大量投资，还是零片酬出演，这样的条件，他太难拒绝了。

而沈眠能在这种大环境下逆流而上，起用新人拍出《寻梦人》这样的电影，光从勇气这一点来说，他就是佩服的。

当然，他更多的还是羡慕，羡慕沈眠遇到了宁夕这样的演员。

可以说，如果没有宁夕，就不会有《寻梦人》这部片子，就算有，也绝对反响平平。

说到底，演员才是一部电影的灵魂。

台上。

宁夕今晚第二次走上了领奖台，弯腰从宋琳的手中接过金棕奖的奖杯，随后站在了话筒前，成为现场所有人、此刻正坐在电视机前的所有人瞩目的焦点。

直到已经拿到奖杯站上了这个舞台，宁夕还有些恍惚。从五年前看不到一丝光亮的黑暗，到如今终于站上了这个舞台，拿到影后的奖杯，且是她一直以来的目标宋琳前辈亲自给自己颁奖，她终于从地狱里爬出来，获得了新的人生。

这一切就好像在做梦一般，飘浮在柔软的云朵之上，没有真实感。

宁夕站在那里，一直没有说话，台下却没有任何人催促，全部静静地看着台上的女孩。

相比她走红毯时艳压群芳的惊人气势，此刻她整个人都沉静了下来，安静得如此美好，令人不忍打扰。

Chapter 10

▼

一直以来，高高在上、总觉得自己比他人高贵的千金大小姐，总是口口声声称呼宁夕为乡巴佬的宁雪落，竟然才是那个忘恩负义、卑鄙无耻的人！

帝都某古老的民国老宅。

白发男子坐在巨大的荧幕前，斜支着脑袋，看着屏幕中站在领奖台上的女孩：“她就是为了这种东西离开？”

一旁传来唐夜的声音：“每个人都有自己坚持和向往的东西，可能这些在其他人眼中一文不值，但对他们而言意味着人生。”

男人眉头微蹙，依旧目不转睛地看着台上的女孩。之前他确实不懂，可是当他看到女孩接过奖杯那一瞬间的表情时，他好像突然懂了。

领奖台上，短暂的静默之后，宁夕抬起有些湿润的眸子，缓缓开口：“我很激动，也很荣幸获得这个奖项，更开心的是，是我的偶像给我颁发这个奖项！”

说到这里，台下传来一阵笑声，宋琳也满脸微笑，宁夕的态度激动而诚恳，并不让人觉得是故意讨好，反而让人被她的率真感染。

“能够得到这个奖项，我要感谢更多的人，感谢剧组，感谢导演，感谢我的经纪人，还有所有支持我的粉丝，感谢在我最绝望、最黑暗，曾经想要放弃一切的时候帮助我的人。”

“如果说孟长歌是我梦想的起航点，那么纪飞白便是我顺利抵达的第一站。以后我要走的路还有很长，我会不忘初衷，一直一直用心走下去……”

说到这里，宁夕顿了一下，炙热的目光落在台下某处，然后继续开口：“为了我最终的梦想，也为了我最爱的人！”话音落下，全场掌声雷动。

在一首《倔强》中，金棕奖颁奖典礼正式结束。

“当我和世界不一样，那就让我不一样

……

我就是我自己的神，在我活的地方

……

我和我骄傲的倔强，我在风中大声地唱

这一次为自己疯狂

……

对，爱我的人别紧张，我的固执很善良

……

你不在乎我的过往，看到了我的翅膀
你说被火烧过，才能出现凤凰
逆风的方向更适合飞翔……”

此刻，颁奖现场的大门外已经围满了记者，刚有人出来就立即被密不透风地围住。

“峰导，这次《大山》获得了八个提名，最后却只获得了一个最佳剧本奖，对此，您有什么想说的吗？”

“峰导，错失最佳导演奖，您是否觉得遗憾？”

齐峰一言不发地往前走，似乎并没有要回答记者问题的意思。

记者当然不可能放过他：“峰导，对于这次最佳女主角的获得者，您有什么看法吗？”

“峰导，您别走啊！”

“峰导，说两句吧！”

在一群人的围堵中，齐峰突然停下脚步，静静地看着那些记者，然后开口说了一句：“实至名归。”

所有记者都愣了一下，随后陡然反应过来，现场一片哗然。

齐峰竟然说宁夕“实至名归”？

显然，他们都没料到宁夕竟然获得了对手导演如此高的评价，同时也感叹峰导不愧有大家风范，在这种情况下还能说出这种话。

宁雪落刚走出来就听到齐峰说了那四个字，不由得脸都青了。她还没缓过来，记者们看到她之后，就像饿狼一样一拥而上，很快就将她包围得密不透风。当然，不是因为她今晚多出风头，而是因为她太丢脸！

这次宁雪落明明是获奖的大热门，最后竟然一无所获，实在是让所有人大跌眼镜，这脸面简直丢尽了，方才连自家导演都肯定了宁夕的演技比她的好。

《大山》被提名了八个奖项，却只获得一个最佳剧本奖是什么概念？

《天下》被提名了四个奖项，获得了最佳动作奖、最佳导演奖、最佳女配角奖，唯独一个最佳女主角落选了，又意味着什么？

就算是完全不懂行的瞎子也能看出来啊！

“雪落，这次你获奖的概率最大，最终却落选，而方才峰导说宁夕实至名归，你可以说一说自己的想法吗？”

“《大山》只获得一个最佳剧本奖，是否意味着你并没能演出这部戏的精髓呢？”

“众所周知，您出演这部戏是为了转型，这次转型失败，您今后有什么打算吗？”

记者的问题越来越犀利，最后甚至有人问她“被昔日的小师妹打败是什么感觉”。

连宁雪落的经纪人常莉也未能幸免，被问了好些几乎让她想死的问题。

毕竟宁夕这个影后当初可是被她赶走的。

“常小姐，当初您和贵公司与宁夕解约的时候，是否想过，宁夕竟然会有这样的潜力？”

“常小姐，您有后悔过自己当初的决定吗？”

“大家让一让，请让一让，感谢诸位对我们雪落的关心，回头我会给大家安排群访，集中回答大家的问题。”常莉和苏衍一起护着宁雪落，试图突出重围。

“苏先生，对于宁小姐此次痛失金棕影后，您有什么想说的吗？”记者又把矛头对准了苏衍。

在记者的推搡下，苏衍眉头微蹙，随即开口：“雪落永远是我心目中的最佳女主角。”

听到苏衍的话，宁雪落已经难看到极致的脸色才好了一些。

就在这时，人群中突然发出一阵无比激动的惊呼声和尖叫声。

是今晚的影后宁夕出来了。

宁夕一出现，那些围着宁雪落的记者顿时走得一干二净，连苏衍的目光也不自觉地追寻了过去。

“宁夕，恭喜你获得最佳女配角和影后桂冠，捧得两座奖杯！作为今晚最大的赢家，你可以跟我们说一说自己此刻的心情吗？”

“在这么短的时间内便超越了入行多年的前辈，宁影后不愧是天生为娱乐圈而生的人啊！”

“不知道宁影后接下来有什么工作安排，听说江行舟导演已经向您抛出了橄榄枝，这是真的吗？”

宁影后……宁影后……

这一声声的“宁影后”本该是喊她的，此刻却成了宁夕！

是宁夕！为什么竟然会是宁夕？

她准备了那么久，甚至做出了那么大的牺牲，不惜去演那种肮脏、低贱的角色，两部片子同时入围，最后竟然让宁夕得到了影后，以后她还怎么在娱乐圈立足？

自古踩低捧高，此时此刻，她的耳边还不停传来其他艺人的窃窃私语。

“呵呵，当初宁雪落还说什么演员就应该用实力说话呢！啧啧，这话说得可真没错！这演员啊，确实就该用实力说话，她现在总该没什么好说的了吧？”

“长相、演技样样不如宁夕，不知道她哪里来的优越感！就连男人……啧啧，以宁夕的条件，要想找一个比苏衍有钱有势的也不是难事吧？”

听着这些难听的话，宁雪落身体里如同有一把火在燃烧。

闭嘴！闭嘴！闭嘴！

她是身份尊贵的宁家大小姐，宁夕不过是一个低贱的乡巴佬，哪里比得上她！

一想到日后在娱乐圈里，只要在宁夕面前，她就要低宁夕一等，被人扣着输给后辈的名头，一股子嫉恨汹涌得快要将她吞噬。

不行！她决不允许！

那只乡下野鸡，那个低贱的养女！她凭什么，凭什么敢骑到自己的头上来？

因为极度愤怒，宁雪落全身都在颤抖。趁着苏衍去开车，她立即给了常莉一个阴鸷的眼神，暗示常莉行动。

常莉顿时明白过来宁雪落的意思，有些犹豫："我们真要这么做？"

常莉一早就知道宁夕出身低贱，并且是宁家养女这件事，但此刻真要将这件事情爆出来，不知为何总隐隐觉得有些不安。

"宁董事长不是交代，宁夕跟宁家的关系不能对外人透露吗？"常莉迟疑道。

"我做事什么时候轮到你来置喙？我让你怎么做，你就怎么做！还不快滚去办事！"宁雪落此刻已经处在爆发的边缘，哪里听得进去任何话。

她不要再看到宁夕在自己面前耀武扬威的画面，一分一秒都不要看到，她要宁夕被所有人唾弃、鄙视、嗤笑。

反正之前因为宁秋彤那个贱人大闹，宁家有两个女儿，一个亲生的、一个抱养的的事情已经闹出去了，当时为了澄清，宁耀华和庄玲玉被迫站出来公开发表了声明，声称她才是宁家的大小姐，并且解释另一个孩子不过是宁家从乡下领养的孤儿，而并非谣传的抱错了孩子。

当时不少媒体想去挖那个养女到底是谁，不过全部被宁耀华给压下去了。但是事情既然已经有了苗头，估计被爆出来也是迟早的事情，甚至媒体还可能继续往下挖，所以她不如掌握先机，今天就自己动手把这件事情揭露出来。

如果这个养女是其他人还没什么，但如果是宁夕呢？如果是同样处在娱乐圈，且与她是对立面的宁夕呢？那么媒体和大众将会怎么想？

他们会认为宁夕是一个乡下的孤儿，被宁家好心领养还不知感恩，甚至妄图李代桃僵、鸠占鹊巢，无耻地冒充千金大小姐！

最重要的是，一旦宁夕养女的身份确定，宁夕就永远欠着宁家的养育之恩，也就等于欠着她，甚至在她面前就是丫鬟、小厮一样的存在，宁夕将永远低她一头，之前跟她的种种矛盾、嫌隙，也都可以被归结成嫉妒、不知好歹和忘恩负义。

她相信，宁耀华和庄玲玉，包括苏家在内的所有人都会站在她这边，都会证明她才是真正的宁家大小姐。

正巧，今天她就要趁着这个机会釜底抽薪，彻底解决后顾之忧，永远地、真正地成为宁家大小姐，取代宁夕的位置，日后再也没有人会质疑这一点。

见宁雪落态度非常坚决，常莉没有办法，只能找了一个无人的角落，偷偷给早先就安排好的记者拨了几通电话。

原本宁雪落以为这次获奖是十拿九稳的事情，但终究不是百分之百，金棕奖确实难以预测，为了避免他们最不想看到的这种意外出现，也就是宁夕拿奖的这种情况，宁雪落还准备了这一套方案。

常莉想来想去，觉得这件事情曝光确实对宁雪落有好处，并且能在很大程度上扭转局面，所以也渐渐安心了，在暗处观望那边的事态发展。

只见此时，突然有个高个子记者冲到了宁夕跟前，大声地问道："宁影后，你与宁雪落都姓宁，是不是有什么亲缘关系？有传言说你是宁家的养女，这是真的吗？"

什么？

宁夕是宁家的养女？

刹那间，一石激起千层浪，然而更劲爆的话题还在后面。

那个记者继续开口："你原本是一个卑微、粗鄙的乡下孤女，宁家看你可怜才收留了你，并且送你出国读书，可是你回国之后的第一件事就是进入娱乐圈，处处跟宁雪落作对，处处抢她的风头，甚至联合族人制造了一出抱错孩子的戏码企图鸠占鹊巢，谋夺宁氏家产，如此忘恩负义、卑鄙无耻，你简直不配为人！"

静默，死一样的静默。

谁也没想到，宁夕在夺得影后之际，竟然会闹出这样的惊天大丑闻。如果是这样，宁夕励志的形象就完全成了小人得志。

在场的不少记者都联想起前段时间宁家发的那个声明，对于当事人之一的养女，当时他们怎么都查不到是谁。

万万没想到，那个人竟然就是宁夕！

"宁小姐，他说的是真的吗？你真的是宁家的养女吗？"

"据说你花言巧语从宁老那里骗取了宁氏百分之十的股份，这是真的吗？"

"你口口声声感谢在你最苦难的时候帮助过自己的人，如今你就是这么报答的吗？"

面对一声比一声严厉的斥责，宁夕脸上的表情从头到尾都异常平静，目光越过层层围堵的记者，静静地看向不远处的宁雪落。

宁雪落嘴角勾着，微笑着看着她，用口型说道：我早说过，这一切都是我的。

宁雪落之所以敢颠倒黑白，无非是因为知道所有人都会站在她那边，知道即使一切都是谎言，宁夕也百口莫辩。

这时，苏衍回来了，看到眼前的一幕，顿时变了脸色："怎么回事？这些记者怎么会知道那些事情？"

宁雪落一脸焦急地摇着头："我也不知道，好像是记者们查到了姐姐跟宁家的关系。上次秋彤姑姑和姐姐在酒会上说的那些话，对我造成了太大的影响，爸妈不得不公开发表声明，当时记者就已经在查了。虽然爸妈一直封锁着消息，但迟早是瞒不住的。只是，我没想到会在这种时候爆出来……衍哥哥，现在可怎么办？"

宁雪落一边说着，一边哭了起来，揪着苏衍的袖口伤心不已道："衍哥哥，我不能看着姐姐被这么误会，还是我去跟记者们说实话吧？说我才是养女，说宁夕才是爸妈亲生的。"

苏衍的脸色极其难看，他制止道："不行！"

宁雪落闻言，眼里暗暗闪过一抹意料之中的得意。

她就知道，苏衍会站在她这边。

她现在可是他的妻子，一荣俱荣，一辱俱辱，她若丢脸，便是他以及整个苏家丢脸，到底该保谁，他很清楚。

与此同时，林芝芝眉头紧锁，一边护着宁夕，一边面露迟疑的神色："对方果然有备而来，你确定她一个人可以吗？要不要找人帮她？"

宁夕从宁落雪和苏衍的方向收回目光，淡淡地开口道："不必，你只需要把她放进来就可以了。”

“好。”林芝芝立即应道。

因为突然闹出了这么大的事情，作为当事人之一的宁雪落那边很快也围满了记者。

“雪落，宁夕真的是宁家的养女吗？”

“宁小姐，宁夕竟然对你做了那么多过分的事情，为什么你要包庇如此卑鄙无耻、忘恩负义的小人？”

面对着记者们的打抱不平和询问，宁雪落满脸隐忍的委屈：“不是，事情不是你们想的那样，我相信其中一定有什么误会。我真的不知道姐姐为什么要这么做。”

宁雪落这话看似是在为宁夕开脱，实际上却完全肯定了记者们说的话。

果然，宁雪落的话音刚落，便全场哗然。

宁雪落没有否认！

宁夕竟然真的是宁家的养女！

宁夕真的做了那些龌龊的事情！

天哪！原以为宁夕是一个励志女神，没想到竟然是一个低劣、卑贱的小人，而单纯善良的宁雪落竟然隐忍至今。

在现场群情激奋之时，突然有一阵恶臭的气味传来，众人情不自禁地纷纷捂住鼻子。

就在这时，突然有人大力又粗鲁地挤开了那群记者，因为那人不知道携带着什么，实在是太臭了，众人纷纷避开，竟让她一路挤到了宁雪落的跟前。

“我的天！什么东西？好臭啊！”

“别挤了！别挤了！谁啊，这么没素质！”

“这是什么人，哪里来的？”

众人正抱怨着，只见一个步伐矫健的老太太抬着一个黑色的大木桶，一路走到了宁雪落的跟前。下一秒，哗啦一声，那老太太竟然举起木桶用力一泼，将里面的秽物尽数泼到了宁雪落的身上。刹那间，现场恶臭扑鼻，所有人差点被臭晕过去。

“啊！”宁雪落愣了一秒，随即发出惊天动地的惨叫声。

其他人反应过来之后，也都惊呆了，没想到会突然冒出一个老太太，还泼了宁雪落一身屎尿。

不等众人弄明白是怎么回事，老太太就以比宁雪落的尖叫声还要响亮的嗓门喊了起来：“哎哟，哎哟！我活不成咯！我要被逼死了！我们一家人要被这个小贱蹄子给逼死了！”

这儿有大新闻啊！

所有人的第一反应竟然是纷纷举起摄像机，而不是去帮宁雪落。

不过也不能怪他们，连常莉和苏衍都傻了，也不敢去碰此刻全身是秽物的宁雪落，只有宁雪落像疯了一样在原地跳脚：“来人！来人！来人啊！”

无奈她的声音完全被老太太的大嗓门湮没：“你们不要被这个小贱蹄子给骗了！她根本不是什么千金大小姐！她就是我们山沟沟里出来的贱丫头，是我老太太的亲孙女，在医院里抱错了才进了有钱人的家门！”

“她进了有钱人家的门就忘了本，不仅对我们不闻不问，还怕我们泄露了她的身份，要把我们一家人都逼死！家里被流氓逼得走投无路，我的乖孙儿上帝都求她，她让仆人把我的乖孙儿当乞丐赶走！”

“她怕被人发现自己就是一个小贱种，改了她亲弟弟的高考志愿，不让他来帝都上大学……”

“你闭嘴！你闭嘴！闭嘴……”宁雪落满脸惊惧，像疯了一样冲过去。

而宁雪落还没来得及靠近，老太太就扑通一声往地上一摔：“哎哟！杀人了！杀人了！救命啊！”

宁雪落哪里遇到过如此无耻之人，忙吓得连连后退：“没有！我根本没有碰到她！”

老太太刚才还生龙活虎，这会儿已经躺在地上奄奄一息，哭喊着：“她就是要逼死我们一家，这样就没人知道她做的那些丑事了！我们唐家是造的什么孽啊，出了这么一个狠毒的女人！”

宁雪落简直气得快要昏厥：“不……不是这样的！你们别相信她！我根本不知道她在说什么，也根本不认识她！”

“你从野鸡变成凤凰后，一次都没回来过，自然不认得我这个老太婆。可我老太婆就算一次都没见过你，也认得你，你就是我们唐家的人！”老太太的眸子里闪过一丝精光，语气极其笃定。

常莉此刻总算反应过来，捏着鼻子赶了过去，大喊道：“保安！保安呢？到底是怎么办事的，竟然随便让这种人混了进来！”

常莉说到这里，径直朝宁夕的方向盯了过去：“宁夕！你不要太过分了！你以为派个来历不明的老太太就能颠倒黑白了吗？直到现在你还不知悔过，你简直太无耻了！”

常莉一直以为宁雪落是宁家大小姐，宁夕是养女，所以此刻才会认为一定是宁夕故意搞鬼。

众人听到这话，也全部恍然大悟般地朝宁夕看了过去。

“对啊，怎么会这么巧，刚爆出宁夕是养女的事情，就冒出了一个声称是宁雪落亲奶奶的乡下老太太，说宁雪落是被抱错的孩子？”

“不会是宁夕故意安排的吧？”

“我看有可能。”

宁雪落看情势有所缓和，顿时面上一喜，露出几分癫狂的神色。

哈哈！宁夕简直太天真了，竟然以为靠着唐家一家子乡巴佬就可以搞死她。

然而，宁雪落的得意之色还没来得及显露，下一秒就脸色煞白。

“妈……妈，您这是做什么啊！您怎么会跑来这里？妈，您快起来！快起来啊！”

来人正是孙兰。

众人只看到一个面色蜡黄的中年女人匆匆跑来，一边喊着无理取闹的老太太

“妈”，一边焦急不已地要扶她起来。

让现场所有人大惊失色的是，这个中年女人除了皮肤有点差，五官竟然跟宁雪落如同是一个模子里刻出来的！

老太太看到孙兰，顿时一巴掌挥了过去：“我不来？我为什么不能来？我再不来，小诺的前途、我们一家人就都要被你生的这个贱种给害死了！你以为这次夕丫头帮了小诺就高枕无忧了吗？等小诺来了帝都，来了这个小贱蹄子的地盘，她还不知道要怎么害小诺啊！你这个蠢货！”

“行！你不管，你们都不管，那就我来管！我绝对不能眼看着唐家毁在这个小贱人的手里！”

现场的记者们面面相觑，一脸茫然。

“怎……怎么回事？你们有没有觉得这个女人跟宁雪落长得好像啊？”

“什么像，两人简直是一个模子里刻出来的！”

“啊！难道这个女人真是宁雪落的亲生母亲？”

宁雪落看着孙兰的脸，听着周围人的议论，满脸惊慌地摇着头，一步步后退着，如同看到了什么极其可怕的事物：“不是的，她不是我的母亲！不是，我是宁家大小姐！我是庄玲玉的女儿！”

她自以为掌控了一切，却忘了血脉是永远都断不了的东西。虽然亲子鉴定能造假，可这张脸呢？

她这张与孙兰如出一辙的脸，彻底将她的一切谎言曝光在了众人眼前。

不仅围观的记者和其他艺人，连常莉都傻愣住了，呆呆地看着那个乡下妇女说不出话来。

这是怎么回事？

“天哪！到底是真的还是假的？宁雪落根本不是什么千金大小姐，她的亲生母亲和奶奶居然是这种人？”

“为什么宁家的人这么多年来一直一口咬定宁雪落才是亲生的？”

事情越来越扑朔迷离，记者们在短暂的蒙圈之后，全部又冲到了宁夕的面前。

“宁小姐！宁小姐！事情到底是怎样的，你可以跟我们解释一下吗？”

“宁夕，你认识这两个人吗？”

“宁夕，你跟这两个人是什么关系？”

老太太一把推开孙兰，又冲到了宁夕跟前，二话不说就开始哭喊：“夕丫头！夕丫头！我糟老婆子说话他们不相信，你快告诉他们，这丫头就是一个贱种，我一句瞎话都没说啊！我要是说了一句瞎话，就被老天爷一道雷轰死！”

“我知道你在我们唐家的那十八年，我老太婆嫌弃你是女孩儿，时常打你、骂你，对你不好，你就当是为了小诺！小诺可是一直把你当亲姐姐看待的，那孩子虽然瞒着我，但我哪儿能不知道他私下省了肉、藏了好吃的都给你这个姐姐！”

“你还记不记得你小时候有一次，家里实在穷得揭不开锅，我没办法，只能把你扔到乱葬岗，哪里知道我刚把你扔走没多久，小诺就发起了高烧，一直不好，嘴里还一直叫着姐姐，我没办法，这才把你接了回来，你的命可是小诺救的！就算我们唐家有对不起你的地方，也是这个小贱种对不起你，是她贪慕荣华富贵，是她霸着你的爹妈不放手！”

老太太透露的信息越来越多，所有人都听得入了神。

与此同时，被记者包围的孙兰已经完全乱了分寸，只能出于本能地维护着宁雪落，不停地摆手否认：“你们不要问我了！你们不要再问我了！我不是她的母亲，我不知道她是谁！我也不认识她！她不是我的女儿，她是宁家大小姐！宁夕才是我的女儿！对，宁夕才是我生的女儿！”

孙兰要是一口咬定宁雪落就是她的女儿，可能还会惹人怀疑，但此刻孙兰对宁雪落如此维护的态度，让所有记者更加肯定了她是宁雪落的生母这一个惊天的事实。

嘀，宁夕是她的女儿？

她也不照照镜子看看自己长什么样，能生出宁夕这样相貌的孩子来吗？

面对着蜂拥而至的记者和他们的提问，宁夕从头到尾只说了一句：“过去的十八年，我确实生活在唐家。至于我与宁家，无论是过去、现在还是将来，都没有任何关系。”

也不知道到底是怎么回事，这边的事情闹这么大，宁雪落像疯了一样打电话想要找人来制止这一切，但是迟迟没有一个保安过来。直到宁夕说完这句话，才总算有人过来疏散人群，石逍也带着几个保镖过来，密不透风地护着宁夕离开。

一场风波终于平息，只是对一些人来说，这不过是暴风雨前的宁静。

奢华的豪车上。

常莉正忍着恶臭，用毛巾给宁雪落擦拭着头发，而苏衍刚才已经被一通电话急速叫回了家。

此刻，宁雪落的身上全是秽物，头发湿漉漉的，双眼猩红，全身发抖，面上的表情阴鸷到了狰狞的地步。

常莉不敢在这个时候去招惹宁雪落，但她的电话已经被打爆了，连老板都亲自打了电话来过问。

于是，常莉只能硬着头皮开口问道：“雪落，这件事情的影响太大了，我必须立即公关，解释清楚这一切，否则后果不堪设想！但是，我在做公关之前，必须先跟你了解一件事情，那个老太太和妇女说的事情到底是不是真的？”

“啪”的一声响起，宁雪落一巴掌扇到了常莉的脸上：“闭嘴！蠢货，这怎么可能是真的！”

常莉捂着一阵火辣辣疼痛的脸颊，虽然宁雪落矢口否认，但是她毕竟跟在宁雪落身边这么多年了，从宁雪落气急败坏的反应以及眸底的惊恐看，这一切恐怕是真的。

一直以来，高高在上、总觉得自己比他人高贵的千金大小姐，总是口口声声称呼宁夕为乡巴佬的宁雪落竟然才是那只野鸡！

那个忘恩负义、卑鄙无耻的人，就是宁雪落自己！

她到底是怎样做到面不改色地把这个罪名反扣到宁夕的脑袋上，又是怎样蛊惑宁家人宁愿舍弃自己的亲生女儿也要保她的？

这个女人的心机到底有多深……想到这里，常莉不寒而栗。

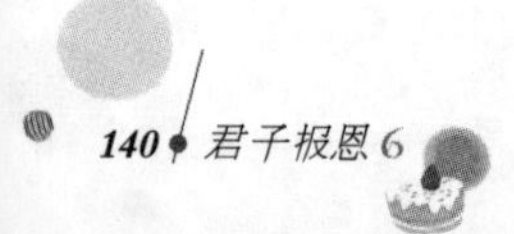

宁雪落呵斥道："你去给我发声明，就说这一切都是假的，那个死老太婆是假的，那个贱妇是假的，一切都是宁夕和那些人合伙在污蔑我！"

常莉一副为难的模样："如今是唐家的人亲自出来说这些，那些记者会像蝗虫一样顺着唐家这条线索一直查下去，破绽实在是太多了，迟早纸包不住火！更何况……还有你跟那人的长相……"

"你说够了吗？"宁雪落又是一巴掌扇过来，常莉顿时噤声了。

仅仅一夜的时间，昨晚的事情便已经闹得满城风雨、众人皆知。即使苏家和宁家两家人同时动用人脉，试图把这件事情压下去，也依旧未能挽回半分。所有报纸、杂志的头条都是昨晚的事件，都是大幅宁雪落和孙兰两人被放在一起的照片。

媒体挖出宁夕确实以唐家女儿的身份在唐家生活了十八年，十八岁突然离家，周围的邻居都以为她是外出打工了。

本来查到这些是没什么用处的，偏偏昨晚宁雪落亲口承认宁夕是宁家的养女——之前宁耀华可是在声明里说养女是一个孤儿，所以他们才收养她的。

宁耀华为什么要欺骗公众，为什么要收养一个十八岁且不是孤儿的女孩，还给她改了姓氏？为什么宁夕的母亲长得跟宁夕不像，反而跟宁雪落如同一个模子里刻出来的？

确实如同常莉所说，破绽太多了，还无法自圆其说，所以，宁雪落这边再怎么否认，在他人眼里也不过是狡辩。

一夜之间，宁雪落苦心营造的"白富美""豪门千金""人生赢家"等人设轰然崩塌。

"抱错女儿"这样大众喜闻乐见的狗血梗，对象是娱乐圈的两个当红女艺人，又分别是星辉和盛世的当家花旦，宁夕还是新晋影后，这样可怕的国民关注度，以苏家和宁家的势力绝对压不住。

短时间内，媒体几乎把宁雪落身边能挖的消息、能采访的人全部采访了，谁都想搞个大新闻博头条。

其中有一条新闻引起的轰动比较大，是某媒体爆料出的对宁耀华的亲弟弟宁耀邦的采访视频。视频中，宁耀邦喝得醉醺醺的，正被一个记者堵着提问。

记者："宁先生，请问最近有关您侄女的传闻您有听说吗？"

宁耀邦："这个啊……当然有啦！"

记者："真相到底是怎样的呢？宁先生是否可以跟我们透露一下？"

宁耀邦："哈哈哈，真相？真相不就是我那个傻大哥一家子放着亲女儿不要，把一只野鸡当成宝！"

记者："您的兄长为什么要这么做呢？"

自从宁雪落跟苏衍联姻之后，宁耀邦在公司的日子越发不好过，偏偏他一直找不到女儿宁天心，导致他最近心情很差，于是面色阴沉地开口："那个小贱人花招多着呢，宁夕怎么可能玩得过她！她可是有本事哄得宁耀华把手头百分之十五的股份都给了自己！"

……

宁家。

“宁耀邦！你看看自己做的好事！”宁耀华刚看完电脑中的视频，便把宁耀邦给叫了过来，此刻用力拍着桌子，气得暴跳如雷。

毕竟是乡野村妇说的话，其实并不是所有人都信的。可是现在，宁耀邦，他的亲弟弟，竟然在记者面前说出那种话来，现在真的是怎么洗也洗不清了！

宁耀邦一副死猪不怕开水烫的样子，跷着二郎腿，满脸嘲讽道：“你有本事冲自己的宝贝女儿发火去啊！跟我发什么火！这些丑事可不是我爆出来的，我不就随口说了几句大实话吗！泼粪、撒泼的是你乖女儿的亲奶奶，还有那个女人顶着那张脸在镜头前面晃，生怕别人不知道她是你乖女儿的亲妈！”

“闭嘴！你给我滚出去！”

宁耀邦拍拍屁股站起来：“是是是，我滚，我等着看你把公司交到那个乡巴佬生的野丫头手里能有什么好下场！”

宁耀邦刚离开不久，敲门声又响了起来。

“进来！”

“爸……”宁雪落推开门，怯生生地站在门口。

看到宁雪落，宁耀华的脸色有些复杂：“来啦，你坐吧。”

宁雪落却没有坐下，而是扑通一声跪在了宁耀华的书桌前。

“雪落，你这是做什么？”宁耀华立即站起身。

“爸，我对不起你和妈妈，对不起宁家，都是我的错，是我连累了你们。”宁雪落的身体剧烈颤抖着，“我愿意承担一切责任。”

“你想怎么做？”宁耀华蹙眉。

“这件事情受到的关注和影响这么大，无非因为我是娱乐圈的人，现在唯一的办法只有我退出娱乐圈。”宁雪落面色惨淡、痛苦，一副委曲求全、做出了巨大牺牲的模样。

然而，事实是，这次她的形象崩塌到了无法挽回的地步，就算继续留在娱乐圈，她也混不下去了。

“我会发一封公告，退出娱乐圈，永久退出娱乐圈，这样就不会再有人咬着这件事不放了。否则，只要我还在娱乐圈一天，这件事情就会一直反复被人拿出来说。”

这时，身后传来了庄玲玉的声音：“雪落，你胡说什么？演戏不是你最喜欢做的事，不是你的梦想吗？其实这件事没有你想的那么严重，就算让所有人都知道你不是我们亲生的又怎样？你依旧是宁家大小姐！至于外面那些捕风捉影的谣言，你二叔说的那些混账话，没根没据的，完全不用计较，时间一久就没人记得了。”

宁雪落自然知道，这件事情看似很严重，但是相比于类似“吸毒”“出轨”这样对艺人而言足以判“死刑”的事件，她的事情充其量就是私人问题，会对她的形象造成影响，但还没到她会被封杀的地步。

当初她进娱乐圈，也不过是因为知道宁夕喜欢演戏，所以偏偏就要得到宁夕得不到的东西。现在，她继续待在娱乐圈自然也可以，但是从此以后，她头上都要顶着一

个鸠占鹊巢的名头，在娱乐圈里，无论走到哪里，都要比宁夕低一头。

她怎么可能忍受这种屈辱，怎么可能眼睁睁看着宁夕在她面前耀武扬威？所以，她如今还不如以退为进，直接退出娱乐圈。

宁雪落依旧跪在那里，一副态度坚决的模样：“爸妈，我已经决定了，只要能够尽量降低对家里的影响，让我做什么都可以。”

庄玲玉一脸心疼地俯下身抱着女儿：“雪落，你受苦了。”

宁耀华无奈地叹了一口气：“雪落，这次确实是委屈你了。”

庄玲玉满脸怒色：“那个老太太怎么可能有本事一个人大老远从乡下跑来这种地方？这明显就是有人在搞鬼！还故意选择那样的场合，把事情闹得那么大！”

宁耀华的脸色非常难看：“这次宁夕确实太过分了！”

“她以为这么做，就能逼得我们不得不承认她吗？简直做梦！我只恨当初为什么肚子里生出来的不是雪落，平白让雪落受了这么多委屈！”庄玲玉厉声道。

看着庄玲玉和宁耀华维护自己的模样，宁雪落的眸子里闪过一丝得意的光芒，她满脸感激地开口道：“爸妈，我不委屈。真的！其实这样也好，这样我就可以专心帮爸妈打理公司了，History最近在关键时期，也有很多事情要做。”

“雪落，你能这么想也好，一切都会过去的，妈妈和爸爸会永远站在你这边。”

庄玲玉和宁耀华又好生安抚了宁雪落半天。

宁雪落走出书房后，书房里只剩下了庄玲玉和宁耀华。

宁耀华最近被这件事弄得焦头烂额，脸色很不好，此刻看着桌上的一份报纸发呆。

报纸用整个版面刊登了宁雪落和孙兰两人的照片。

两张如此相似的脸，时刻刺痛着他的神经，在提醒他，眼前这个女孩不是他宁耀华的亲生骨肉，再好也终究不是亲生的啊……

若他能有个儿子，那该多好……

据他所知，老二可是直到现在还没放弃生儿子，到处在外面找年轻小姑娘乱搞。

只可惜庄家那边，他实在得罪不起，所以，他就算想要儿子，也只能是跟庄玲玉一起生。

其实，他跟庄玲玉再要一个孩子，并非完全没有可能。

庄玲玉因为第一胎是在条件不好的小村镇生的，生产过程中子宫不慎感染，虽然后来已经治愈了，但终究气血大亏，生了第一胎之后就一直没能再怀孕。也是因为这样，庄玲玉才对宁雪落这个唯一的女儿如此重视和费心。

原本这是庄玲玉的忌讳，宁耀华是完全不敢提让她再生一个孩子这种事的。

但是，这次雪落非亲生的事情爆出来，唐家的人，尤其是与雪落长得如此相像的孙兰再次出现，宁耀华就觉得这件事可以提一提了。

想到这里，宁耀华换了一副殷勤、体贴的模样，走过去扶着庄玲玉的肩膀，试探着柔声问道：“玲玉，我之前跟你说的事情考虑过了吗？其实现在代孕技术已经很发达，而且还可以选择男女，最重要的是不用让你受十月怀胎之苦。”

庄玲玉脸上的表情有些不自然，不过倒是没有反感的迹象，蹙眉道：“我都这么大年纪了，能行吗？”

听这语气，宁耀华知道有戏，于是立即揽着她的肩膀开口道：“谁说的，就算说我夫人二十岁，也是有人信的！”

“你一把年纪了还胡说八道！”庄玲玉嗔了一句，虽然是责怪的话，但丝毫没有生气的意思。

其实，看着雪落跟孙兰那么相似的脸，她多多少少还是有些介意的，一直被她努力忽略和压抑的念头也浮现了出来。

谁不希望有一个身上流着自己血脉的孩子呢？

如果她能再有一个孩子，她一定更加用心地教导他，给他一切，那会是比雪落更完美的孩子。

近几年代孕的人似乎越来越多了，她身边那些太太也有代孕的。前段时间，她还听说林太太代孕生了一个儿子，而那个林太太都已经四十八岁高龄了。

或许她真的可以试试。虽然他们年纪大了，可能以后陪不了这个孩子太久，但好在还有雪落这么温柔、善良的姐姐照顾和帮衬着。

雪落经常说一个人很孤单，很期待有个弟弟或者妹妹，若她真的成功了，雪落肯定会很高兴吧！

“玲玉，你要是同意的话，我就把公事都推掉，立刻陪你去国外做检查。”宁耀华有些激动地开口道。

“我考虑一下吧！”庄玲玉说着，面露迟疑，“耀华，这件事我们要不要跟雪落商量一下？”

宁耀华立即开口道：“不必了，毕竟还是不确定的事情，不如等我们成功了再告诉雪落，给她一个惊喜。”

庄玲玉想了想，最终也表示了同意。

毕竟这种事情，她也实在说不出口。

宁耀华计划得非常完美，等他有了儿子，原本给雪落的股份自然还是要给他唯一的继承人的，雪落那么孝顺、听话，自然不会有任何意见，而且子承父业本就是正理，就算是苏家也不能说什么。

当然了，到时候他也不会亏待雪落，再说了，他让雪落成功嫁入苏家，已经是对她这辈子最大的保障。

豪爵大酒店。

今日宁雪落将在这里召开记者发布会。

事情发生之后，除了常莉发过一条否认一切的声明，宁雪落从未露过面。

得知她今天会召开记者发布会，不仅记者们蜂拥而至，围观的人群也黑压压的望不到边，其中一大半是宁夕的粉丝，而宁雪落的粉丝也占了不少。

事情发生之后，宁雪落的粉丝成群结队粉转黑，而宁夕的粉丝在以庄可儿为首的粉丝后援会的组织下，四处为偶像奔走发声，虽然全部愤怒到了极致，但都保持着理智，赢得一大片路人的好感，更是让大量宁雪落的粉丝倒戈到了宁夕这边。

“宁雪落滚出娱乐圈！”

“贱人！你给我们夕哥道歉！道歉！道歉！”

“宁雪落，无耻骗子，你对得起我们这么多年的喜欢吗？”

宁雪落戴着墨镜和口罩，在十几个保安的保护下才顺利进入酒店。

发布台上，宁雪落坐在中间，面色苍白而憔悴，旁边是常莉和一位公司高层。

常莉的脸色是最难看的，她怎么也没想到，宁雪落竟然会退出娱乐圈。

宁雪落的名声臭成这样，她这个经纪人也跟着臭了，现在宁雪落可以留下这么一个烂摊子直接拍拍屁股走人，回去了还能继续做她的大小姐，而她呢，她的经纪人生涯彻底毁了！

若说宁雪落伪装得太好，连她这个经纪人都瞒过去了，这怎么可能会有人信！她早就已经后悔了，此刻看着手中白纸黑字的退圈声明，心头更是一阵绝望。

宁雪落垂着头，哽咽着开口：“相信大家都清楚了，最近发生了很多事情，我知道自己现在再说什么都不会有人相信，但是，很多事情并不是你们表面上看到的那样。因为这些事情对支持我的粉丝、朋友们带来的伤害，我真心表示对不起，对于直到现在还在支持和相信我的粉丝们，我也真的非常感谢。”

“演戏是我这辈子最大的梦想和爱好，但为了给大家一个交代，我决定，从今天开始，永久退出娱乐圈。”

宁雪落的话音刚落，现场一片哗然，随后闪光灯此起彼伏地亮了起来。

记者们屏息凝视，等待着接下来的大反转，但他们没想到，宁雪落说完这段话后，便在保镖的护送下离开了。

短短的时间内，宁雪落退出娱乐圈的消息就已经传遍了所有角落，网上所有人议论纷纷。

“宁雪落说这些话是什么意思？搞得好像她有天大的隐情，好像所有人都在冤枉她一样！”

“能有什么隐情，要是有隐情，她早就迫不及待地说出来了！再有隐情，能改变这些事实吗？都到这个时候了，这个无耻小人居然还玩花样，死不悔改！道歉呢？对宁夕的道歉呢？我一个字都没听到！”

“重点是，她光退出娱乐圈就够了吗？她这么多年装着千金大小姐，无耻霸占着属于宁夕的人生又怎么算？”

不仅宁夕的粉丝，围观的路人也纷纷为宁夕打抱不平起来：“对啊！这件事怎么算？她竟然还准备无耻地享受本该属于宁夕的一切！连人家的父母都要抢，也太无耻了吧！”

义愤填膺过后，宁夕的死忠粉们纷纷表示：“夕哥不是说了，她跟宁家无论是过去、现在还是未来，都没有任何关系吗。夕哥才不需要什么千金、公主的身份，才不需要什么有钱的爹妈，我们夕哥自己就是女王！”

“对，那样瞎了眼的父母不要也罢！夕哥有我们！”

说着说着，粉丝们议论的话题突然换了方向：“别提那个恶心的贱人了，我跟你们说一个超级让人激动的事情！难道你们全部没有注意到咱们夕哥获得影后后，说的获奖感言的最后一句话吗？”

“当然知道了，我都会背了！为了我最终的梦想和最爱的人……啊！最爱的人？咱们夕哥难道已经有喜欢的人了吗？”

“是男是女？”

“我猜是女孩子！一定是一个特别可爱的女孩子！”

Chapter 11

▼

宁夕，总有一天，这一切我都会加倍奉还给你！

盛世娱乐。

因为那日的事情发生得太突然，后续有太多事情需要解决，宁夕从金棕奖颁奖现场离开之后，就和林芝芝一起去了公司，休息吃住也都在公司里。直到今天，宁雪落的记者发布会结束，她的忙碌才告一段落。

“夕哥，这个宁雪落真是太无耻了，临了还不忘黑你一把！”

宁夕的眸子里闪过一丝暗芒，她自然知道宁雪落说那些话其实也是对自己的警告。那点把柄若放在以往，或许她还会忌惮，但自从跟陆霆骁坦白之后，她便已经释然。

宁夕看了一眼手机屏幕，屏幕上是一条最新信息，发件人是苏衍：小夕，我们可以见一面吗？

今时不同往日，如今的苏衍，还会像当初一样毫无原则地包庇宁雪落，为她做假证吗？

想必宁雪落自己也没有把握吧。

宁夕知道，以宁雪落的个性，不敢冒险拼个鱼死网破。

至于粉丝们对她获奖感言的八卦，她跟林芝芝说自己当时没多想，指的只是粉丝们，不是特别的人，林芝芝倒是表示不需要特别解释，于是她便没有多关注了。其实从私心来说，她也不太想解释。

事情告一段落后，大家都各自回家休息。

宁夕走到车库，意外地发现石逍没有像往常一样在那边等她。

她狐疑着拉开车门，下一秒，她整个人都跳了起来，朝副驾驶座扑了过去：“心肝儿！”

陆霆骁被扑得往后一靠，小心接住宁夕的身体，正要说话，突然觉得胸口被什么很硬的东西硌得有些疼痛：“这是？”

“哦哦哦……对了……”宁夕嗖地一下从怀里掏出一个金灿灿的奖杯，塞到陆霆骁的手里，晶亮的眼睛盯着他，激动得脸蛋红扑扑的，“心肝儿，这是送你的！”

陆霆骁：“很特别的礼物。”那她也不用一直揣着吧，不嫌硌得慌吗？

“那天我接过这个奖杯的时候就想这么做了，想飞扑下去将它送给我最爱的人。结果，突然发生了那么多的事情，一直到今天，我才能将它送给你。”宁夕一副可怜

巴巴的语气。

“乖。”陆霆骁安抚般地揉了揉宁夕的脑袋，“谢谢，我很喜欢。”

陆霆骁自然知道，当时宁夕看着他的眼神都已经露骨到要被旁人发现了。

宁夕立即黏糊地蹭过去，正要跟陆霆骁腻歪一会儿，手机铃声响了起来，是唐诺的电话。

“喂，小诺？是不是出了什么情况？”宁夕有些担忧地问。

电话那头的唐诺忙开口道：“其实也没什么，就是那女人竟然无耻到派人过来让妈妈和奶奶对外诬陷说是你让她们那么做的，让我们颠倒是非！我妈的性子你也知道，那个女人随便来点儿苦肉计她就受不了。奶奶倒是还好，但是一听那个女人要给我一大笔钱，还要送我去国外读书，也动摇了。”

宁夕静静地听着电话那头唐诺的话，在唐家那边盯梢的人没有提过这件事情，加上宁雪落已经退出娱乐圈了，那事情肯定没成。

“那后来呢？你是怎么解决的？”宁夕问。

“你怎么知道是我解决的？”唐诺问。

“除了我弟，还有谁这么有能耐？”宁夕轻笑。

唐诺立即得意道：“我也没做什么，就拿了一条绳子扔到房梁上，告诉他们三个人，谁要敢答应那个女人的条件，我就直接吊死在这里。”

宁夕闻言，哭笑不得，虽然唐诺的方法简单、粗暴，但确实是有效的。

除此之外，她便是满满的感动：“谢谢你，小诺。”

刚挂断唐诺的电话不久，手机又响了起来。宁夕这会儿正在发动引擎开车，于是随口对陆霆骁开口道：“心肝儿，你帮我接一下电话。”

陆霆骁看了一眼来电显示的“苏衍”两个字，两秒钟后，他接通了电话。

陆霆骁没有立即开口，那头的苏衍也沉默着。好几秒钟之后，那头才传来苏衍的声音，听苏衍的声音，他似乎喝了不少酒，他断断续续地开口道：“小夕，对不起，真的对不起。我知道这辈子最对不起的人就是你，我们还有可能吗？”话音落下的瞬间，车厢里的气息骤然冷了下来。

陆霆骁：“她现在不方便接电话。”

突然听到电话那头传来男人的声音，苏衍瞬间清醒了几分，厉声质问：“你是谁？为什么你会有小夕的手机？”

陆霆骁抿唇不语，只是面色更冷了。

宁夕刚把车开出车库，似乎隐约听到陆霆骁拿着的手机里传来有些熟悉的男人的声音，还在问陆霆骁是谁，于是开口问道：“谁的电话啊？”

不等陆霆骁回答，宁夕眼角的余光已经看到了“苏衍”两个字，她的脸色顿时一黑。

果然是这家伙……

宁夕直接朝陆霆骁的方向偏了偏脑袋，对着电话那头的人开口道：“他是我男人，你有意见？”

听到宁夕说的短短几个字，陆霆骁顿时顺了毛，而那头的苏衍沉默良久，随后便挂断了电话。

看着通话结束的手机，宁夕有些好奇地问陆霆骁："陆霆骁，那家伙在电话里说什么了？"

刚才陆霆骁的反应似乎不太对劲儿。

陆霆骁薄唇紧抿："他问，他跟你还有没有可能。"

宁夕无语了好久才找回自己的声音，嘴角抽搐，嘀咕道："这家伙是不是脑子里有坑？"

陆霆骁没有说话，微沉的目光落在宁夕的身上，薄唇紧抿着。

苏衍看宁夕的目光，他早就已经察觉不对劲儿了，尤其是这次的颁奖典礼上，同样身为男人，苏衍眼神里对宁夕强烈的意图，他再清楚不过。他的女孩越来越优秀，也越来越耀眼。

"心肝儿，你别搭理这家伙，你要是在意这种人，简直就是降低你的格调！"宁夕说着，眸子里闪过一丝寒光。

有没有可能？

他到底是哪里来的勇气问这句话？

苏宅。

宁雪落刚召开完记者发布会回来。

退出娱乐圈只是刚刚开始，接下来还有更棘手的事情。

她一回到老宅，果然，一家人全部在家：苏弘光、郑敏君、苏洵、赵姗姗。

不过，唯独不见苏衍。

"爸、妈，苏洵、姗姗。"宁雪落一一打过招呼。

"哟！瞧瞧这是谁，我们的大明星回来了啊！"赵姗姗顿时满脸嘲讽地开口，她怎么可能放过这么好的落井下石的机会？

郑敏君的脸色很难看，目光挑剔地扫过宁雪落："你怎么这么晚才回来？"

不知道宁雪落是养女的时候，郑敏君看着她还好，但自从知道了她是一个村妇的女儿，尤其是从铺天盖地的报道里看到她那个粗鄙的生母和奶奶后，郑敏君简直像吃了苍蝇一样恶心。

如今她都快成为所有太太的笑柄了，这几天哪儿都不敢去，就怕一出门被人家用异样的眼神看待，说她脑子有问题，放着真凤凰不要，让儿子娶一只野鸡。

若不是看宁雪落手里还握着宁家百分之十五的股份，她早就忍不下去了！

宁雪落掩去眸子里的阴鸷，低声开口道："记者发布会结束之后，公司还有一些事情要处理……"

不等宁雪落解释完，郑敏君便打断她："什么事情有你的丈夫重要？苏衍都已经三天没去公司也没回家了！你也不关心关心他去了哪里！你就是这么为人妻子的吗？"

"妈，对不起，我这些天实在是太忙了，星辉那边要处理各种手续，我还要准备去宁氏国际报到。我这就去找苏衍。"

听到她说要去宁氏国际上班，郑敏君的脸色才缓和了一点，但还是警告道："这些天你还是给我少乱跑。你也知道你的亲妈和奶奶这次闹得有多难看，我现在连私人聚会都不敢参加了，你就别给我出去丢人了！"

宁雪落暗暗握紧了拳头，面上保持着乖顺："妈，我知道了，我会安心在家等这件事情平息。"

"行了，你快去把苏衍找回来。"郑敏君不耐烦地挥挥手。

宁雪落刚离开，赵姗姗立即凑到了郑敏君的跟前抱怨。

"妈，我说您也太能忍了吧！干吗还这么好声好气地对她说话啊？我们苏家的脸都被她给丢尽了！"

"你给我少说两句！还有，别以为我不知道你心里在想什么，你给我消停一点，要是让我知道你在外面说些有的没的，别怪我以后收拾你！"郑敏君面色不悦道。

一旁的苏弘光目光扫过两人，也严厉地开口道："你妈说得没错，我不管你们有什么小心思，这件事情事关苏家的脸面，都给我把自己的嘴管好！"

赵姗姗撇撇嘴，嘀咕道："她还有脸面这种东西吗？哪里还需要我去说什么……"

苏洵仰靠在沙发上，目光流转，幽幽地开口："其实我们现在最需要担心的应该是大哥吧？毕竟这件事情大哥是最大的受害者！对男人而言，最重要的就是面子！帝都里的那些公子哥，娶的老婆哪个不是名门淑女，偏偏他被糊弄着娶了一个假千金，这让他的脸往哪儿搁啊！"

看着处处比自己强、比自己优秀的大哥这次这么丢脸，苏洵心中无比畅快。

啧啧，真是老天都在帮他们，两人刚结婚不久，宁雪落的事情就闹得尽人皆知，且证据确凿，连宁家都包庇不住，这下他们可有得闹了。

苏洵的话虽然不好听，但一下子说中了苏弘光和郑敏君最在意的点。尤其是郑敏君，在她眼中，自家儿子是最优秀的，哪里能忍受他有这样的污点。

回到卧室后，郑敏君左思右想，还是忍不住对苏弘光开口道："弘光，我想来想去还是觉得心里堵得难受！"

"那你想怎么样？事情都已经这样了！"苏弘光自然也是一肚子火。

郑敏君试探着问道："弘光，你觉得宁夕这丫头怎么样？其实这些天，我瞧着我们家苏衍对宁夕还是有感情的。"

苏弘光立即眉头紧蹙，朝她看了过去："你还嫌不够乱是不是？苏衍怎么说已经跟雪落结婚了，又跟宁夕不清不楚的，你让别人怎么看苏衍，又怎么看我们苏家？"

郑敏君立即嗔道："你说的这些我能不知道吗？我自然会做得很隐秘，怎么可能让别人知道？"

苏弘光闻言没有说话。

郑敏君又开口说道："就算宁夕跟宁家关系不好又怎样？上次婚礼上的事情你可是亲眼看到了的，庄家那明显是偏向宁夕的！毕竟宁夕才是有着庄家血脉的大小姐啊！而且就算到时候我们让苏衍跟宁雪落离婚，然后娶宁夕，相信宁家也没什么话好说，本来就是他们宁家欺骗我们在先，说到哪里也都是我们有理！"

“等我们苏衍娶了宁夕，再把庄家拉拢过来，到时候还怕宁家不承认宁夕这个女儿吗？”

苏弘光闻言，终于有些意动，但还是开口质疑道：“这些全部是你一厢情愿的想法，你就了解苏衍和宁夕的意思吗？”

郑敏君顿时一副理所当然的语气：“这还用问吗？你忘了当初宁夕是怎么爱我们苏衍爱得死去活来了？现在她处处跟雪落作对，很大程度上还不是因为雪落抢了苏衍吗？本来那丫头我是肯定看不上的，不过现在看看，几年不见，她倒是出落得水灵了，也算是配得上我们家苏衍了。”

宁雪落驱车离开苏宅后，立即打了一通电话：“苏衍这几天都在做什么？”

“苏总这几天好像回了一趟C市春风镇，回来之后就一直在酒吧喝酒。”电话那头的人回答道。

“春风镇……”宁雪落眉头微蹙，“那他现在在哪里？”

“这……”那人的声音似乎有些迟疑。

“我问你话呢！”宁雪落不耐烦道。

“苏总，他现在在桃花坞……”

“你说什么？”宁雪落立即变了脸色，她自然知道，桃花坞是宁夕的住处。

“他什么时候进去的？”宁雪落立即问，指甲死死掐进了掌心。

“不是，苏总没有进屋，一晚上就在外面站着呢。”

“我知道了，你继续盯着。”

宁雪落挂了电话，因为过度愤怒，身体微微发抖，过了好半晌才终于平静下来。

她在苏家的亿丰集团公司大楼门前停下车，然后在附近找了一块石头，咬了咬牙，用力朝自己的额头敲了下去。

鲜红的血液顺着额头滑落到眼睛里，使得她的面容看起来无比狰狞。

“宁夕，总有一天，这一切我都会加倍奉还给你！”

宁雪落跌坐在车旁，然后拿起手机拨打苏衍的电话。电话那头响了一下之后，竟然立即被挂断了。

宁雪落气得差点把手机给砸了，于是不停地继续打，打到第四次的时候，终于打通了。不等苏衍开口，宁雪落立即一副无比惊恐的语气，一边虚弱、痛苦地呻吟，一边开口道：“衍哥哥，救救我……”

电话那头立即传来苏衍紧张的声音，不过他的声音刻意压低了，似乎怕声音太大被发现：“雪落，怎么回事？”

“血……我流了好多血，衍哥哥，我是不是快要死了？”

“你在胡说什么！你现在在哪里？”

“我在你的公司门口。我不是有意来找你的。我知道你这些天心情不好，所以我不想打扰你，可是今天回家……妈说你已经好几天没有回家了，说我这个妻子没有尽到责任，让我去找你，我才……对不起。”

“到底发生了什么事？你受伤了？”

“我不知道，我刚下车就突然被人袭击，可能是姐姐的粉丝。”

“你别说话了，我马上过去！”

挂了电话之后，宁雪落虚弱、可怜的表情立即变得阴森可怕。

“宁夕，你以为我不知道你想做什么、想要什么吗？你以为这样就可以抢走苏衍？做梦！”

苏衍最近的心情非常糟糕，他去了一趟春风镇，在当年自己养病住的宅子里回忆曾经与宁夕相处的点点滴滴，思念之情一发不可收拾，他疯狂地想见到宁夕，即使只是听听她的声音。

预料之中地，宁夕没有回复他的信息，他借着酒劲儿，鼓起勇气打了一通电话过去，却没想到接电话的是一个男人，而宁夕竟然亲口说那人是她的男人！

那一瞬间，他的心情差到了极致，胸口如同有一头野兽在冲撞，却找不到出口，因为此刻他已经没有资格去质问她。

他已经结婚了。

直到宁雪落的一通电话打过来，他才陡然从这样的情绪里惊醒，立即赶往公司。

当他赶到公司的时候，就看到昏暗的灯光下，宁雪落靠在车上，旁边是一大摊触目惊心的血迹。

“雪落！”

“衍哥哥，你来了，我还以为等不到你了……”

“别说傻话，我送你去医院。”看着宁雪落虚弱又绝望的神情，苏衍的心脏一阵抽搐，立即把她抱上了车。

一阵忙碌之后，苏衍将宁雪落送到医院处理好伤口，然后回到了家。

看到宁雪落是被苏衍抱进来的，郑敏君和苏弘光都吓了一跳。

“这是怎么回事？”

苏衍看着郑敏君，脸色不太好看：“妈，都这么晚了，你为什么还要让雪落出门去找我！”

“你好几天不见人影，我这不是担心你吗？她是你的妻子啊，这些事情当然应该由她来做！”郑敏君有些不高兴。

“雪落的伤是怎么回事？”苏弘光问。

“她去公司找我，中途被身份不明的人攻击了。”

苏弘光沉声道：“那件事情闹得那么大，最近外面确实太乱了，回头你给她安排两个保镖吧！”

“爸、妈，我没事的，只是一点小伤。对不起，我给你们添麻烦了。”宁雪落面色苍白地说。

看着宁雪落这副样子，郑敏君再有怒气也发不出来了，不然说多了反而惹得苏衍不高兴。

而且苏衍对宁雪落还是维护得很，于是她只能暂且忍了下来。

屋内。

苏衍将宁雪落放到床上，正准备离开，脖子却被一双手臂环住。

“衍哥哥，给我一个孩子吧！我想有一个属于我们的孩子。我现在已经退出娱乐圈了，可以安心备孕，有了孩子，也可以有更多的时间照顾他、陪伴他。”

苏衍的目光闪了一下：“不用急，我们都还年轻。”

宁雪落双眼含着泪光，手指探入男人的身下：“可是我想要……”

“不许胡闹，你的身上还有伤。”

“没事的，我只要小心一点就好了。”

……

今晚的苏衍不知为何格外粗暴，但是宁雪落觉得很安心——果然，苏衍最爱的还是她，他根本离不开她的身体。

宁雪落这么想着，却没有意识到，苏衍从头到尾都没有看她一眼，仿佛沉浸在幻想中。

最后那一刻，他脑袋垂在宁雪落的耳边，模糊不清地嘀咕了一句：“小夕……”说完后，他便昏昏沉沉地睡着了，睡梦中，他一直无比大力地将宁雪落搂在怀里。

当听清苏衍说的是什么的时候，宁雪落整个人如遭雷击，面上顿时没了血色。

苏衍……怎么可能！

他怎么可能，怎么可以被那种女人迷惑！

那个肮脏的女人，跟乱七八糟的男人发生关系，还生下了一个野种！

当初苏衍离开宁夕，很大一部分原因也是介意那件事情。有哪个男人能接受自己的女人和别的男人生下孩子？

要知道当初她跟苏衍在一起的时候，她可是第一次！所以不可能的，一定是她听错了。衍哥哥绝对不会再对宁夕有任何想法……

金棕奖上的那场闹剧终于告一段落，宁夕的工作也步入正轨。

有了两座金棕奖杯的加持之后，宁夕如今无异于如虎添翼，同时她对自己的要求也更高了。林芝芝挑选她下一部电影和电视剧的时候也更加谨慎。

林芝芝考虑了许久，最后还是把一个剧本推到了宁夕跟前：“宁夕，我建议你去试镜这部电影。”

“江行舟导演的新戏？”宁夕看了一眼剧本。

光看到“江行舟”这三个字，娱乐圈内所有人的反应就是脊背一寒。

江导拍戏时的状态实在太吓人了，就连混到如今这个地位的宋琳，提到江导也犯怵。

林芝芝开口道：“这部片子的女主是一个哑巴母亲，剧中的年龄跨度从少年一直到老年。我看过剧本了，非常好，又是江导的片子，在国内可以说是必得奖的，重点是可以冲击四大国际A类电影节。当然，正因为这样，选角也异常严苛。这次的竞争会非常激烈！”

宁夕这会儿正在翻剧本，光看了一个开头，就已经被吸引了：“这确实是很好的本子，跟《天下》和《寻梦人》完全不同。它没有太多曲折的剧情，全剧都在淡淡地讲述一个母亲的一生。可是，这种剧本才真正考验演员的演技！”

林芝芝点头：“如果是别人，我肯定会选择更稳妥的剧本，比如林导的那部电影，不过，我认为你更适合这部《母亲》。”

宁夕的眸子里闪过一抹久违的挑战的光芒：“就这部电影吧！不管怎样，我先去试镜一下，如果不行，我们还可以选其他的。”

“好，我们就先这么决定了，你回去准备一下。”

“嗯嗯。”

与此同时，铂金帝宫。

没几天就要试镜了，宁夕看剧本看得昏天黑地，结果突然接到电话说有她的快递。她下了楼签收快递，然后在陆霆骁的帮助下，把那个巨沉的大箱子搬了进来。

“什么东西啊？”

宁夕狐疑地拆开方方正正的大箱子，最近她在网上买了一些东西，但是好像没有这么大件的啊？

宁夕熟练地拆开外盒，只见里面露出了一个黑色的木箱。

“等等。”宁夕正要掀开木箱的盖子，陆霆骁扶着她的肩膀，将她揽到身后，随后自己打开了盖子。

盖子被打开的瞬间，宁夕顿时哀号一声，用手掌捂住了她的眼睛：“我的天！”

本小姐的狗眼！

金子……竟然是满满一箱的金子！

宁夕过了好半晌才从震惊里回过神来，随后小心翼翼地拿起一块金子咬了一口：“嗷！真的！金子竟然是真的！什么情况啊？这是哪个神经病给我寄了一箱子金子！”

陆霆骁盯着这些金子，不知想到了什么，目光顿时冷了下来。

余光扫到这箱金子上面摆放着一张金色的卡片，陆霆骁伸手拿了起来。

宁夕见陆霆骁拿了卡片，好奇不已地踮着脚凑过去看，只见上面是某人熟悉的字迹：亲爱的，金棕奖有什么好的？你不觉得这些更可爱吗？——YS

宁夕的内心几乎是崩溃的！

好吧，在她觉得对方是神经病的时候，她就应该想到是那个家伙！

“他又犯病了……”宁夕头疼不已地扶了扶额头，然后“啪”的一声关上盖子，隔绝了一箱子可怕的金灿灿的黄金，“回头我找人送回去。”

“这家伙是不是有毛病啊？你说哪里有正常人脑回路是这样的？金棕奖怎么了？金棕奖招他惹他了？之前他动不动就拿钻石砸人，现在好了，终于不用钻石了，改砸黄金了！我上辈子是造了什么孽，遇到这么个主儿……”宁夕正滔滔不绝地吐槽，唇却突然被身旁的男人堵住了。

微凉的唇猝不及防地落了下来，带着一丝惩罚的力道，在宁夕的唇上辗转轻咬。

突然被咬了一口，宁夕低呼一声，面上满是无辜：“嗯……”

陆霆骁将宁夕扣得更紧，不允许她逃跑，过了好半晌才将她松开，目光沉沉地盯着她：“我不许你用这么亲昵的语气提那个人。”

“呃……”宁夕嘴角微抽，略无奈道，“心肝儿，我怎么发现你的脑回路也有些歪了？”

她哪里有用亲昵的语气提那个神经病啊！心肝儿到底是怎么理解的啊？

她怎么觉得陆霆骁今天不太对劲儿？

算了算了，反正她家心肝儿对的是对的，错的也是对的！她二话不说就顺毛："对对对，心肝儿说得对，我知道错了，你不要生气啦！你这样想啊，我拿到了金棕奖，就等于我们拿到半张结婚证啦！"

陆霆骁闻言，神色稍缓，用指腹摩挲着宁夕的唇，然后俯身继续轻轻啄吻，宁夕顺从地任由陆霆骁亲吻着，然后悄悄用脚把箱子踢远了些。

苏宅。

"真假千金"的热度还没有完全过去，这些天，宁雪落一直待在家里讨好苏弘光和郑敏君。

"你说什么？那个好莱坞的角色落到了宁夕的手里？"宁雪落去阳台接了电话，顿时满脸阴鸷之色。

"是的，听说合约已经签了，宁夕明天就进组了。"电话那头传来常莉的声音。

"这个贱人！"宁雪落一想到她费了很大的功夫才弄到这个角色，结果竟然就这么被宁夕轻而易举地抢去，心中就满是恨意。

若不是这个贱人，金棕影后、好莱坞的片约，这一切都该是她的！

"那又怎样？不过是我剩下不要的龙套角色而已！全剧中只有三分钟剧情，两句台词，她有什么好得意的！"宁雪落的语气满是不屑，这会儿她倒是不提当初自己拿到这个角色的时候，是怎么到处跟人炫耀自己要进军好莱坞的了。

"她也就只能玩这些你剩下的了。我听说她最近去试镜江导的新戏了，表现一塌糊涂，肯定落选了，到时候我再找人造势一下，保准让她丢大脸！"常莉在电话那头尽量说着让宁雪落舒心的话。

果然，宁雪落听到这些后，心情好了不少："试镜的结果你盯着点儿。"

"这个你放心，一定的！"常莉连声保证，随即趁机开口道，"对了，雪落，我上次说的事情怎么样了？我什么时候可以离开星辉？"

如今她在星辉的地位一落千丈，最重要的是在娱乐圈里混，跟宁夕还有林芝芝抬头不见低头见，她真的没脸继续待下去了，所以希望宁雪落能让她进宁氏国际的公关部。

"再说吧，我都还在家里待着，怎么安顿你？"宁雪落的语气有些不耐烦，"你现在先帮我把宁夕盯好，否则一切免谈！"

常莉虽然明知道宁雪落存着利用她、榨干她最后一丝价值的心思，但别无他法，只能闷声应："我知道了。"

跟常莉打完电话之后，宁雪落拆了一根验孕棒进了洗手间。半晌后，她黑着脸走了出来。

该死的，没有怀孕，她又没有怀孕！

这些天，苏衍待在家的日子越来越少，她甚至能感觉到他的刻意回避，郑敏君也对她越来越冷淡。更让她心惊的是宁耀华那边，上次宁耀华竟然有意无意地试探她，

说什么要是有个儿子就好了，这样就可以帮她，给她撑腰。

他真是可笑！

撑腰？

她若真有弟弟，宁耀华若真有了儿子，那她在宁家还有立足之地吗？怕是手里的股份也保不住了。

宁耀华最惧怕庄玲玉，是绝对不敢在外面乱来的，怎么会突然起这种心思？还是她想多了？

傍晚，宁夕接到了安妮的电话。

“喂，安妮？”

电话一接通，那头就传来安妮紧张的声音：“夕哥……深哥被警察带走了。”

“什么？”宁夕微微变了脸色，“什么时候的事情？”

“三天前。”

“他为什么会被带走？”

“警察说他涉嫌非法投资，带他警局配合调查，到现在还没有放出来。夕哥，我知道以你现在的立场你很为难，但是我能不能拜托你一件事？拜托你去看一看深哥！他现在谁也不愿意见，我们都不知道他现在到底是什么情况，都很担心他……”

现在陆霆骁和云深那边斗得这么厉害，云深被抓，很可能是陆氏集团出手的。

这件事情，宁夕确实挺为难的。原本她打定了主意，无论发生什么事情都不会插手，但开口求她的是安妮，安妮帮过她那么多次……

“安妮，你别着急，公司那么多人在，肯定不会让他出事的。这件事情我确实不方便插手，我只能帮忙去看一下他的情况，如果他愿意见我的话。”

问题是那家伙的心思那么难猜，都这种时候了，他偏偏所有人都不见，也不一定愿意见她啊！

安妮顿时感激不已：“谢谢你！夕哥！深哥肯定会见你的，我这就去找夜哥安排。”

宁夕这边刚挂了安妮的电话，手机铃声突然又响了起来，是林芝芝打过来的。宁夕忙接通了电话：“喂，芝芝姐？”

“宁夕，你现在方便过来公司一趟吗？江导那部戏有消息了！”林芝芝开口道，却没有直接说试镜结果，像有什么隐情。

“什么？”虽然宁夕内心已经做好与这部戏无缘的思想准备，但一听到这话还是立即被吸引了所有的注意力。

唉，她嘴里说着不要，身体却很诚实。

她其实很喜欢这个剧本，真的很希望可以接到这部戏，更何况参演这部戏还能跟宋琳合作。

“好的，芝芝姐，我马上过去！”

盛世娱乐公司大楼。

“芝芝姐，江导那边怎么说？女主定下来了吗？”刚到办公室，宁夕立即询问，一边说，一边微微喘息着，一看就是着急赶过来的。

“你先坐。”林芝芝给宁夕倒了一杯水，等宁夕平复了，才斟酌了一下措辞，开口道，“其实几天前就出结果了，只是一直没告诉你。”

听到这话，宁夕心里顿时咯噔一下：“所以结果是？”

“你试镜没过，女主定了蒋心怡。”林芝芝回答。

宁夕脸色一黯，她果然还是没过。

蒋心怡，实力派女星的代表人物之一，被提名过柏林电影节最佳女主角，今年三十岁，已婚，跟丈夫生了一对可爱的龙凤胎，很擅长演悲情戏。无论从哪方面看，她都很适合演《母亲》这部戏的女主角。

宁夕以为林芝芝要跟她商量另选其他剧本，却不想林芝芝话锋一转：“但是，据我所知，本来确实定了蒋心怡，但后来蒋心怡又被叫去试了几场戏，江导并不满意，现在透露的消息是，很可能会有第二次试镜。”

“第二次？”这峰回路转的剧情，弄得宁夕心里七上八下。

“是的，我跟内部人员打听的，消息可靠，不出意外的话，这两天剧组那边就会安排第二次试镜了。”

“那第二次试镜的人选呢？”宁夕忙问。

“有五个人，你是其中之一。”林芝芝回答道，同时观察着宁夕的脸色，“第二次你要不要去，考虑一下，我尊重你的意见。”

明显林芝芝也注意到宁夕这次的反常。

虽然这部戏她确实很看好，但她还是尊重宁夕的意愿，如果宁夕那边有问题，就算勉强得到了这个角色，也达不到预期的效果。

就在宁夕迟疑着怎么回答的时候，林芝芝的手机响了起来。

“好的，我知道了，麻烦您了，非常感谢。我先跟宁夕商量一下，稍后就给您回电话！”

林芝芝接完电话，随后看向宁夕：“剧组那边打来的电话，定下来了，明天早上八点，第二次试镜，剧组通知你过去。他们的动作比我想象中的还快。”林芝芝说完后便没再开口，让宁夕自己想想。

宁夕坐在沙发上愣怔了一会儿，片刻后，目光转向了林芝芝：“芝芝姐，我去，你帮我回剧组那边吧！”

“好。”林芝芝也不知道她该松一口气，还是希望宁夕不要勉强自己，但是她了解宁夕，既然宁夕做了决定，那一定是深思熟虑后的结果。

“明天我会陪你过去。”林芝芝还是不放心。

“谢谢芝芝姐！”

跟林芝芝聊完之后，宁夕便直接驱车前往桃花坞。路上，她再次接到了安妮的电话。

“喂，夕哥，明天早上可以吗？”

宁夕愣了一下才反应过来，她答应过安妮要去看云深：“早上几点？”

“九点钟。”安妮回答。

宁夕蹙了一下眉：“我明天早上八点要去剧组试镜，九点的话有可能会赶不及，我尽量吧。”

“好的，我去跟夜哥说一下，谢谢夕哥！”

回去之后，宁夕什么也没做，没研究影片，连剧本都没看一眼，吃了晚饭就躺到了床上睡觉。

一夜无梦。

宁夕醒来的时候是早上六点，起床、吃饭、化妆，准备了一下，跟林芝芝会合，然后提前半个小时到了试镜的地方。

她发现其他四个过来试镜的艺人跟自己一样，无论咖位大小，全部提前半个小时就过来了。每个人的表情都紧绷着，尤其是蒋心怡，脸色尤其难看。

本来都已经定好是她了，结果江导居然不满意，要重新试镜选人，她的面子往哪儿搁？这也就是江行舟，要是换了别的导演，她早就闹开了！

江行舟选角，这种波折不是第一次了，别说只是刚选定，就算是进组拍摄到一半了，如果水平跟不上他的要求，他就算违约也会坚持换人，更别说给谁面子。

蒋心怡略打量了一下其他四个竞争对手，水平都不如她，否则当初江行舟也不会选了她。

所以，她对第二次试镜很不满，觉得实在是多此一举。当然，这也是她的最后一次机会了，如果这次江导还是不满意，那就绝对没有第三次机会了。

五人抽号很快，蒋心怡被排在了第四，宁夕是最后一个。

宁夕看着抽到的数字五，眉头微蹙，看了一眼手表——警局探视是规定了时间的，要是她九点赶不过去的话，那今天就去不成了……

八点整，江行舟、宋琳等人准时到来。

进了试镜室之后，制片人在椅子上坐下，忍不住对一旁的江行舟开口道：“江导啊，这次的试镜真的有必要吗？第一次试镜的结果很明显，那四个明显不行啊，也就蒋心怡还可以。”

编剧也沉吟道：“其实蒋心怡的表现确实很不错了！”

江行舟闻言，面色难看地冷哼了一声：“不错？这就叫不错？你们是第一次跟我合作吗？”

被江行舟这么一怼，制片人和编剧顿时讪讪的，不敢再开口了。

可他们是真的觉得蒋心怡的表现已经相当不错了，这还不够，他到底想要什么样的啊？毕竟连剧本的创作者编剧老师都很满意蒋心怡的表现。

宋琳神色淡淡地看着这一幕，从头到尾都没有开口，只有她清楚，江行舟这次试镜其实只是为了试其中的一个人。

他要确定一下，那个人的演技是不是仅此而已。

她都能看出来的东西，江行舟不可能看不出来。他不可能没看出来宁夕上次的表现不是她全部的水平。

只是，江行舟是铁面无私的性子，有演技很重要，但是摒弃一切干扰，将演技完全发挥出来，也是艺人重要的素质之一，否则空有演技也没用。所以，即使当时江行舟看出来了，也什么都没有说。

直到后来，蒋心怡的表现多次达不到他预想中的效果，她装作不经意地趁机在他耳边提了几句宁夕第一次试镜的时候好像没有发挥出全力，他才有所意动。

宋琳指尖轻点桌面，若有所思地朝门口看了一眼。

江导又给了一次机会，但也是唯一的一次机会了。若这次宁夕不能把握，那么这部戏就彻底没可能了，她再怎么在江行舟耳边暗示也没用了。

试镜室门外。

工作人员跟宁夕等人说了一下今天试镜的内容。

不是随机抽取，而是规定的场次，第三十七幕，雨夜失子，五人都只试镜这一场。

工作人员效率很高地安排好一切，接着，前面几个人便按照次序陆续进去试镜了。

试镜的过程比宁夕想象中的还要快，第一个、第二个、第三个，三人加在一起也不过十分钟时间，平均每人三分钟左右就出来了，而且看那三人的表情，似乎都不怎么顺利。

终于，排在她前面的蒋心怡被叫了进去。

蒋心怡进去了很久，宁夕看了一下时间，已经进去十八分钟了。一旁的林芝芝拍了拍她的手，示意她别紧张。

又过了两分钟，终于，蒋心怡出来了。

只见蒋心怡推开门走出来，然后深吸一口气，面上露出如释重负的表情。

蒋心怡本来就是她们之中表现最好的，这段时间又被江行舟亲自打磨，这次发挥得更好也是预料之中的事情。

“最后一位，宁夕。”工作人员冲外面喊道。

“我先走了，你加油哦！”蒋心怡冲着宁夕笑了笑，随即直接转身离开，看这表现仿佛已经胜券在握，若有丝毫不放心的话，现在不应该直接走，而是留下来等最终的结果。

宁夕并没有在意，实际上，她压根没注意蒋心怡在说什么，工作人员叫了她之后，她便起身径直进了试镜室。

“江导，这下你总该满意了吧？心怡这次对角色的理解非常到位！”

“毕竟是有孩子的人，年龄摆在那里，阅历也比较丰富，想象一下如果离开她的是自己的孩子，还是比较有代入感的。”

宁夕进去的时候，听到几位评委正在讨论，看起来对蒋心怡的表现都很满意，不过正中间的江行舟始终一言不发，看到宁夕进来，才抬头开口道：“你开始吧！”

“是。”宁夕点头。

“已经没气了。”工作人员说出台词。

宁夕眼神空洞，脸上没有任何表情。几秒钟之后，她才猛然理解了那人的话似的，一步一步走到了孩子跟前，将孩子抱在了怀里。

她呆滞无神的眼睛大大地睁着，看着孩子，如同被抽去了魂魄一般，就那么呆呆地看着他。

她就那么坐在那里，一动不动，如同一尊风化的雕塑。明明她什么也没有做，她的脸上连表情都没有，但是一瞬间，整个试镜室的气氛陡然压抑到了极点，本来只当她是走个过场的几个评委全部坐直了身子，绷紧了脊背，屏住呼吸，盯着坐在冰冷地面上的女孩。

江行舟的神态看似没有变化，但拿着钢笔的手明显紧了好几分，薄唇紧抿成了一条线。

如同暴风雨来临之前，整个天空被阴霾和浓云笼罩。

终于，当这样的气氛压抑到了极点的时候，宁夕低垂着头，肩膀开始极细微地抖动，抱着孩子的手臂一点一点收紧，倏忽，她一把将孩子死死搂在自己的胸口。

“啊——”破碎的呜咽声在这压抑到极致的空间里响起。

“啊——”

急促、绝望、崩溃……

整个世界都在眼前崩塌！

她的孩子……她十月怀胎，相依为命的孩子，前一刻还鲜活地在她的眼前，此刻却成了冰冷的尸体。她在这个世上唯一的亲人，唯一的精神寄托，她什么也没有了……不知过了多久，如同骤雨初歇，她的情绪终于稍稍缓和，她抱着孩子，依旧保持和之前一样的姿势坐在那里。

但是所有人都知道，不一样了，她再也回不去，她身上的一切生机，全部随着这个孩子的逝去而消失，只剩下一个空壳留在那里。

“江导……”最后，还是宋琳出声提醒，江行舟和其他评委才如梦方醒般地回过神来。

宁夕的这场戏已经结束了。

制片人大睁着泛红的眼睛呆愣在原地，随后深吸了一口气，感叹道：“这丫头真不简单！”

而一旁的编剧早已经泪流满脸，神情仓促地抽出了纸巾擦拭。

她终于明白江行舟为什么要坚持。连她自己都觉得蒋心怡的演绎已经是极致了，但是看到了宁夕的表演，她才知道什么是真正的演技。

上一次，宁夕演完之后便立即出戏了，这次，她直到已经演完了，依旧呆呆地坐在地板上，怀里抱着那个充当孩子的道具。

“你快起来吧，地上凉。”宋琳起身走过去，将宁夕扶了起来。

宁夕依旧愣怔着，动作机械地扭头看了宋琳一眼。

那一眼，看得宋琳的心一阵抽痛。这丫头也太拼了！就算要入戏，她好歹也要留几分余地啊！

她也是一个演员，自然知道这样的剧情如果完全入戏会是什么后果。

很多非常优秀的演员都曾因为太过入戏，拍完之后好长时间都走不出来，甚至得了抑郁症。

“宁夕，别发呆啦，恭喜你，欢迎加入剧组！”宋琳语气轻快地开口，试图帮助宁夕走出来。

宁夕的目光终于有了焦距——这意思是？

江行舟一向严肃、冷漠的面上都挂了几分赞赏，说话的语气也柔和了不少：“宁夕，你的表现很好，这场试镜过了。经纪人过来了吗？如果可以的话，今天我们就可以签约。”

“来了，她就在外面。”宁夕条件反射般地开口，此刻终于恢复了神志。

试镜过了？她得到了这个角色？

“谢谢导演！谢谢琳姐！谢谢各位评委！”宁夕感激地道谢，然后出去跟林芝芝汇报这个好消息。

Chapter 12

▼

陆霆骁闻言，不紧不慢地开口答道："我并不喜欢钻石，只是喜欢它戴在你身上的样子。"

试镜室内。

困扰已久的问题终于解决，江行舟舒了一口气，目光扫过旁边的几人：“什么才叫不错，你们现在看到了？”

其他几个评委连连点头，再无二话，纷纷感叹起来。

“还是江导专业，我算是服了！”

“说起来，这丫头年纪轻轻，可真不简单！连蒋心怡都做不到这种地步。上次她估计是临时没发挥好，幸亏又试镜了一次！”

“后生可畏啊！”

“芝芝姐！我通过了！”宁夕一出去就冲到了林芝芝跟前。

宁夕进去了十分钟，虽然比蒋心怡的时间短，但也足够林芝芝紧张了。这会儿见到宁夕出来，林芝芝即使一向淡定，面上也闪过了惊喜之色：“真的？导演怎么说？”

“导演说今天就可以签约，让你过去呢！”宁夕说着，猛然想起了什么，匆匆看了一眼手表，然后开口道，“芝芝姐，合约的事情麻烦你了，我这边有个急事，得先离开一下！”

现在已经是八点四十分，距离约定的时间只剩下二十分钟了。

“没事，你先去，这边交给我吧！”

“好的，芝芝姐，我先走了，有事电话联系！”

出了试镜的大楼之后，宁夕便驱车朝警局赶去。

警局门口，唐夜、风潇潇、安妮，另外还有一个律师模样的人已经等在了那里。

“夕哥，你终于来了！”远远看到宁夕赶过来，安妮激动地迎了上去，“我还以为你来不了了。本来我想打电话给你，但又怕打扰你试镜。”

“抱歉，我试镜刚结束。”

“结果怎么样？还顺利吗？”安妮关心地问。

宁夕展颜微笑：“嗯，顺利！”

“太好了，恭喜夕哥！”安妮也替她高兴。

这时，旁边的唐夜轻咳一下，打断了两人：“时间快到了。”

宁夕转向唐夜，神色有些无奈：“所以，大师兄啊，跟您请示一下，我进去要说

什么？就看一下他的状态怎么样？”

这时，风潇潇挤了过来，一把搂住宁夕，插嘴道：“小师妹，拜托你劝一下他，行行好，别再折腾我们了，快点出来行不行，外面都快乱套了好吗！他在这里面住着就那么舒服吗？都乐不思蜀了？”

“呃……”宁夕觉得无语，所以，压根是那家伙自己不想出来？她早该猜到的！

“好吧，我尽量。”说完，宁夕便被工作人员带到了探视室里。

某人隔着玻璃坐在对面，懒洋洋地斜支着脑袋，一副被打扰的不耐烦模样，不仅丝毫没有一个犯人该有的憔悴模样，反而更加嚣张、肆意，如同他进的不是监牢，而是他的地界。

“你找我有事儿？”

瞧瞧这语气，搞得好像这里是他家一样。

这还是得知他跟陆霆骁的关系之后，第一次见到他，一时之间，宁夕还真不知道该以何种态度面对他。

前段时间，宁夕才知道陆霆骁和云深竟然是亲兄弟。

宁夕忍不住多打量了他几眼，心里直犯嘀咕：这家伙真的是陆霆骁同父异母的兄弟？

这两人无论是长相、性格还是气质，完全没有相似的地方啊！简直太玄幻了，基因突变吗？

“你看够了吗？”察觉到宁夕打量的视线，男人双眸微眯。

宁夕这才回过神来：“咯咯，我没啥事儿，就是过来传个话。您住够了没有？准备什么时候出去？”

听到宁夕的话，云深眸底闪过一丝凉意，幽幽地开口道：“回答错误。”说完，他竟然直接起身准备走人了。

宁夕一脸蒙，他怎么一言不合就闪人呢？亏她像狗一样地赶过来！

“喂，等等啊！”宁夕急得直接贴到了玻璃上，“我怎么就回答错误了？好吧，就算我回答错误了，那你好歹给我一个提示啊！”

已经准备离开的男人侧身瞥了她一眼，一副宽宏大量的样子坐了回去，懒洋洋道：“那再给你一次机会，你找我做什么？”

宁夕嘴角抽搐着，扶了扶额头。她找他还能做什么，就是过来传个话而已啊！不然还能是什么？

这个答案错误，那正确答案是什么？这家伙到底什么意思？

宁夕简直快被折腾疯了，完全理解不了他的脑回路。憋了半天，宁夕憋出了一句：“我可以现场求助吗？”

男人眉头微挑。

宁夕见他不说话，就当他默许了，于是拨通了唐夜的电话。

“喂？情况如何？”

宁夕压低了声音吐槽：“不用担心，他好着呢，看模样，他把我们所有人挨个虐一遍都不在话下！至于劝他出来的事情……这家伙整个一神经病，我完全没办法跟他沟通啊！一来就问我为什么来找他，我说我是来传话的，问他什么时候出去，他说我回答错误，然后二话不说掉头就走，现在我争取了第二次回答的机会。”

电话那头的唐夜沉默了很久，大概也挺无语的。

然后，手机好像被风潇潇拿过去了，那头传来了风潇潇的声音：“蠢货！为什么来找他？因为人家担心你！七个字！标准答案！你懂了吗？”

宁夕：……

风潇潇继续说：“小师妹，我跟你说，这人就是闷骚，而且非常幼稚，他八成是想得到你的关注！”

“不至于吧？”

“不信你试试啊！”

“算了吧！我再试着沟通一下，如果还是不行，那我就没办法了。”

什么“人家担心你”，打死她也说不出这种话好吗！就算之前她确实是担心他的状态……

“那你别挂电话，我方便随时提醒你！”风潇潇一本正经地开口，掩饰了她单纯想听八卦的想法。

宁夕想了想，觉得也没什么，正好让他们知道这家伙有多难搞，她是真的尽力了。于是，她没挂电话，然后重新坐了回去。

“在我回答你之前，你能先回答我一个问题吗？你为什么要在里面待着？”宁夕问。

男人的嘴角微勾：“我要让你看看，你心目中的正人君子是怎样的道貌岸然。”

宁夕闻言，眉头微蹙。

听他这意思，这件事情是陆霆骁做的？

“先不说这件事情到底是谁做的，就算是陆霆骁那边的人动的手又怎样？你们现在处在对立面，就是之前，你这边也没少给陆氏集团使绊子吧？”宁夕开口道。

男人的面色丝毫不变，反而一副理所当然的语气：“那又如何？我不是好人，但我可从没在你面前隐瞒过。”

这歪理……他们果然还是完全没办法沟通啊！

宁夕的眼前浮现出可爱的安妮担心的小脸，于是强忍着继续劝道：“我们大家都很担心你，如果你是因为这个，真的没有必要！好吧，现在我知道了，知道他道貌岸然了，可以了吗？”

电话那头的风潇潇急得不行：“哎呀，小师妹，你这样不行啊！他刚才的话全部是借口啦，只有我跟你说的那个才是唯一的正确答案啊，多一个字、少一个字都不行的！”

宁夕一阵无语，总不能让她真说那句话吧？

“你的机会用完了。”男人说完，直接起身离开。

“喂！你……”宁夕正要开口叫住他，但不知道是不是因为起身太急了，竟然猛地眼前一黑，随即便感到一阵眩晕，她努力想要稳住身体，却骤然失去了意识。

“扑通……”

身后突然传来异样的声音，走到一半的男人下意识地转身，然后就看到宁夕毫无征兆地晕倒在地上。

“宁夕！”男人瞬间冲了回去，原本懒洋洋、带着冷意的表情全部化作了惊慌，“该死的，你别玩花样！”

宁夕躺在地上一动不动，并且脸上带着不正常的苍白，眉头紧锁着，呼吸急促。

“哎？怎么回事怎么回事？小师妹怎么了？”摔落在宁夕身旁的手机里传来风潇潇焦急的声音。

“怎么回事？”唐夜也开口问。

此刻，男人的脸色难看到了极点，他靠近玻璃上的窗口，对着外面怒吼：“唐夜，你立刻把我捞出去！”

唐夜：……

风潇潇：……

唐夜带着律师迅速赶到，不到五分钟，男人就被放出来了，而且是被恭恭敬敬地请出来的。

“人呢？”男人一出来便寒着脸问。

刚才宁夕晕倒之后，就被警局的工作人员扶出去了。

“车上。”唐夜回答道。

“她被扶到车上去了，你不用担心，安妮在呢！”风潇潇紧跟着开口。

前一刻还一副要把牢底坐穿的样子的男人，此刻脚底生风，动作飞快地朝门外走去。

宽敞的SUV后座上，安妮正在照顾处在昏迷中的宁夕。

突然，唰的一声，车门被人从外面拉开，男人脸色难看地上了车，眉头紧蹙地盯着靠在椅背上的宁夕：“怎么回事？”

安妮小心地看了男人一眼，斟酌了一下措辞，随后开口道：“我刚刚给夕哥把了一下脉，夕哥是因为在情绪激动之下，精力透支才突然晕倒的。”

这时，唐夜和风潇潇也跟了上来，风潇潇闻言，从副驾驶座朝后面探着脑袋，满脸惊悚的表情：“情绪激动、精力透支……老大，你刚才到底对小师妹做什么了？”

不过几分钟的时间，他就把彪悍的小师妹弄成这样，未免也太凶残了吧！

男人盯着宁夕苍白的面色，回忆着方才在警局发生的事情，薄唇紧抿，目光阴沉地看了风潇潇一眼：“闭嘴！她有这么脆弱？”

风潇潇想了想，表示很有道理，点点头，嘀咕道：“也是，她要是真这么脆弱，早就被你气死一百遍了啊！那是怎么回事？什么事情让小师妹情绪起伏这么大啊？”

车厢里安静了一会儿，随后唐夜开口道：“有可能是因为早上的试镜。”

安妮想了想，也开口道：“夕哥昨晚就跟我说了她今天早上要去赶一场试镜，除此之外，并没说过今早还有什么其他事情。试镜结束之后，她就立刻赶过来了。”

所以，应该只有这个可能了。

“你把她试镜的录像调出来给我看！”云深沉声开口道。

片刻后。

唐夜：“我已经发到了你的手机上。”

云深戴上耳机，点开了录像视频。

也不知道看到了什么，他脸色越来越差，看到一半便扔了手机，目光阴沉地盯着旁边的宁夕，修长、微凉的手指捏住宁夕精致的下颚：“蠢货！”

安妮眼见着云深的手指越来越用力，宁夕的下巴都被捏红了，顿时紧张不已：“深哥，我送夕哥回去休息吧？”

云深冷冷地睨了她一眼：“去我那儿。”

安妮怯生生地开口劝道：“可是深哥你那边太吓人了，夕哥会害怕的。她现在的情况经不住刺激，她需要好好休息。”

云深的脸色太可怕了，安妮的声音越来越小。

结果是，向来独断专行的某人怎么可能听进去任何人的意见，最后还是将宁夕带到了“鬼宅”。

“两个小时之内，你们把这鬼地方给我重整一遍。”云深丢下这句话，便“砰”的一声关上了主卧的房门。

安妮看着紧闭的门，满脸担忧和自责：“夕哥不会有事吧？”

毕竟是她求夕哥帮忙的，要是夕哥出什么事……

唐夜：“没事，我会看着。”

听到唐夜开口，安妮才稍稍安心：“那我先去忙了，有事一定要告诉我！”

深哥还是很在意夕哥的吧，看到夕哥晕倒之后，他明明那么紧张。他虽然不顾夕哥会害怕还是执意把人带过来了，但特意交代他们把“鬼宅”重整一遍。

主卧内，宽大、柔软的大床上，宁夕睡得正沉。

云深立在床边，静静看着宁夕的睡颜，神情飘忽，似乎陷入某种久远的回忆。

当年，他初遇她的时候，她正被一群渣滓欺负。

那些人是当地臭名昭著的混混，最喜欢玩毫无背景又没麻烦的华人女孩，几乎每个人身上都背负着人命，仗着背后的帮派肆无忌惮，被那群人盯住，就算不死也毁了。

看清宁夕的脸之后，他瞬间便明白，她为什么会被那些人盯住。

宁夕虽然看起来落魄，但有一张漂亮的脸，尤其是柔弱可欺的模样，更能激起那些人的嗜虐心。

他不会无聊到去管这种事，继续待在阳台上，像俯瞰蝼蚁一般，冷漠地看着这场单方面的虐杀。

然而，没想到，接下来的剧情意外地超出了他的预料。

在那些人逼近的瞬间，宁夕从身后掏出了一把枪。

在M国持枪是合法的，她会有枪倒也不奇怪。

啧，明显是一个新手，第一次摸枪，手都是抖的，眼中也满是惶恐，不过是无谓又可笑的挣扎。他太了解这样的人群，渺小懦弱，即使手中有屠刀，也没有任何作用。

她不敢开枪。

最后，如同他所预料的一般，成了一场单方面的虐杀，却是她对那些渣滓的虐杀。

“砰”的一声，子弹正中其中笑得最猖狂、最肆无忌惮的一个混混的眉心，精准地正中要害，一枪毙命。

“砰”，又是一枪，另一个混混倒下，依旧是同样的位置。

他断定绝对不敢开枪的人，竟瞬间开出两枪。

宁夕的身体抖如筛糠，整个人被汗湿，如同从水里被捞出来的，大睁的眼睛里盛满了惊恐，但开枪的瞬间冷静得可怕，明显是第一次开枪，竟能枪枪毙命！

如果只是一个普通人，即使是对着动物也不一定敢开枪，更何况是活生生的人！

她真是一个有趣的孩子……

只可惜，枪声惹来了那群人的同伙，她今夜还是会死。

睡梦中，宁夕做了一个很长很长的梦，梦见回到宁家后的种种，梦到了那场车祸，梦到了那个孩子青紫的身体，甚至梦到了她在洛城险些丧命的事情。

她梦到自己杀了人，梦到自己被一群穷凶极恶的人包围，退无可退，一个白发男人从天而降，落在她的身前，对她说：“我救了你，以后你就是我的。”

明明是那么弱小的人啊……可是，从她开枪的那一刻开始，到将她带回公司的这些年，她竟一次又一次地让他意外。

她如同一根处在最底层的杂草，却有着最坚韧的生命力，汲取周围的一切，疯狂地成长。

或许是他活得太无趣，此后很多年，不知不觉间，她成了他唯一的乐趣，唯一命数之外的不确定因素。

直到他看到那些女孩黏着她娇笑、撒娇，他的心头竟升起一股戾气，得知她有回国的意图，这股戾气更是再也抑制不住，于是他不惜当场反悔与她的约定，拒绝了放她离开，并提出了那样的要求，即使知道留不住她。

“夜哥，我已经让人弄得差不多了。深哥……还没出来吗？”安妮担忧地站在门口。

两人已经在里面待了快两个小时。

里面很安静，但似乎安静得太诡异了。唐夜蹙眉，转身走过去，轻轻敲了一下房门，里面没有任何反应。唐夜再敲，依旧没有反应。于是唐夜变了脸色，果断推开了卧室的门，安妮也紧张不已地跟了上去。两人面色凝重地推门而入，下一秒，却愣在了那里。

宁夕呼吸绵长地躺在床上熟睡，而云深竟然趴在床沿，安安静静地合着眼睛，看这样子，似乎睡着了。

睡梦中，云深的手指似乎无意识地抓着宁夕的衣服一角。

“深哥……”安妮吃惊地喊了一句。

唐夜看着云深安静地睡着，微不可察地轻轻叹息了一声：“让他睡一会儿吧。”

安妮噤声，点了点头，然后说：“自从回国之后，深哥就没怎么睡过。”

“我的狗眼！我居然觉得这一幕挺温馨、挺美好的！”风潇潇也不知道什么时候回来的，脑袋搭在安妮的肩膀上，探头看着这一幕，一脸见鬼的表情。

“嘘，你别吵醒他们。”

走出卧室后，风潇潇站在门口，依旧是满脸惊悚的表情：“我还以为这人把小师妹带回来又要发疯呢。这还不如发疯呢，太吓人了！”

“深哥没有那么可怕的。”安妮嘀咕道。

风潇潇瞥了安妮一眼，撇撇嘴道：“这家伙要不是脑子有问题，恐怕早就搞定小师妹了好吗！整整四年啊，多少机会啊，还是英雄救美这么梦幻的梗！当年小师妹才多大啊，是最容易被勾搭的时候，一副这么好的牌被他打成这样，我也是醉了！现在好了吧，后悔都来不及了。”

风潇潇一直在吐槽，身旁的唐夜始终没有说话。

他跟那人算是一起长大的，那个人只是不会表达自己的情感，更不懂得应该怎样对一个人好。

大概是因为情绪消耗太大，宁夕这一觉睡得很沉。醒来的时候，她迷迷糊糊之间陡然对上了一张放大的睡脸，吓得顿时清醒过来。

她下意识地往后缩，却发现自己的衣服袖子被那人死死攥在掌心。

宁夕下意识地看了一眼被男人揪住的衣角，一脸蒙。

睡梦中的男人面上褪去了平日里傲慢、慵懒的伪装，面容看起来竟透着几分孩子气。

她怎么会在这里？

宁夕正在愣神，男人突然醒了，脸色难看地盯着她：“谁允许你在这里的？”

宁夕闻言，顿时觉得无语：“我怎么会知道？我记得自己好像在警局的时候就晕过去了吧？难道不是你把我弄过来的吗？”

“你少自作多情！”男人毫不犹豫地否认。

宁夕挠挠头，难道真的不是他？那是谁把她弄过来的啊？总不会跟上次一样，又是封晋吧？

不应该啊，当时大师兄、三师姐他们都在……

男人的眸底隐匿着一丝被人撞破了隐秘的羞恼：“出去！”

宁夕：“我也想啊，你先松开我的衣服。”

云深面色一僵，随即一把甩开了手里的衣服布料，面上满是嫌弃，好像是她硬把自己的衣服塞到他手里的一样。

宁夕嘀嘀咕咕地走了。

门口，唐夜、风潇潇和安妮都在，看到宁夕出来之后，顿时一起迎了上去。

“夕哥，你醒啦！”

“小师妹，你没事吧？那家伙有没有把你怎么样？”

宁夕摇摇头：“没有。”

风潇潇闻言，脸色黑了，发出一声“果然如此”以及“恨铁不成钢”的扼腕叹息。

“对了，我怎么会来这里，还躺在那家伙的床上？”宁夕不解地问。

“那家伙非要把你带回来的啊，还亲自把你抱到了床上。”风潇潇毫不犹豫地把云深给卖了。

宁夕无语到了极致。那家伙是不是精神分裂啊？不然，他睁眼说瞎话、恶人先告状的能力也太绝了！

“他刚才一醒来就赶我走，还质问我为什么会在这里！”宁夕忍不住吐槽。

风潇潇掩面扶额，心想：老大，你这样会孤独终老啊！

“不过，小师妹，你早上不过就参加了一场试镜，怎么还把自己给折腾到晕倒了？安妮说你情绪太激动了，精力透支导致的，可就算是动作戏也不至于如此吧？”风潇潇忍不住问道。

宁夕轻咳了一下：“有时候演员太入戏、情绪太投入是会这样的，主要还是这段时间我太累了。”

风潇潇倒是没有怀疑：“当时老大还非要调你试镜的录像看。”

宁夕的心里莫名咯噔了一下：“他说什么了吗？”

风潇潇耸耸肩：“不知道，我不过说了一句他这样做不太好，就被他虐下车了。”

宁夕又看向了安妮，投去询问的眼神。

安妮的神情看起来有些为难，但她终究无法拒绝宁夕的询问，有些尴尬地开口道：“老大也没说什么，就说了两个字。”

宁夕：“两个字？哪两个字？”

安妮：“蠢货。”

宁夕：……

这时候，风潇潇的手机响了起来，正是某人打来的。

“你送她回去。”手机里传来男人冷冰冰的声音。

风潇潇眼睛一亮，心想他终于有点儿觉悟了，正想好心撮合撮合这两人，告诉小师妹这人其实还有正常的时候，结果电话那头就传来了更加森冷的声音：“再敢多说一个字，我打断你的腿！”

风潇潇：……

好吧，她放弃对自家老大的治疗了。

最终，风潇潇还是什么都没说：“小师妹，你的车还停在警局呢，我送你回去吧！”

宁夕点点头，没有拒绝，这鬼地方确实也打不到车回去。

宁夕刚睡醒，本来就有些迷糊，跟着风潇潇下楼，看清整栋别墅的布置之后，一下子蒙了。

“我的天！我这是在做梦吗？还是我走错地方了？”

原本阴森可怕的鬼屋此刻竟焕然一新，墙壁上诡异的油画全部变成了颜色清新的现代画，颜色深沉的木质家具也全部换了，桌上摆放着鲜花，阴森森的白纱质地的窗帘也变成了梦幻的带粉色蕾丝边的窗帘。

鬼屋竟然一下子变成了公主的城堡？

“这段时间到底发生了什么，这家伙的口味突然变得这么重了？”

一旁的风潇潇看着自家小师妹一无所觉的表情，偏偏又不能解释说“全部是为了你啊”，真是快要憋死了。

楼上，主卧的窗口处，云深点了一支烟，讳莫如深地看着宁夕离开的背影，脑海中浮现的是早上看到的那段试镜录像中的画面。

——蠢货，希望你得知真相之后，依旧不会后悔。

很快《母亲》便开始拍摄了，宁夕进入紧张的工作状态，好不容易才挤出时间，终于能出来跟小包子聚一聚。

“宝贝，今天想去哪里玩啊？”

“妈妈，可以去游乐园吗？”

“当然可以啦！”

小包子在这方面倒是跟普通的小孩子一样，一有空就会让她带他去各种小朋友们喜欢玩的地方，甚至让她带他去过一次KFC，理由是他看到别的小朋友都很喜欢去。

小包子渐渐融入人群，变得跟普通小孩子一样，宁夕自然是最开心的。

一家三口在游乐园玩了一整天，然后无比满足地开开心心地回家。

“妈妈，我们去屋顶看星星好不好？”到家后，小包子突然抬起小脑袋，眼睛异常晶亮，请求道。

宁夕轻笑着揉了揉小家伙的脑袋：“好啊！”说完，她就牵着小包子上了屋顶。

陆霆骁跟在他们身后，若有所思地看了儿子一眼。

到了屋顶，宁夕抬头看着天空，不由得有些遗憾：“真可惜，帝都看不到太多星星。下次有机会，妈妈带你去桃花源看星星。”

小包子一脸满足地看着妈妈：“妈妈没关系，我们可以看别的。”

宁夕闻言，不解地眨了眨眼睛：“别的？看什么？”

小包子抿了抿唇，指着天际：“这个。”

宁夕顺着小包子手指的方向看去，只觉眼前突然一闪，一簇火光从地平线垂直升了上去，在空中“砰”的一声炸响，随后一朵朵闪耀夺目的烟花炸开，变成了几个字。

与此同时。

隔壁正在阳台上品酒的陆景礼，以及后面那栋别墅内正在打游戏的江牧野，只听到耳边突然响起“砰”的一声，然后便看到天空中亮起炫目的烟花，烟花组成了三个字——“我爱你”。

江牧野看着那三个无比露骨的大字，脸色顿时黑如锅底，手一抖，屏幕中的游戏人物惨死了。

“我去！”陆景礼一骨碌爬起来，趴在栏杆上抬头朝天空看去，“你们都老夫老妻了还秀恩爱，能不能让你亲弟弟我消停几天，小心脏都千疮百孔了！”

陆景礼正滔滔不绝地吐槽，又是一声炸响，紧接着天空中又出现两个烟花大

字——“妈妈”。

我爱你，妈妈?

“呃……”陆景礼顿时瞠目结舌地僵在了那里。他还以为是他哥在玩浪漫，结果竟然是小宝?

“厉害了，我的包子！”这死孩子简直绝了啊！他才多大啊，长大了可怎么得了!

江牧野看着窗外的“我爱你妈妈”“春风十里不如妈妈”等字样，心想：敢情我距离老婆只差一个娃娃?

这神一样的助攻，他简直给跪了!

相比于陆景礼和江牧野，心情最复杂的应该是大魔王。

早上他就已经发现小家伙在暗暗准备什么，没想到竟然会是这个。

儿子，你知道你抢了你爹的活儿吗?

不过，小家伙倒确实提醒了他，随着交往的时间越来越长，两人越来越契合和默契，以至于相处方式越来越趋近于老夫老妻的模式，加上这方面他确实不擅长，确实少了一点激情和浪漫。

儿子虽然没能从他这里遗传到这些技能，但是从宁夕那边遗传到了不少浪漫基因。

“哇！这些是……”宁夕这会儿都还没缓过神来，满脸惊喜的表情。

即使撩妹技能满点，熟知各种套路，宁夕此刻依旧激动得像一个少女。

“小宝，这是你为妈妈准备的吗？”

小宝害羞地点点头，眸子里带着一丝紧张和期待：“妈妈，书上说，女孩子需要浪漫。妈妈，你喜欢吗？”

宁夕的回应是抱住小包子一阵猛亲：“嗷！我太喜欢了！”

“叮”“叮”，宁夕的手机上连续收到了两条新信息。

污妖王：老子搬家行了吧？再见!

锦鲤小王子：汪!

“噗！”宁夕看得笑出了声。

看完烟花后，宁夕依依不舍地跟陆霆骁一起把小宝送回了老宅。

回到铂金帝宫后，陆霆骁突然从口袋里掏出一个正方形的黑色天鹅绒礼盒递给她。

宁夕见状，眨巴了一下眼睛：“什么啊？”

“礼物。”陆霆骁回答。

宁夕伸手接了过来，狐疑道：“又不是什么节日，好好的干吗要送我礼物啊？”

“需要理由？”陆霆骁挑眉，一副“我送你东西还需要理由吗”的霸道总裁模样。

宁夕轻笑一声，打开盒子，下一秒，她差点被闪瞎了眼：“哎哟！”

陆霆骁送她的居然是一条钻石项链，貌似是TFN最新出的一款，名字叫“满天星”。

果然物如其名，真是太闪了！宁夕看着这条闪闪发光的钻石项链，神色难以形容。

“怎么了？”陆霆骁问。

“心肝儿啊，你喜欢钻石？”陆霆骁的爱好居然跟某人一样，实在让她震惊啊！

陆霆骁闻言，不紧不慢地开口答道：“我并不喜欢钻石，只是喜欢它戴在你身上的样子。”

宁夕顿时被一支带着小心心的箭“噗”的一声射中。她家心肝儿简直绝了，一句话就化腐朽为神奇啊！

宁夕开心地凑过去，在陆霆骁的脸上亲了一口，然后说：“谢谢，你快帮我戴上。”

“嗯。”陆霆骁拿起项链，仔细帮宁夕戴到了脖子上。

“好看吗？”

宁夕的佩饰大多是玉石制造的，她极少佩戴钻石，因为她看钻石都看吐了，但是此刻，她觉得这条钻石项链真是美极了，难怪女人都喜欢钻石呢！

“陆霆骁，谢谢你。”

“嗯？”陆霆骁闻言，微微挑眉，“你确定想说的是这个？”

宁夕轻笑着，蹦跶起来在陆霆骁的下巴亲了一口，然后道：“好吧，应该是……我爱你！”

时间一晃而过，转眼三个月过去了。

宁夕主演的《母亲》上映了，并且她先后获得了金鹿奖、金鸾奖最佳女主角。加上之前的金棕奖，她一举拿下了国内最具权威的三大影后奖杯，还包括其他大大小小的奖项。眼见着国内能拿的电影奖项她都快拿齐了，江行舟又透出消息，《母亲》已经被送选洛林国际电影节。

与此同时，自《九霄》播出以来，宁夕的人气随着剧情的发展越来越高，此剧一举创下了帝都卫视十年来的收视纪录，网络播放纪录也一次又一次刷新，同名网游等各类衍生版权遍地开花。街头巷尾，整个网络，在这三个月的时间内，男女老少都在议论这部戏。

这部剧中的主角、配角都大火了一把，宁夕更是以超高人气和演技完全碾压了双料影后孟诗意，被提名了本年度的金兰奖“视后”。

毫无疑问，今年宁夕的电影和电视剧都是大丰收，所有的报纸、杂志、网络上全是有关宁夕的报道。

宁夕凭着这两部作品就已经红得发紫，势头迅猛，一发不可收拾，整个娱乐圈没有任何一个女明星的人气可以与她相提并论。

如果说以前宁夕还总被称为冷曼云的接班人，那么如今人们对她的评价已经全是“青出于蓝而胜于蓝”“长江后浪推前浪”“影视圈瑰宝”“史上天才演员”“第二个宋琳”……

与此同时，苏宅。

宁雪落这段时间不管到哪儿听到的都是宁夕的消息，心情糟糕到了极点。

她被逼退出了娱乐圈，宁夕却混得风生水起，她怎么可能甘心？

宁夕！宁夕！宁夕！

“雪落回来啦！”坐在客厅沙发上的郑敏君看到宁雪落，立即笑着起身走了过去。

“妈，您还没睡？”宁雪落强撑着精神打了一声招呼。

“我这不是不放心，等你回来吗！”郑敏君见宁雪落的脸色不对劲儿，蹙起了眉头，“怎么你的脸色这么差？今天不是有个重要的应酬吗？是不是出了什么问题？”

“妈，我没事的，就是有点儿累。”

“那你快坐下休息休息，我让厨房炖了鸡汤，我让仆人给你盛一碗。”郑敏君关心地开口道。

原本郑敏君因为宁雪落是养女的事情曝光，跟她的关系一度很僵硬，但是，随着她的公司History越做越大，盈利可观，郑敏君对她的态度自然就变了。

见郑敏君对宁雪落这副呵护备至的语气，赵姗姗款款走下楼，面露讽刺，心情颇好地开口道：“呵呵，累？我看是心累吧！毕竟人家真凤凰宁夕现在可是混得风生水起。”

如今宁雪落的服装公司居然越做越好，宁雪落也越来越得公公婆婆的欢心，她和苏洵被打压得连喘口气的工夫都没有，见到宁雪落都要绕着走，过的简直不是人过的日子。

看宁夕得势，能硌硬宁雪落，他们自然开心。

郑敏君听到赵姗姗提起宁夕，脸色变了一下，这件事情终归是卡在她心里的刺。宁雪落目光无比阴鸷地瞪了赵姗姗一眼，随即眉头紧蹙。

赵姗姗这个贱人！

该死的，郑敏君知道宁夕现在混得好，该不会又起什么不该起的心思吧？

郑敏君从仆人手里接过鸡汤，走到了宁雪落跟前，满脸慈爱地安抚着：“雪落啊，你别被那些人影响了心情，来，快把鸡汤喝了！你这身子得好好补补，我还等着抱个大胖孙子呢！”

“谢谢妈！”宁雪落一脸感动的表情，却在心中冷笑。

结婚这么久了她都没能怀孕，若不是她现在掌管宁氏财政，History和星辉又蒸蒸日上，光凭这一点郑敏君就绝对不会给她好脸色。

晚上，History公司大楼。

宁雪落突然被公司的一通电话叫了过来。

她刚心烦意乱地哄好郑敏君，公司这边又传来了坏消息——宁夕突然代言则灵，致使则灵瞬间大火。

更棘手的是，趁着这股东风，则灵官方毫无征兆地公布了即将上市的一批新款，并且新款还在预订阶段就快要售罄。

“什么返璞归真！则灵的人明明是江郎才尽，压根不会做设计了！这毫无亮点、毫无特色的破烂到底是怎么卖出去的？”设计副总监气得破口大骂。

“还是因为名人效应吧？宁夕现在人气这么高……”说话的设计师余光瞥到戴威，话锋顿时一转，“也就一般般！我看全是炒出来的！”

其中一个年纪较轻的男设计师弱弱地开口道：“其实我觉得这还是因为大家对之前那种颜色艳丽、过多装饰堆砌的中国风审美疲劳了，所以返璞归真的出现才会爆火。”

会议室内，气氛凝滞，大家沉默了一下。

随即，有人开口道：“他们可以，那我们也可以啊！则灵那么烂的设计都能火，何况我们有戴老大！他们不就占了个先机吗？”

戴威沉着脸，目光冷冷地扫了说话的那人一眼：“你的意思是让我跟风则灵？”

说话的那人顿时面色一僵，赶紧开口道：“我当然不是那个意思。戴老大您在行业里一直是独树一帜的先驱者，一直被模仿，从未被超越，哪里需要跟风别人？我的意思是，那家伙的设计太烂了，这次完全只是投机取巧罢了，我们大可不必在意。他那风格，大家也就一时新鲜，绝对不会长久的。”

“不错，之前还不是一样吗？那家伙肯定撑不了多久！”其他人也附和道。

戴威的脸色仍旧没有完全缓和，虽然这次的事情问题不大，但还是让他很不爽。

首座上，宁雪落的脸色也很阴沉：“虽然不是多严重的问题，但也不能掉以轻心，如此放任。今天你们必须给我想出一个解决方案，我不允许History出现任何意外！”

最近让她堵心的事情已经够多的了！

宁雪落就像被诅咒了一样，不顺的事情一件接着一件……

宁雪落捏着手里的笔，看着窗外的夜色，眸底彻骨的寒意一闪而过。

她已经能够想象日后郑敏君的态度将会有怎样的转变，甚至会更严重。

戴威听到这话，目光阴鸷地朝一旁的设计副总监看了一眼。

副总监接收到暗示，推了推鼻梁上的眼镜，看向戴威开口道：“老大，你这话就不对了，怎么能是你跟风呢！你早在一个月前就已经发现了奢靡风市场饱和，准备转换风格，连设计图都完成七八成了，只是因为还没完全完成，才没有跟大家公布，谁知道竟然被那些不知道几天赶出来的垃圾作品给抢了先！”

副总监义愤填膺，一副实在忍不下去，为戴威打抱不平的样子。闻言，会议室里的人恍然大悟。

“原来如此！真是太可惜了！”

“戴总监对潮流的掌控和敏感果然一直走在我们前面！只是他太精益求精了，就这么被则灵的人抢先了！”

“其实我觉得根本不用在意跟风不跟风，问题是谁的设计最好！再说了，谁会认为我们History——业界的NO.1会跑去跟风一个被市场淘汰的小破公司？”

“就是！就算要跟风，那也应该是他们跟风我们！”

众人纷纷附和起来。

而实际上，情况确实如此，就算在知道发布时间先后的情况下，很多不明真相的

购买者还是会下意识地觉得是小公司跟风大公司。

在业界，这种情况也不是第一次出现了，很多小公司都是好不容易有些起色，就这么被大公司压死了。

最好的情况是设计被收购，最坏的情况就是市场完全被大公司占有。

副总监见时机差不多了，顺势开口道："老大，我认为你完全不用有任何顾忌，直接把手头的设计图完成，然后我们也发布新款，绝对完爆则灵！"

"我同意！"

"我也同意！"

听着周围的一片附和之声，戴威眸子里闪过一丝得意，看着首座上的宁雪落开口道："这件事情还是听宁总的吧！"

宁雪落略一思索便定了下来："就这么办吧！"随后，为了保险，她还是问了一句，"你确定设计没问题吗？"

戴威语气笃定道："如果宁总相信我，我一定不负所望。"

这一年时间，已经足够他培养一批能放心用的"手下"，他只要把他们的设计全部融合，就算直接写上自己的名字，那也是他们的荣耀。

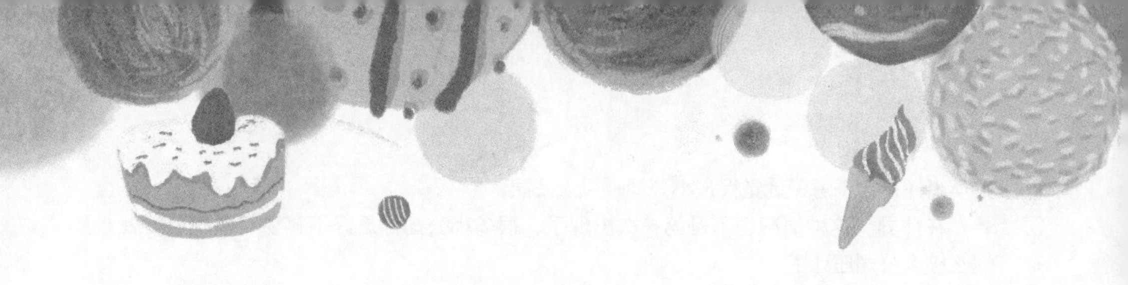

Chapter 13

▼

宁夕顿时一脸得意：“嘿嘿，我之前说的可不是吹的，你娶了我可娶到宝了！我说要让你有每天换一个老婆的感觉可不是哄你的。”

机场。

苏衍风尘仆仆地出差回国，下了飞机，正跟前来接他的司机打电话，无意间一抬头，看到机场正中的大屏幕上，一个女孩正在节目里唱歌。

“小夕……”

电话那头的司机在说什么，苏衍已经完全听不到了，周围嘈杂的声响如潮水般尽数退去，他的眼里、脑海里只剩下大屏幕中穿一身素白旗袍，低吟浅唱的女孩。

女孩圣洁而美好，与记忆中穿着碎花裙，面容单纯、稚嫩的小丫头缓缓重合，如同下一刻便会再次消失。

大屏幕中的画面结束，宁夕的身影消失不见，苏衍的心脏如同被利爪紧扼般，一阵紧缩。

小夕！

“苏总？苏总？喂？”司机迟迟等不到老板的回音，有些着急地催问着。

苏衍没有理会电话那头司机的催问，直接挂断了电话，然后打开搜索引擎。

根本不需要他费力寻找，搜索一下关键字，便能看到铺天盖地都是关于宁夕的娱乐头条。

他强压的心情，已经越来越无法压抑。

曾经那个天真、单纯的小丫头，为了他离开了生活十八年的地方，为了他努力适应不喜欢的生活，为了他一点点剥离原本的一切，一点点改变着自己……

她说：“衍哥哥，你相信我，我可以做到。”

她说：“衍哥哥，总有一天，我可以与你并肩而立！”

为了他们的未来，她放弃了那么多，努力了这么久，可是，到最后，他背弃了他们之间的承诺，留下她孤零零的一个人，被所有人遗弃。

雪落已经得到了一切，拥有了一切，而她却因为一场意外，又要一切从头开始。

他心中的某个决定，如同破土而出的种子，在这一瞬间冲破了云霄。

可是，他的短信和电话她从不理会，更别提见她一面。

盛世娱乐。

宁夕忙完后，正准备回家，私人手机突然响了起来。

来电显示唐诺。

看着屏幕上的名字，宁夕顿时目光一暖。

一接通电话，电话那头立即传来唐诺激动的声音：“姐！你好厉害！我现在不管到哪儿都能看到你！”

“姐，你现在在哪里？我可以去找你吗？你要是不方便的话，那就算了。”唐诺小心翼翼地问。

“你想见我怎么会不方便？还是我去找你吧！不过现在有点晚了，我明天去C市？”宁夕开口道。

“姐，我在帝都啊，你忘了？”

“对哦！我弟厉害，考上帝都大学了！”宁夕顿时笑了，“我在公司呢，离你那儿挺近的，就几分钟，你等我，我现在就去你那儿！”

“姐，你确定啊？万一引起轰动怎么办？”

“大晚上的，没事，再说了，我会换身行头的。”

“哦哦，好的，那我在学校操场的看台那里等你？”

“行。”

挂了电话后，宁夕找到徐韬问道：“韬哥，我要去一下帝都大学，你可以帮我找一身不显眼的衣服吗？”

因为宁夕现在的行程越来越多，林芝芝一个人忙不过来，所以宁夕现在有两个经纪人，总管她的是林芝芝，还有一个就是徐韬。

徐韬忙点头：“好的，女王大人。不过，这么晚了，你去帝都大学做什么？”

“去见我弟。”宁夕回答。

“需要我陪着吗？”徐韬一脸恨不得化身腿部挂件的表情。

“没事，我这边会有保镖跟在附近。”宁夕笑道。

“好好，那你等一下，我这就去给你找。”徐韬欢快地跑去给女王大人服务了。

片刻后，徐韬得意地拿着一套衣服过来了：“宁夕，你看这身怎么样？绝对不显眼！”

“呃……”宁夕看着徐韬手里的帝都大学的校服，有些无语。

衣服确实够不显眼的，她可以直接伪装成帝都大学的学生了……

“你怎么弄到帝都大学的校服的？”宁夕一脸神奇地问。

徐韬耸肩：“我也不知道，从仓库里翻出来的。这应该不是戏服，是原版。大小我看了一下，你穿应该正合适。”

帝都大学的校服是出了名的漂亮，所以即使帝都大学不要求大家平时一定要穿校服，也还是有很多学生很喜欢穿。

“就这身吧，挺好的，谢谢韬哥！”

宁夕道了一声谢，进换衣间把衣服换上了，随后把头发扎成一个马尾辫，找了一个口罩戴上，很快便搞定了一身。

宁夕换好衣服之后走出来，徐韬顿时眼睛亮得跟电灯泡一样。

天哪！谁说女王大人不显眼的！就算蒙着眼，她也绝对是一个超级大美人啊！她

这口罩戴了还不如不戴呢！

嗷，他好不放心，简直想不喝不睡，时时刻刻盯着，不然总担心他家的好白菜会不小心被猪拱了！

帝都大学。

夜晚，校园里亮着路灯，路上三五成群的学生嬉笑着走过，操场上零星坐着几对小情侣，跑道上有人在挥汗如雨地跑步锻炼，宁夕穿着校服，行走在其间，顿时感觉整个人都安静了下来。

当初，以她的成绩，她考上帝都大学是完全没问题的，可惜，因为中途回到宁家，所有精力都耗费在了如何适应和迎合那个所谓的名流圈子，学业也就耽误了。这次徐韬意外给她找到了这身校服，倒是让她有种圆梦的感觉。

宁夕一边四处看着，一边缓缓走向看台。

她抬头看了一眼，果然在看台的一角看到了一个熟悉的身影。她忙加快脚步，迈步上了阶梯，朝那个熟悉的身影走去。

唐诺身上穿着的也是帝都大学的校服，不过内衬的领口敞开着，外套随意地搭在肩膀上。

几个月不见，少年的五官和身形都长开了不少，俊朗又阳光，估计在学校里很受女孩子欢迎。

宁夕心中无比感叹，有种“吾家少年初长成”的感觉。

“小诺！”

唐诺正探着脑袋望眼欲穿，突然看到旁边有个戴着口罩的女生，并且她在叫他的名字，于是狐疑地看了过去：“同学，你是？”

宁夕摘下面上的口罩，唐诺顿时又惊又喜，瞪大眼睛：“姐！”

“可是姐，你……你怎么穿着我们学校的校服？”

“我伪装一下嘛！像不像？”宁夕轻笑道。

唐诺连连点头：“像！根本看不出来你不是学生！”

“小诺，你又长高了不少，也更帅了，我刚才差点儿没敢认你！怎么样？学校里肯定有很多女孩子喜欢你吧？你交女朋友了吗？”宁夕揶揄道。

唐诺顿时红了脸，挠挠头道：“姐，你就别打趣我了，我只想好好学习，没想过交女朋友。”

“噗！”看着少年说要好好学习的耿直模样，宁夕哭笑不得。

“姐，你是怎么过来的？”唐诺问。

“我走过来的啊，又不远。”

“啊！那多累啊！你快坐下歇会儿，你现在这么忙。”唐诺赶紧过去扶她。

宁夕不在意地摆摆手：“我没这么娇弱，走吧，我们去操场走走？”

“好。”唐诺这才放下心来。

晚上的风有点凉，唐诺贴心地把他的校服外套披在了宁夕的身上：“姐，你别着凉了。”

宁夕拢了拢外套，面上满是暖意：“谢了，乖。”

两人一边走，一边聊着，宁夕关心地问：“你在帝都这边还适应吗？”

唐诺沉默了一会儿，随即开口道：“一开始我其实有点儿不适应，毕竟我们那是小地方嘛，我在那边的时候，整个村子都以我为荣，可是，到了这边，我才知道自己什么也不是，这种落差其实让我挺难受的……”唐诺神色黯然，不过很快就恢复了过来，“不过只是一开始，后来我就慢慢适应过来了，现在我跟大家处得都挺好的。”

唐诺只是一语带过，宁夕却可以想象，当时他肯定经历了种种波折。

唐诺说完后，面色微黯地看向身旁的宁夕：“姐，当年你离开家来这里的时候，肯定也是这样吧？”

宁夕轻叹了一声，看着头顶的夜空。她在唐诺面前，倒是不会刻意隐瞒，缓缓开口道：“是啊，我每天都在想家，想回去。可是我不能想，也不可以想。既然我已经做了选择，就回不去了啊。”

听着宁夕的话，唐诺双手紧握着，除了心疼，不知道该说什么。可惜当时的他太小了，什么也做不了。

“姐，你还怨苏衍哥吗？”唐诺问。

宁夕偏头看了一眼一脸心疼的唐诺，映着璀璨星光的眸子闪烁着：“怨？我应该感谢他。如果不是他，我又怎么会遇到那人？”

宁夕在说这话的时候，面上满是温暖，没有丝毫阴霾。唐诺也顿时被她的情绪感染：“姐，你是说你的那个男朋友吗？”

宁夕微笑着承认：“嗯。”

唐诺见宁夕满脸幸福，心里的一块大石头总算落了下来。

“不过，我的职业原因，你懂的，我暂时还没办法那么快结婚，不过到时候肯定会请你过来的，我还要让你背我出门呢！”

“那是当然！肯定是我背啊！”唐诺一脸激动地说。

姐弟俩开心地绕着操场聊了一路，正说着话，身后突然传来一个突兀的声音：“小夕……”

姐弟俩顿时下意识地转过身去。

只见一个穿着一身正装的男人立在那儿，风尘仆仆，看起来有些狼狈，面上满是疲惫之色，盯着宁夕，目光一刻都未移开。

看到突然出现在这里的苏衍，宁夕顿时眉头紧蹙，面容也冷了下来。

唐诺看看宁夕，又看看苏衍，突然反应过来了什么，顿时急了：“姐，我不知道他怎么会在这里！”

不等宁夕开口，苏衍已经回答：“是我故意等在这里的，因为除此之外，我实在不知道怎样才能见到你。”

从前段时间开始，苏衍就一直频繁地联系她，她从未理睬，没想到他还是没有死心，甚至利用唐诺。

“有事？”宁夕问。

“我可以跟你单独聊聊吗？”苏衍说着，看向一旁的唐诺。

“姐……”唐诺则为难地看向宁夕，看宁夕的表情，明显是不想见苏衍的，可是

现在因为他，两人遇上了。

他哪里知道，苏衍给他打了那个电话后，料到他会约宁夕见面，竟然会蹲守在这里。

宁夕看着一脸抱歉的唐诺，面色稍缓，安抚道：“小诺，不关你的事，你在这边等我。”

唐诺只能乖乖点头。

宁夕说完，便径直朝看台走去，苏衍松了一口气，急忙跟上前面的女孩。唐诺站在下面，有些担忧地看着两人，准备一有异样就冲过去。

此刻，看台上只有宁夕和苏衍两人。宁夕没有废话，直接开口道：“说吧。”

“我……”

大概是“近乡情怯”，原本已经在心里憋了那么久的话，此刻他终于站在了宁夕的面前，他却突然不知如何开口说出来。

宁夕身上穿着帝都大学的校服，扎着马尾辫，因为是素颜，看起来比平日里更加稚嫩，即使在这样的夜晚，肌肤也依旧看得出吹弹可破，蓦然就将他带到了少年时代，眼前的人与记忆里的少女重叠。

那是他的女孩……

苏衍不说，宁夕也不开口，只是静静地站在那里。

苏衍放在双侧的手紧了紧，捏成了拳头，因为太过紧张而微微颤抖着。而宁夕的面色已经渐渐有些不耐烦。

不知过了多久，苏衍才终于开口：“小夕，我们……”

宁夕抬眸看向迟迟没有下文的男人。

被宁夕注视着，苏衍只感觉全身的血液几乎沸腾得逆流起来。终于，他剩下的话一瞬间冲破了喉咙：“我们重新开始好吗？”

听到这句话，宁夕毫无表情的脸上终于有了一瞬间的波动，她几乎以为自己听错了。

重新开始？她简直无法理解眼前这个男人的思维。

在发生了那么多事情之后，在他与宁雪落都已经结婚的情况下，他到底是如何能对她说出这种话的？

宁夕的目光让苏衍的心底一阵发寒。

男人语气干涩地开口道：“小夕，我知道这句话在你听来可能很可笑、很荒谬……”

“难道不是？”

“你听我说……”苏衍深吸了一口气，“我想了很久，这不是我一时冲动、一时兴起才跟你说的，我是真的真的后悔了，也终于明白我真正喜欢、真正爱的人是谁。”

宁夕看着眼前这个寄托着她年少时最美好的感情的男人，这个曾让她撕心裂肺、痛彻心扉的男人。

听着他终于对她开口说他后悔了，听着他说自己真正爱的人是她，她内心竟没有一丝一毫的感觉，如果有，也只有彻头彻尾的寒意。

“小夕，当年的事情是我做得不对，是我先背弃我们之间的感情，但是一开始，我真的没想过要跟你分开，直到我遇到雪落。雪落性子太过单纯、软弱，又突然遭逢那样的变故，经常与我聊天诉苦，我也不知道从什么时候起，这样的感情变了质……”苏衍的神色满是痛苦和懊恼，宁夕的心头却一片清明。

是啊，错的都是她，她没有宁雪落的道行，会扮可怜，会哭诉，会满足他作为男人的保护欲。

她错在从来都是报喜不报忧，生怕他为自己担心，错在即使一次次丢脸被排挤、被孤立，也从不和他说一句。

“直到后来，我在一时冲动之下与雪落发生了关系，雪落是第一次，我是一个男人，我不能不对她负责，一直瞒着你是因为我真的不知道该如何面对你。”

嗬，负责……他对一个第三者负责的时候，有没有想过她这个女朋友？

宁雪落是珍贵的第一次，而她却是一个莫名其妙失了身，还怀了野种的不洁之人，怎么配得上他矜贵的苏家大少爷！

“可是，直到后来我才想明白，一直以来我顾及的都是雪落，却从未想过你的感受。你为了我才背井离乡，最后我却丢下你一个人，甚至让你遭逢那样的事情后孤身被送往国外，之后回国又一个人在娱乐圈中闯荡。其实我一直想要帮你，想要弥补，可是你的性子实在太倔了……”

苏衍紧紧地盯着眼前的宁夕，片刻的沉默后，深吸了一口气，继续开口道：“小夕，我已经欺骗自己太久，我不想再自欺欺人下去，不想就这么欺骗着自己过一辈子。”

宁夕的嘴角勾起：“所以呢？”

“我知道以自己现在的情况没有资格对你说这些话，我也绝对没有任何侮辱你的意思，我会恢复自由之身……”

恢复自由之身？宁夕觉得不可思议

他爱宁雪落爱得死去活来，甚至即使当年明知道她对自己做的一切，也能只因为她哭着道个歉、说几句软话便轻易原谅了她。

现在这人竟然跟自己说，他后悔了，他明白了，他要跟宁雪落离婚？

宁夕说不出此刻自己到底是什么感觉。

良久后，宁夕才目光微凉地开口道：“苏衍，有些东西就如同夏天的棉袄和冬天的蒲扇，以及等一个人心灰意冷之后的回心转意。”

苏衍的瞳孔陡然一缩：“小夕，我知道你恨我，但我更知道那是因为你爱我。我知道现在已经太迟了，但是，小夕，请你相信我，我刚才说的一切都是真心的，也绝对会去做。我会给你名分，我会娶你，我会处理好一切。你依旧会是苏太太，我们会重新开始。”

“嗬……”听着苏衍一副只要他离婚，她就一定会回到他身边的语气，她低笑一声，不再多言。

她真是搞不清楚，到底是谁让眼前这人这么自信。

这么多年了，都够她浪好几圈了，他凭什么认为她还会一直在原地等着他？

“小夕，等我！”苏衍说完这一句后，便径自转身离开。

宁夕瞥了一眼黑暗中男人离开的背影，什么也没有做，当然更不会去阻止。

她倒是挺想看看，苏衍是不是真的会离这个婚，若他真提了，宁雪落又会是什么表情。

见苏衍离开，唐诺连忙跑了过去，担心地追问：“姐，你没事吧？他跟你说什么了？”

“没什么，一堆废话而已。我们走吧。”宁夕漫不经心地开口。

见宁夕的脸色不太好，唐诺一脸自责：“姐，对不起，都怪我给你添麻烦了！其实是苏衍哥给我打电话，我才知道你回来了，这才约了你见面，结果没想到他是故意的！”

“好啦，有人无耻地利用你，跟你有什么关系，别自责了。”宁夕正跟唐诺说着话，她的手机突然响了起来。

宁夕看着来电显示“心肝儿”，目光顿时一软，弯着嘴角接了起来：“喂，老公。”

听着宁夕那声软糯、甜蜜的“老公”，陆霆骁感觉整个人都被一团蜜糖包裹，低沉的嗓音透露出他愉悦的心情：“嗯，你忙完了吗？我去接你。”

“我忙完啦！你也开完会了吗？”宁夕问。

“刚结束，还剩一点儿收尾工作，很快。”

“那你就别这么急着赶过来了，我去找你好啦，你等我啊。”宁夕贴心地说。

“好。”老婆要来探班，他自然不会拒绝。

“是姐夫吗？是姐夫吗？”一旁的唐诺亮着眼睛问。

“是的。我去公司找他了，你快回宿舍吧！”宁夕轻笑着开口。

“嗯嗯，姐，你路上慢点，帮我向姐夫问好！”

唐诺见宁夕接了姐夫的电话，面上方才的冷漠和阴郁之色顿时一扫而空，紧绷的心情也一下子放松了下来。

还好，还好出现了这样一个人，可以让姐姐忘了过去，重新开始。

陆氏集团。

程锋一听老板娘要来，忙麻溜地亲自下去迎接，宁夕跟着程锋乘坐直达电梯上了顶楼。

将宁夕带到办公室之后，程锋非常有眼力见地立即离开了，只是离开前，忍不住又多看了宁夕一眼。

“心肝儿，我来啦！”身后的门刚一关上，宁夕立即摘了口罩，欢快地朝陆霆骁蹦跶过去。

听到宁夕的声音，正在处理公务的陆霆骁下意识地从一堆合同资料里抬起头来，下一秒，却在看清眼前的女孩之后，顿时怔住，清冷的眸子也一瞬间幽暗了下去。

宁夕身上穿的竟然是一套校服，如果他没认错的话，应该是帝都大学的女生校服。之前陆景礼拿着杂志画册给他看，说要以这套校服作为参考，制作公司的员工服，被他给否决了，所以他有些印象。

此刻，宁夕穿着制服短裙，扎着清爽的马尾辫，面上不施粉黛，却眉如远黛，唇若绯樱，肌肤更是吹弹可破，俏生生地站在那里，根本看不出来是一个在娱乐圈经历了大风大浪，闯荡了这么久的艺人，完全就是一个天真烂漫的大学生。

"心肝儿，要抱抱！"宁夕刚被某个人渣恶心得不要不要的，此刻看到陆霆骁，就跟看到了清泉一样，立即绕过办公桌，黏糊糊地蹭了过去。

等到陆霆骁反应过来的时候，他已经将宁夕抱了个满怀。

宁夕坐在陆霆骁的膝上，窝在满是清新安全气息的怀抱里，小脑袋依赖般地在他的下巴处蹭了蹭。

陆霆骁小心拥着怀里的温香软玉，动作极轻，一下一下在宁夕的小脑袋上抚摸着，声音有不易察觉的沙哑："你怎么穿成这样？"

宁夕这才想起她身上还穿着校服，顿时挠挠头道："因为我要去帝都大学见小诺，所以让徐韬给我找了一身不显眼的衣服，结果他不知道从哪儿给我翻出一套校服来。"

难怪她刚才过来的时候，程锋和其他几个员工看着她的表情都不太对劲儿呢！

嗯，他们以为她在跟陆霆骁玩制服诱惑吗？

悲摧，她真不是故意的啊！

不过嘛……当然她也可以故意啦！

宁夕灵动的眸子转了转，顿时弯着眉眼凑过去："心肝儿，我这样穿好看吗？"

陆霆骁的眸色瞬间又幽暗了几分："好看。"

宁夕顿时一脸得意："嘿嘿，我之前说的可不是吹的，你娶了我可娶到宝了！我说要让你有每天换一个老婆的感觉可不是哄你的。"

宁夕一边得意地哼哼，一边在陆霆骁的身上动来动去，陆霆骁脸上隐隐闪过一丝崩溃的痕迹，开口道："乖，你先去沙发上坐一会儿，我把剩下的事情处理完。"

宁夕一听，顿时小脸一垮："我可以坐在这里，你处理事情吗？"

陆霆骁说："不可以。"

宁夕顿时更加委屈了："那我不打扰你嘛！我不说话了还不行吗？"

看着怀里黏人的小女友，陆霆骁极其无奈地捏了捏眉心。半晌后，他叹息一声，声音无比沙哑地开口道："我会分心。"

他为啥会分心？宁夕表示自己很无辜。她分明啥也没做吧，就跟他说了几句话而已。不过，这么容易就撩到了大魔王，她还是很开心的。

深夜，苏宅。

苏衍从帝都大学离开之后，便一刻都没耽搁地回到了家。

客厅里，郑敏君刚跟一个平日里关系好的夫人打完电话，正准备回房睡，突然听到门口有汽车引擎的声音，随后传来一阵脚步声，接着便看到出差多日的儿子回来了。

看到儿子回家，郑敏君脸上顿时有了笑意："苏衍回来了！怎么这么晚啊？你不

是昨天就应该到家了吗？”

苏衍没有回答：“爸和雪落呢？”

“你爸在楼上的书房，雪落好像晚上有应酬，这会儿还没回来呢！”

“嗯。”苏衍略点了下头，随即迈步朝楼上走去，“我去找爸，有事跟他商量。”

郑敏君这两天一直到处打听宁夕和庄家的事情，这会儿终于等到苏衍回来，本来准备先探听一下儿子的意思，可看他这副行色匆匆的模样，似乎有急事，只能暂且先搁下：“哦，你快去吧！”

书房内。

台灯下，苏弘光正脸色凝重地看着一块土地的竞标案。这块地对他们苏家而言至关重要，可是若没有内部关系，几乎没有可能竞争过其他两家公司。这个圈子便是如此，有时候缺那点儿人脉，便难如登天。

苏弘光眸光微沉，不由自主地又想起了那日妻子的话来……

苏衍和雪落毕竟已经结婚这么长时间了，苏家和宁家如今已经密不可分，离婚牵一发而动全身，所以他才让郑敏君不要冲动。

可是此刻，苏衍若能娶了宁夕，所能带来的利益是巨大的，他再坚定也足以动摇。

若真能与庄家联姻，那么苏衍离婚所带来的一切麻烦不过是小问题。

苏弘光正想得出神，耳边突然传来儿子熟悉的声音：“父亲。”

苏弘光这才回过神来，抬起头朝儿子看去：“你回来了。”

苏衍点头，神情与平日里相比，看起来有些不一样：“父亲，我有事跟您商量。”

见苏衍的神情不一般，苏弘光正了脸色：“坐吧。这么晚了，你是有什么事情吗？”

苏衍没有坐下，而是依旧脊背挺直地站在书桌跟前，似乎下了极大的决心，才目光笃定地看向苏弘光，一字一句地开口道：“父亲，我准备与雪落离婚。”

话音落下的瞬间，苏弘光因为错愕而变了脸色，与此同时，他的眸底闪过一丝光芒。

苏弘光压下各种纷乱的思绪，脸色极其凝重地看向儿子，开口道：“你知道自己在说什么吗？”

“父亲，我知道您与母亲肯定会反对，也绝对不会理解我这样冲动、无理的行为，但是这件事我绝对不是一时冲动，而是已经深思熟虑，想了整整一年的时间！我已经决定了！”苏衍的语气非常强硬，与其说是来跟他商量的，不如说只是来告知一下他。

若在知道宁夕的身份之前，苏弘光听到苏衍说出离婚这种话，肯定勃然大怒，但偏偏一切不同了。

所以，苏弘光此刻虽然面色凝重，但又有一种松了一口气的感觉。

“这么大的事情，你总要说出一个理由，可是雪落哪里做得不对？”

苏衍捏了捏放在双侧的拳头：“不是雪落哪里做得不对，是我的错，是我欠一个人太多了。”

苏弘光的眸子顿时亮了：“一个人？难道你是说宁夕那丫头？”

苏衍闻言，点了点头：“父亲，我跟宁夕的事情您是知晓的，当初无论如何也是我背叛她在先，以至于她后来孤孤单单一个人吃了那么多苦。至于圈子里传的那些什么包养传闻全部是假的，都是别人恶意泼的脏水。”

其实苏弘光早就已经看出儿子的那点心思，毕竟他也是一个男人，了解作为一个男人的心思。

宁夕那样的女人，怕是没有哪个男人不动心。

而且以往宁夕对儿子死心塌地，他不觉得有什么，而如今她突然对他不理不睬了，又是那副惊艳世人的模样，自然又引起了他的注意。

儿子会突然提出离婚，他倒是能理解。

“这些我都知道。”苏弘光开口道。

“父亲，您知道？”毕竟苏弘光不怎么关注娱乐圈的事情，所以苏衍有些意外。

苏弘光的眸子里闪过一丝精光，他一边观察着儿子脸上的表情，一边开口道：“宁夕可是庄家的亲外甥女，身份斐然，怎么可能跟外界传言的一样去做那种事情。”

苏弘光说完，语重心长地开口道：“当年，我和你母亲被宁家蒙在鼓里，毕竟都不知情，以宁夕的身份、教养，是决计无法进我们苏家的。如今，我们既然已经得知她既是宁家的亲生骨肉，又是庄家的亲外甥女，这身份配我们苏家，倒也是可以的。”

苏衍听出了父亲的言外之意，顿时有些惊喜：“父亲，您的意思是，您同意了？”

苏弘光没有直接回答，而是开口问道：“雪落那边，你准备如何安置？她并没有任何过错，你便突然要与她离婚，她会肯吗？宁家会答应吗？”

过错？

苏衍想到了当年雪落对宁夕做的事情，但他无法告诉苏弘光真相，心头如同针扎一般难受。

他也不知道自己当初怎么被鬼迷了心窍，任由她对宁夕做出那种事情，依旧选择了原谅她。

当时，他满心都是这个柔弱的女孩，觉得自己是她的天，是她的地，是她唯一的依靠。

她说因为太害怕失去他，所以才做出错事，他感动于她的深情，竟然便那么原谅了她。

他一直觉得在医院抱错孩子的事情曝光之后，雪落只有自己了，所以包容着她的一切，始终保护着她不受伤害。

可事实是，虽然两人身世曝光了，雪落依旧是宁家集万千宠爱于一身的大小姐，她有着良好的家世和教养，有着宁耀华和庄玲玉的亲情和宠爱，连他都背叛了宁夕，

站在了她那边。

反倒是宁夕，离开了养父母，又不被亲生父母所接受，最后连他也……

直到时间一点一点逝去，他渐渐清醒，才终于明白过来，当年自己所做的一切对另一个女孩有多残忍。

直到看着那个女孩一点点努力绽放着光彩，他才发现，自己对她的感情从未消失。

为什么事情会一步步变成后来的样子？

说到底，还是因为他身为苏家长子，即使在乡下养病多年，骨子里终归是心高气傲的。

当年在乡下孤苦无依的时候，宁夕的存在让他觉得如同一道温暖的光，但是一回到浮华的帝都，一切都在提醒他自己的身份，宁夕与上流社会的处处不相容，便渐渐让他产生了厌烦的情绪，甚至渐渐开始逃避她。

而那个时候，相貌出挑、才情过人，又频频对他释放好意的宁雪落出现了，处处与他般配，他实在很难不动心。

同样，也是因为他心高气傲，虽然对宁雪落欣赏和怜惜居多，但宁雪落真正的身世其实始终是他心里的一根刺。尤其是宁雪落的身世被直接当众曝光后，圈子里所有人虽然没有当着他的面说什么，但都是心照不宣的。

他心气这么高，怎么能忍受那些人一副同情和幸灾乐祸的模样，私下嚼舌根说他娶了一只野鸡回家这样诛心的话！

如今，他不过是让一切恢复到正轨而已！

他苏衍的妻子，本来就该是真正的千金小姐，本来就该身份尊贵！

所以如今，不惜一切代价，他都要弥补和挽回，挽回那个等了他那么久、深爱了他那么久的女孩。

他甚至恨不得立即飞到她的身边告诉她，自己已经恢复了自由之身。他迫不及待地想要在她总是冰冷的、满是嘲讽的脸上重新看到微笑和爱怜的表情。

想到这里，苏衍的目光更加坚定：“雪落那边我会处理，但是宁家那里，可能还要劳烦父亲和母亲从中协调。”

此刻，苏弘光的脑海里闪过各种利害关系，心里的天平其实已经完全倾斜了，他缓缓开口道：“若你真的决定了，我和你母亲也只能出面了。”

若一切顺利，只要苏衍与宁夕的关系一确定，甚至来得及把那块地皮直接拿下来，以后的种种便利更是不用多提。

至于宁夕那边，苏弘光倒是一句都没有多问，他觉得，那丫头本来就爱他儿子爱得死去活来，如今儿子为了她都离婚了，愿意重新娶她，她哪里还能有不愿意的。

苏弘光的算盘打得噼啪响，殊不知，他所有的算计不过是一场笑话。

宁雪落结束一场应酬，回到家的时候已经是深夜。看到门口男人熟悉的鞋子，宁雪落神色一喜。

苏衍回来了！

推开卧室的门，透过落地玻璃窗，她果然看到苏衍正站在阳台上。

“衍哥哥，你回来了！我好想你啊！”

感觉到身后拥过来的柔软身体，苏衍身体稍稍僵了一下，旋即转过身，看向眼前的女孩：“你忙完了？”

宁雪落点点头，神色有些苦恼：“最近History那边频频出事，因为姐姐代言则灵受到了很大的冲击。”

苏衍点头：“我听说了。”

苏衍看着不远处黑暗的夜空，讳莫如深。

宁雪落看着苏衍脸上的表情，莫名有种强烈的不安。

同时她不由自主地想到苏衍本该昨天就出差回来了，可是突然消失了一整天。从机场到回家前的这段时间，他去了哪里，真的只是在公司？可他连晚上也没回来……据她所知，最近公司并没有忙到这种程度。

因为这两天太忙了，她也没太注意他的行踪，刚才回来的时候，本来是准备打个电话给他的助理的，结果就看到他已经回来了。

宁雪落越想越不安。

看着眼前这个向来在她掌控之中的男人，她却突然没了把握，甚至这一刻他看着她的表情让她有种极其陌生的感觉。

是从什么时候起，这个对她千依百顺、死心塌地的男人，看着她的眼神已经渐渐没有了以往的炙热和温度？

他的心不在她这里，又去了哪里？

宁雪落的眸子里闪过一丝阴狠的光芒，下一秒，她红了眼眶，眸子里浮上雾气，如同受了巨大的委屈一般，扑在了苏衍的怀里：“衍哥哥，我好害怕……”

看着宁雪落惊慌、恐惧到了极致的表情，苏衍本要脱口而出的话又暂时收了回去：“你怎么了？出了什么事？”

“衍哥哥，你会不会不要我了？”宁雪落泫然若泣地仰着头问。

苏衍听到这话，大概是因为心虚，心里顿时咯噔了一下，硬生生地没能回话。

而苏衍的表现简直让宁雪落如同被兜头泼了一盆凉水，指甲死死掐进掌心。

苏衍！他竟然真的起了这样的念头！

宁雪落心底翻涌着恨意，面上的表情却更加委屈：“衍哥哥，你知道吗？无论我怎么努力，外公那边都不会对我多看一眼，甚至觉得我别有所图，可是我真的只是想要化解外公和母亲的矛盾而已。”

“我知道你都是好意。”苏衍心不在焉地开口。

“我也不知道自己到底哪里做错了，大概是因为外公与母亲的矛盾太深，而我又一向与母亲更亲近，所以外公才对我不假辞色，却认了宁夕。”说到这里，宁雪落的面上满是伤心难过的神色。

苏衍轻拍着宁雪落的肩膀：“这个与你无关，大概是因为宁夕身上流着庄家的血。”

听到这话，宁雪落脸色顿时白了，满脸苦涩地笑道：“呵，是啊，论血脉，姐姐

才是亲生的，我又算得了什么！现在连外公也只认姐姐。我知道自己不配，可是我害怕，我真的好怕！”

“衍哥哥，你是知道的，母亲当初已经因为我身份的事情对我非常不满，这一年多我拼命地努力工作才让母亲对我满意，可是……可是自从上次母亲看到舅妈带着宁夕出席李夫人的私人聚会之后，对我的态度便开始不对了，我真的好怕好怕母亲会讨厌我，会逼我离开你！”说到这里，宁雪落已经泣不成声。

她只字不提苏衍变心之事，一副至今认为苏衍情深不悔，担心他们被母亲拆散的模样。

看着宁雪落对他毫无怀疑，因为担心要与他分开而如此惊慌失措的模样，尽管经过整整一年才下了决心，尽管方才已经与父亲交谈确定过，这一刻，他还是犹豫了。

那原本要说出去的话，无论如何都说不出口了。

苏衍眉头紧蹙，终归只说了一句：“你别胡思乱想了，宁夕的身世怎样，庄家又对她如何，跟你没有任何关系。”

本来他就不是因为这个才决定离婚的，只是这个事实在某种程度上坚定了他的想法而已，即使没有这一层原因，他也会做这个决定。

宁雪落靠在苏衍的怀里，哭得伤心欲绝：“衍哥哥，其实我真的好累好累，但是只要想到可以跟你在一起，只要知道你是爱我的，我就可以忍受一切，一切我都甘之如饴。”

苏衍的脸色更加僵硬了，原本坚定的心也开始动摇，毕竟雪落确实为他付出了不少。

但是，此刻他的感情与从前不同，只是不忍，却没有一丝一毫的不舍，甚至看着宁雪落这副模样，心中烦躁不已。

此时，苏衍脑海中闪过一张璀璨、惊艳的容颜，那个女孩从来不会在他面前说这些，不会诉苦，面对他时，永远是笑颜。

强烈地想得到那个人的欲望，顿时让苏衍因为宁雪落的哭泣而混乱的情绪稳定了不少。

看着哭倒在自己怀里的女人，苏衍虽然没有立即说出本来打算说的话，但决心更加坚定了。

Chapter 14

角落里，一名青年缓缓摘下面上的口罩，站起身，笔直地站立在人群中，一字一句地开口道：“霓裳羽衣是我的设计，是我亲手完成的作品！”

苏衍轻拍着怀里的女人，眸底闪过一丝暗芒：“雪落，我知道你为了与我在一起付出了很多，也受了很多委屈，但是其实最大的受害者和最无辜的人还是宁夕，当年你甚至对她做出了那样的事……”

宁雪落的身体顿时一僵，那件事情是她的死穴！该死的，若不是当年那两个废物不小心被苏衍发现了，她如今也不会有这么多麻烦。那件事情当年虽然重挫了宁夕那个贱人，但同时也如同定时炸弹一样，横在她和苏衍之间，让她在三个人的关系中始终处于劣势和被动的地位，每次见到宁夕她都要做出一副愧疚、自责的模样，真是够了！

但是，她不得不这么做，如果被苏衍发现一丝一毫她当年的行为是故意的，她就完了！

宁雪落泪如雨下，满脸自责到痛不欲生的表情：“我知道，我一直知道！所以这些年我什么都不跟姐姐争，甚至我的一切都可以还给她，就是希望姐姐能原谅我。可是，衍哥哥你也知道，姐姐对我的误会太深了，她不愿意接受我的任何补偿。”

“如果，她愿意呢？你什么都愿意做吗，都愿意还给她吗？”苏衍突然问了这一句。

宁雪落顿时被问得一愣，好半天都没能说出话来，旋即心底掀起滔天的怒气。

贱人！宁夕竟然已经私底下跟苏衍勾搭到一起了吗？否则苏衍为什么会说出这种话来？他是在暗示什么？还给宁夕？把什么还给宁夕？苏衍吗？简直做梦！苏衍是她的男人，是她的丈夫，她才是唯一的苏夫人！这个位置一直会是她的，她绝对不会让！

苏衍没有再去看宁雪落的表情，直接中止了这个话题：“很晚了，你睡吧。”

今天不提，就当是给她一个心理准备吧，等他把所有的后续问题处理完，离婚协议拟定好后再说不迟，省得多生事端。

这些年，宁雪落在商场上确实有些成绩，也颇受同行赞赏，但她怎么也只是个女人，全凭着身后的宁家与苏家的关系网，否则根本寸步难行。

宁氏国际、History和星辉都有他们苏家的大量注资和参股，星辉的股份甚至完全是他直接转给她的，离婚之后，作为补偿，这些他都可以直接给她，而他分文不要，也算不亏待她了。

凭着这些，足够她生活得很好，而以宁耀华和庄玲玉对她的宠爱，离婚后，她的生活也不会太难过。

直到苏衍已经转身去了浴室，她依旧呆呆地站在阳台上。跟苏衍在一起这么多年了，她怎么会猜不出苏衍的想法？这个男人，这次真的被那个贱人迷昏头了，就算今天不提，恐怕也不远了。只是……离婚？绝不可能！

等苏衍熟睡之后，宁雪落面色变得极冷。她从隐秘的保险柜里拿出一部款式老旧的手机，随即走上了顶楼的阳台。

“喂？”电话接通后，那头传来男人听起来有几分不耐烦的声音。

宁雪落并没有注意到男人的语气，声音无比尖利地开口道：“我要宁夕死！你给我直接杀了她！现在！立刻！马上！”

短暂的静默后，电话那头传来一声阴森的冷哼：“呵呵，宁大小姐，请注意你的语气，你当我所罗门是你雇的跑腿的人？”

男人凶狠的语气让宁雪落冷静了几分，她放缓了语气道：“你要多少钱都可以，只要那个女人彻底消失在这个世界上。我不要你绑架什么人，又或是去威胁谁暗中动手，太容易失手。我一刻也等不了了，我现在就要她死！”

男人的语气更加不耐烦：“那女人是公众人物，身边又有保镖，直接暗杀，你想得倒是容易。你别告诉我，你不知道这个女人跟庄家的关系。上次你让老子去搞庄荣光，老子就差点被你害死！现在你又让老子去杀庄燎原的亲外甥女？呵呵，你当老子是傻子？”

听着男人的话，宁雪落的脸色异常难看，同时心中也满是鄙夷。

没用的东西，杀个人都不敢，他还有脸口口声声说自己是道上的一把手！

“老子最近忙着呢，别整天拿这些破事来烦我！”男人说完，直接挂了电话。

宁雪落看着被挂断的电话，恨得差点把牙都咬碎了。

该死的！她私下为他们做了那么多事，结果他们居然在这种关键时刻掉链子，偏偏他们互相有把柄在对方手里，她根本拿他没办法。

那该死的贱人，命怎么这么硬！

这次苏衍明显是铁了心，甚至可能跟苏弘光还有郑敏君联合了战线，眼下她又无法立刻除掉宁夕，苏衍会跟她提出离婚已经是必然的事情。

她太清楚苏家对自己的重要性，她的History和星辉，尤其是她在宁氏国际的地位，一切都与苏家息息相关。她怎么能允许自己已经到手的一切又被宁夕那个贱人重新夺回去！

“贱人，跟我斗，想让苏衍离婚，你以为这么容易吗？”

宁雪落面色阴沉地低着头，抚摸着她的小腹——如今看来，也只有这么一个办法了。

不久后，深夜，医院内。

宁雪落不耐烦地看着手机，等待着医生那边的诊断结果。片刻后，一名四五十岁、穿着白大褂的中年女医生终于从外面走了进来。女医生看着宁雪落，神色不太好看：“苏夫人，您的检查结果出来了……”

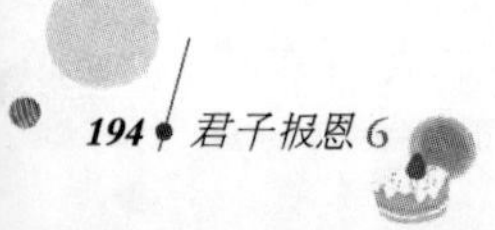

宁雪落看到医生脸上的表情之后，脸色立即沉了几分：“我还是没能怀上？”

女医生为难地点点头：“是的。”随即她连忙安慰道，“苏夫人，您别担心，您还年轻，跟您先生结婚也才一年多，以后还有很多机会要孩子的，不必急在一时。”

宁雪落当即阴沉着脸，在心里冷笑一声。

嗬，不急？她再不急，这个苏夫人的位置都保不住了！

第二天，好几天晚上没回来的苏衍约她一起吃饭，说有事情要跟她说。

两人认识这么多年，光从苏衍的语气她便知道，这些天她费尽心思的讨好没有起到任何作用，他竟然还是铁了心要离婚。今晚他怕是就要跟她摊牌了。

宁雪落坐在梳妆台前，看着面上精致的妆容，指甲深深掐进掌心。

楼下。

“雪落怎么还没出门？苏衍不是约了她今晚说那事儿吗？”

郑敏君时不时紧张地朝楼上看一眼，明显已经知道今晚儿子会跟宁雪落摊牌的事情。

一想到日后就能跟庄家成为亲家，这几日她在那些太太面前说话都觉得更有底气，自然巴不得今晚一切顺利。

“弘光，你说……雪落到时候该不会闹吧？”

苏弘光沉吟道：“她肯定是会闹上一闹的，不过我们苏家又不会亏待她。”

郑敏君仿佛被激怒了：“什么亏待！她在我们苏家这一年多，我们哪儿有半点亏待她了？只有我们苏家被他们宁家坑的份好吗！你又不是不知道人家背地里是怎么说我们的！就前几天，姗姗的娘家人当着我的面竟然就敢说我们苏衍找了一家子乡巴佬做亲家。你就忍心我们苏衍一辈子在人前抬不起头来吗？”

苏弘光神色无奈道：“我又没说什么，你好端端的又说这些做什么？”

“总之这件事情，我们必须全力支持苏衍，雪落要是真喜欢我们苏衍，也该为他的前途着想！”

郑敏君和苏弘光两人正小声地在楼下说话，这时，楼上突然传来了女仆惊慌失措的尖叫声：“啊！少奶奶，少奶奶，您怎么了？您醒醒啊！不好了，来人啊！来人啊！少奶奶晕倒了！”

伴随着小女仆的尖叫声，楼下的两人顿时被惊动了。

“怎么了？雪落晕倒了？”郑敏君立即眉头紧蹙。

苏弘光也变了脸色。两人急忙赶上楼去，随即便看到宁雪落晕倒在梳妆台旁边人事不知，女仆已经急得要哭出来了。

“怎么回事？她好端端的怎么突然晕倒了？”郑敏君忙追问道。

女仆一脸惊慌：“我也不知道！我刚才进来给少奶奶送衣服，然后就看到少奶奶已经晕倒在这里了！”

“你还不快让司机备车，送人去医院。”苏弘光沉声道，说完又补充了一句，“你打个电话把苏衍叫回来。”

此刻，郑敏君的脸色很难看，她看着晕倒的宁雪落欲言又止。

她暗自嘀咕：她晕倒了？为什么偏偏是这个时候？

医院，除了苏家的人，宁耀华和庄玲玉也赶到了。

庄玲玉满脸不悦道："到底是怎么回事？好好的人怎么说晕倒就晕倒了？"

郑敏君看到宁家那边的人也过来了，尤其是看着庄玲玉这副兴师问罪的态度，顿时不太高兴。

肯定又是那个多事的小女仆通知的。宁雪落不过是晕倒而已，至于这么大惊小怪吗？看庄玲玉那副表情，好像他们苏家虐待了宁雪落似的。没千金小姐的命，还弄得跟真千金一样娇贵！

一想到今晚本来事情就能解决了，现在却又闹出了这么大的动静，郑敏君心里很不痛快，冷声开口道："亲家，是小玲小题大做了，雪落估计就是太累了而已，睡一会儿就没事了。"

因为宁雪落的身世，庄玲玉没少被郑敏君阴阳怪气地挤对，这会儿对她自然也是没好气道："雪落都晕倒了，还是小事？我们雪落在家里的时候，可都是千娇万贵的！结果到了苏家，你们就这么对她？"

这时，旁边的苏弘光轻咳一下打着圆场："亲家，您误会了，我们对雪落怎样，你们也是都知道的，你若不信，也可以去问雪落。大概是最近雪落的公司那边出了不少问题，她才会比较劳累。总之大家都不要吵了，还是等医生那边的结果出来之后再说吧！"

宁耀华在旁边一副好脾气的模样开口道："没错，雪落的身体要紧。"

毕竟若宁家跟苏家的关系闹僵了，不管是对雪落还是对宁氏国际，都没好处。

另一边，苏衍已经跟着医生去拿诊断通知。

"医生，病人的情况怎么样了？严不严重？"苏衍询问道。

女医生拿着诊断报告走出来，一脸喜气地恭贺道："没事没事，而且还是好事！恭喜苏先生，苏夫人怀孕了！"

医生话音落下的瞬间，苏衍的脸色一瞬间变得苍白，似乎无法相信他所听到的话。

"医生……您刚才说什么？她怀孕了？"

女医生只当苏衍是太高兴了，忙笑道："是的，她已经怀孕八周了！"

苏衍顿时呆愣在了原地，脸色煞白。

他忙了这么多天，请了专业律师，拟好了离婚协议，只等今天跟雪落开口。他一心盼着今天之后便能恢复自由之身，去找宁夕，怎么也没想到，自己还没来得及开口，竟然就得知了雪落怀孕的消息。

苏衍不知道他是怎么拿着报告走出去的，只感觉整个人如同浸在寒潭里，冰冷刺骨。

"苏衍，苏衍，雪落到底怎么样了？你倒是说话啊！"

直到耳边传来庄玲玉的声音，苏衍才总算回过神来。他深吸了一口气，强制让自己恢复了神志："雪落没事，她怀孕了。"

"什么？你说雪落怀孕了！"庄玲玉顿时满脸惊喜，"太好了！这真是太好了！"

宁耀华一听，也满脸激动："你们都结婚这么久了，总算有孩子了！"

"雪落呢？我这就去看看她。"

庄玲玉和宁耀华完全沉浸在开心之中，忙着去看宁雪落了，所以都没有注意到苏家那三人脸色不对劲儿。

等那两人进了病房之后，郑敏君直接低咒出声："是不是医院搞错了？她怎么偏偏在这个时候怀孕了？苏衍都准备跟她离婚了，这个时候她却怀孕了，这可怎么办？"

苏弘光蹙着眉头，看了妻子一眼："你小声点！"

他的脸色也很复杂，一方面是遗憾，另一方面，雪落肚子里怀的终归是他们苏家的骨肉。他盼了这么久，苏家终于有后了。

"那你倒是告诉我现在到底怎么办啊！"郑敏君急道。

眼见着到手的金凤凰就这么没了，连孙子都没办法让她开心分毫。毕竟孙子早晚会有，可是从谁肚子里出来，可是大不同的。

苏衍现在脑海一片空白，始终一言不发。最后，还是苏弘光沉声开口道："离婚的事情，还是从长计议吧！现在你们谁都不要再提，尤其现在亲家还在这里。"

这时候提离婚，宁家还不闹翻天。

郑敏君也知道这个道理，纵使心里万般不甘心，却也只能如此。

病房内。

"爸，妈，你们怎么在这里？我这是怎么了？"宁雪落缓缓转醒，面上一片迷茫之色。

庄玲玉开心地握住宁雪落的手："雪落，你怀孕了，要当妈妈了！"

宁雪落先是呆愣了一秒钟，随即满脸难以置信的表情："真的吗？妈，我怀孕了？"

"医生都说了，那还能有错吗？你呀，也太不注意了，都两个月了才发现，还晕倒在了家里，也太不让人放心了！"庄玲玉一脸心疼地责备着。

"妈，对不起……"

庄玲玉不知想到了什么，面色微冷："你说什么对不起，别以为妈不知道，还不是因为那个死丫头一直找你的麻烦，不然你能操劳成这样吗？"说完，庄玲玉怕这些烦心事打扰到她，忙开口安抚道，"你现在最主要的任务就是好好养胎，公司那些事情交给别人打理就好，什么也没有你的身体和孩子重要。"

"嗯，妈，我知道了。"

接着，苏弘光和郑敏君都走了进来，象征性地关心了宁雪落几句。随后，几人全部退了出去，让苏衍和宁雪落单独相处。

病房内只剩下两个人之后，宁雪落顿时满脸羞赧和雀跃："衍哥哥，我们终于有孩子了！我好高兴！"

苏衍看着病床上对一切一无所知，在为有了他的孩子而开心的女孩，内心无比挣扎。

天平的两端，一个是他好不容易才找回的真爱，一个是陪伴在他身边这么多年的女孩。

他已经下定决心给宁夕一个名分，可是此刻，面对着已经怀孕的宁雪落，他真的无法说出离婚两个字。

“我也很开心，但你今天这样真的太危险了！从现在开始，你好好休息，其他的事情交给我，我会帮你处理。”苏衍开口道，

宁雪落的眸子里闪过一丝暗喜，她满脸感动地依偎在男人的怀里：“衍哥哥，谢谢你！”

则灵工作室。

宁夕：“洛林国际时装周就要开幕了，行程都安排好了吗？”

韩茉茉：“我早就安排好了。”

宁夕：“乖。”

“History简直太无耻了，跟风了我们一次又一次，还反污是我们抄袭，这次一定要把他们打趴下！”韩茉茉气呼呼道。

宁夕见宫尚泽一直没有说话，看起来心不在焉的，于是放下手稿走了过去：“阿泽，你在想什么？”

宫尚泽欲言又止，随即摇了摇头：“老板，没事。”

宁夕双眸微眯，试探着问道：“是不是戴威那里还有你的手稿？”

宫尚泽咬了咬唇，然后说：“我统计了一下，手稿应该没有了，但是我也不能完全确定有没有遗漏。”

宁夕知道宫尚泽的担忧，对他而言，最难的事情便是超越自己。

宫尚泽抿了抿唇，随即抬眼看向宁夕：“老板，到时候你会去吗？”

宁夕点头：“当然，这么重要的时刻，我怎么可能不到！那时候，我应该正好在洛林取景拍摄，肯定会过去。”

宫尚泽原本还有些不安，听到宁夕的话之后，不安渐渐消散，清澈的眸子异常明亮：“老板，我不会让你失望的！”

宁夕轻笑道：“我相信你。”

M国，洛林。

洛林国际时装周在即，则灵团队飞往了洛林这个时尚之都，迎接未来一周的重要战役。

洛林以它的美和时装享誉世界，这座城市是全世界追逐时尚的女人们心中的圣地，也是所有优秀设计师的乐土和梦想的摇篮。

时装的历史便是洛林这个城市的历史，至今洛林的时装风格仍然对各国的顶尖设计师有着巨大的影响。

洛林时装周在时装界拥有至高无上的地位，决定了本年及次年的世界服装流行趋势。每年，来自世界各地的设计师，将在七天时间里展示近百场时装秀，向全球时尚达人传递最新潮流资讯。

如今，中国最具代表性的品牌之一History，便是因为当年在洛林时装周的舞台上大放光彩才一战成名，一跃成为国际时尚圈内中国风的代表，被国内的时尚人士推崇。

去年History也参展了，虽然没有第一次那么惊艳，但表现也是可圈可点的。

而对则灵来说，这是第一次在国际舞台上亮相。

这次在洛林，大部分拍的是江牧野的戏份，宁夕的拍摄行程则很轻松。当天的拍摄任务完成后，她便赶去了机场接机。

她远远便看到宫尚泽、乔微澜和韩茉茉三人。

“老板！这里！”韩茉茉用力在人群中挥舞着双手，然后欢快地朝宁夕扑了过去。

宫尚泽略落后了几步，手里提着拉杆箱，怔怔地看着洛林的天空，有些失神。

洛林……这座给了他无限生机和希望，又曾将他打入深渊的城市，他终于又踏上了这片土地，终于又回到了这里。

“阿泽，走吧！”耳边传来温暖的声音。

“嗯。”宫尚泽看着身旁之人，游离的思绪一点点收回，化作无限的力量。

这一次，他不再是一个人。

“老板，飞机餐好难吃，我好饿呀！”韩茉茉眼泪汪汪地说。

宁夕揉了揉小丫头的头发：“走，我先带你们去吃好吃的！”

将行李放到车里之后，宁夕驱车带着三人来到了当地一家有名的米其林餐厅。

“哇！米其林三星餐厅！会不会很贵啊？”

宁夕失笑道：“放心好了，你还吃不垮你家老板！”

一行四人找了意个安静、靠窗的位置坐下，韩茉茉专心致志地开始点餐，乔微澜则已经开始跟宁夕汇报工作。

宫尚泽看着窗户对面不远处的某个角落，突然开口说了一句：“那里原本是我的位置。”

宁夕顺着宫尚泽的视线看过去，看到一个乞丐正四仰八叉地躺在那里呼呼大睡。她愣了一下，顿时笑道：“太巧了吧！还真是！”

宁夕第一次见到宫尚泽的地方貌似就是那里，距离那边不足三百米的地方，有一家History专卖店。那天，她是在History买完衣服后，在大街上碰到了找碴的宫尚泽。

“什么什么？那儿就是老板捡到咱们宫总监的地方吗？”

韩茉茉一听，立即来了兴致，开始追问宁夕和宫尚泽当初相遇的细节，乔微澜也颇感兴趣地看了过去。

“可不是吗，时间太久了，刚才我一时没想起来……”

四人正气氛愉悦地说着话，这时，餐厅的门被推开了，一行七八个人陆续走了进来。

为首的是一个长相圆滑、个头不高，看起来三十多岁的男人，跟在男人身后的人穿着一身阿玛尼高级定制西装，腕上戴着价值上百万的百达翡丽——竟然是他们的大熟人。

“啊！那不是戴威吗？真是冤家路窄，这都能遇到！”韩茉茉顿时激动道。

那一行人正是History的设计团队。

为首的那人叫刘明辉，是戴威的副手，History的设计副总监，用韩茉茉的话来说就是戴威的狗腿子。

戴威一行人在各自说话，并没有注意到他们这边，随即几人在他们对面不远处半封闭式的包厢内坐下了。

虽然看不到对方，不过对方高谈阔论的声音清晰地传到了宁夕他们这边。

“这次老大的作品实在是太赞了，绝对能把那群老外的眼珠子给看得掉下来！”其中一人语气激动地开口道。

“还是老大厉害啊，居然能想出这么绝的创意！这个立意肯定大火！”说话的人是刘明辉。

“做工和技艺也是一绝，没一年半载哪能赶制出来！老大肯定一早就在准备了，居然瞒着我们谁都不说。”

听着对面浮夸的恭维，韩茉茉不屑地撇了撇嘴：“真能吹，他们咋不上天呢！”

宁夕笑了笑，没说什么。

再次见到戴威，宫尚泽已经没有以往那么激动。只是，他听着那边传来的只言片语，眉头不易察觉地蹙了蹙。

回去之后，他又把戴威至今为止发表的所有作品全部对照着自己被盗走的设计稿罗列了一遍，确定已经没有任何遗漏。

他知道戴威除了明面上的这个设计团队，私下还养了一批人，其中倒是有不少高手，也不知道他用了什么方法让他们甘愿为他所用，否则他不可能撑到现在。

这一次的参展作品，大概也是出自那些人之手。

两天后，洛林时装周正式拉开帷幕。

现场群星璀璨，大牌设计师云集，这不仅是时装爱好者、明星名模们最期待的时刻，也是新锐设计师们崭露头角，进入国际时尚圈的最好时机。

此时，国内媒体娱乐版面已经铺天盖地都是秀场的相关报道，不是某某女星收到了邀请函，就是某某在洛林时装周红毯上如何惊艳全场。

众多明星甚至网红纷纷在个人社交账号上贴出他们穿着华服前去看秀的照片。

实际上，作为国际顶级时尚秀的洛林时装周，就算是一线、超一线大咖也必须有品牌商或投资商的邀请函才能进入。

时装周期间，一个品牌在时装周大秀的邀请函，百分之四十会发给来自全球的顶级时尚媒体，百分之三十会发给知名时尚买手，百分之十发给品牌商邀请的嘉宾，百分之十发给顶级客户，百分之十备用。

也就是说，娱乐圈的明星只占百分之十，并且大多数没有资格坐在头排。

座位每一排的安排，都显示着来宾在时尚界的地位。能坐在第一排的人，全部是地位尊贵的嘉宾。

国内那些在网上贴图的二三线明星甚至十八线网红，看似受到了邀请，实际上连位置都没有，全部是自费前来，在外围蹭红毯，摆出格调，骗骗一些不懂行的路人。

官方秀场的地址定在洛林大皇宫。

皇宫头顶悬挂的水晶灯如夜空中的星河，古朴而奢华的大厅被改造成了一条长长的T台，T台两侧便是嘉宾席。

受到邀请的明星全部挖空心思穿着华美的礼服，姿态优雅地行走在红毯上，然后凹造型，在所有的摄影师面前展现最完美的一面，随后一一在各自的座位上落座。

从前的国际时装周都是不对外开放的，随着直播的普及，如今普通人在家中也可以实时看到现场的盛况。

国内某热门视频网站竞争到了直播权，大家热烈地刷着屏，对画面中不断出现的大咖惊呼感叹，评价着各路名人的穿着打扮。

“嗷嗷嗷！我看到男神奥兰多了，男神好帅好帅好帅！他穿花衬衫太风骚了！”

“哎哟，许皎皎穿的那是什么啊！她是把自家炕上的花棉被直接穿出来了吗？太雷人了吧！”

“她为了博眼球也是拼了！”

“我怎么好像看到宁雪落了？她不是早就退出娱乐圈了吗？竟然坐在第一排！要知道我国整个娱乐圈也只有宋琳一个人有资格坐在第一排，还是因为她是LA的中国区代言人。不过宋琳已经半隐退了，这次都没到场。”

“宁夕的咖位也完全可以啊！可是宁夕好像没有大牌服装、配饰的代言，没办法得到邀请？”

“这你就不知道了吧，坐在第一排的除了嘉宾，都是业内人士，宁雪落虽然不是娱乐圈的明星，却是History的创始人。”

“难怪呢！”

在现场那些座位靠后的中国女星艳羡的目光中，宁雪落身着宽松款的History高定礼裙，佩戴奢华的 Winston珠宝，在第一排的位置翩然落座。

啊，退出娱乐圈又如何？她本来就不屑那个名流眼中永远低人一等的圈子。

有国内的媒体记者立即热情地迎上来提问。

“宁总，这已经是History第三次代表中国登上国际时装周的舞台了，对此，你有什么想说的吗？”

宁雪落面上露出大方得体的微笑：“很荣幸History得到了诸位专业人士的肯定，也很荣幸History能够代表中国在世界舞台展示它的独特风采，让全世界知晓它的美。”

宁雪落的回答顿时得到了不少爱国人士的大力称赞。

“除去宁雪落的人品不说，她倒确实挺有能力的！”

“她也算为了弘扬我们中国文化做贡献了啊！”

此时，设计师席位那边，戴威也受到了不少媒体的追捧。

“戴先生，两年前，History的中国风设计惊艳全世界，在国际时尚圈掀起了一股中国风。去年，History的表现却略显平庸，不知道这次的秀场，History会不会重新给我们带来惊喜呢？”

被国外记者提问的戴威，面上满是骄傲的神色，在听到“去年表现略显平庸”的时候，脸色稍稍僵硬了一下，不过很快便满脸自信地开口道：“这次的作品是我耗费了两年时间的心血之作，相信不会让诸位失望！”

这时，不少记者突然一齐朝着门口的方向而去。与此同时，直播间内也开始一阵疯狂地刷屏。

“啊啊啊！夕哥！夕哥！夕哥！”

“我家夕哥来了！”

相比今晚众女星的争奇斗艳，宁夕穿着一身设计简单的服饰，香槟色上下两件套，小西装和一步裙，除了裙摆和领口处的刺绣点缀，没有任何多余的装饰，干净又利落，与各媒体所料想的大相径庭。

国际时装周上，受邀嘉宾都是被邀请来看秀的，可如今越来越多的人把看秀当成了作秀，当成了博出位和博眼球的名利场，尤其是在国内，这样的情况更严重。

宁夕这样简洁得体又不会隆重到喧宾夺主的穿着，倒是得到了在场不少国外媒体和业内人士的好感。宁夕参演《霹雳特工队》的消息已经确定，让宁夕在国际上有了不少的曝光率，此时，不少国外记者上前采访她，打破了中国女星备受冷落的传统。而直播间内的粉丝见状，也纷纷激动得刷着屏。

看着宁夕出风头，宁雪落的脸色顿时阴沉了几分。不过，见宁夕朝着极其靠后的位置走去，她的眉头才又舒展开来。

宁夕身上的代言虽然不少，但没有任何一个服装品牌，根本不可能有大牌服装的邀请函，从杂志媒体那里弄到的匿名邀请函位置会非常靠后，甚至可能连座位都没有。

宁雪落好整以暇地坐在第一排，余光满是嘲讽地瞥着径直走到了最后一排的宁夕。

就算在娱乐圈混到了顶点又怎样？在这种高级圈子里，她宁夕照样什么都不是！

宁雪落正心情颇好地跟周围几个熟识的业内人士聊着天，下一秒却愣住了。

只见宁夕跟最后一排的秦霜打了一声招呼，说了几句话之后，竟起身朝着第一排的方向走来，随后径自在其中一个空位上坐了下来。

宁雪落的脸色顿时不太好看，不过，很快便化为嘲讽和不屑。

也不知道这贱人用了什么手段才坐到了这里。

啧，毕竟她如今作为所谓的中国娱乐圈的第一女星，这点面子工作还是要做的。只是她这种明显不够资格却硬凑上来的人，明眼人谁不知道，也就骗骗那些无知的粉丝而已。

台上，主持人宣布时装周正式开幕，所有人的注意力都集中到了T台上。

各路大牌纷纷亮相，带来自己下一季度的春夏新品，为大家带来了一场无与伦比的视觉盛宴。直播间内的人惊叹连连，与此同时，他们也都期待着中国品牌的出场。

“咱们的History什么时候上啊？好期待！”

“我看了行程单，就是今天，还有MOON，也是咱们中国的！”

“MOON是不错啦，可是太没咱们中国自己的特色了，我还是喜欢History！”

“听说这次获得入场资格的还有则灵？”

“啊！就是那个一直跟风History的则灵啊？”

每年的时装周，各个国家前来参展的品牌，都是在本国拥有一定的影响力，并且能够代表本国特色的品牌。设计师也要求必须在国内达到顶级综合标准，经过时装周评审团的资格评审，最终才能获得官方的邀请。

这次中国通过评审的仅有三家品牌，一家是有中国第一设计师之称的曲观阳旗下的MOON，一家是History，另一家便是则灵。

曲观阳是第一个进入国际时尚圈的中国设计师，不过他的风格一贯走国际路线。History则是第一个让中国风在国际时尚圈大放光彩的中国风品牌。

一开始则灵跟History还有一战之力，但一年的隐匿，别说在国际上，就连在国内都已经快要消失在众人的视线中，直到最近两个系列的新品反响不错，才渐渐复苏。不过这次则灵参展还是难免被大家当成可有可无的陪跑者，甚至当成History的跟风品牌，完全被淹没在了History的光芒之下。

这个圈子便是如此，所有人只会记得第一名。

正在看直播的所有中国的时装爱好者，都望眼欲穿等着自己国家的品牌出场，业内人士最近几年对中国风也越来越关注。

曲观阳的MOON参展之后，大屏幕上终于出现了History的名字。

无数中国风的关注者都屏息凝视朝台上看去，就连时尚教父Adam也微微挺直了脊背，神情专注地看向台上。

伴随着一阵悠扬的古琴声，身着History高级定制时装的模特陆续上场。

当模特一一走出时，现场顿时响起此起彼伏的惊叹声，所有人眼前一亮。

因为实在是太美了！

中国传统文化中“禅”的意境被体现得淋漓尽致，每件衣服都散发着浓郁的中国韵味。

每一处线条、每一针刺绣，无不体现出中华文化的含蓄温婉与大气磅礴。

最难能可贵的是，这些霓裳羽衣，让世界看到了蕴含着古老中国智慧的缂丝、苏绣、盘金绣等传统手工艺。

“哦，上帝，这实在是太美了！”

“这就是传说中的中国手工技艺？”

“如果我没看错的话，这几套衣服用的都是中国始于唐朝的缂丝技术，制作工艺十分复杂，短短几尺，就要耗费手艺人几个月的时间。”

“太特别了！神奇的中国文化！”

现场的业内人士，甚至是那些对中国风存在偏见的设计师，此刻也不禁被模特身上一件件华美精致的霓裳羽衣所惊艳。

而此刻，直播间内，中国粉丝们更是激动不已，心里满满的自豪感。

“美美美！咱们大中国的文化实在是太令人惊艳了！”

“太棒了！History果然没有让我们失望！颤抖吧！这就是我们大中国源远流长的传统文化！”

“我感觉自己要对宁雪落路转粉了啊！”

一片铺天盖地的夸赞声中，没有人注意到，在光线昏暗的某个角落里，长相清秀的青年脸色煞白，颤抖的唇几乎要被他咬出血来。

霓！裳！羽！衣！他的霓裳羽衣！

他耗费半年画出设计图，又花费了整整两年时间亲自去和老匠人学习技艺，亲手一针一线做出成品的霓裳羽衣！

当初戴威骗他说被一把大火烧毁在了样品间的霓裳羽衣，此刻却出现在了洛林国际时装周的T台上，就这么出现在了他的眼前！

涌上心头的不是失而复得的喜悦，而是滔天的怒意和恨意，是他的心血被人生生挖走的撕心裂肺的痛！

宫尚泽双目猩红，额头的青筋暴起，胸腔的起伏越来越剧烈，清俊的面容几乎到了狰狞的地步，全身的血液仿佛已经逆流。

不远处的座席上，宁夕在History的作品出现的一瞬间，便有一种不祥的预感，第一反应便是去关注宫尚泽的反应。

结果一看之下，果然，宫尚泽的脸色越来越难看，甚至他的神情明显已经处在了崩溃的边缘。

宁夕从来没有看过宫尚泽这么激动的模样。

糟糕！

宁夕见状，眉头紧蹙。看来戴威这套所谓他耗时两年的心血之作，根本就是宫尚泽的设计。甚至，不仅是设计图，这所有的成衣，说不定都是宫尚泽亲手制作的。

她记得自己曾经不止一次听宫尚泽说过，他此生最完美的作品被毁在了一场意外引起的大火里。

那套成衣叫“霓裳羽衣”，难道……

History的作品再次惊艳了世界，国内外媒体蜂拥而上，采访着首席设计师戴威。

某国外记者：“戴总监，此次您的作品实在是太令人惊艳了，不知道您的灵感来源哪里？”

戴威面带微笑，一脸傲然地回答道：“我的灵感自然来自于我们中国五千年的文化。”

某中国记者一脸激动地说：“戴总监说得实在是太好了！请问这些衣服都运用了哪些古老的设计？据说这些都是您亲手制作的，是这样的吗？”

戴威颔首道：“霓裳羽衣运用了缂丝、苏绣、盘金绣等技艺，设计图是我独立完成的，不过制作是我与团队共同完成，他们同样付出了很多。”

“戴总监，您太谦虚了。众所周知，设计师是服装的灵魂。另外，戴先生，您这次的设计比两年前那场‘春色满园’还要出色，不知道您这次的系列主题叫什么名字呢？”记者问。

戴威回答：“霓裳羽衣。”

听到这四个字的瞬间，宁夕的瞳孔骤然紧缩，眸底浮现彻骨的寒意。

竟然真的是“霓裳羽衣”！

戴威甚至嚣张到连一个字都未改，难怪宫尚泽会露出那样的表情。

宁夕看着昏暗中仿佛被烈焰燃烧的青年，略一沉思，拿起手机，编辑了一条短信，按下了发送键。

宫尚泽感受到手机的振动，强撑着按下解锁键，视线模糊地点开了那条信息。

在他看到那条信息的一瞬间，体内横冲直撞、几乎要令他眩晕的愤怒，如同被安抚了一样，瞬间平息下来。

现场的赞叹声不断，直播间里的人依旧在刷屏，被媒体包围的戴威还在侃侃而谈他的心路历程……而角落里，一名青年缓缓摘下面上的口罩，站起身，笔直地站立在人群中，一字一句地开口道："霓裳羽衣是我的设计，是我亲手完成的作品！"

这个声音如同在热烈的火焰中泼入一盆冷水，现场顿时静默下来，针落可闻。

所有人的目光瞬间从戴威的身上转向了目光森冷的青年。

Chapter 15

▼

戴威竟然从头到尾都在说谎，他真的盗窃了则灵的设计，甚至他的所有成名作都是宫尚泽的设计，怎么会这样？

青年长相清俊，脸色惨白，眸底的火光却如同能够将整个宫殿都焚烧起来。

戴威正享受着功名利禄尽揽怀中的畅快，陡然听到这个噩梦般的声音，简直如同一道惊雷自他的天灵盖劈下来。

他僵硬地转过身，看清青年的相貌之后，更是瞬间呆滞。

宫尚泽！他竟然看到了宫尚泽！

不可能，怎么可能是宫尚泽！这绝对不可能！他分明在洛林大街上乞讨，分明应该已经疯疯癫癫不知道死在哪个阴暗的巷口。他怎么可能衣冠齐整地出现在洛林国际时装周的现场！

其他人此刻的目光都聚集在宫尚泽的身上，没有人注意到戴威面上一闪而过的异样。现场的媒体、嘉宾面面相觑，一头雾水，好半晌后才总算回过神来。有记者面色不善地开口询问："请问这位先生，您是哪位？"

宫尚泽最不擅长的便是与人交流，就连出席这样的场合也要戴着口罩把自己裹得严严实实才有安全感，更别提在这么多的目光下开口说话。

青年的手心汗湿了，直到察觉到人群中一道始终照耀着他的目光， 他才继续开口。

"则灵首席设计师X，中文名，宫尚泽！"青年字字清晰地回答。

青年话音落下的瞬间，现场又是一阵不可思议地议论。

"则灵的首席设计师？"

"啊！原来他就是则灵那个传说中从未露面的设计师X！"

"但是，他刚才的话是什么意思？他竟然说霓裳羽衣是他的设计，是他亲手完成的作品！这不是天方夜谭吗？History的作品怎么会是他们则灵的设计师完成的？"

戴威死死盯着对面已有整整两年未见的青年。

青年不仅丝毫没有落魄的痕迹，反而穿着一身得体的衣服，连在人前一贯畏畏缩缩的模样也不见了，以至于他方才第一眼看到青年的时候差点没认出来。而更让他没想到的是，宫尚泽竟然就是则灵的首席设计师！

原来一直跟他作对的人，竟然是这小子！

难怪啊！难怪则灵的设计风格跟宫尚泽的那么像，竟然真的是他！他还真是命大！戴威的眸底一片狠厉之色，在经过最初的震惊和慌乱后，戴威的脸上渐渐露出了不屑和有恃无恐的表情。

——呵呵，阿泽，两年未见，你还是一如既往的天真啊！你以为靠着区区则灵就能扳倒我了？你以为说一句霓裳羽衣是你的设计，大家就会相信你？

一切如同戴威所料想的那样，不仅现场众人用异样的目光看着宫尚泽，国内直播间内的粉丝们说话更加难听和露骨。

“这人从哪儿冒出来的啊，他想红想疯了吧？他一路抄袭跟风History也就算了，现在居然直接说这些衣服是他的设计，是他亲手做的！”

“他太无耻了！要不是因为History让世界知道了中国风，则灵怎么可能有机会沾光受邀参加国际时装周！”

“他丢脸丢到国外去了！快滚出时装周吧，别再丢人了！”

在一片骂声中，也有一些理智的网友提出了质疑。

“是不是有什么隐情啊？则灵的设计师稍微有点脑子也不可能在今天这样的场合说出这种毫无根据的话吧？”

“其实则灵的衣服也挺好看的，这次得到了洛林时装周的邀请，也是国际对则灵的肯定了，他实在没必要做这种事情啊！”

类似这样的评论很快就被History的拥护者压了下去。

“一个只会山寨抄袭的设计师，你认为他有脑子这种东西吗？”

“他都一年没有设计出任何作品了好吗，最近的作品还全部是跟风History的，甚至当年拿金顶奖的设计都是模仿借鉴History的！山寨尝到了甜头，他现在就得寸进尺，干脆直接说History盗窃他的作品，怎么会有这么不要脸的人？”

此刻，现场的人也议论纷纷，看着宫尚泽的眼神带着异样。

有记者询问：“宫先生，方才您说霓裳羽衣是您的设计，不知道这话到底是什么意思？”

宫尚泽：“字面上的意思，霓裳羽衣是我的作品，戴威盗窃了我的作品，不仅霓裳羽衣，‘春色满园’也是我的设计。”

“你说什么？”提问的记者一脸蒙。

两年前，戴威惊艳国际时装圈的“春色满园”也是他的设计？

“出水芙蓉、林间、晚秋……”宫尚泽一口气列出了十几个History的主题系列，以及每一个系列的具体发布时间，最后开口道：“这些全部是戴威从我这里盗走的设计稿！”

角落里，戴威听着宫尚泽的话，差点直接笑出了声。那表情满是同情和遗憾，宛若看着一只明知将死，却依旧在垂死挣扎的可怜虫。

啧，他就知道，这个白痴根本不足为惧！都不用他出手，宫尚泽就能玩死自己。

今日，这个名为宫尚泽的则灵设计师说的事情实在是太令人吃惊了。

中国风的领军人物，连时尚教父都亲口夸赞的天才中国设计师戴威，他的所有经典成名作竟然都是盗窃来的？

记者连忙追问：“如果你说的这些都是真的，为什么之前从来不说？而且你刚才说那些都是戴威从你这里盗走的设计稿，有证据吗？”

宫尚泽："没有。"

记者："呃……"

现场的人闻言，皆一阵无语，国内的骂声都快要把直播视频网站的服务器卡掉了。

"活久见啊！活生生的傻子！"

"你说抄袭就是抄袭，你说盗窃就是盗窃，你说是你的就是你的，那我还说自己是你爸爸呢！"

"实力比不上人家，也不能这么无脑地泼脏水吧？"

"这种上不了台面的小杂牌子到底是怎么被选上去的，简直太丢我们中国的脸了！"

"喊……"看着众人的反应，戴威发出一阵冷笑，身心愉悦到了极致。

他真是要感谢这小子自己上门来找死，从此以后，他再也没有后顾之忧。

"戴总监，对于这位宫先生的指控，你怎么看？"记者纷纷开始转向戴威。

戴威闻言，长叹了一声，一脸痛心的表情，看向宫尚泽的方向开口道："宫总监，我不止一次听说你的风格是模仿我的，但同为中国设计师，同走中国风路线，我敬你同样为中国的文化传承而努力，对此从未说过什么。我却没想到，你会颠倒黑白，选择这样令人不齿的方式打击我。本是同根生，相煎何太急？"

戴威的这番话更是把所有人情绪引到了极致，连官方的人员都看不下去了。

这时，洛林时装协会的会长，德高望重的业内前辈阿卡斯沉声开口道："宫先生，据我所知，戴威设计师的每一张设计稿都有注册版权，绝对无法作假，抄袭或盗窃他人作品这种事绝无可能。除非，你有更早的时间证明。"

宫尚泽闻言，沉默着没有开口。

他的一切物品都被戴威洗劫一空，设计稿、电脑，当初共同起的笔名也被霸占，版权注册当初也是戴威一手去做的。

就算事后他把那些设计稿还原，重画一份出来，但戴威注册在先，他要是发表了，那就是明晃晃的抄袭戴威，他跳进黄河也洗不清了。

看宫尚泽的表情，阿卡斯神情更加严厉，警告道："或许你因为一直被History压着心存不满，又或许因为一直被指责抄袭History而存有不忿，但是，空口无凭便血口喷人，还是在今天这样的场合，你知道后果是什么吗？如果你不能给出一个合理的解释，我们将会撤掉则灵的受邀资格，而你个人也会被整个时装协会封杀！"

"如果我能证明自己说的是真的呢？"面对官方的指责，面对所有人鄙夷的目光，青年的目光丝毫没有动摇。

青年清澈、坚定的目光让阿卡斯神色微顿，随即他开口道："如果你可以证明自己说的是真的，那么我可以代表协会，一定会给你一个公正的判决。"

"好。"宫尚泽点头。

而戴威漫不经心地看着对面的青年，好整以暇地站在那里，眉宇间满是有恃无恐。

对于那些设计稿，每一张的创作灵感来源和创作过程他都了如指掌，了解得并不比宫尚泽少，宫尚泽如果是想用这种方式来证明他才是原创者，未免太天真了。

宫尚泽的目光掠过T台中间那排穿着"霓裳羽衣"的模特，落在戴威的身上："在我证明之前，我想请问戴总监一个问题。”

戴威：“可以，你尽管问。”

“这六套成衣，运用了诸多中国古老而精湛的技艺，尤其是刺绣，堪称巧夺天工。据说，这些衣服上的刺绣全部是由戴总监亲自完成的，请问是这样的吗？”宫尚泽目光冷冽地开口。

戴威闻言，眉头微挑，呵呵，这小子，原来在这里等着他呢！

戴威当即颔首道：“不错，这些衣服上的刺绣因为难度极高，皆由我亲自完成，若宫总监不信，我可以现场证明。”

——啧，宫尚泽，你以为我戴威混到今天真没两把刷子吗？

听到宫尚泽的问题，现场的一些业内人士也小声议论了起来。

“宫尚泽这是怀疑这些成衣不是戴威亲手制作的？”

“宫尚泽这回估计要栽了，戴威确实精通刺绣，尤其是苏绣，而这几套衣服上运用的正是苏绣的手法。”

“而且，就算证明了衣服不是戴威做的，那也不能证明图纸不是戴威设计的啊！”

宫尚泽没有理会周围人的窃窃私语，直接开口道：“不必了。”

听着周围人的打抱不平，戴威呵呵一笑，好脾气地开口道：“没关系，大家互相交流，有质疑也是正常的。”

戴威说完后，目光饱含情感地看着这些精致华美的礼服，一副回忆的语气道：“我们中国的服装文化博大精深，手工技艺更是巧夺天工，我一直梦想着有朝一日能够将中国的文化带上世界的舞台，所以，除了设计之外，我对中国的手工技艺也做了深入的研究。亲手将图纸化为实物，对我而言是一个非常有意义的过程。”

虽然一个好的设计师不一定非要是一个好的裁缝，但兼具顶级手工技艺的设计师一定能够更好地理解服装。

戴威的话，顿时得到了在场不少业内同行的认可。

宫尚泽从头到尾只是安静地站在那里，一言不发。等到戴威说完后，他突然迈动脚步，一步一步地缓缓朝着T台中央走去。

陌生人的视线如芒在背，严重的社交障碍让青年的每一步都如同行走在冰刃上。可是，他知道，他不能停止，不能退缩。

有一个人，始终看着他。

看到宫尚泽突然往台上走，所有人都好奇地朝他看了过去，众人的目光已经满是不耐烦。

“这人又想搞什么？”

“好好的一场国际时装盛宴，被一个跳梁小丑弄得如此乌烟瘴气！”

“刚才就该直接找人将他赶出去的！”

台下不满的声音越来越多，宫尚泽终于走到了其中一个身着霓裳羽衣的模特身前。

白皙到几乎透明的手指，极小心地执起模特宽大的袖口，将袖口缓缓朝上翻转。下一秒，青年的目光如同利刃般射向对面的戴威：“那么现在，我请问戴总监第二个问题。请问，您为何要在自己的作品上绣上我的名字？”

下一秒，高清摄像机的镜头拉近。

只见众人身后巨大的屏幕上，宫尚泽手中绣着精致花纹的衣袖反面，赫然是用工整的隶书绣下的三个清晰的中国文字——宫尚泽！

在高清的摄像头下，衣服材质的纹理，以及刺绣的每一针、每一线都能清楚地看到。

金线刺绣而成的“宫尚泽”三个字，无比清晰地呈现在了在座的所有人，以及远在大洋彼岸正在观看直播的所有观众面前。

洛林时装周现场全程有专业的同声翻译。

此刻听到宫尚泽的话，又看到了大屏幕上衣袖反面的那三个字，不少国外的业内人士都开始询问周围的中国同伴。

“那是什么？中国的文字吗？那位设计师竟然说，那是他的名字？”

“没错，那是我们中国的文字，而且确实是那位设计师的名字。”

“上帝！这不可能！”

圈子里的人都知道，很多设计师都喜欢在自己最得意的作品上留下只有自己知道的特殊小印记，可能是一个有特殊意义的符号，也可能是自己的名字或者字母缩写，可从未听说过，有人会在自己的作品上，留下别人的名字。

此刻，戴威如同见鬼一样，死死瞪着大屏幕上“宫尚泽”三个字，心脏狂跳，额头汗如雨下。

“呃，这到底是怎么回事？戴威的作品上怎么会绣着宫尚泽的名字？”

“难道是被人动了手脚？”

“刚才宫尚泽特意问了戴威，这些衣服上的刺绣是不是他亲手绣上去的，他可是信誓旦旦说是的！”

“我的天！这反转……霓裳羽衣的设计该不会真是戴威偷来的吧？”

“那戴威其他设计的来源可就值得深究了啊！”

听着周围人的议论，戴威四肢发麻，手脚冰凉，下意识地朝首排的某个位置看去。

宁雪落的脸色已经难看到了极致。

该死的！怎么会！

宫尚泽这小子就是一个白痴，像傻子一样对他毫无戒心，当初怎么可能会想到在衣服上动这样的手脚！

而且为什么这些衣服他检查了无数遍，在这么长的时间里竟然都没有发现？

最可恶的是，这小子刚才还给他挖了坑，让他当场说了这些衣服上的刺绣全部是自己亲手绣上去的，现在他想改口都没办法了。一时之间，他的脑子几乎要爆炸了。

此时，洛林服装协会会长阿卡斯已经大步流星地走上台去，亲自检查那些衣服。

结果，在他的检查下，六套成衣，每一套衣服袖口处反面不起眼的位置，无一例外都有宫尚泽的名字。

刹那间，现场一片哗然！国内正在看直播的粉丝一个个也都傻眼了。

这是什么情况？戴威参展的霓裳羽衣，每一套都绣着宫尚泽的名字是闹哪样？

台上，阿卡斯检查完那些衣服之后，目光凌厉地落在了对面的戴威身上：“戴总监，你可以解释一下吗？”

戴威一个激灵回过神来，咽了一口吐沫，强撑着镇定，一脸不可思议的表情，义愤填膺地开口道：“怎么会这样！这不可能！我怎么可能会在自己的作品上绣上其他设计师的名字？这个刺绣根本就不是我弄上去的！”

阿卡斯沉着脸说：“可是，方才你已经亲口承认，所有衣服上的刺绣部分，都是由你一人独立完成的。”

戴威面不改色地开口：“确实如此，但我真的不知道为什么我的作品上会出现宫尚泽三个字！”

戴威这是打定了主意否认到底，场上众人见状，一时之间又拿不定主意了。

“呃，难道是这些衣服后来被人暗中做了手脚？”

“我看很有可能！”

“一定是这样了，不然怎么也说不通啊！”

比起在国际服装圈里默默无闻的宫尚泽，大家潜意识里更相信戴威。

因为戴威的暗示，大家自然而然地想着是不是衣服被人动了手脚。阿卡斯闻言，也沉吟道：“确实不能排除后续有人在你不知情的情况下，绣上这些文字的可能。”

戴威听到了他意料之中的回复，顿时舒了一口气。然而，戴威嘴角的得意尚未来得及绽放，便见阿卡斯身旁的青年语气笃定，面无表情地开口道：“不可能。”

顿时，所有人的目光又落在了青年的身上。阿卡斯眉头微蹙，询问：“为什么不可能？”

因为有刚才的大翻转，这一次，没有人再轻易开口说话，所有人都屏息凝视，等待着青年的回答。青年执起一角衣袖，一字一句地回答：“因为这部分的刺绣，我用的是双面三异绣的手法。”

双面三异绣？

这是什么？听到这个极其生僻的词汇之后，现场顿时又是一阵嗡嗡的议论声。

“呃，什么是双面三异绣啊？”

“不知道啊，我听都没听过！”

“我倒是听过双面绣，是很难的一种刺绣手法。单面的绣法只要求正面的工整，反面的针脚线路如何可以不管，而双面绣则要求正反两面一样整齐、匀密。”

宫尚泽说的东西连中国人都不懂，就算是中国的业内人士也只是一知半解，更别提那些老外，此刻大家都是一头雾水。

就在这时，一个穿着白色亚麻休闲装的中年男人走上台来。众人见状，顿时激动地惊呼出声。

“是曲观阳！”

“对啊！曲老师一定知道的！”

阿卡斯正在为难，看到曲观阳过来后，顿时松了一口气：“曲，这个恐怕还要麻烦你！”

“阿卡斯会长，您客气了。”曲观阳点头与阿卡斯寒暄了几句，随即目光深邃地在阿卡斯身旁的青年身上扫了一眼。

他第一次见到这个年轻人的时候，是在金顶奖上，青年的设计风格被指抄袭戴威，最后却凭借实力以满分拿下了那一届的金顶奖。没想到他们再次见面，会是在这样一种情况下。

宫尚泽的目光澄澈、干净，他平静无波地回视着中年男人。在所有人紧张、好奇的目光下，曲观阳很快便收回视线，开始仔仔细细地依次查看每一件衣服上有“宫尚泽”三个字部分的刺绣。

时间一分一秒地过去，不知过了多久，曲观阳终于放下了手中的衣角。

曲观阳看向众人，随即缓缓开口道：“我们中国的刺绣，一般是单面绣，然而还有一种更难的刺绣手法，叫双面绣。双面绣是我们中国优秀的民族传统工艺之一，是变体绣的一种，亦名‘两面光’。它是在同一块底料上，在同一绣制过程中，绣出正反两面图像，轮廓完全一样，图案同样精美，都可供人欣赏。”

“曲老师，那宫尚泽说的双面三异绣又是什么？”有人迫不及待地追问。

曲观阳继续开口解释：“双面绣中，还有一种不少人都知晓的，叫双面异色绣，顾名思义，就是在正反两面同时绣出图案相同，但颜色不同的作品。”

说到这里，曲观阳顿了一下，语气有些激动地开口道：“极少有人知道，还有一种最难的绣法，也就是宫设计师方才所说的，双面三异绣。双面三异绣，在双面异色绣的基础上发明而成，绣品正反两面异样、异针、异色，即正反两面对应部位图样不同、针法不同、色彩不同，异稿、异针、异色，故名双面三异绣。”

“原来如此！”

“好神奇啊！居然能同时在正反两面绣出不同的图案！”

现场一片感叹之声，众人纷纷沉醉在曲观阳所叙说的中国精妙的传统技艺之中。

就在这时，曲观阳最后得出结论：“我方才看过了，这六套衣服袖口处的文字设计，用的正是双面三异绣的绣法。也就是说，这部分的刺绣肯定是同时完成的，而绝对没有后期添加上去的可能！”

曲观阳话音落下的瞬间，所有人猛然惊醒，面上全是恍然大悟的神情。

“也就是说，这些刺绣肯定是一次性绣上去的，根本没有被人动手脚的可能！”

“那戴威岂不是在说谎？”

对面的角落里，戴威早在宫尚泽说出“双面三异绣”几个字的时候就已经变了脸色，此刻，在听完曲观阳的话之后，已经彻底僵在了那里，面上镇定自若的表情再也支撑不住，额上冷汗涔涔，一滴一滴地掉落在光可鉴人的地板上。

在越来越多异样的目光下，戴威已经顾不上形象，拾起袖子直接抹了一把额上的汗，然后抖着唇开口道：“其实这些字确实是我绣上去的，我喜欢宫设计师的设计，绣上他的名字不过是为了激励自己。”

对！就是这样！

就算他的作品上有宫尚泽的名字又怎样？他在自己的作品上绣谁的名字，是他的自由！

听到戴威的辩解，曲观阳顿时冷笑一声：“双面三异绣代表当今绣界最高技艺水平，即使在苏绣故乡S州的十万绣娘中，身怀此技者亦寥寥可数，既然戴总监说这双面三异绣是你完成的，不如你现场给我们证明一番？”

方才他不是还主动对宫尚泽说，可以现场证明所有刺绣部分是他亲手完成的吗？

曲观阳话音落下的瞬间，戴威脑子里的最后一根弦也终于崩断，面上一片灰败之色，再也站立不住，一下子瘫在了地上。

此刻，国内那些方才誓死维护History，疯狂撕咬宫尚泽的粉丝已经全部傻了眼。

“这……这是怎么回事？霓裳羽衣根本就不是出自戴威之手，而是宫尚泽的作品？”

“戴威竟然从头到尾都在说谎，他真的盗窃了则灵的设计，甚至他的所有成名作都是宫尚泽的设计，怎么会这样？”

在一片震惊的刷屏中，依旧有人不死心：“就算证明了霓裳羽衣不是戴威亲手制作的，那也不能证明设计稿不是他完成的啊？”

这样的言论立即遭到了不少人的反喷。

“某些人老说别人是傻子，我看他自己才是一个傻子吧！都这个时候了，他还在为戴威洗地。如果霓裳羽衣的设计稿不是宫尚泽画的，那宫尚泽难道是凭空做出这几套衣服来的吗？”

“明明衣服不是他做的，他还觍着脸在全世界面前装模作样，说是他亲手做的，还炫耀自己的技艺有多厉害。他看到衣服上有宫尚泽的名字还不悔改，继续面不改色地诬陷说是别人动了手脚。”

“被当场揭穿那是双面三异绣，不可能被动手脚之后，竟然不要脸地说出是为了激励自己才在衣服上绣了宫尚泽的名字这种可笑的理由来。直到被曲观阳现场打脸，他才终于没话说了。”

“作为品牌的首席设计师，所谓的国际中国风第一人，前后言行如此不一，从头到尾都在说谎，这种人的话还有几分可信度？他以往的作品到底是不是他原创的，确实很值得怀疑。总之，这次我支持宫尚泽！”

随后有不少人问：“可是，宫尚泽的设计怎么会被戴威盗走呢？不仅设计稿被戴威注册，连成衣都落在了戴威的手里，这实在是太奇怪了！”

不仅正在看直播的观众，这个问题也是现场所有嘉宾和业内人士所好奇的。一时之间，包括阿卡斯和曲观阳在内的所有人的目光，都落在了宫尚泽的身上。

宫尚泽面对着来自世界各地人的目光，心绪翻涌。他等了这么久，忍了这么久，这个秘密，终于有人肯听他说了，他终于获得了话语权。

宫尚泽深吸了一口气，随即缓缓开始说道：“当年，我与戴威共同创立了一个服装工作室，名为霓裳。因为我不擅长应酬、与人打交道，所以，我负责设计，戴威负责工作室的一切运营。我们的工作室，从一开始无人问津，到被越来越多的人知道，后来，我们的工作室开到了国外，开始寻求更广阔的天地。”

“渐渐地，开始有不少投资商希望与我们合作。我一直视戴威为最信任的合伙人，从不过问工作室的一切事务，只专心创作，所有的设计也都交给他保管，却没想到，他早已暗中将我的设计全部以自己的名义注册，在将我的设计全部转移之后，又将工作室洗劫一空，单独与投资商签约，完全抹杀了我，抹杀了霓裳的存在，成立了后来的History！”

“至于霓裳羽衣，是我耗费了两年时间完成的作品，原本便是为了有朝一日可以参展国际时装周而准备的。当初，我们的样品间突然起了一场大火，戴威跟我说，霓裳羽衣全部被毁在了大火里，也是直到今天我才知道，原来霓裳羽衣并没有被烧毁，而是被他霸占了。”

现场安静得没有一丝声音，所有人都凝神倾听着宫尚泽愤怒到颤抖的声音，心情随着他的诉说而起伏。

宫尚泽顿了一下，随即继续开口：“或许，我应该感谢他的贪婪，若不是因为如此，我根本无法证明自己的清白，也不会有任何人相信我的话。当他成了History的首席设计师，以‘满园春色’惊艳全世界，成为服装界中国领军人，成为全中国的骄傲时，我因为身无分文，正在洛林的大街上乞讨。试问，有谁会相信一个乞丐说的话？”

“即使后来，我成为则灵的首席设计师，但History成立在先，而戴威的所有成名作盗用的都是我的设计稿，以至于我的设计一直被所有人认为是跟风抄袭History。”

听到这里，所有人已经愤怒到了极致。

“天哪！他这简直太无耻了！”

“难怪则灵的设计风格跟History的这么像，没想到真相竟然是这样。History本来就是宫尚泽设计的，能不像吗？”

“我竟然还一直帮着History骂则灵是抄袭狗！”

曲观阳听着宫尚泽的话，心中满是感慨。

当初金顶奖的时候，他就已经很奇怪，为何则灵的设计与History的设计如此神似，不是形似，而是神似，简直就像出自同一人之手。

原来当初他的判断没有错，History和则灵的设计，真的出自同一人之手。

后来，History的设计虽然还是保持了原来的风格，但他总觉得少了一股灵气，怕是因为那时候戴威偷来的设计稿已经用尽，后来的作品都不是出自宫尚泽之手。

洛林时装协会会长阿卡斯目光锐利地看向了角落里好不容易才站起身的戴威：“戴威，关于宫尚泽对你的指控，你还有什么想说的吗？”

戴威目眦俱欲裂，胸腔剧烈起伏着。

不可以，他绝对不能就这么毁了！就算他撒了谎，就算霓裳羽衣不是他亲手做的，他依旧有东山再起的可能，但是如果他被证明了连设计也是盗窃别人的，那他就真的完了。

戴威怒斥道：“他血口喷人！History是我亲手所创，每一张设计稿都是我亲手设计的。霓裳羽衣不过是因为技艺太复杂，我才让人暗中请了专业人员完成刺绣部分，在这点上欺骗了大家，我可以道歉。”

“可是，谁知道接了这个活儿的人竟然是宫尚泽，他还抓了空子，不仅故意在衣服上留下他的名字，还诬陷我的所有设计都是偷了他的，简直荒谬！History已经成立整整三年，我能偷多少张设计稿，让History至今依旧是中国风第一品牌！”

阿卡斯听到这话，再次陷入沉思。

要知道，戴威可以说是他一手提拔的，当初是他引荐戴威给Aadm，也是他将戴威吸纳进了国际时装协会，还让戴威担任了重要职位。若戴威真的完全如同宫尚泽所说，那他这个会长难辞其咎。

于是，阿卡斯谨慎地再次跟宫尚泽确认道："宫先生，你能证明霓裳羽衣以及戴威的其他设计都是盗用你的作品吗？"

席位间，宁雪落见事情出现了转机，紧绷的神色终于稍稍放松下来。

而首排席位上的某处，宁夕白嫩的手指轻点着额头，轻笑了一声："啧，他们还真是不见棺材不掉泪。"宁夕低喃着，随即不动声色地用手机发送了一条短信。

很快，大厅内的一个工作人员匆匆走到了阿卡斯的旁边，在他的耳边小声说了些什么。他眉头微蹙，沉默了良久，最终还是点了点头。

片刻后。

似乎就是在等戴威此刻的垂死挣扎一般，身后巨大的屏幕上，突然又放出了无数张设计稿。

所有人纷纷抬头朝大屏幕看去，戴威也死死地盯着大屏幕，心中渐渐浮现了一股极其不祥的预感。

只见巨大的屏幕上，出现了History一系列的经典成名作品的设计稿。

戴威那些设计稿的右边，是相似的设计稿，但那些设计稿上签的是宫尚泽的名字。

右边的设计稿看似跟左边的一样，细看之下，却有不少细微的不同，而那些不同之处，如同点睛之笔，瞬间让所有人眼前一亮。

业内人士哪里还看不出这意味着什么，怕是戴威带走的其中一些设计稿根本就是半成品，而现在，这些半成品被宫尚泽这个原创设计师给完善了。

事情发展到这里，还远远没有结束。紧跟着，大屏幕上又出现了最近一年多里戴威的设计。这些设计虽然风格差不多，但即使是不懂行的人，也看出了这些设计似乎没有之前的那些设计有灵气。

那些设计稿的旁边，赫然是完全相同的设计图案，但是那些图案上的签名是一个个不同的名字。

"哎，这又是怎么回事？"

"一模一样的设计稿，却是不同的签名，什么意思啊？"

戴威在看到那些一模一样却签着其他人名字的设计稿之后，顿时脸上的血色尽褪，脸上露出慌乱之色。

还不等他有所反应，紧跟着，一段录像跳了出来，画面上出现了一个戴着口罩的男人。

男人颤抖的声音清晰地在大厅里响起："从一年前开始，戴威让我暗地里帮他寻找了一大批走中国风的设计师，所有人按月交稿，挑选其中他最满意的、最合适的设计稿，支付高额报酬。"

"那些接活儿的设计师，大多没有人脉资源，穷困潦倒，接这样的活儿，他们求之不得。这些是戴威对我的汇款记录，他这一年多的所有设计，都是从我这儿买去的。"

惊天丑闻就这么彻底曝光在了所有人的眼球之下。

History的首席设计师，竟然是一个小偷，一个满口谎话，甚至完全不懂设计，只会盗用他人作品的骗子！

片刻的死寂后，现场一片哗然，众人看着戴威，出奇地愤怒，国内的观众更是全部已经气炸了。

“人渣！败类！他简直把我们中国人的脸都丢尽了！”

“骗子，我要把柜子里History的衣服全部烧了！简直太恶心了！”

“世界上竟然有这么不要脸的人！你最好一辈子待在国外，敢回国，我见一次打一次！”

在铺天盖地的指责、唾骂声中，戴威的一张脸完全涨成了猪肝色。阿卡斯的脸色也异常难看，他终于什么话也说不出来，当场宣布，将戴威驱逐出时装协会，且终身封禁。

在一切谎言被戳破之后，阿卡斯当众宣布的话音在偌大的洛林皇宫落下的瞬间，戴威竟突然如同市井无赖一般，冲过去大骂起来：“我拿了他的设计又怎样！要不是我，他的作品还不知道在哪里发霉！他早就江郎才尽了，除了那些东西，他已经设计不出任何作品，现在想踩着我上位而已！不是我，他的作品就是一堆垃圾、废纸，分文不值！他就是一个废物！废物！”

戴威的叫嚣，只能让所有人对他更加唾弃和憎恶，而座席上宁雪落如坐针毡，看着戴威这个做派，脸色阴鸷到了极致，简直恨不得亲自把他给扔出去。

直到戴威被保安拖了出去，现场才总算安静下来。

宫尚泽眉眼微垂：“很抱歉，因为我破坏了这次的秀展。”

阿卡斯有些尴尬，面上满是自责之色：“是我们识人不明，差点让这种无耻之徒玷污了时装圈。发生这种事情，协会推脱不了责任。”

此刻，阿卡斯突然回忆起，早在很久之前，他的邮箱曾经接连不断地收到了多封来自同一人的举报信，对方声称History的首席设计师戴威盗窃了自己的作品。

当时，他因为那人提供不出证据便选择了置之不理，却没想到，这件事情竟然会在今日以这样的方式曝光出来。

此时，副会长赛德忙上台打着圆场：“让这种卑劣的骗子混入神圣的服装殿堂，实在是我们整个时装界的耻辱。对于盗窃者，协会必将给予最严厉的处罚，同时，我们要保障所有真正热爱服装设计、真正有才华的设计师的权益。”

现场瞬间响起了一阵雷鸣般的掌声。

副会长略松了一口气，忙趁机开口道：“此次，则灵也给我们带来了最新的作品，让我们期待这位曾给我们带来无与伦比的惊艳，曾让我们感受了中国瑰丽文化宝藏的设计师，给我们带来怎样的惊喜。”

伴随着副会长的话，T台一切准备就绪，会展重新开始。

众人含着探究的目光，随之投向了T台上，守在直播前的中国观众们也都屏住呼吸，无比紧张地盯住屏幕。

不少人知道，则灵除了刚开始那段时间佳作连连，确实已经很长一段时间没有作品展现了。

会不会真的如同戴威所说，宫尚泽其实已经江郎才尽？

中国风是否会就此陨落？

台下，有业内人士小声分析。

“自从戴威用‘春色满园’引起一阵中国风热潮之后，这几年，各大品牌的设计师们都喜欢在设计上加入一点中国元素，各种跟风的中国风品牌更是不胜枚举，所有能用的元素已经被用光了。”

“确实如此，他再想创新，想拿出新的不一样的东西真的太难了！”

“不过，现在证明了戴威从前的设计都是出自他之手，那么戴威的成就自然也回到了原主手里，只要这次他正常发挥，也足够他在国际时尚圈有一席之地了。”

这时，周围的灯光全部变暗，众人的议论声也瞬间停止。终于，T台上，第一位模特缓缓自后台迈步而出。

一席以藏青色为主色调的长裙，背后是宽大的披风，橙色、黄色和墨色构建出一派大气磅礴的厚重景象。

“那是敦煌！”现场立即有人发出惊呼声。

这件成衣上的色彩和花纹元素正是来自中国现存规模最大、内容最丰富的古典文化艺术宝库，也是举世闻名的佛教艺术中心——敦煌莫高窟。

很快，第二套成衣也出现在了众人眼前。

这套衣服的主色调为金色，礼服上绣有两条高高跃起的飞龙。众所周知，龙的图腾即是中国的象征。龙纹之间，绣以寓意祥瑞的五彩云纹，拖地的裙摆上，呈现着翻滚的波浪，耳边仿佛充斥着汹涌的波涛声，寓意“万世升平”。

第三套衣服运用了中国更为经典的青花瓷元素。整套礼服的图案，完美复制了一只宋朝的青花瓷瓶，辅以青花缠枝、龙、麒麟、凤凰和喜鹊等图案。

第四套衣服，大红色的修身长款礼裙，裙身绣有仙鹤与梅花，顿时将众人带入中国的渺渺仙境之中。

第五套、第六套、第七套……

一套又一套的成衣接连出现在众人眼前，每一套都代表着中国古老而独特的元素，令人惊艳，叹为观止。

谁也没有料到，这个看上去温文尔雅、毫无杀伤力的设计师，体内竟然拥有如此惊人的力量，不是一套成衣，而是整整十套，每一套都惊艳了世人。

台下，各大直觉敏锐的知名买手，已经在疯狂地寻找则灵的联络方式，准备抢购则灵这一季的作品，各国的超级巨星更是迫不及待地想要穿上这些独特的礼服。

“这简直太不可思议了！”

“太美了！每一套……每一套礼服都这么独一无二！”

“这样水准的设计，就算是一套也要耗费数月，整整十套，他到底是怎么做到的？”

则灵大秀结束，全场盛赞。

Chapter 16

▼

怪不得每次宁夕穿则灵的衣服都那么契合和让人惊艳，甚至让人觉得那些衣服完全就是为了宁夕而设计的！能不契合吗？宁夕分明就是则灵的灵感缪斯啊！

面对越来越多的惊叹之声，宫尚泽开口道：“确实，几乎所有的设计师都会遇到灵感枯竭这样的困境。但是我一直觉得，作为一名中国的设计师是幸福的，因为我们中国五千年的文化里，有挖掘不尽的灵感与宝藏。”

宫尚泽话音落下的瞬间，全场掌声雷动。远在中国的人们甚至激动得热泪盈眶。直播间内，铺天盖地地刷着宫尚泽与则灵的名字。

“宫尚泽说得太好了！”

“这样的设计师才应该代表我们中国站在国际的舞台上！”

“赝品就是赝品！这下看戴威那个小偷还有什么话好说！”

“话说，当初到底是哪个瞎了眼的老板跟戴威合作，投资History的？”

这个话茬一被提起，顿时无数人在下面刷：“还能有谁，宁雪落那个假千金啊！亏我之前竟然还差点对她黑转粉！”

则灵的秀是最后一场，走秀结束后，现场的记者蜂拥而上，前去采访宫尚泽，还有一大部分记者则直接去堵宁雪落。

宁雪落一刻都不想多待，原本走秀一结束她就准备离开，但记者怎么可能放过她，不等她起身就已经全部围了上去。

“宁小姐！History首席设计师竟然是一个盗窃他人作品的小偷，对此，你有什么想说的吗？”

“戴威这一年多的作品全部是暗中购买其他设计师的设计并占为己有，对此，你完全不知情吗？”

“当初你与戴威合作创立History的时候，难道没有先了解对方的人品吗？”

“你作为History的总裁，贵公司出了这样的丑闻，甚至影响了我们整个中国的声誉，对此，你没有什么需要跟大家解释的吗？”

一句又一句的追问，一个问题比一个问题尖锐，宁雪落此刻简直掐死戴威的心都有了。

这次的洛林时装周原本该是她扬眉吐气，该是History大放光彩的时候。那套霓裳羽衣的效果如此惊艳，在时装周之后，History的整个规模会扩大不止一倍，国际市场将会更加广阔。

她甚至已经准备好了回去之后就扩大国外旗舰店的数量和规模，到时候，History

将是中国第一服装品牌，而她则是这个品牌当之无愧的创始人！

可是现在毁了，一切都毁了！

宁雪落的心里翻江倒海，她气得几乎要发疯了。

她用尽所有的自制力才让自己强忍了下来，深吸一口气后，开口道："成立一家中国风的服装公司是我一直以来的想法，为此我准备了很久，也一直在寻找合适的设计师。当初，我之所以选择与戴威合作，完全是因为被他的设计所吸引。"

"因为宫尚泽先生的设计实在是太美、太有灵气了，我第一眼便认定了这些设计一定会火，一定可以让中国特色的服装为世界所接受，而后来的事实也证明，我们确实成功了。"

"然而让我万万没想到的是，戴威的设计竟然全部盗窃自宫先生。因为当时戴威可以提供一切设计稿是他原创的证据，所以对此我完全不知情，只欣赏他的设计天赋，一心想帮他完成梦想。"

"当然，我作为History的创始人，识人不明，有不可推卸的责任。在此，我由衷地对在座的所有同行、嘉宾、服装爱好者，以及中国的所有服装爱好者道歉。"

宁雪落说着，对着摄像头深深地鞠了一躬。随后，她极其愤怒地开口道："对于戴威这种极其恶劣的行为，History绝不姑息。从这一刻开始，他不再是History的设计师，诸位可以放心。当然……"

说到这里，宁雪落的目光突然转向了对面的宫尚泽，她诚挚地开口："History欢迎所有真正有天赋、有才华、有热情的设计师。我个人非常喜爱和欣赏宫尚泽先生的作品，如今已经真相大白了，我甚至可以说，当初的History便是我为了宫先生而成立的。"

听宁雪落的意思，竟然是对宫尚泽抛出了橄榄枝。记者们顿时激动了："宁总，你的意思是有意邀请宫尚泽先生加入History吗？"

宁雪落颔首道："History一直致力于中国风，最难得的是，我们History完全是宫先生的风格，我们的核心灵魂也正是宫先生，若宫先生愿意加盟History，必将能够为中国风创造更辉煌的成就。"

宁雪落说着，突然有些激动。

无论如何，History也是中国数一数二的中国风上市公司，而则灵不过是一个小作坊，怎么能与History相提并论？只要宫尚泽有点脑子，就应该知道怎么选择。而她只要把宫尚泽挖过来，这次的丑闻完全可以变成一桩佳话，History照样能够东山再起，甚至比戴威在的时候更进一步。

听到宁雪落的话，记者们纷纷又转向了宫尚泽那边。

"宫先生，对于History的邀请，你怎么看？"

"如今戴威已经得到了应有的惩罚，宫总监会考虑加入History吗？"

"宫尚泽先生……"

耳边记者的追问不断，对面宁雪落的目光更是无比灼热、露骨，宫尚泽从走上台开始，其实就一直在强撑着，此刻真相大白，所有的事情都解决了，则灵的秀展也大获成功，他终于没有辜负宁夕的期望。

在陡然放松之下，他强撑的力气终于全部消失，他只感觉全身手脚冰凉，脑子里满是嗡嗡嗡的声音，整个世界一片天旋地转。

宁雪落在说什么，那些围着他的记者在说什么，他能够听到他们的话，却已经完全不知道他们在说什么。

就在宫尚泽支撑到了极致的时候，他的肩膀上突然有一只温暖有力的手稳稳地扶了他一把。那熟悉的、无比令人安心和充满力量的气息陡然来到了他的身边。

“是宁夕！”

见宁夕突然从座席上起身，并且迈步走到了宫尚泽的身边，顿时，所有记者的目光都移到了这个无论何时出现都会立即吸引所有视线的身影上。

大家本来全部在追问宫尚泽是否有意加入History，此刻突然看到宁夕，都面面相觑，不知道这时候宁夕为什么会突然走过来。

宁夕站在宫尚泽的身侧，璀璨的眸子里波光流转，目光缓缓落在了宁雪落的身上。

宁雪落猛然对上宁夕的视线，陡然心头一紧。

这个贱人，又想做什么？

难道她想落井下石？

在现场所有人的注视下，宁夕垂下眸子，轻笑了一声，随即抬眸，开口道：“宁总，您当着我的面挖我的墙脚，不太妥当吧？”

此刻，听到宁夕的声音，宫尚泽混沌的大脑也终于清醒了过来，目光微亮地看着身旁之人：“老板。”

什么？这是什么意思？

随着宁夕这云淡风轻的一句话，围观的所有记者，包括现场众人顿时惊呼出声。宁雪落的脸色更是唰地一下失去了血色。

刚才宁夕说什么？她挖宁夕的墙脚？她方才似乎还听到宫尚泽叫宁夕……老板？这怎么可能？一定是她听错了！一定是哪里弄错了！

“宁夕小姐，请问您刚才的话是什么意思？”

“什么叫宁总当着你的面挖你的墙脚？”

“难道你的意思是，你是则灵的老板吗？”

就在记者疯了一般围上来追着宁夕问的时候，宫尚泽低哑的声音在嘈杂的人群中响起：“宁夕小姐，是我的老板，是我们则灵的创始人！”

伴随着宫尚泽肯定的回答，所有人都惊呆了，现场一片哗然。

“则灵的幕后老板竟然是宁夕？”

“这太令人震惊了！”

“难怪宁夕从来不接服装类的代言！原来她自己开了公司！”

“则灵的负责人一直是乔微澜，而乔微澜明明是秦笙月的手下，我还以为则灵的老板是秦笙月呢！”

“这个宁夕，不仅挖走了秦笙月最得力的手下，还收纳了宫尚泽这样的天才。”

“宫先生，您是说宁影后是你的老板，是则灵的创始人？”记者满脸不可思议

地问。

宫尚泽点头，答道："当初没有任何人相信我说的话，我投诉无门，身无分文，在洛林街头乞讨，是老板发现了我，她相信我并且带我回国，帮我成立了则灵，一直支持我走到了今天。"

记者激动地继续追问道："竟然是这样！不知道当初您和宁夕小姐是怎么相遇的呢？"

宫尚泽抿了抿唇，顿了一下，似乎是回忆起了什么美好的事情，神色柔和地开口道："当时，老板买了很多History的衣服，路过我身边的时候，大概是见我一直盯着她，就给了我一块三明治。当时，我发现那些衣服中的一套的设计，根本就是我未完成的设计稿，存在很多缺陷，便忍不住说了出来。"

"那会儿，我满心愤怒和恨意，看到自己的半成品都被盗去，便直接态度很差地骂那件衣服难看。谁会听一个乞丐的话，还是这么难听的话！可当时老板从头到尾听完了我的分析，也听完了我的故事。"

宫尚泽回忆着当时的情形，眼眶微微泛红，而现场所有人也都被他的回忆给吸引了。

宫尚泽深吸了一口气，继续开口道："当初，在那样的打击下，我已经完全绝望，甚至再也设计不出任何一件作品，是老板的出现，给了我希望。在跟着老板回国的飞机上，原本以为再也不能设计出任何作品的我，设计出了我回国后的第一个作品'涅槃'。也是这个作品，让我获得了金顶奖，让我有了全新的开始。"

听到这里，现场顿时有人露出恍然大悟的神情："啊！原来'涅槃'竟然是被这么设计出来的！难怪那么有震撼力和爆发力呢！"

曲观阳点点头，也露出了原来如此的表情。当初他就觉得这套衣服里面肯定有故事，只是没想到内情比他想象中的还要惨烈。

"再后来，我们的工作室遇到了很多困难，老板从注册到选址都亲力亲为，又费尽心思请来了专业的市场总监，开了第一家旗舰店。老板说，总有一天会在全世界面前帮我澄清所有的误会。老板还说，在真正的实力面前，一切诡计都是虚无的，等有朝一日则灵强大到拥有了足够的话语权，就算我没有证据，也会有人相信我。一直以来，都是这些话支撑着我……"

说到这里，宫尚泽神情微黯地继续开口道："原本一切都在往好的方向发展，直到老板出了事……"

众人听到这里，都已经知道宫尚泽说的应该是宁夕变成植物人，昏迷了一年的事情。

一年前，因为一次意外，宁夕受重伤昏迷不醒，成了植物人。当时宁夕突然消失，可谓闹得满城风雨，宫尚泽也深受打击，消沉了一年，直到宁夕回归。

"老板对于我的意义很深远。她不仅是我的上司、我的老板，更是我的信仰。因为她，我才重新拾回了对设计的灵感和信心。我之所以回来，不仅是为了我自己，更是想向老板证明，她没有看错人，我想成为她的骄傲。"

"可是，就在老板失踪的那一年里，我突然就失去了方向。我以为自己再次被抛弃，那些自我怀疑和不安，以及信仰的突然缺失，让我再也设计不出一件作品，直到老板回来。”

听到这里，所有人都明白了到底是怎么回事。

难怪啊……

难怪宫尚泽突然整整一年多没有设计出一件作品，难怪宁夕复出之后不久，则灵就陆续推出了亮眼的新作。

“返璞归真”，这不正是宁夕复出后最真实的写照吗？原来这个系列的灵感来源也是宁夕。

还有，怪不得每次宁夕穿则灵的衣服都那么契合和让人惊艳，甚至让人觉得那些衣服完全就是为了宁夕而设计的！能不契合吗？宁夕分明就是则灵的灵感缪斯啊！

宫尚泽的这番话，听得所有人无比动容，对戴威的无耻行径也更加鄙视了。与此同时，方才差点被宁雪落洗脑的众人也顿时回过神来。

这女人明明在帮着戴威助纣为虐，居然还能颠倒黑白，无耻地说出History是为了宫尚泽而成立的鬼话。

明明是History将宫尚泽打入绝望的深渊，差点毁了一个如此有天赋的设计师啊！

国内的所有观众在听完了宫尚泽的所有故事后，也全部开始疯狂刷屏。

“我夕哥果然威武霸气！”

“夕哥眼光独到，看人神准啊！”

“这个故事实在是太有爱了！”

“他们不仅是老板和员工的关系，也是最契合的合作伙伴！”

众人在感叹宁夕与宫尚泽这对伯乐与千里马的同时，对于宁雪落的行为也出奇地愤怒。

“宁雪落也太不要脸了吧！刚才居然还想挖走我们夕哥家的小泽泽！”

“宁雪落抢了宁夕的父母，又抢了她的男朋友，现在宁雪落的手下又抢了她手下的设计稿，真是有什么样的主人就有什么样的狗！”

很快，此次洛林时装周的种种新闻全部传回了国内。

History首席设计师戴威被爆出惊天丑闻，被国际时装协会当场除名封禁，而则灵在时装周上演了一场倾国倾城的中国盛宴，国内外媒体全部在争相报道这场惊艳了全世界的大秀，时尚人士对此交口称赞。

一时之间，则灵享誉国际时装界，成为圈内新宠，订单如同雪花一般源源不绝。

而History那边，因为这场轰动了国际时装界的丑闻，隔天股票直接跌停了，各大知名合作商纷纷与其解除合约，宁雪落连夜赶回国内，四处托人找关系，试图挽回History的颓势，却收效甚微。

两天后，洛林这边的工作结束，宁夕启程回国。

中国，宁家老宅。

回国之后，宁雪落便借口想家，回到了娘家小住，因为她实在受不了郑敏君时不时冷嘲热讽的嘴脸。

她特意给郑敏君弄了一张洛林时装周的邀请函，所以那天郑敏君也是全程在场的。

她原本以为这次History会大放光彩，谁知道竟然会发生后来的那些事情。郑敏君觉得丢人，没等她便一个人回国了。回国之后，郑敏君对她的态度更是脸不是脸、鼻子不是鼻子。最可气的是，郑敏君还总装作不经意地在她面前拿她跟宁夕对比。加上History的情况越来越糟糕，这段时间她简直焦头烂额。

宁雪落正阴沉着脸坐在客厅的沙发上，门外传来一阵脚步声，宁耀华和庄玲玉出门回来了。

看到宁雪落，庄玲玉顿时满脸高兴："雪落回来了！"说完后，庄玲玉打量了她一眼，顿时眉头紧蹙，"你怎么瘦了？你还怀着身孕呢，这怎么行！"

宁雪落垂着眸子，一脸黯然："妈，我没事的，可能是最近公司的事情比较多……"

一旁的宁耀华沉声道："History的事情不是你的错，你也不要太自责了。"

庄玲玉在沙发上坐下，气恼不已："我说那死丫头就是要跟我们宁家作对，你还不相信！现在你总该信了吧？她要不是故意的，请哪个设计师不好，偏偏要请那个人，还在那么多人面前给雪落难堪。"

宁耀华知道宁夕如今跟庄家的关系不错，本来一直想着缓和他们的关系，此刻也说不出话来了。他轻咳一下，道："这件事情，小夕确实做得太过分了！无论如何，她和雪落都是一家人，何必闹得这么难看呢！何况雪落还怀着身孕，她也不怕雪落受刺激有个什么好歹！"

庄玲玉没好气道："她怕是巴不得呢！"

宁雪落隐忍着，神情凄惶："妈，这件事情也不能怪姐姐，只怪我识人不清。可是，妈，我真的好难受，History是我的心血，现在全部毁了。"

看宁雪落如此伤心难过却依旧强忍的样子，庄玲玉心疼得不行："雪落乖，别伤心了，就是一家服装公司而已，没了便没了吧，又不是什么大事。你现在最重要的是把身体养好，先把孩子给生下来，以后一切都可以从头再来的。"

宁耀华也附和道："你妈妈说得没错，什么也没孩子重要。"

这可是她在苏家站稳脚跟的关键！有苏家的势力在，她日后再开间公司也不过是小事而已。

庄玲玉和宁耀华正宽慰着女儿，这时，一个面生的保姆模样的女人小心翼翼地端了一碗汤从厨房里走了出来："庄夫人，您回来了，正好，安胎汤已经熬好了，您快趁热喝了吧！"

安胎汤？宁雪落正摆着一副受了天大委屈，却为了庄玲玉和宁耀华而隐忍，不跟宁夕计较的乖女儿模样，陡然听到保姆的这句话，整个人蒙了一秒钟。

她是不是听错了？

刚才保姆说安胎汤？给庄夫人的？

保姆走到沙发前，才发现沙发上除了庄玲玉，还坐了一个人，顿时开口道："这位便是大小姐了吧，果然跟夫人您一样漂亮、有气质！听说大小姐也怀孕了，正好我煮了很多安胎汤，大小姐也喝一碗吧！”

宁雪落已经完全傻在了那里，不知道现在是什么情况：“妈，这是……”

庄玲玉没想到保姆会突然出来，还撞上了宁雪落，下意识地摸了摸自己的小腹，神情有些尴尬，似乎不知道该怎么开口。

旁边宁耀华的神色似乎也有些不自然，他轻咳一下后，才满面红光地开口道：“雪落，这是我新请来的阿姨，专门做孕妇餐的。你妈妈怀孕了。”

“什么？”

宁耀华的话简直如同一道惊雷，在她的脑袋上劈了下来。

宁雪落意识到她的反应似乎过激了，急忙稳住心神，转成了惊讶的表情：“爸，您刚才说什么？妈妈怀孕了？”

宁耀华握住庄玲玉的手，神色激动道：“是啊！雪落，你也知道，你妈妈因为身体不好，一直没能再有其他孩子，这也是我们一直以来的遗憾。其实这一年多里，我跟你妈妈一直在努力找人做人工代孕，只是一直没能成功。本来我们已经不抱希望了，谁知道你妈妈怀上了。”

说到这里，宁耀华难以掩饰激动的情绪，庄玲玉也是满脸幸福的表情。

宁雪落听到这些话，脑海里一片空白，随即是几乎要将她燃烧殆尽的愤怒。

庄玲玉怀孕了！

这种时候，庄玲玉竟然怀孕了！

宁耀华只当宁雪落是太意外了，并没有注意她面上那一抹快要撑不住的阴鸷，犹自沉浸在喜悦之中：“因为你这段时间一直在忙，所以我们才没来得及告诉你这个好消息。雪落啊，你果然是我们宁家的小福星，现在我们宁家可真是双喜临门了！”

嗬，双喜临门！好一个双喜临门！宁雪落的五脏六腑如同被烈火燃烧，气得差点憋出内伤。

对于宁雪落的真实心思，宁耀华丝毫不察，他语重心长地开口道：“雪落，这些年来实在是辛苦你了，你一个女孩子，天天抛头露面为了公司忙碌、奔波，等你弟弟长大成人，接手了公司，你肩上的担子就能放下来了。”

“之前我还一直担心我和你妈妈只有你一个女儿。现在等我和你妈妈百年后，你们姐弟俩互相还能有个伴，我跟你妈妈也能安心了。”

弟弟……也是啊！这两人肯定早就去做了检查，确定肚子里的是个男孩了，是宁家期待已久的继承人，否则宁耀华怎么可能这么高兴？

宁雪落听着宁耀华的一字一句，简直气得发抖。

等弟弟长大成人，接手公司？她费尽心思才逼走宁夕，是因为他们只有她这么一个女儿，才能一心对她好，现在他们若有了儿子，还是他们的亲生骨肉，这宁家还能有她的位置？

他们分明是有了亲生儿子就过河拆桥，还说得好听！什么互相有个伴，什么心疼她辛苦，这完全是把她用完了就扔，丝毫没有为她考虑过分毫。

如今她在苏家的处境已经如此艰难，这时候庄玲玉居然怀孕了，怀的还是一个男孩，是宁家未来的继承人，这简直在把她往死路上逼。

宁雪落狠狠咽下了这口气，面上满是惊喜的笑意：“这真是太好了！太好了！恭喜爸妈！”

庄玲玉拉着宁雪落的手说：“谢谢你，雪落！雪落，你放心，我们不会因为有了弟弟就忽略你的，你永远是妈妈最宝贝的女儿。”

宁雪落心中冷笑不已，面上却是无比真心实意地为庄玲玉高兴的表情，感动道：“妈，我当然知道啦，我也一直希望自己能有个伴，更希望能有一个弟弟，日后可以跟我一起孝敬爸妈，还能给我撑腰呢！”

听到宁雪落这么说，宁耀华原本心内的最后一丝不安和顾虑也完全打消了，顿时开口道：“那是一定的！你弟弟不给你撑腰，还能给谁撑腰！”

庄玲玉原本也担心宁雪落会不开心，此刻看到宁雪落的态度，也松了一口气，语气温柔不已：“这段时间，你就在家里多住几天吧！妈给你好好补补！”

宁雪落面上的笑容更加灿烂，满脸期待道：“妈，您才要好好补补，一定要好好照顾弟弟！正好我肚子里的孩子还能跟弟弟做伴呢！”

看着母女俩其乐融融的模样，宁耀华满意地点点头，摆出一副慈父的表情，趁机开口道：“雪落，这段时间，公司的事情我会多留意，你也不要操心了，跟你妈妈一起好好在家休养。”

宁雪落闻言，脊背微僵，指甲狠狠掐进了掌心。

她好不容易才赶走宁夕那个贱人，还拿到了宁耀华的所有股份，掌握了公司的实权。现在，只因为这个还没出生的孩子，宁耀华就在试探着，想一步步收回她手里的权力，为他的宝贝儿子铺路了？他真是一个用心良苦的慈父啊！

“谢谢爸，您对我实在是太好了，如果有下辈子，我一定还要做您的女儿。”宁雪落感动着，面上是一派天真的表情，似乎什么都没有察觉。

昏暗的房间内。

宁雪落的脸上映着笔记本电脑屏幕的冷光。网络上，此刻铺天盖地都是关于则灵的消息，都是对宁夕的溢美之词。

是她的……宁夕今天的一切本该是她的！那些万众瞩目的目光、那些掌声、那些溢美之词，本来都该是她的！还有苏衍、宁家……

不过，快了，很快一切就能结束了。宁雪落端起手边一杯如血液般猩红的红酒，一饮而尽：“宁夕，好好享受现在的一切吧，我说过的，站得越高，摔得越惨！”

帝都某奢侈品商场。

庄玲玉刚逛完育婴店。她满载而归，还有些意犹未尽，身旁的两个女仆和司机手中都是大包小包。

“夫人，您今天已经出来很久了，咱们回家吧！不然先生该担心了！”一旁的女仆急忙劝道。

“不过才一个小时，你别听他的。”庄玲玉有些扫兴地开口。

女仆赔着笑：“先生也是担心您、在乎您，毕竟夫人的这个孩子来得不容易。”

说起孩子，庄玲玉下意识地抚摸着她的小腹，眸子里满是温柔。

她性子要强，从不在人前说委屈，一直将宁雪落当成自己的亲生女儿。然而，她的亲生骨肉如此不堪的事实，始终是她内心过不去的一道坎。

宁夕就是她这辈子最大的污点，无论她怎么撇清关系，也改变不了宁夕身上流着她的血液的事实。她迫切想要证明那个肮脏的家伙与她无关，所以把全部心血倾注在了宁雪落的身上。

她对宁雪落自然是满意的。只是，若她能够再次怀上孩子，有自己的亲生骨肉，让她一切重新开始，她也是欣喜的。

“走吧。”庄玲玉心情不错，也就不多计较了，直接应声道。

几人松了一口气，忙护着庄玲玉朝停车的地方走去。就在几人护着庄玲玉上车的时候，变故陡生！一辆轰鸣声巨大的黑色机车突然从远处径直朝着几人的方向冲过来。

“夫人小心！”司机险险护着庄玲玉往后躲去。

几人刚松了一口气，那辆重型机车竟中途调转了方向，又朝着几人——严格来说，是朝着庄玲玉笔直撞了过来。

对方的速度实在是太快了，这一次，庄玲玉没能躲过。

等到女仆和司机反应过来的时候，庄玲玉已经被撞飞出去一米多，直接倒在了血泊里，当场不省人事。而那辆重型机车撞倒庄玲玉后，就已经绝尘而去，完全消失在了人群里。

“啊！杀人了！杀人了！”

“夫人！”

两个女仆嘶声尖叫，司机都已经完全吓傻了，片刻后才面色剧变，狂奔过去：“夫人！打电话！你们快给宁董和大小姐打电话！快！”

围观的路人注意到这边的情况之后，也都惊呼出声，纷纷围在一起嘀嘀咕咕，现场顿时乱成了一团。

“怎么回事啊？”

“好像这人被车撞了！”

“最近附近似乎有飞车党抢包，但还从来没听说过有闹出人命的。”

“哎呀，这个好像还是一个孕妇呢！这孩子怕是悬了……”

“我刚才看那辆车子冲过去的架势很凶，大人估计都能撞死，更别说孩子了。”

……

医院，VIP病房内。

病床上的中年女人满头大汗，面色苍白如纸。

庄玲玉昏昏沉沉地睁开眼睛，只感觉全身如同要散架一般，小腹的部位更是一阵阵剧烈地抽痛。

庄玲玉模糊的视线扫过房内，只见宁耀华、宁雪落、苏衍、郑敏君和苏弘光，以及方才陪她一起逛街的两个女仆和司机都在。

整个房间内的气氛异常凝滞、沉闷，宁雪落垂着头，满脸泪水地抽噎着；宁耀华的脸色难看到了极致；苏家那三人看不出什么表情；而那两个女仆和司机脸色煞白，

正瑟瑟发抖地站在角落里。

“我……我怎么了？”庄玲玉有些迟钝地询问。

就在她开口的瞬间，她一下子便想起发生了什么——自己之前刚逛完街准备回家，结果被一辆横冲直撞的车子撞了，随后就失去了知觉。

此刻，看着自己所在的病房，还有屋内所有人的反应，庄玲玉满脸惊惧之色，急切地伸出手按住了她的肚子：“孩子呢？我的孩子怎么样了？孩子是不是没事？”

宁雪落似乎再也支撑不住了，哭着扑在了庄玲玉的床前：“妈，您别太伤心了。孩子没了没关系，只要你没事就好！”

孩子没了！这四个字简直如同晴天霹雳，庄玲玉眼前黑了一下，而后嘶声开口道：“雪落，你说什么？你刚才说什么？孩子没有了？孩子怎么可能会没了！”

此刻，宁耀华的双眸一片猩红色，身体剧烈颤抖着，显然是怒到了极致，扭过头去，一脚踹在了司机的身上：“混账东西，你们是怎么照顾夫人的！好好地逛个街，怎么会让夫人被车撞到？”

没了！他的儿子没了！他好不容易盼到的儿子，他的继承人，竟然就这么没了！

要知道他这辈子最大的遗憾就是没儿子，这次不但有了，还是庄玲玉自己怀上的。

孩子一旦被生下来，就是妥妥的宁家继承人，到时候，那些质疑宁雪落身份的元老再也没话说，他还计划着，到时候可以借着这个孩子重新跟庄家那边搭上线。

可是现在，一切都泡汤了。

刚听到这个消息的时候，宁耀华简直气得差点发疯。闹出这么大的事情，夫人的孩子居然被撞没了，两个女仆颤抖着身体，已经吓得完全说不出话来。

宁董和夫人这么宝贝这个孩子，他们这回死定了。

司机的脸色苍白如纸，身上和手上还沾染着血，被宁耀华这一脚踹得鼻青脸肿，他神情恍惚，结结巴巴地开口道：“宁董，我不知道，我真的不知道怎么会这样……之前我们跟夫人都已经准备上车回家了，突然有辆重型机车速度很快地朝我们这边撞过来，一下子把夫人撞倒了。”

“胡说八道！活生生的人站在那里，车子难道不长眼睛吗？”宁耀华暴怒。

一旁的宁雪落也怒道：“你们那么多人、那么多双眼睛，难道还保护不好妈妈一个人吗？”

听宁雪落的怒斥，她竟认为是他们照顾不周，将责任全部推到了他们的身上。司机顿时急了，赶紧开口道：“大小姐，我冤枉啊！不是我们不长眼睛，是那个骑重型机车的人不长眼睛，他直接往我们这边撞啊！我都护着夫人往后面躲开了，结果那人就像故意的一样，中途又调转方向，直接朝着夫人撞了过来。”

“故意的？你这是什么意思？”宁雪落眉头微蹙。

这时，一旁的两个女仆从惊吓中回过神来，也纷纷附和道：“我看那个机车贼就是故意的！我们几个人全部站在一起，他谁也不撞，就冲着夫人去了！”

另一个女仆也开口道：“那人的速度太快了，我们根本就来不及反应，想挡在夫人跟前都来不及。而且，我看那人好像是故意往夫人肚子上撞的。”

宁雪落转向宁耀华，满脸不可思议：“对方难道是蓄意的？”

此时，司机的语气更加肯定了：“肯定是蓄意的！如果说是机车贼，好歹会抢包，可对方根本就没有抢东西。而且，他一开始的目标就是夫人，不然也不会在我护着夫人避开后，还调转方向朝夫人身上撞。”

庄玲玉躺在床上，哭得已经快要气绝：“我的孩子！为什么……到底是谁……为什么要这么对我！”

“什么人胆子这么大，连我宁家的人也敢动！”宁耀华气得额上青筋暴起。

一旁的郑敏君装模作样，义愤填膺地开口道：“这还是在光天化日之下行凶，那人简直目无法纪！”

苏衍沉吟道：“听他们的形容，这件事怕确实不是单纯的意外。”

苏弘光看向宁耀华，沉声问道：“耀华，你这段时间是不是跟什么人结了仇？”

宁耀华略一思索，顿时否认道：“不可能！这段时间公司一切都好好的。”

就算是生意上有些摩擦，但以如今宁氏的规模加上和苏家的联姻，不可能有人胆子这么大，敢把主意动到宁家的人身上。

郑敏君看着宁家的人一个个如丧考妣的表情，看着病床上庄玲玉哭天抢地毫无形象的模样，心中暗暗升起一阵快意。

这个庄玲玉，早就被庄家赶出家门了，偏偏平日里还总是一副官家小姐的姿态，眼高于顶，谁都看不上，怀孕之后更别提多得意了，现在可算是栽了。

当然，最让她硌硬的还是庄玲玉肚子里的那个孩子。

她同意宁雪落进门，最大的原因还是宁耀华和庄玲玉只有雪落这一个女儿，现在突然来了一个儿子，谁知道以后这两人会不会把雪落手里那些股份全部要回去。

现在孩子还小，倒是不会撕破脸，等以后孩子大些，宁耀华这只想儿子都想疯了的老狐狸，怎么可能不把公司交给自己的亲生儿子？到时候，他们苏家算什么？娶了个假凤凰不说，连公司的继承权都没了，这不是人财两空吗？这宁家的算盘打得也太响了，简直把他们当傻子耍，偏偏他们苏家还要顾及宁雪落肚子里的孩子，像冤大头一样忍气吞声。

啧啧，不过他们现在总算遭报应了。庄玲玉也不知道做了什么缺德的事情，没想到孩子居然被人弄没了。郑敏君心里这么想着，面上自然不会表现出来，一脸难过、担忧的表情，叹着气道：“玲玉啊，是不是你平日里不小心得罪了什么人啊？”

不等庄玲玉说话，宁雪落立即语气肯定地开口道：“妈妈一向为人和善，在圈子里人缘很好，这段时间为了养胎又深居简出，怎么可能会得罪人？就算有什么小矛盾，也不至于到买凶伤人的地步啊！”

话到这里，一屋子人的脸色非常难看。

宁雪落满面泪痕，如同失去的是她自己的孩子：“那人分明是故意要害妈妈肚子里的孩子，到底是什么人这么恶毒，明知道妈妈怀孕了，却连孩子都不放过？他有什么深仇大恨，要做出这种残忍的事情来报复？”

苏弘光思索片刻后，跟宁耀华分析道：“若是对雪落或者你下手，还能说是因为公司的纠纷，但是对玲玉下手，还是对玲玉的孩子下手，对方出于私怨，单纯发泄报

复的可能比较大。”

这时，角落里，其中一个女仆突然弱弱地开口说了一句：“大小姐，其实那辆机车我好像在哪里见过……”

“什么？在哪里？”

顿时，所有人的目光都落在那个女仆的身上。

“我也不确定，或许是我看错了。”女仆一副畏畏缩缩的模样。

宁耀华呵斥道：“不管有没有看错，你先说到底在哪里见过那辆机车。”

女仆这才颤抖着声音，断断续续地开口：“那不是普通的摩托车，而是机车，是比赛专用的。我之前做工的人家距离宁夕小姐的住所很近，当时我经常看到有人骑着类似这样的车子在宁夕小姐的门口停靠，其中一辆车子和撞到夫人的那辆车很像……”

女仆话音落下的瞬间，宁耀华的脸上刹那间阴云密布：“宁夕？你说在宁夕那里见过这辆车？”

听到宁夕名字的瞬间，顿时现场所有人脸色各异。一直没开口的苏衍蹙起眉头：“你能确定是同一辆车子吗？”

女仆瑟缩着身子，摇摇头说：“因为那辆车子速度太快了，我没来得及细看，所以也没办法确定。我只是曾经在宁夕小姐那里看到过类似的车子而已。”

不等几人讨论出结果，病床上的庄玲玉呆愣了几秒钟后，突然情绪异常激动，直接坐了起来：“宁夕！是她！是那个死丫头，一定是她！除了她，还有谁会这么恨我，这么恨我肚子里的孩子！”

宁雪落见女仆不过随便说了一句话，庄玲玉竟然就已经认定是宁夕撞的她，完全不用旁人再说什么，她的嘴角不易察觉地勾了一下。她忙劝慰道：“妈，您冷静一点儿，刚才也只是女仆的一面之词，而且她也说了并不确定的。我觉得姐姐虽然跟我们有误会，但应该还不至于做出这么可怕的事情来。”

庄玲玉自从听到那个女仆的话，听到宁夕的名字之后，就已经什么都听不进去了。

“除了她还能有谁？她不至于？她做的那些恶毒、可怕的事情还少吗？雪落，你忘了她是怎么对你的吗？她一步步毁了你的事业、你的名声、你的公司，把你逼到这种地步！她毁了我一个孩子还不够，现在又要来毁了我的第二个孩子！”

“我早就说过，她就是故意跟我作对，就是不想让我好过，就是要折腾得我们宁家永无宁日才满意！”庄玲玉的情绪越来越激动，凄厉的嘶喊声回荡在病房里。

宁耀华抖着面皮，此刻的脸色也难看到了极点：“那丫头不会有这个胆子。”

庄玲玉冷笑连连：“不会？她现在本事大了，又认识那么多三教九流、乱七八糟的人，有什么事情做不出来？她要是没那个胆子，雪落能被她陷害到今天这个地步吗？”

宁雪落满脸不愿意相信的表情，双眼通红地摇着头：“不会的，不会的……姐姐怎么可能会这么做！我知道姐姐恨我，我一直都知道的。可是她恨我的话，冲我来就好了，她想让我做什么都可以。可是她为什么……为什么要把怨恨都发泄到妈妈身上？妈妈什么错都没有，而且您是她的亲生母亲，您肚子里的可是她的亲弟弟啊！她怎么可以做出这种事！”

宁雪落这话看似是在为宁夕辩解，却一字字把庄玲玉和宁耀华心中的怀疑落实得更深。

宁雪落一副自责到痛不欲生的模样，抹着眼泪站起来：“都怪我，如果不是我，姐姐也不会走上歧途。一切都是我的错，我要去找姐姐说清楚！”

见宁雪落激动地冲出了房间，宁耀华和庄玲玉顿时都急了。

“这孩子，怎么这么冲动！她还怀着身孕呢！苏衍，你快去把雪落追回来！”宁耀华着急道。

苏衍点头后，立即追出了病房。

只是，苏衍追出去的时候迟了一步，宁雪落已经上了一辆出租车，车身一拐，很快消失在了川流不息的马路上。

苏衍低咒一声，急忙开车追了上去。

Chapter 17

▼

陆霆骁之前当众公开的那个传说中宝贝得不行，宠在心尖上的女朋友竟然就是宁夕？！那她怎么可能纠缠和觊觎苏衍！

则灵公司大楼。

总裁办公室里，韩茉茉正哭丧着脸，强烈跟宁夕要求加班。

“老板，求您了，求您了啊！您给我安排加班吧！周末、每天晚上全部给我排满吧！”

宁夕放下手中的文件，捏了捏眉心，哭笑不得地看着眼前的小丫头：“我还是第一次听到如此清新脱俗的要求。”

韩茉茉急得眼睛都红了：“老板，我是认真的！”

“好吧，你说说，到底为什么想加班。”

韩茉茉憋了半天没说话，最后“嗷”的一声，委屈不已地喊了出来：“我爸妈天天在家虐我！”

宁夕愣了一下：“他们虐你？”

韩茉茉顿时开始大倒苦水：“老板，我才二十四岁啊！大学毕业还没两年，是花一样的年纪啊！他们就开始催我去找男人，嫌弃我没有男朋友。可分明是他们当初把我管那么严，男同学不过来我家通知我一件事情，就差点被我爸打断了腿。现在倒是一个两个来催我找男人了，可我上哪儿去找啊！”

“最过分的是，他俩还天天在我面前秀恩爱，然后嘲讽我是单身狗！这日子没法过了！老板，我心里苦啊！求您让我加班吧，我不想再回去吃狗粮了！”

韩茉茉连口气都不带喘的，一下子吐槽了这么多，真是闻者伤心，听者流泪。

韩茉茉哭诉完后，见宁夕神色怔怔地盯着她，面上是她从未见过的寂寥，不由得有些担忧。她挠了挠头，小心翼翼地问道：“老板，您怎么了？”

宁夕回过神来，摇了摇头：“没什么。”她只是听韩茉茉说着自己跟父母相处的点点滴滴，突然有些感慨。

这时候，韩茉茉的手机铃声突然响了起来。

韩茉茉一看来电显示，顿时如临大敌，看着宁夕的表情简直要哭了，忙拿着手机走到了一边，开始低声说话。

“妈……没有，我是真的要加班！我没骗你！我骗你是小狗！我没骂你是小狗啦！我是说我自己。好吧好吧，反正我是真的要加班。”

宁夕坐在办公桌前，也不着急，只是静静地看着韩茉茉打电话。见小丫头哭唧唧

的样子，宁夕低笑一声，冲着她招了招手，示意她把手机给自己。

韩茉茉见状，犹豫了一下，然后把手机递了过去。

“喂，韩伯母，我是茉茉的上司。”

手机那头的韩母本来还在念叨女儿，听到宁夕的声音顿时噤声了，然后换了一副无比热切的语气：“是茉茉的上司啊！您好您好！茉茉是不是给您添麻烦了，还是犯了什么错？”

“不是，茉茉很努力，做得也很好，我正准备给她升职，所以这段时间她的工作可能会比较多。”宁夕柔声开口道。

“没事没事，年轻人正是该打拼的时候，老板您看重她，是她的荣幸。那丫头性子大大咧咧的，是不是经常犯错误？她要是犯错了，老板您别客气，狠狠批评她，她才长记性！”

韩茉茉在一旁偷听到韩母的话，脸都涨红了：“妈，我哪有，您别乱说了。”

宁夕不在意地轻笑道：“茉茉性格好又漂亮，在公司人缘很好。”

“哎呀，真的吗？”韩母嘴里谦虚着，不过光听语气也知道乐开了花。

宁夕和韩母聊了好一会儿才挂了电话，还让韩母打消了催女儿找男朋友的念头，韩茉茉感激涕零，恨不得以身相许。

“夕哥，幸亏你不是男人，不然我们公司的这些小姑娘每天都得打一架。”

宁夕看着小丫头蹦跶着离开的背影，笑着摇了摇头。

在唐家的时候，因为唐家人重男轻女，她基本是个透明人一样的存在，不被丢掉能活下来已经是万幸。回到宁家后，她终于不再是透明人，却变成了在所有探究、苛刻的目光下如履薄冰地生活的可怜人。

她似乎从没体验过平常人家的生活是怎样的，也不懂该如何跟父母相处……

她正出神，手机短信提示音突然响了起来，上午刚去F国出差的陆霆骁一连发了好几条短信过来。

陆霆骁：今天下午降温，我让弯弯去给你送了衣服，你记得穿上，不要贪凉。

陆霆骁：我帮你泡好了燕窝，你放进锅里，设置一下自动炖煮就可以了，记得吃。

陆霆骁：那个剧本我帮你看过了，很适合你，可以接。

陆霆骁：你想我吗？

看到最后四个字，宁夕忍不住嘴角微微上扬。

拜托，他们才五个小时没见好吗！他这会儿应该刚下飞机吧？

宁夕趴在桌上，笑眯眯地回复了一条短信：你走的第一秒，我想你；你走的第二秒，我想你想你；你走的第三秒，我想你想你想你……我已经想了你一万八千次。

则灵前厅，此刻响起一片嘈杂的议论声，一群员工听到这边的动静后，探着脑袋往这边张望着。

“宁小姐，抱歉，你没有预约是不可以进去的！”

“宁小姐，您不要再往里面闯了！麻烦不要让我们为难！”

“宁小姐……宁小姐……”

只见前台员工正在拦一个女人，而被拦着的赫然是History的老板，宁雪落。

“什么情况，宁雪落怎么到咱们的地盘来了？”

“难道她还想砸场子吗？”

“我看不像啊！砸场子怎么会一个人来？”

“她又搞什么鬼？反正肯定没好事！”

众人只见此刻宁雪落的情绪看起来非常激动，无论前台怎么劝都听不进去，一直重复道：“我找宁夕有急事，麻烦你们让她出来见我！”

见员工还是不让她进去，她已经情绪激动地直接往里面闯：“姐姐，你别躲着我，我们之间的事情也该有个了断了。从前，不论你对我做什么，我都可以忍，可是这一次你实在是太过分了！你有什么仇怨尽管冲着我来，我全部受着，你为什么要对妈妈下手，连无辜的孩子都不放过！”

宁雪落话里的信息量实在是太大了，一瞬间，那些围观的员工全部蒙了。

“宁雪落到底在说什么？”

“她好像是说我们老板对宁夫人下手，还说连孩子都不放过。”

“她胡说八道吧！”

则灵的员工知道宁雪落有身孕，都不敢动她，结果居然就这么让她上楼闯了进去。

前台员工急得不行，不得已打电话惊动了宁夕：“宁总，宁雪落小姐突然过来找您，她没有预约，我们拦住了，可是她情绪一直很激动，一直在说些莫名其妙的话，硬是趁我们不注意闯上去了！”

电话那头安静了片刻，随即传来宁夕令人安心的声音：“宁雪落说了什么？”

前台员工的语气听起来有些迟疑，半晌后才开口道：“她说你们之间的事情该有个了断，还质问您为什么要对宁夫人下手，说您连无辜的孩子都不放过。对不起，宁总，我没能阻止她在公司胡言乱语。主要是她怀着身孕，我们怕出事，也不敢硬拦着……”

“我知道了，让大家都去做自己的事吧。”

“是，宁总。”

片刻的混乱之后，公司暂时恢复了平静。

办公室里，宁夕挂断了电话。

宁雪落突然来公司找她，还直接硬闯，闹得声势浩大，这可不像宁雪落的作风。

只是，对庄玲玉下手？连无辜的孩子都不放过？

她之前有得到庄玲玉怀孕的消息，听宁雪落这话的意思，庄玲玉的孩子没了？

门外响起一阵喧哗声，办公室的门被人从外面推开，几个保安满脸为难地站在宁雪落的身后：“老板，她……”

“没事，你们回去吧。”

“是。”保安们松了一口气，领命离开。

一时之间，偌大的办公室里只剩下了两个人。

宁雪落头发松散，妆容也花了，看起来很是狼狈，整个人的情绪看上去已经在崩

溃的边缘。宁雪落一见到宁夕便扑通一声跪到了她的跟前：“姐姐，算我求你了，无论你有多恨我，全部冲着我来，不要再伤害其他人了！”

宁夕嘴角微抽，深深觉得奥斯卡欠她一座小金人。

这副因为母亲流产而自责、愧疚又痛不欲生的表情，任是谁也不会怀疑她是一个有一片赤诚之心的孝女。

“行了，这里没有其他人，你不用跟我秀你的演技。”

宁夕话音落下的瞬间，宁雪落面上的伤心之色顿时如潮水般退去，骤然化为诡异的平静。

她缓缓站起身，随即不紧不慢地理了理鬓角微乱的发丝，轻笑道：“宁总，如今我想见你一面，可真不容易。”

“宁大小姐，有何贵干？”

听到宁夕这声如同嘲讽一般的“宁大小姐”，宁雪落的脸明显抽搐了一下。

“嗬，我当然是来欣赏一下宁总如今是多么春风得意的！”宁雪落眸底的阴鸷如同漩涡一般疯狂涌动着，“宁夕，你现在一定很得意吧？你把我逼出了娱乐圈，让所有人都知道我是一个乡巴佬生的，又把苏衍为了你跟我离婚的事情闹得天下皆知。”

“现在，连我一手创建的History都毁在了你手里，如今我声名狼藉，丢尽了脸面。我现在什么都没有了，你是不是很开心、很得意？”

她现在唯一剩下的只有苏夫人这个位置，若不是因为肚子里的这个孩子，她恐怕早就已经被苏家给毫不留情地抛弃了。

这个贱人，竟然把她逼到了这种地步！

宁夕闻言，面露惊讶：“我碾死了一只臭虫，是一件很值得得意的事情吗？”

“你！”宁雪落倏忽捏紧了手指，气得身体开始发抖，但很快便恢复了优雅的姿态，毫不在意地淡淡一笑，不紧不慢地开口道，“宁夕，原本我是想留你一条生路的……”

门外，一阵零乱的脚步声传来，她似乎听到了苏衍的声音。

宁雪落的余光朝着茶几上的一杯白开水看去，她缓缓对着宁夕绽放出了一抹诡异的冷笑。

她的掌心里不知何时多了三粒白色的药丸，药丸自宁雪落的掌心一粒一粒坠入那杯水里，瞬间融化，消失不见。

宁雪落端起那杯水，接着幽幽开口道：“怪只怪你，非要往死路上走，那可就怨不得我了。”说完，她竟将杯中的水一饮而尽。

不过片刻的时间，宁雪落的脸色一下子变了，手中的杯子摔在地上，发出一道碎裂的声响。接着，宁雪落的嘴角溢出鲜血，她用力捂住肚子，在地上翻滚起来。

“雪落……”这时，苏衍听到里面的声音之后，“砰”的一声撞开门冲了进来，看着躺在地上的宁雪落和她身旁摔碎的杯子，还有她身下不断蔓延的鲜血，面色剧变。而宁夕坐在办公桌前，从头到尾连眉头都没有皱一下。

宁雪落难以置信地捂着肚子，死死盯着摔碎在地上的水杯：“这水里……姐姐你……你竟然……”

宁夕微微勾起嘴角，不等宁雪落开口，便直接打断了她："行了，我知道你想说，这水里的药是我给你下的，只可惜我这里没有监控，否则更加证据确凿。不过，这杯子不值几个钱，你倒是可以拿去。"

听到宁夕这明显嘲讽的话，宁雪落的身体不易察觉地僵硬了片刻，不过很快，她的脸上便露出了心痛万分的表情："姐姐，今日我来找你本来就是想要跟你做个了断，无论你想要我怎样都可以，我只希望你不要再伤害无辜的人！为什么你依旧如此执迷不悟，我肚子里的是衍哥哥的孩子啊！孩子是无辜的，妈妈的孩子已经没了，这难道还不够吗？为什么……"话未说完，她便晕了过去。

"雪落，雪落……"苏衍赶紧将昏迷的宁雪落抱了起来，脸色极其复杂地回头朝宁夕看了一眼，然后飞快地冲出了门。

苏衍抱着宁雪落一路穿过员工区和大厅，毫无意外地又引起了一阵议论。

办公室内，宁夕目光幽深地盯着苏衍离开的方向，不知道在想什么。

下班回到家后，宁夕立即打了一个电话。很快，石逍帮她确定了，庄玲玉的孩子果然没了，而且是被人蓄意开车撞掉的。

看样子，这个屎盆子又被扣到了她的头上，只不过对方肯定没有证据，否则庄玲玉早就把她送进牢里了，宁雪落也不会故意来公司演这么一出，又不惜用把自己的孩子弄掉这种过激的方法来嫁祸她。

毫无疑问，开车撞掉庄玲玉孩子的凶手肯定跟宁雪落脱不了关系，只要找出这个人，证明他是宁雪落指使的，那么一切便可以真相大白。

但是现在，这个人如同根本不存在一般，没有留下任何蛛丝马迹。

现在，宁雪落进了她公司的事情已经闹得尽人皆知，进去的时候好好的，出来的时候孩子就没了，何况当时还有苏衍在场。

难怪宁雪落这次如此声势浩大，甚至用这么高调、这么简单粗暴的方式直接陷害她。看样子，宁雪落是有备而来，算准了她这次绝对摆脱不了罪名……

宁夕的手指缓缓敲击着掌心下的玻璃茶几，细细思索着。

第二天，宁夕如同丝毫没有受这件事情的影响，颇有兴致地约了圈子里一个有名的赛车手切磋。下午，她又约见了马丁导演、编剧以及特效师，谈自己接下来一部好莱坞大片的相关拍摄情况。晚上回到家，她的私人手机急促地响了起来。啧，比她想象中的还要快，他们真是迫不及待！

电话是爷爷亲自打过来的。

"喂，爷爷。"

"小夕……你……你现在来医院一趟吧！"

"知道了，爷爷，我稍后便到。"

这么大的事情，宁雪落自然要找爷爷做主。她不仅要找爷爷，恐怕整个家族的人都会被她请来做见证。

宁夕换了一身衣服，随即独自驱车前往帝都第一人民医院。

如同她所预料的一般，宽大的VIP病房内，所有人都在。

宁家的人、苏家的人，甚至宁秋彤都从国外赶回来了。

只见宁雪落面色苍白，神情悲切地躺在床上，庄玲玉坐在床边的轮椅上，脸上满是心疼之色，一旁站着表情阴沉的宁耀华，苏衍一家则在对面的沙发上坐着。每个人的脸色都异常凝重。

除了这些人，还有一屋子来探病的宁家和苏家的亲戚，此刻都在你一言、我一语地安慰着宁雪落。

“雪落啊，别难过了，老爷子一定会为你做主的！”

“雪落，你好歹是我们苏家的长媳，你肚子里的是苏家的长孙，她当我们苏家是好欺负的吗？”

“就是！这件事情她若没个交代，绝对没完！”

老爷子拄着拐杖坐在窗边，脸上满是疲惫之色。宁家一下子没了两个孩子，老爷子怕是受到打击最大的人了。

事关重大，宁夕不用想也知道，这些人恐怕是庄玲玉和宁雪落暗中叫来做证的。

宁夕理解，在这种情况下，爷爷也无法为她说话。

当宁夕出现在病房门口时，顿时，屋内所有人的视线都落在了她的身上，大家死死盯住了她。

“小夕，快过来！”唯独宁秋彤神色轻松自在，一见到宁夕便热情地跟她打着招呼。

看到宁秋彤，宁夕眉头微微舒展，先是唤了一声爷爷，跟老爷子打了一声招呼，随即便朝着宁秋彤走过去：“姑姑。”

宁秋彤关切地仔细打量着她，半晌后才松了一口气：“不错，胖了点，脸上总算有点肉了。”

见宁夕来了之后，竟然若无其事地跟宁秋彤叙旧，宁耀华气得脸都扭曲了：“畜生！你还不快给我跪下！”

看着宁耀华那看垃圾一般憎恶、愤恨的眼神，宁夕冷冷一笑，漫不经心地开口道：“我跪天、跪地、跪父母，不知您凭什么让我下跪？”

宁耀华快要气绝了：“你这个没有人性的畜生，到了现在还巧言令色！”

旁边一些宁家的亲戚面露嫌恶的表情，窃窃私语：“这丫头说的叫什么话啊！难道这不是她的老子吗？”

“这种大逆不道的话也说得出来，她也不怕天打雷劈！”

一旁的庄玲玉早在看到宁夕的一瞬间，就已经恨不得扑上去杀了宁夕，此刻更是面色狰狞地尖叫道：“宁夕，你这个蛇蝎心肠的畜生，竟然连孩子都不放过！我当初刚生下你的时候就应该掐死你！”

宁雪落哭得气若游丝、神情恍惚：“都是我的错，一切都是我的错，我不该贪恋爸爸妈妈的温暖。我还给你，全部还给你，你把我的孩子还给我好不好！把我的孩子还给我……”

“雪落，我苦命的女儿，不是你的错，是妈妈没有保护好你。当初，我就不该去把这个畜生接回来。”

看着母女俩凄楚、痛苦的样子，旁边的人看着宁夕的眼神更加鄙夷了。

“作孽啊！一下子害死了两个孩子！”

“长得这么漂亮，没想到心肠这么恶毒！”

“你们都给我安静！”老爷子用力杵了杵拐杖，病房里这才稍稍安静下来。

“小夕，你说，到底是怎么一回事。”老爷子沉声问道。

宁耀华急怒道：“爸，都这个时候了，你还问她做什么？她先是雇凶手害死了玲玉的孩子，雪落冲动跑去揭穿了她，她就恼羞成怒在雪落的水里下了毒，要连雪落的孩子也一起弄死。”

“这畜生搞不好是想着连雪落也一起害死！医生说了，那是极为烈性的堕胎药，还放了整整三倍的药量，雪落命大才捡回了一条命。她简直毫无人性！”

随着宁耀华一字一句说出来，病房内，一双双眼睛都盯着宁夕。

看着宁夕成为众矢之的，宁雪落虚弱地伏在苏衍的怀里，嘴角诡异地上扬，余光肆无忌惮地看向宁夕的眼睛，心中疯狂冷笑。

喃，宁夕，狡辩啊！解释啊！垂死挣扎啊！

宁雪落心想：你说那药是我自己下的，说我要害自己的孩子，你说出来，然后看看，这整个屋子里的人到底会有谁信你，谁又会相信我下药害死自己的孩子！

一旁的宁秋彤眉头紧蹙，正要开口说话，却被宁夕按住了手。

宁夕的目光云淡风轻地扫过所有人，嘴角微微上扬，勾勒出一丝冰冷的笑意：“是我下的药又如何？别说孩子，就算我连她一起毒死，你们又能将我怎样？”

宁夕话音落下的瞬间，整个屋子里的人表情都变了。

一直面色复杂，隐忍着的苏衍，心里满是震惊和不可思议：“小夕……真的全部是你做的？”虽然事实已经摆在眼前了，但亲口听到宁夕承认，他还是无法接受。

庄玲玉和宁耀华更是如同野兽看到了鲜血一般，疯狂地扑了上来：“你这个畜生！畜生！我们宁家是作了什么孽，出了这么恶毒的混账东西！连自己的亲弟弟都不放过！”

“天哪！她居然还敢承认！”

“不然呢？证据确凿，她逃得了吗？”

“她做出了这种事情，居然丝毫悔改之意都没有，态度这么嚣张，简直太过分了！”

这时候，不仅庄玲玉和宁耀华，郑敏君和苏弘光的脸色也变得极其难看。

郑敏君直接冲出来就开始骂：“你这个毒妇，你再喜欢我们家苏衍，再想进苏家的门，也不能杀了苏衍的孩子啊！这可是苏衍的亲骨肉啊！你怎么这么恶毒！你现在还只是对孩子下手，若以后真进了我们苏家的门，是不是我稍不合你的意，你连我都要害？”

苏弘光也完全没想到作为庄家的后人，宁夕的品性竟然恶劣到这种地步。

这不是争风吃醋的小事，这可是杀人啊！杀完人之后，她居然还一副毫无愧疚、云淡风轻的表情，这个女人到底有多可怕？

庄玲玉捂着气得发痛的胸口说：“你这个禽兽不如的东西，如此卑劣下贱，连雪落的万分之一都不如，竟然还痴心妄想嫁进苏家，妄想抢雪落的丈夫！你看看自己是

个什么东西，你配吗？”

苏弘光脸色凝重道：“抱歉了，耀华，虽然宁夕是你的亲生女儿，但这件事情关系人命，怕是不能这么算了。”

郑敏君立即激动不已地尖叫道：“她杀了我的孙子，当然要报警了！”

宁夕闻言，微微挑眉：“哦，报警？”

看着宁夕这副有恃无恐的模样，宁耀华气结道：“畜生，我不管你背后有谁给你撑腰，这件事情不解决，你哪儿也别想去！”

他本来还有些顾忌庄家，但一想到庄家严厉的家风，若庄家知道宁夕做的事情，怕是第一个饶不了她。

庄玲玉冷笑一声：“她这么有恃无恐，是仗着背后的金主吧！”

连庄玲玉这个亲妈都这么说了，屋内的其他人看着宁夕的神情自然更加诡异了。

“都传她被包养了，原来是真的啊！”

“这样的人，居然还想嫁给我们苏衍，简直是笑话！”

“现在的小明星，一个个真是毫无自知之明，全部削尖了脑袋，挖空心思只想着嫁入豪门，什么肮脏的手段都敢使，也不掂量掂量自己是个什么货色！”

听着周围苏家亲戚们的冷嘲热讽，宁耀华的脸色一阵青一阵白，只希望这个肮脏的污点立刻永远地消失在这个世界上。

本来他还有些犹豫，想着家丑不可外扬，闹出去的话，终究是他脸上无光，可此刻，他已经下定了决心要把宁夕送进牢里，要把这个孽障彻底从所有人的视线里剔除，否则日后还不知道要闹出多少丢脸的事情来。

郑敏君眼见着宁夕这回肯定完了，加上因为孙子被害死的怒气，当即便撕破了脸：“宁夕，你别痴心妄想了！你这种女人，只要有我在一天，你这辈子都别想嫁给苏衍！”

听着这些话，宁秋彤简直快要气炸了，要不是被宁夕按住，她估计早就已经暴走了。

她知道苏衍是宁夕最大的伤口，本来她还在担心宁夕，却见宁夕不怒反笑，垂着眸子，微微弯了弯嘴角，那笑意衬着女孩清丽脱俗的小脸，惊艳到了极致。

宁夕垂眸低笑了一声，随即抬起眸子，看向郑敏君道：“抱歉，我的眼光很高，令公子怕是入不了我的眼。另外，我两年前便已经有男朋友了，我们关系稳定，并且我没有出轨的兴趣。苏夫人，您多虑了。”

“你好大的口气！”郑敏君当场被气了个半死，这贱人居然说她眼光高，看不上苏衍。

宁夕话音落下的瞬间，一旁的苏衍更是瞬间变了脸色。宁夕竟然已经有男朋友了，而且是两年前就已经有了！

苏衍来不及多想，脱口而出道：“小夕，你刚才的话是什么意思？这怎么可能！”

宁夕面色淡漠地朝苏衍瞥了一眼：“怎么，我交男朋友难道还需要跟你报备？”

屋内的其他人似乎也没料到这个结果，面面相觑，议论纷纷。

“不会吧？宁夕有男友？我从来没听说过啊！”

“废话！他们混娱乐圈的，这种事情当然要保密啦！她恋爱了，就不值钱了。再说了，她还不知道跟哪个老头子在一块儿呢，有脸公布吗？”

“这丫头这么有恃无恐，该不会就是仗着她那个男朋友吧？”

“什么男朋友？我看她是被一个暴发户包养了两年吧！”

宁雪落听闻宁夕有男朋友了，面上也明显闪过一丝错愕，不过她很快便恢复了神色：啧，一个被包养的人，更别想跟她争苏衍了。

宁耀华满脸的鄙夷和不屑：“宁夕，我告诉你，我不管你找了什么货色，又有什么倚仗，今天就算是天王老子来了也没用！”

就在这时，一阵沉稳有力的脚步声由远及近。几乎就在宁耀华吼声落下的瞬间，病房的门被一只修长的手推开。

来人身形颀长，面若冷霜，周身裹挟着冰天雪地般极寒的气压，如寒潭般的眸子扫过病房内的所有人，低哑、冷冽的声音盘旋在所有人的耳中：“是吗？”

男人穿着修身的银灰色高级定制西装，领口露出一丝不苟的白色衬衣，袖口的黑曜石袖扣散发着冷厉的光泽。

原本这间VIP病房即使容纳了这么多亲戚朋友也足够宽大，但是在男人步入病房的瞬间，整个空间顿显逼仄，属于上位者的威压铺天盖地地笼罩下来。

看到来人，宁耀华方才还不可一世的表情如同石化了一般，僵在了脸上，似乎不敢相信自己的眼睛：“陆……陆……”由于太过震惊，“陆”了半天也没能说出下一个字。

病房内，刚才还对着宁夕指指点点、各种嘲讽的两家亲戚，一个个就像被人掐住了脖子，集体噤声。他们难以置信地看着这个只活在传说和茶余饭后的八卦中、一直高高在上、即使是他们这样的豪门贵族也可能这辈子都没有机会见上一面的男人，竟然就这么活生生地出现在了他们眼前。

早些年，他们连这个男人的相貌都不知晓。直到近两年，陆霆骁好几次出现在公众的视野里，他才被曝光。他的照片被帝都各家闺阁中的千金小姐贴在床头，冠以“国民老公”的称号，人气碾压所有影帝、小鲜肉。

而他真人竟比那些模糊不清的照片和影像资料还要俊美千百倍，尤其是他周身的气场，简直能震慑到让人的心脏麻痹。

此刻，他的西装外面套着一件宽大的黑色风衣外套，看起来风尘仆仆，身后跟着一个神情冷肃、助理模样的男人，而病房外，赫然是两排全副武装的保镖。

一阵肃杀的气息迅速在空气里蔓延。

“是陆霆骁！我是不是在做梦？”不知道过了多久，终于有人从愣怔中回过神来。

“我要疯了！这到底是怎么回事？陆霆骁怎么会来这里？”

不仅那些人，宁夕其实也挺惊讶的，没想到陆霆骁会突然出现，还是以这么高调的出场方式。

“你不是后天才回来吗？”宁夕下意识地脱口而出。

陆霆骁那几乎能够将人冻结的目光在落到宁夕的身上后，顿时如同春雪融化。他没有回答，而是眉头紧蹙地盯着宁夕。

他脱下身上的风衣外套，大步流星地走到宁夕的跟前，先是摸了摸宁夕的小手，随后将外套披在了她单薄的肩上，低哑的声音略显不悦："我不是说了最近降温吗？"

宁夕低头看了一眼她身上齐脚踝的长款毛线裙："我穿很多了啊……"

陆霆骁捏了捏宁夕的手指："手凉。"

宁夕想：好吧，有一种冷，叫我家心肝儿觉得我冷。

此刻，病房内所有的人都蒙了。

陆霆骁亲自把他的外套给宁夕穿上了，言语中的宠溺和亲昵简直能把人融化。

陆霆骁和宁夕？他们简直要疯掉了！这……这到底是什么情况？

然而，接下来还有让他们更震惊的。

陆霆骁牵着宁夕的手，无视屋内所有呆滞、惊愕的目光，越过自动分散成了两排的人群，走到了老爷子跟前，然后唤了一声："爷爷。"

爷爷！

陆霆骁刚才叫老爷子什么？

看着眼前的孙女婿，老爷子颇为欣慰地点点头："你回来了，坐吧！"

宁耀华终于忍不住了，一个箭步冲到了宁致远的跟前："爸，这是怎么回事？您认识陆先生？"

老爷子不悦地看了一眼儿子和周围那些像见鬼了一样的亲戚："一个个都大惊小怪什么，我自己的孙女婿能不认识吗？"

孙女婿！屋内的其他人都快要被震惊到麻木了。

"小夕确实在两年前就已经和霆骁交往了。"

"这怎么可能……"宁耀华已经完全傻在了那里。

"小夕刚回国的时候，这两个孩子就已经开始交往，感情很稳定，只不过因为小夕的职业才没有公开。"老爷子一副理所当然的语气。

"可是爸，这么大的事情，你怎么不告诉我啊？"宁耀华几乎要崩溃了。

"我告诉你做什么？"老爷子反问。这话堵得宁耀华差点憋死。

听到宁致远和宁耀华的对话后，整个病房内的其他人都已经惊呆了。

"天哪！宁夕的男朋友是陆霆骁！真的假的？"

"陆霆骁都叫老爷子爷爷了，还能有假！"

"陆霆骁之前当众公开的那个传说中宝贝得不行，宠在心尖上的女朋友就是宁夕？！"

说到这里，所有人面面相觑，宁家这边的亲戚看着苏家人的目光都变得诡异起来。

宁夕早就"嫁人"了，"嫁"的还是陆家，怎么可能纠缠和觊觎苏衍？

就在这时，一个仿若自带光效的男人勾着嘴角，迈步走了进来，语气悠然地开口道："啧，我嫂子方才都说了，她的眼光很高了啊！"

来人正是陆霆骁的亲弟弟，陆景礼。

陆景礼这家伙异常高调，之前又是做娱乐行业的，所以这张脸可谓无人不识。

此刻众人听到陆景礼的话，一个个的脸色顿时黑如锅底。

拜托！她这眼光何止是高啊！简直都要上天了好吗！

他们还以为宁夕刚才是在说大话，哪里知道人家分明是谦虚了。

这会儿脸色最难看的大概要属苏家那边的亲戚了，毕竟刚才就是他们在一个劲儿地嘲讽宁夕不择手段，挤破了头想进苏家。尤其是郑敏君，这会儿憋红了脸，像被人狠狠扇了一巴掌，半个字都说不出来。

陆景礼笑得跟朵花儿似的，先是跑去跟老爷子打了一声招呼，又凑到宁秋彤的身旁，嘴甜道："您就是我嫂子时常提起的美人姑姑吧？姑姑好，我是陆景礼。"

宁秋彤被哄得别提多开心了："你好，多谢你们照顾小夕了。"

小夕的事情她知道一些，她也叮嘱过很多次让小夕要好好看清对方，但她真没想到，小夕的男人竟然会是陆霆骁。

角落里，苏衍呆呆地看着眼前的一幕。在陆霆骁走到宁夕跟前，拉住她的手的那一刻，他的大脑便一片空白，他盯着那一对无比般配的璧人，完全失去了思考的能力。

至于躺在病床上的宁雪落，整个人一片死寂。

她看着陆霆骁和宁夕亲昵地牵在一起的手，看着宁夕脖子上自己之前从没留意的戒指，看着陆霆骁矜贵有礼地跟老爷子寒暄，看着陆景礼与宁秋彤交谈甚欢，那名为嫉妒的剧毒疯狂腐蚀着她的五脏六腑。

怎么可能！宁夕嫁的人竟然是陆霆骁！

"陆二少，我是宁耀华，小夕的父亲。上次您来宁家接小夕，我们见过的。"大概是觉得陆景礼比较好说话，宁耀华忙见缝插针凑上去套近乎。

该死的，上次宁老爷子寿宴的时候，是陆景礼亲自来接宁夕的。当时，他一直怀疑宁夕是跟陆景礼有关系，哪里能想到，不是陆景礼，而是陆霆骁！

这会儿，他哪里是悔得肠子都青了，简直悔得想撞墙。

宁秋彤看向宁耀华，冷冷一笑："啧，你成天把一只白眼狼当成宝贝，见她嫁了苏家，就觉得嫁了什么了不得的好人家，恨不得成天挂在嘴上炫耀。怎么，你现在看小夕找了个好人家，又后悔了？"

宁耀华被挤对得脸色一阵青一阵白："我后悔什么，小夕找了个好人家，我自然也为她开心。"

宁秋彤直接笑出了声："也不知道刚才是谁喊打喊杀要报警，还说天王老子来了也没用？"

这时，旁边的庄玲玉终于忍不下去了："她做出这么恶毒的事情，我们这么做有错吗？"

说完，庄玲玉看向陆霆骁道："陆总，你们陆家再有权有势，也不能罔顾法律，宁夕害了两条人命是事实！"

"啊……"这时，病床上的宁雪落捂住肚子，发出了痛苦的呻吟声。

众人的注意力顿时被转移了回来，大家又全部围住了宁雪落。

"雪落，你怎么了？"

"我的肚子好痛……"宁雪落面无血色，奄奄一息，整个人如同枯萎的花，无比惹人同情和怜惜。

"你中毒太深了，医生说会有点痛的，忍忍啊！"

"唉，作孽啊……"

看到宁雪落这副样子，病房内的人看向宁夕的目光渐渐变了。

宁夕现在日子过得这么好，宁雪落却被害成了这样，现在她还因为嫁了陆霆骁就仗势欺人，未免太过分了！

庄玲玉疾步走到病床前，满脸焦急和心疼。

这时，一旁的郑敏君也趁机开口道："陆总，您怕是还不知道吧，这个女人恶毒得很，就因为一点小矛盾，不仅害死了她亲生母亲的孩子，还下毒把我们苏家的骨肉也给害了！这种人怎么配嫁进陆家，简直玷污门楣啊！"

宁雪落满脸凄惶和绝望，而双眼却正无比怨毒地死死盯着宁夕的方向。

好啊，正好，宁夕，这次我让你一无所有，让你尝尝从天堂跌落到地狱的滋味！

陆霆骁清冷的目光没有施舍给那些不停在旁边挑拨的人，他垂着眸子，专注地看着身旁的小妻子："不错，是不配。"

郑敏君精神为之一振，以为陆霆骁听进去了她的话，下一秒却听到陆霆骁继续开口道："我和陆家配不上小夕。"

所有人都被虐傻了。

陆景礼：……

他就知道。

看到陆霆骁的态度，宁雪落脸色骤变，死死掐着掌心。下一秒，宁雪落抬起头，已经是一脸悲愤不已的表情："陆总，我理解以你和姐姐的关系，自然会偏袒姐姐。但是，我真的希望你能好好看清楚自己身边的人，或许她根本就不是你所以为的那个样子。是我对不起姐姐在先，无论姐姐对我做什么我都受着。可是妈妈呢，妈妈有什么错？我绝对不允许任何人伤害我的家人，即使是姐姐也不可以！陆总，如果你不相信我们的话，你可以请警察来查明真相！等你知道了一切真相，我相信你一定会有一个公正的判断！"

啧，宁夕的身上背着两条人命，她倒要看看，宁夕这陆夫人的位置还能不能保住。

听了宁雪落的话，众人暗暗点头，同时也感叹于宁雪落的孝顺。

陆景礼摸了一下下巴，啧了一声，感觉自己大开眼界。他见过无耻的人，但还真没见过这么无耻的人。难怪没有血缘关系，她也能把宁家这两个蠢货哄成这样，人至贱则无敌啊！

而且嫂子这次的事情，怕是有些棘手……

宁夕抬起眸子，与身旁的陆霆骁对视了一眼。

接下来，是她的战场。

只一眼，陆霆骁便明白了她的意思，微微颔首。

Chapter 18

▼

庄玲玉的孩子不是宁夕买凶撞的，而是这个孝顺、贴心的宁雪落害的！不仅如此，连宁雪落肚子里的孩子，也不是苏衍的！

面对着所有人憎恨的目光，宁夕如同身处在自家后花园，神色淡定自若，潋滟的眸子瞥向病床上义愤填膺、为母讨公道的宁雪落，不紧不慢地开口道：“正好，我这里有些东西也想交与警方看看。”

听到宁夕的话，宁雪落双眸微眯，不过，她很快就恢复了有恃无恐的表情：“姐姐有话可以直说，我想大家也很想听听姐姐的解释。”

解释？在这种情况下，无论她解释什么，都只会越描越黑而已。

“我只是发现了一些好玩的事情。”宁夕似笑非笑地勾起嘴角，面上露出些许讶异的表情，“没想到一向淑女的宁大小姐，竟然喜欢玩机车这么刺激的东西。”

宁雪落闻言，眸光倏忽一紧。

宁夕继续开口道：“不久前，我认识了一位退役的知名赛车手。当时我跟他聊天，无意间竟然听他提起，宁大小姐居然跟他学过很长一段时间机车。”

宁雪落闻言，如同被提到了伤心事一般，满脸哀伤地抚摸着她平坦的小腹：“怀孕的人，无论是口味还是喜好，都会有些奇怪，连自己也解释不清这种变化。当时我一直闲在家里很无聊，突然在电视上看到机车，觉得骑机车很潇洒，便去随便了解了一下而已。不知道姐姐突然提起这个做什么？”

宁夕闻言，只是轻轻一笑：“原来如此。”

对于宁雪落的解释，周围一些怀过孕的夫人都表示赞同地点了点头。同时，她们也不明白，宁夕好端端的，为什么把话题跳转到了完全不相干的事情上。

庄玲玉看着宁雪落伤心的样子，顿时眉头紧蹙，满脸不悦地瞪向宁夕道：“宁夕，你别在这里转移话题和拖延时间！”

宁夕轻轻触摸着手中的手机：“我只是有些好奇，没想到怀孕的人喜好这么古怪，像宁大小姐这么温柔淑女的女孩子，突然喜欢上机车不说，还在怀着身孕的情况下，深夜独自一人骑着车在荒郊野外游荡呢。”

宁雪落镇定的面色终于出现了一丝裂痕，面部剧烈地抽搐了一下，不过只是一瞬间，便又恢复了完美无缺的难过和愤怒的表情：“姐姐，我不懂你在说什么。我不过是好奇，所以跟专业人员了解了一下，过过眼瘾，怎么可能自己跑去骑，还大半夜地出门！”

宁雪落冷笑着，心想：呵，宁夕，你想诈我？你未免把我想得太蠢了！

庄玲玉见宁夕越说越不像话了，脸色更加难看："宁夕，你在这里乱七八糟说了一大堆，到底是想说什么？就算雪落大晚上出门骑机车，又碍着你什么事了！"

宁夕耸了耸肩，漫不经心道："当然没碍着我的事了，毕竟她撞掉的又不是我的孩子。"

宁夕话音落下的瞬间，屋子里陡然一片寂静，庄玲玉的表情也完全僵在了脸上。

"心肝儿，麻烦你帮我关个灯。"

陆霆骁长臂一伸，屋子里顿时一片漆黑。

下一秒，宁夕在手机上轻轻一点，众人身后宽大的白色墙壁上骤然投影出了一段影像。

这段影像并没有声音，大概是晚上，所以光线很模糊。画面静止了三秒钟，随后出现了一辆黑色的机车。

当看到这辆机车的时候，庄玲玉的瞳孔骤然收缩："这辆车是撞我的那辆车！就是撞我的那辆车！"

虽然当时她被撞的时间很短暂，但她绝对不会忘记那辆车的样子。

听到庄玲玉的话之后，众人一片哗然，全部凝神盯住了墙壁。

画面里，似乎是一片荒无人烟的废车处理厂，机车的主人下车之后，先是把身上外面穿的衣服，连带着手套、头盔全部脱了下来，然后把机车往地上一推，随即拎起旁边的汽油泼洒在机车上，再把手里的打火机点燃，朝着机车扔过去。

"砰"的一声，所有的东西消失在了火焰里。与此同时，升腾的火焰一下子照亮了机车主人的脸。

那不是男人，竟然是一个长相柔弱的女人！

那是宁雪落！

在看清这张脸的瞬间，病房里的所有人惊呆了，每个人都难以置信地朝病床上的宁雪落看去。庄玲玉更是大张着嘴巴，盯着屏幕，迟迟回不过神来。

"这是怎么回事？这人怎么会是雪落啊？"

"但那张脸就是宁雪落没错啊！刚才火燃起来的时候，我们看得可清楚了。她脱了外面的衣服后，肚子都显出来了。"

"不可能……不可能吧！这绝对不可能！"

在墙上的投影出现熟悉场景的一瞬间，宁雪落便已经变了脸色，短短几秒钟的视频，她简直如同从地狱里走了一遭。当她的脸被火光照亮，出现在所有人面前的时候，她简直要魂飞魄散了。

宁雪落的呼吸里如同有一团火在烧，她嘶哑着嗓音，急切地开口道："是假的！这段录像是伪造的！宁夕，你为什么要做出这种东西污蔑我啊！我怎么会去害妈妈的孩子！"

宁夕完全不反驳，直接点头道："对啊，这段录像是我伪造的。我不仅伪造了这录像，还伪造了你的指纹和血样呢，宁大小姐，你想看看吗？"

宁雪落的脸色一片苍白。

还有指纹和血样！

如果有指纹和血样，那她绝对百口莫辩。

可是，这绝对不可能！她把所有的痕迹全部毁掉了，宁夕是从哪里弄到的那些东西？可是宁夕连监控录像都弄到了！而她之前分明百般确认了，那个地方是绝对没有任何监控的！到底是哪里出了问题？

陆霆骁……难道是陆霆骁帮她的？

“心肝儿，把东西给我吧。”宁夕偏过头，对陆霆骁柔声道。随即，她居高临下地看着病床上明显精神正在一点一点崩塌的女人，目光中满是嘲讽。

陆霆骁点点头，随即将一个棕色的档案袋递给她。

宁雪落的身体抖如筛糠，在她眼里，此刻看着她的宁夕简直如同索命的厉鬼。她死死盯着宁夕手里的那个棕色档案袋，呼吸越来越急促——果然是陆霆骁！

就在宁夕将东西从袋子里拿出来的瞬间，宁雪落看着神色轻蔑的宁夕，看着目光冷冽的陆霆骁，终于，心头的最后一丝侥幸也没了。她猛地闭上眼睛，声音尖利地嘶喊起来：“是我！是我撞她的！是我撞死了那个孩子！是我做的又怎样？”

她的声音尖锐刺耳，让人的耳膜一阵阵不舒服。

整个病房里一片死寂，只剩下披头散发、面容狰狞的宁雪落的嘶吼声。

庄玲玉抖着唇，眼睛一翻便晕了过去。宁耀华急急扶住她，用力掐了一下人中，她才终于缓缓转醒。她惨白着一张脸，颤抖道：“雪落，你在说什么？你别吓妈妈，你刚刚是在胡说是不是？”

宁雪落的笑声异常瘆人：“呵呵，妈妈？庄夫人，你什么时候成我的妈妈了？你不是你肚子里儿子的妈妈吗？”

庄玲玉从没看过宁雪落如此陌生、可怕的表情，激动不已道：“雪落，你到底在说什么，我当然是你的妈妈！你告诉我这些事情不是你做的！不是你做的对不对？”

此刻，宁雪落面上的柔弱之色消失殆尽，取而代之的是一片森冷和怨毒，是没了退路之后的疯狂：“是我！当然是我做的！因为我恨你，恨你们宁家的每个人！我才是宁家大小姐，我一出生就是宁家大小姐，宁家的一切都是我的！为什么你们要把宁夕这只野鸡接回来？”

“好不容易这只野鸡走了，你们竟然又弄出一个儿子跟我争家产！孩子还没生下来，你们就开始迫不及待地夺我手里的权力了，凭什么？如果不是我搞定了苏衍，你们宁家能有今天？现在有了儿子就想把我一脚踹开，二位的算盘未免打得太响了，真把我当白痴了？”

庄玲玉傻在了那里，简直难以置信。宁耀华也完全惊呆了，不敢相信眼前这个女孩子是宁雪落，是他们眼中乖巧懂事又单纯善良的女儿。他不敢相信，一直以来她抱着的竟然是这样的心思。

“天哪……”所有人都没想到事情竟然会有这么惊人的反转，一个个都傻站在那里。

庄玲玉的孩子不是宁夕买凶撞的，而是这个孝顺、贴心的宁雪落害的！不仅如此，她还亲自开着车去撞，去撞辛苦养了自己几十年，把她当成亲生女儿一样疼爱的母亲。

明明她不过是一个乡下村妇的女儿，因为被抱错了才能享受这么多年的荣华富贵。这一切本来就不是她的，没有宁家，她就是山沟沟里的一个村姑，可她竟然把宁家对她的一切恩惠当成了理所当然，还认为宁家的一切都应该是她的！

只因为庄玲玉怀了儿子，可能跟她争家产，她就不惜把庄玲玉肚子里的孩子给撞死！更可怕的是，她从头到尾都是一副受害者的姿态，把所有的事情都推到了宁夕的身上……想到这里，所有人都感觉到了一股彻骨的寒意。

这个女人竟然欺骗了所有人，到底是多有心机啊？她简直太可怕了！

宁耀华心神震荡，被宁雪落这个荒谬的逻辑气得差点说不出话来：“畜生！宁家养了你二十多年，不求你感恩，你竟然一直都抱着这么自私、歹毒的心思！”

宁雪落低低地笑着，如同听到了什么好笑的笑话：“感恩？我有什么好感恩的！我今天的一切都是凭自己的本事得来的！而宁夕呢，她有什么？不过是身体里流着宁家的血而已，凭什么她什么都不做，这个老不死的就要给她百分之十的股份，而我竟然一分都没有！”

宁耀华怒吼道：“可我已经把手里的股份全部给了你，你手里已经有了百分之十五的股份，你难道还不满意？”

宁雪落满脸嘲讽道：“宁董事长，话别说得这么好听，你把股份给我，还不是为了能跟苏家联姻。你敢说你有了儿子，这些股份还会是我的？”

“所以你就可以杀了你妈妈的孩子？”宁耀华目眦欲裂。

宁雪落的脸上没有丝毫悔过之意：“你们不仁，就别怪我不义！这个孩子，本来就该死！”

宁夕站在一旁，双臂环着胸，静静地看着这一家三口当场撕破脸。直到此刻，她才出声打断道：“真是抱歉，我打断一下各位。请问一下宁大小姐，这人竟然真是你撞的？”

宁雪落目光阴沉地盯着宁夕：“宁夕，你少装模作样！”

宁夕顿时一脸无辜的表情：“可是，那录像真是我伪造的啊！你毁尸灭迹的那个路段，根本没有监控的，你难道不知道吗？这录像是我找剧组的特效师临时帮我模拟现场赶制出来的，粗糙得很，没想到你竟然信了。哦，对了，还有指纹和血样……”宁夕朝身旁的陆霆骁看去。

陆霆骁打开棕色的档案袋，掏出的不是证据，而是一沓各式各样的婚礼教堂的照片。

“宁夕！我要杀了你！我要杀了你！”

宁雪落呆愣了一秒钟，随即状若癫狂。方才看到那些证据的时候，她都没有这么激动，此刻却仿佛疯了一样。

自从所罗门的人屡屡失手之后，她就不再相信任何人。她也不放心在国内买凶，万一对方反水，被宁夕买通，后果就不堪设想。所以，这次她选择了亲自动手。

毕竟是第一次做这种事情，她终归有些慌乱。去那里处理掉衣服和车子的时候，她本就心慌意乱，哪里还能记得当时的细节？而宁夕的那段特效模拟得本就逼真，她看到熟悉的场景之后，竟下意识便相信了。

至于指纹和血样，如果是宁夕自己拿出来的，她肯定会存疑，但偏偏是陆霆骁，是陆霆骁亲自交给宁夕的。

以陆霆骁的实力，即使是不可能的事情，那也完全变得有可能。所以她立刻就相信了，却没想到从头到尾都掉入宁夕的陷阱。宁夕竟然从头到尾都在诈她，监控录像是假的，指纹和血样也是假的！这个贱人！贱人！

宁夕看着不停地在那儿嘶吼的宁雪落，神色无奈道："我说过是伪造的，只是你不信而已。"

一旁，陆景礼看着差点被气得疯掉的宁雪落，简直叹为观止。

他们简直太凶残了！这一出戏，连环反转，简直堪称大片！他们还不忘了虐狗，那些婚礼教堂的照片也是够了！

然而，这一切还没有结束。

"不过，虽然那些东西是伪造的，有样东西倒是真的。"宁夕说着，手指轻点手机，墙壁上出现了一张A4纸。

细看之下，竟然是一张亲子鉴定书。

鉴定书上显示，宁雪落肚子里的孩子，跟苏衍根本没有血缘关系。

"这是亲子鉴定书！"

"好像是雪落肚子里的孩子跟苏衍的亲子鉴定！"

"天哪！雪落的孩子不是苏衍的？"

刹那间，病房里一阵哗然。

宁夕的目光缓缓落在宁雪落的身上："俗话说，虎毒不食子，何况宁大小姐也很清楚这个孩子对你而言有多重要，所以我一直很奇怪，为什么你不惜用杀了自己的孩子这种方法来嫁祸我。"

宁夕顿了一下，很快继续开口道："我想来想去，只想到了一个可能，那就是这个孩子根本就不能留。那么什么原因会让这个孩子不能留呢？这就值得深思了，宁小姐，你说对吗？"

虽然只有短短的两天时间，但她做了很多事情。

她派人去查了庄玲玉被撞路段的监控，追踪了那辆机车的去向，查了宁雪落这几个月的行踪。然后，她亲自去拜访了那个赛车手，又去找了剧组的特效师，拜托他帮忙。除此之外，她还让人偷偷弄到了苏衍的头发和那个死胎的血样去做鉴定。

鉴定结果是半个小时前才传到她的邮箱里的，一切如她所预料的一样，宁雪落的孩子，果然不是苏衍的。

宁夕说到这里，众人哪里还有不明白的。

"宁雪落肚子里的孩子竟然不是苏衍的！难怪呢，不然她怎么可能连亲生骨肉都下得去手啊！是因为这个孩子要是生下来，一旦被人发现不是苏衍的，她就完了。于是她索性一箭双雕，不仅把孩子解决了，还陷害了宁夕一把！"

"当初我们苏衍都准备跟她离婚了，她就是凭着这个孩子才保住婚姻的，谁知道这孩子竟然……我的天！"

"这女人口口声声称爱苏衍爱得死去活来，结果竟然怀了一个野种回来！"

原本瞠目结舌地盯着投影的郑敏君一下子从人群里冲到了宁夕的跟前，要抢她的手机："你说什么？雪落肚子里的孩子不是我们苏衍的？这怎么可能！"

一旁的宁秋彤神色不耐烦地开口道："那个流下来的孩子应该还没火化吧，你们不相信的话，自己去做个鉴定就是了。"

宁雪落的人品已经完全曝光在了人前，郑敏君哪里还有不信的，神情一怔，然后瞬间就朝着宁雪落扑过去："你这个不知检点的女人！我说你之前怎么急着撺掇我们赶紧把孩子火化了，还说什么这样能尽早让孩子投胎到好人家，原来你是存着毁尸灭迹的心思！"

儿媳妇给儿子戴了绿帽子，还怀了野种，这种事情竟然当着这么多人的面曝光出来，郑敏君简直快要气疯了！

"郑敏君，你别说得好像你们苏家就有多高贵！若不是你们两个老不死的一心撺掇苏衍跟我离婚，想让他娶宁夕，以便你们巴结庄家，我怎么会被逼到这种地步！"反正已经撕破了脸，宁雪落直接回击了过去，只是终究因为刚流产，体力不支，很快，身上、脸上就被郑敏君抓出了一道道血痕。

苏弘光忍无可忍地一把将郑敏君拉住，怒吼道："够了！你还嫌不够丢人吗？"今天他丢人实在是丢够了！

郑敏君顿时黑着脸道："我丢人？我丢什么人！都是宁耀华和庄玲玉养出来的好女儿，心思恶毒、放荡不堪，把我们苏家给祸害成了这样！丢人也是他们宁家丢人！"

"你！"宁耀华本来就气得不行了，这会儿又被郑敏君这么一通嘲讽，差点儿直接气晕过去。而庄玲玉整个人已经呆呆的，神情恍惚，嘴里一个劲儿地念叨着不可能……两家人吵得天翻地覆，整个病房内一片混乱。

宁秋彤目光怜悯地扫过宁耀华和庄玲玉："我早说过，让你们好好看清楚自己这些年养的是个什么东西，偏偏你们被猪油蒙了心，被这个女人骗得团团转，现在落得这个下场，也是自作自受！只是作孽，害了一个无辜的孩子！"

听到"孩子"两个字，庄玲玉如同受到了什么巨大的刺激，一下子朝宁雪落扑了过去："你这个贱人！贱人！为什么你要这么害我？为什么你要这么害我？你还我的孩子！你还我儿子的命！"

看着这混乱不堪的场景，陆霆骁眉头微蹙，伸手轻轻将宁夕揽在他的怀里，让她的视线隔绝了那些肮脏的画面。

宁夕呼吸着鼻间清冽的气息，心头浓浓的疲惫顿时消散，她如同到了另一片宁静而温暖的小天地，轻声道："心肝儿，我们回家吧！"

陆霆骁说："好。"

"小夕……"见宁夕和陆霆骁一起转身离开，宁耀华下意识地追上去，似乎想要说什么，可是终究一个字都没能说出口。

庄玲玉原本是准备借着这次机会给宁雪落讨个公道，然后彻底把宁夕从家族除名，所以才特意叫来了这么多亲戚，却没料想到，最后事情的真相竟然让她的世界崩塌。

事情闹成了这样，那些亲戚朋友也不好继续留在这里看热闹，一个个纷纷找借口离开了。

老爷子身心俱疲，不想再管大儿子这边的恩怨。他在仆人的搀扶下，颤巍巍地走了。

当初他该劝的都劝了，该说的也说了，所有的选择都是他们自己做的。如今，他们要怎么解决，也随他们去吧，他实在是已经没有心力去管了。

一时之间，病房内只剩下宁耀华、庄玲玉、郑敏君、苏弘光、苏衍，还有宁雪落。

郑敏君哪里能忍受她最引以为傲的儿子被人戴绿帽子，她满心期待的宝贝孙子竟然是个野种，等那些人走后，她更是不管不顾了，指着宁雪落的鼻子就开始不停地骂："我们也是瞎了眼，让苏衍娶了你这个冒牌的破烂货！你不知道在外面跟哪个野男人乱搞，被搞大了肚子，竟然还敢说是我们苏衍的！离婚，你现在立刻给我滚出苏家！还有，我们苏家的一根针、一根线你都别想带走！"

宁雪落闻言，笑不可遏："哈哈！你以为宁夕就很纯洁吗？她十八岁就被男人搞大了肚子，还说是苏衍的种，我比她要好多了！"

若不是郑敏君在李夫人的聚会上知道了宁夕跟庄家的关系，之后一直不死心想撺掇苏衍另娶，她怎么会为了拉投资稳固地位，跑去陪那些满身肥油的恶心富商睡觉！

若不是苏衍被那个贱人勾了魂，压根就不想跟她生孩子，她怎么可能会冒险留下肚子里的那个野种！一切都是宁夕那个贱人的错，是他们苏家的错！

听到宁雪落的话，郑敏君顿时一愣："你说什么？"

"我说，宁夕那个贱人当初在跟苏衍交往的时候，就在外面乱搞，还是跟两个牛郎。她被搞大了肚子就说是苏衍的种，要不是那场车祸，那野种她怕是还准备生下来呢！"

说完，她满脸嘲讽地看向了宁耀华和庄玲玉，一脸报复的快意："哈哈哈！你们不信吗？不信你们可以问问宁董事长，问问宁夫人，他们的亲生女儿是不是更加下贱！"

宁耀华和庄玲玉见宁雪落竟然把宁家最大的丑闻直接在苏家人面前说了出来，脸色顿时白了。

当初他们抹掉了这件事情所有的痕迹，但无法抹杀它的存在。这件事情对他们而言，简直就如同噩梦一般。

就在这时，病房的角落里突然传来了男人压抑的、颤抖的声音："够了……"听到这个声音，宁雪落脸上畅快的笑意顿时僵硬了一下。

"不是小夕……当年的事情根本就不是小夕的错！"

苏衍捏着拳头，脸上满是难堪之色。他艰难地开口道："小夕从头到尾都没有背叛过我，她没有跟男人乱来，她没有……她是被强迫的，她是被人陷害的。"

"你说什么？"原本一直神情恍惚的庄玲玉顿时一愣。

宁耀华也一下子变了脸色："苏衍，你刚才说什么？小夕是被人陷害的？"

宁雪落死死盯着开口替宁夕说话的苏衍，眸底是铺天盖地的怨恨：苏衍，现在连你也要跟我作对是不是？

宁雪落低低一笑，一副有恃无恐的模样：“没错，是我陷害的她，是我在那个贱人的饮料里下了药，是我给她准备了两个牛郎，那又怎么样？她还不是被两个牛郎玩大了肚子的破鞋，哈哈哈！”

“宁雪落，你说什么？你给我再说一遍！是你给小夕下了药，是你派人强暴了小夕？”宁耀华简直无法相信他的耳朵，此刻他的身体剧烈颤抖着，连知道宁雪落害死了庄玲玉的孩子、知道宁雪落出轨的时候，都没有这般震怒。

她的女儿不是自己出去乱来的，竟然是被人强暴的！

宁雪落捂着笑得发痛的肚子：“哈哈哈，真是笑死我了！宁夕那个乡巴佬，正版、仿版的衣服都分不清，我给她什么衣服，她就乖乖穿什么衣服；我骗她洗手的柠檬水是用来喝的，她傻乎乎地直接就喝了。”

“那个白痴，怕是连牛郎是什么都不知道，还会自己点牛郎享受？当然，更蠢的是你们两个蠢货，竟然真的相信了！哈哈哈！”

宁雪落那些夹杂着刺耳的笑声的话，一句句回荡在死寂的病房内。庄玲玉如同傻了一般，张了张嘴，竟一个字也无法说出来。

这不是真的……这一切都不是真的！这些年，她到底养了个什么？她为了一个畜生，对自己的亲生女儿做了什么？不是宁夕害了她的孩子，是宁雪落！是宁雪落害了她的两个孩子啊！害了她的儿子，害了她的女儿！

宁耀华盯着眼前这个陌生到了极点，像毒蛇一样的女人，听着她对自己的亲生骨肉做的一切，每个字都如同一把刀，在他的身上一刀一刀割着。他狂怒地冲向了苏衍：“苏衍，你说，你给我说清楚到底是怎么回事！这一切你全部知道是不是？”

苏衍满脸痛苦地垂着头：“对不起，是我的错！当年我身体不好，在乡下养病，我跟小夕早在乡下的时候就认识了。在认识雪落之前，我跟小夕就已经在交往，是我背叛了小夕，跟雪落做了对不起她的事情……”

“当时，我一心都在雪落身上，撞破雪落对小夕做的那些事情之后，我以为她是年纪小一时糊涂，我以为她是真心悔过了，所以才帮她保守了这个秘密。我骗了小夕，说那天晚上的人是我，小夕不是故意留下那个孩子的，她以为那个孩子是我的，她一直在等我回来给她一个名分，可是我对不起……是我对不起小夕，是我害了她一辈子……”

听完了这一切，宁耀华的身体剧烈颤抖着，双眸一片猩红：“畜生！你们两个畜生！”

他们竟然把他的女儿，把他的亲生骨肉害成了这样！

他的脑海里一遍又一遍地回忆着当年在医院里，宁夕出车祸流产后，一遍遍绝望地跟他解释的画面；他回忆着自己一句句斥责、怒骂她的那些诛心之言；他回忆着自己狠心将她送去国外不闻不问的那五年；他回忆着她回国之后，每次面对自己时冰冷的眼神，还有那句“父亲？你配吗”。

他不配！他根本就不配做她的父亲！他亲手把自己的女儿给推进了万丈深渊……

一旁的郑敏君和苏弘光没想到还有这样的内情，听得心内一阵阵发寒。

这个女人到底是有多恶毒，那么小的年纪就能做出那种伤天害理的事情！

“天哪！我们苏家到底是娶了一个什么祸害回来！苏衍，你怎么这么糊涂，跟这种女人搞到了一起！”郑敏君哭喊着。

苏衍惨淡一笑：“当初逼我和小夕分开的是你们，撮合我和雪落在一起的，也是你们。”

“我……”郑敏君顿时一句话都说不出来，现在她说再多、再后悔也没用了。

总之，苏衍要离婚！他一定要跟这个女人离婚！她一刻都无法忍受这个像毒蛇一样的女人在苏家多待一秒钟了！

宁耀华满脸怒气：“畜生，我要你不得好死！”

“哈哈哈！我倒要看看，宁董你一个挂着空壳，连一分股权都没有的董事长，要怎么让我不得好死！”

宁耀华瞳孔紧缩，眸子里顿时满是阴鸷：“你！”

宁雪落刚说完这一句，又笑容诡异地看向郑敏君与苏弘光：“哦，对了，还有你们，想让我跟苏衍离婚？好啊，那我不介意在开庭的时候，顺便给法官大人看一些更有趣的东西。比如，亿丰集团大额行贿的证据。”

“你敢！”苏弘光骤然变了脸色，万万没想到宁雪落手里竟然握着这种东西。

郑敏君也完全傻眼了，脸色一片煞白。

“我告诉你们，想让我离婚，这辈子都不可能！除非我死，否则，苏夫人的位置永远都只能是我宁雪落的！”

女人狠厉的声音如同毒蛇一般，缠绕着屋内的每一个人。

这些年，他们一心宠爱的善良、天真的女儿，他们引以为荣的聪明、能干的媳妇，从头到尾就是一个披着人皮的恶鬼！

黑色的迈巴赫内，陆景礼一路都在兴奋地碎碎念：“嫂子，你实在是太厉害了！我看戏看得热血沸腾！你那演技好得我都被你骗了，我还以为那些证据全部是真的呢！还有还有啊，你跟我哥是不是早就串通好了啊？”

后座上，宁夕懒洋洋地窝在陆霆骁的怀里，闻言，眉头微微上扬：“我跟心肝儿还需要串通吗？我们心有灵犀一点通！对吧，心肝儿？”

陆霆骁的嘴角微微弯着：“嗯。”

陆景礼说：“当我没问。”

宁夕回忆着方才的事情，分析道：“其实，这是一场心理战，那个特效师做出来的视频，加上我的演技，我大概有七成的把握能骗到宁雪落。不过嘛，我家心肝儿一来，我就知道自己赢定了。”

宁雪落不相信她有这个本事，但一定会相信陆霆骁，所以肯定会上当。

陆景礼眼泪汪汪，他又被塞了满嘴的狗粮。

“唉，这下撕破了脸，宁家和宁雪落可有的斗了，毕竟宁雪落手里还握着宁家那么多股份呢！”陆景礼开口道。

宁夕神色淡淡道：“你以为宁耀华就是善茬？”

陆景礼眨了眨眼睛："这倒也是！宁雪落之前那么嚣张，不过是狐假虎威靠着宁家和苏家的势力，现在她跟两边都撕破了脸，还天真地以为自己能翻盘呢！"

短短几天时间内，整个宁氏国际一片动荡。宁雪落疯狂排挤公司元老，培植自己的势力，甚至公然在股东大会上宣布要撤去宁耀华董事长的职位。

不过，后面的事情倒是如同宁夕所料，宁耀华也不是一个善茬。宁耀华这人最看重脸面和宁家的声誉，没想到这次却下了狠心，不惜鱼死网破，把宁雪落开车撞人，故意撞死了庄玲玉肚子里孩子的丑闻直接曝光在了公众面前。

股东大会以压倒性的票数罢免了宁雪落的职位，并且按照相关规定，公司有权按照原价强制回收她手中的股份。与此同时，宁秋彤被请回来担任公司新任总裁。

经此一役，虽然宁雪落完全被踢出了公司，但宁氏国际也股票大跌，元气大伤。

为了避免牢狱之灾，宁雪落与宁耀华做了一笔交易，被逼把手中的股份一分钱不要地拱手送上。

也就是说，她被身无分文地赶出了公司。

股东大会结束后，宁雪落匆匆离开宁氏国际公司大楼，费了九牛二虎之力，才总算躲开那些如狼似虎的媒体，回到了苏家。

客厅里，郑敏君正在看电视，电视里播放的正是宁雪落为了夺权，不惜亲手残害怀孕的养母和她腹中的胎儿，被宁氏国际赶出董事会的新闻。

郑敏君听到门口的脚步声，看着宁雪落这副丧家之犬的样子，顿时冷笑连连，幸灾乐祸道："不过是靠着宁家和我们苏家的关系才得意了几年的狗，还真当自己有几斤几两重了？"

这个该死的小贱人，被踢出了宁氏，手里一分钱股票都没了，名声更是已经差得被整个圈子唾弃，竟然还无耻地霸占着苏家少奶奶的位置。

一想到这样一个人继续留在苏家，一想到从今往后她都没办法在上流圈子里见人，她就恨不得掐死这个小贱人！

宁雪落如同没有听到郑敏君的话，直接环视了一圈儿，阴冷着脸道："苏衍呢？"

"你管苏衍做什么，管好你自己就行了！哪个男人愿意待在家里看到你这张让人做噩梦的脸！"郑敏君没好气道。

宁雪落没说话，直接摔门出去，然后驱车朝苏衍在帝都的某处房产开去。

她知道苏衍在外面还有栋房子，之前他不回家的时候都是住在外面。

正准备按门铃，她却发现大门只是虚掩着，于是她踩着高跟鞋，直接推门而入。

走到一半，宁雪落的脸色一下子变了。从卧室的方向隐约传来一阵女人甜腻的呻吟声，宁雪落脸上的表情由青到白，像走马灯一样过了一遍，随即她迅速冲到门前，"砰"的一声推开了房门。

"啊！宁副总！"那个女人受惊般地探出一张精致的小脸，是星辉的一个新人，叫韩梓萱。

眼前的画面让宁雪落天旋地转，胸腔里如同灌满了玻璃碴，她像发疯一样冲过去一把揪住了韩梓萱的头发，将人从苏衍后面拖了出来："你好大的胆子，连我的男人也敢勾引！”

“啊！”韩梓萱头发被揪住，发出杀猪般的哀号，不过很快就扭身撕扯了回去，尖叫道，“我有什么不敢的！宁副总，我尊称你一声副总，你还真当自己是星光娱乐‘一人之下，万人之上’的副总经理呢！”

宁雪落气得要发疯了：“贱人，你说什么？我撕烂你的嘴！”

韩梓萱一脸得意的表情：“哈！我说什么？你自己敢做，还怕别人说吗？你那点破事，圈子里早就尽人皆知了。你为了夺权，心狠手辣撞死你养母的儿子，还背着苏衍给他戴绿帽子，怀了个野种回来！”

那天，医院里人多口杂，宁夕和陆霆骁的事情他们没胆子在外面乱说，但是宁家、苏家和宁雪落的那点破事，早就被添油加醋传遍了整个圈子。苏衍头上绿得俨然已经堪比西伯利亚大草原。

宁雪落怎么也没想到，有朝一日，她竟然会被这种货色羞辱，而这个女人竟然还爬到了她丈夫的床上。她死死盯着床上一言不发的男人：“苏衍，你疯了吗？跟这种女人搞在一起！你知不知道她跟多少男人睡过？”

韩梓萱挑衅地黏着苏衍：“我睡过很多男人又怎样？衍哥哥就是喜欢我啊！”

“你！”宁雪落大概没料到，韩梓萱居然无耻到这种地步，一瞬间气得差点晕过去，尖叫着朝韩梓萱扑了过去，两个人顿时扭打成一团。

“衍哥哥，救我……”韩梓萱娇声求救。

“宁雪落，你够了！”

“啪”的一声，苏衍一把将宁雪落推开。

宁雪落被推得摔在地板上，难以置信地看着眼前的人，到了嘴边的“衍哥哥”，愣是因为方才韩梓萱也这么叫了，而恶心得压根说不出来。

“苏衍，你竟然为了这么一个贱货吼我？你怎么可以这么对我！你到底是在侮辱我，还是在侮辱你自己？”

难道就因为这个女人跟宁夕有几分相似吗？就因为这样，他连这种人尽可夫的贱人都愿意睡，却不愿意碰她一下？想到这里，她快要被妒火燃烧殆尽。

苏衍随意地套上一件睡衣，双眸浑浊，眸底一片青灰之色，昔日温润的面容也满是厌恶和不耐烦：“宁雪落，你要苏太太的位置，我可以给你，但也仅限于此了。从此以后，我们互不相干！”

“互不相干！”宁雪落死死咬着嘴唇，几乎要把嘴唇咬出血来。

她这么爱他，即使像只惹人厌恶的蟑螂一样霸着这个位置，也不愿意离开他，可是现在他要让她守活寡：“苏衍，你好……好！”

宁雪落爬起来，跌跌撞撞地冲了出去。谁知道，她还没走到停车的地方，突然一大群记者不知道从哪里冲了出来，瞬间将她包围。

“宁雪落小姐，你忘恩负义，害死养母腹中的孩子，对此，你有什么想说的吗？”

“宁小姐，你肚子里孩子的生父是谁？有传闻说是星辉娱乐的王总，请问是真的吗？”

“就算你肚子里的孩子不是苏衍的，好歹也是你亲生的，亲手杀了自己的孩子，难道你就不会良心不安吗？”

“据说你还想把两个孩子的死全部嫁祸给宁夕，你三番五次陷害宁夕，是否因为自卑和嫉妒？”

“走开！我不接受任何采访！”宁雪落想要挤出人群，无奈被记者还有一干情绪激动的粉丝围得严严实实，半步都走不出去。

“啊——”

不知道是谁砸了一个臭鸡蛋过来，鸡蛋液瞬间黏在了她的头发上、脸上。随后，更多的鸡蛋、矿泉水瓶和烂菜叶全部砸了过来……

Chapter 19

▼

“我确实给你和小宝做过亲子鉴定，亲子鉴定也是真的……”
陆霆骁深吸了一口气，从怀里拿出一份报告书递给了宁夕，
“小夕，你确实是小宝的亲生母亲。”

陆家老宅。

颜如意满脸气愤的表情："你这父母也确实太不像话了，哪有糊涂成这个样子的！"

宁夕不在意道："妈，没事，都已经过去了。"

颜如意心疼地拉着宁夕的手："你这丫头，就是太实在了，直接把庄家搬出来，要是庄家不方便，你把咱们陆家搬出来，谁敢动你一下，给你半分委屈受！"说完，她的神情带着几分紧张，试探着开口道，"咯，小夕啊，过段时间就是霆骁的生辰了。到时候，你作为我们陆家未来的当家主母，肯定是要出席的。"

颜如意担心宁夕因为自己的职业，不方便参加。

其实，以宁夕现在在娱乐圈的地位，就算公开她的身份都没什么，只是一个时机的问题而已。于是她直接应道："好的，妈，我会提前准备一下。"

"好好好，那就好！"颜如意这才松了一口气，"你啊，忙你的事情去就好，不用准备什么，宴会什么的我们这边会安排，你只要把自己打扮得美美的出现就行！"

这边，宁夕正跟颜如意说着话，小花园里突然传来一阵扯着嗓子的哀号惨叫声。听那声音，好像是小胖子迟帅发出来的。

迟帅和小宝在一次茶话会上不打不相识，后来这小家伙就一直很喜欢跟在小宝后面，缠着小宝教他功夫。小家伙虎头虎脑、活泼好动，跟小宝安静的性子倒是很互补，两人处得还不错。

"颜奶奶，师父他打我！"这会儿，小胖子捂着一只青紫的眼睛，一边哭，一边跑了过来。

"这是怎么了？好端端的，小宝为什么要打你？"颜如意一脸惊讶。

宁夕看着小家伙被揍得青紫的眼睛也有些意外，小宝绝对不是会随便打人的孩子。

看到小宝远远地站在门口，宁夕朝小宝招招手："小宝，过来。"

小宝抿了抿唇，放在身侧的手捏了捏，随后迈步缓缓走到了宁夕的跟前。

宁夕揉了揉小包子垂着的脑袋："怎么了宝贝？你为什么打迟帅？是迟帅做了什么不对的事情吗？"

旁边的迟帅一听，都快委屈得哭了："阿姨，我没有！阿姨，我还夸你来着！可

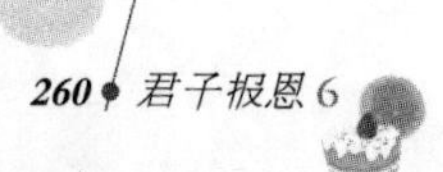

是师父突然就打我！”

迟帅这么一说，宁夕就更奇怪了：“你还夸我了？”

“迟小胖，你怎么夸她的？”身后传来陆景礼乐呵呵的笑声。

迟帅朝陆景礼怒瞪了一眼：“你不要叫我迟小胖！我真的夸阿姨了，我夸她长得漂亮！”

陆景礼看了一眼小宝，又看向迟帅：“哦？那你的原话是什么？”

迟帅眼珠子转了转，说：“我对师父说，‘你后妈长得真漂亮！’对，我就是这么说的！”

“噗……”陆景礼叹着气，摇了摇头，“迟小胖，你被揍得不冤。谁让你戳了宝宝的心呢！”

迟帅还是一脸蒙，被颜如意拿着零食才哄好。

宁夕似乎也反应过来了什么，拉着小宝走到了角落里：“你为什么打迟帅，可以跟妈妈说说吗？”

小宝一下子扑到了宁夕的怀里：“妈妈……”

“我在呢！”

“妈妈。”

“嗯。”

“你才不是后妈！你是妈妈！”小家伙澄澈的眸子里满是倔强。

宁夕的心脏如同被蚜虫啃噬，一阵密密麻麻的疼痛。她一下一下轻轻拍着小家伙的后背，声音异常温柔：“嗯，我是你的妈妈。”

书房里。

陆景礼跑去跟陆霆骁说了刚才发生的事情：“唉，迟小胖说错话了，一句后妈戳了小宝的心，结果小宝揍了他一拳。这会儿，小宝跑去宁夕那儿求抚摸、求安慰了。”

“看样子，小宝对这件事还是很在意啊！我看小家伙这段时间的情绪似乎不太好，但是没办法啊，等宁夕的身份公开了，这样的话还会有更多，在别人眼里，宁夕本来就是小宝的后妈。”

陆霆骁闻言，从一堆文件中抬起头来，神色怔怔的。片刻后，陆霆骁声音低哑地开口：“那件事情查得怎么样了？”

陆景礼面色微凝：“哥，你预料得没错，当年的监控确实被人动过手脚。我就说怎么可能一点蛛丝马迹都不留呢，查得我都快疯掉了，原来是那人‘神不知，鬼不觉’地裁剪了中间的几分钟。我现在已经找了一组高手在全力修复了，应该问题不大，只是时间问题。”

“好。”

陆景礼犹豫了一下，随即问道：“那……哥，你是准备等当年小宝的事情查清楚了，就把真相全部告诉嫂子吗？小宝的身世，还有那个人是你……”

良久后，陆霆骁才微不可察地颔首：“嗯。”

时间一晃而过，很快到了陆霆骁生辰的当天。

这次的生日宴会安排在帝都顶级的私人会所天泉山庄，并且几个月前就已经在准备了。

远道而来的宾客入住在山庄内。第二天，宴会在山庄后面一大片宽阔的草坪上举行，主场地设置了舞池、小型乐队、LED大屏幕，以及各色佳肴美酒，附近还有马场、泳池、高尔夫球场等娱乐设施，可供宾客放松消遣。

到场的宾客人数不多，但每一个都是顶级豪门和世家贵族，包括国外的一些知名豪门世家。

宁夕本来早早就到了，想着有没有什么可以帮忙的，结果颜如意生怕她有半点烦心累着，什么都没让她插手。

孟琳琅一直担心宁夕应付不来陆氏家族类似的这些杂事，结果宁夕什么都没遇到。颜如意不仅从不对她做任何要求，还总是跟她说，她是陆家少奶奶，娶进门来是该被疼着、宠着的，那些杂事让下人去做就好，不然养着他们做什么。

于是，宁夕倒成了最悠闲的一个人，她端着一杯果汁找了一个安静的地方，坐等宴会正式开始。

宁夕待着的地方在靶场附近，她悠闲地看着一群公子、小姐在不远处玩射击。

“小夕，你也来了，琳姨呢？”不远处，突然一人朝着她走来，语气听起来有些惊喜，很热情，却不突兀，而是恰到好处。

今天宁夕难得高调地穿了一身红色的长礼裙，简直把她整个人衬托得明艳无双。她无论坐在哪儿，即使什么都不做，也是一道让人移不开视线的风景。沉稳如李慕言，此刻眸子里的惊艳也已经掩饰不住了。

“李先生。”看到来人，宁夕礼貌地打了一声招呼，随后回道，“舅妈还没来，我先过来了。”

“这样啊，你要过去一起玩吗？”李慕言提出邀请。

李慕言是在一次庄家的宴会上认识宁夕的，自此倾心，给她传过几次话，只可惜她没有任何回应。

“慕言哥！”这时，一个突兀的女声打断了两人的对话。

只见一个长相甜美，穿着一身鹅黄色小礼裙，长相混血的女孩子快速跑了过来，占有欲十足地搂住了李慕言的手臂，满脸警惕地打量着宁夕：“就是你把慕言哥迷得团团转，让他不理我的？”

李慕言闻言，顿时蹙起眉头，脸色不太好看：“丽莎，别胡说，这位是……”

“我知道。大明星宁夕嘛！谁不认识！慕言哥，我还以为你的眼光有多高，原来看上的就是这种虚有其表的女人？”女孩一脸不服气。

“艾丽莎！小夕是我的朋友！”李慕言加重了语气，看上去动了真怒。

那个叫艾丽莎的女孩撇撇嘴不说话了，不过看样子还是不肯死心：“宁夕，我们来比试一场吧！听你的粉丝说，你的枪法很好，《霹雳特工队》里的射击戏份都是你亲身上阵的，要不要来跟我比一比？十发子弹，算总分，谁赢了慕言哥就是谁的！”

李慕言一脸窘迫，走到宁夕身旁小声解释道：“小夕，抱歉，丽莎从小被家里宠

坏了，有些任性，加上从小受国外的教育，性子比较直，其实她没什么坏心眼。”

不远处，陆景礼本来正在布置会场，余光瞥到不远处的场景，顿时八卦之心熊熊燃起，给陆霆骁打了一个视频电话。

“哥，你猜我看到了什么！今儿这样的场合，居然还有情敌敢来砸你的场子，还是李部长家的公子！哈哈哈，哥，你的情敌居然还带升级的，一个比一个段位高啊！”

彼时，陆霆骁还在公司忙碌，接到陆景礼的电话之后，看了一眼手机视频，随后目光就再也移不开了。

他的女孩今天太美了……

“哥，你到底有没有听到我说话啊？”陆景礼看了一眼视频里亲哥的表情，然后就被虐到了。

“我知道你老婆今天美得不要不要的，但拜托你稍微移开一点目光看看旁边，有点危机感好不好？又有人要抢你老婆了！”

这个“又”字用得他都不忍心说了。

另一边，面对李慕言抱歉的解释，宁夕倒是没说什么：“不碍事。”

艾丽莎见李慕言跟宁夕小声说话，更加生气了：“喂，你到底比不比啊？我最讨厌婆婆妈妈还跟人抢来抢去了，咱们就一次定输赢，输的人退出，或者你想比什么，插花、茶艺、骑马还是游泳，你来定也行！”

李慕言完全没想到，今天艾丽莎会跟宁夕撞上，还说了这么多不合时宜的话，此刻已经满心焦急，担心影响自己在宁夕跟前苦心经营了这么久的形象。

不过，其实他隐隐也有些期待，期待宁夕会不会在意，所以，原本以他的能力，完全是可以化解这场矛盾的，但是他没有制止艾丽莎的行为，反而希望借此试探她的反应。

“丽莎小姐似乎误会了什么，我跟李先生只是朋友，而且我已经订婚了。”宁夕并不想造成什么误会，所以直接把事情说开了。

丽莎顿时笑了，谁都知道，宁夕是单身，她怎么可能订婚了！

她这种级别的艺人，一举一动都被无数双眼睛盯着，如果她真的结婚了，根本保密不了多久。

艾丽莎开口道：“怎么，你怕丢脸，所以故意说这种话来维持面子？好啊，我就当你订婚了，可订婚了又不能代表你没打慕言哥的主意。你心里要是没鬼，那就跟我比一次！我要是输了，绝对不再管你跟慕言哥的事！”

宁夕轻轻转动着手里的杯子，朝李慕言看了一眼，而李慕言并没有要开口劝艾丽莎的意思。

此时，旁边围观的人也越来越多。

等了片刻，见李慕言还是没有要开口的意思，宁夕薄唇轻启：“好啊，就射击。”

听到这话，李慕言的瞳孔骤然收缩，似乎没想到宁夕竟然真的答应了。

至于宁夕说自己已经订婚的事情，他也下意识地只当她是为了避免跟艾丽莎起冲突的托词。

艾丽莎只知道宁夕擅长射击，却不知道宁夕是庄老将军的外孙女。李慕言不止一次在孟琳琅那里听她提起，说宁夕的射击出神入化，甚至比庄荣光的天赋还高。

“嫂子答应了。”陆景礼还在不务正业地给他哥做现场直播。

陆霆骁的语气有些不悦：“镜头。”

“镜头怎么了？”

陆霆骁：“歪了。”

“呃……好好好，我错了，我这就把镜头对准你老婆好吧！”陆景礼一边说着，一边无比纠结地吐槽，“你咋一点儿都不担心啊！你老婆射击那么厉害，当初可是秒杀过关子瑶的啊！虽然我很希望看到小夕夕赢了打那些人的脸啦，但是她赢了不就好像是在争李慕言吗？好纠结！”

此刻，靶场周围那些正在玩射击的公子、小姐都围了上来，一群人饶有兴趣地在旁边看着两女争一男的好戏。

孟琳琅之前带着宁夕走动的都是太太们的圈子，想让她学习一下当家主母的手段，所以知道宁夕和庄家关系的只有很少一部分太太圈子里的人，这些公子、小姐，除了李慕言，都只知道宁夕是国内最火的大明星。

上流社会里类似今天这样的场合，基本都会请一些艺人来活跃气氛，所以他们觉得，宁夕作为陆氏子公司盛世娱乐的一姐和当前人气最高的艺人，会被请来捧场并不奇怪。

只是他们没想到今天居然会闹出这样的桃色事件。

宁夕和李慕言？

即使以宁夕如今在娱乐圈的身份和地位，再加上她则灵老板的身份，想高攀李慕言，未免还是太不自量力了。

“艾丽莎的射击技术很好的，不然也不会提出比试这个，她用这招弄走好几个情敌了！”

“比其他的也没人是她的对手，艾丽莎是样样精通！”

“比试这些，一个演戏的怎么可能是艾丽莎这样真正的贵族小姐的对手？艾丽莎的母亲是真正的F国皇族血脉！”

李慕言听着周围那些人对艾丽莎的评价，心中没起丝毫波澜。他见过太多艾丽莎这样从小就受流水线式精英教育的大小姐，空有一身华而不实的技艺，灵魂却无趣到了极致。

想到这里，李慕言看着宁夕，想到她竟然会为了自己出手，放在身侧的手不自觉地捏紧了几分。

这几个月，他一直小心翼翼地循序渐进，没有捅破过那层纸。唯独对她，他始终没有把握和信心。但没想到，今天被艾丽莎这么一闹，竟然会有这般令他意想不到的收获。

就在李慕言心中闪过无数念头的时候，两人的比试已经开始。所有人都朝着两人看去。

比试流程是一人开一枪，一直开到第十枪，然后统计总分。

第一枪：艾丽莎九点七分，宁夕九点六分。

第二枪：艾丽莎九点六分，宁夕九点五分。

第三枪：艾丽莎九点八分，宁夕九点七分。

连续三枪，宁夕都落后艾丽莎，周围的人全部是一副果然如此的表情。李慕言则不自觉地绷紧了脊背。宁夕是手没适应，状态不好吧？不过还早，后面还有七枪！

比试继续进行。

第四枪：艾丽莎九点二分，宁夕九点一分。

第五枪：艾丽莎八点九分，宁夕八点八分。

第六枪：艾丽莎九点四分，宁夕九点三分。

如果说前面大家还没有觉得哪里不对劲儿的话，到了第六枪的时候，所有人的目光就都有些狐疑了。

呃，会不会太巧了，每次宁夕都比艾丽莎低零点一分？

第七枪的时候，艾丽莎大概是因为心神受了影响，只打了三点四分，而宁夕紧跟着打出了一枪：三点三分。

现场所有人：……

是不是错觉？为什么他们有种宁夕是在故意输的感觉？

一定是错觉吧！这每次掐着低零点一分，简直比每次打十环还难好吗！

接下来……

第八枪：艾丽莎九点八分，宁夕九点七分。

第九枪：艾丽莎五点五分，宁夕五点四分。

第十枪：艾丽莎明显失误了，只打了一分，差点脱靶；宁夕倒好……直接脱靶了，零分。

第十枪的时候，众人眼睁睁看着宁夕随便对着空气故意打空了一枪。

如果这个时候还看不出来宁夕是故意输的话，那么他们应该就是眼瞎了。

宁夕将枪上了保险栓，然后随手扔给了一旁的侍应生，抬起眸子，神色淡漠地看向艾丽莎："我输了。"说完，她翩然离开。

"你……你是故意的！"艾丽莎这会儿气得小脸通红。

李慕言呆呆地站在原地，原本沸腾的心情如同被一盆凉水劈头盖脸地浇下来，陡然熄灭。

正在直播的陆景礼看得眼珠子都快掉下来了："嫂子这掐桃花的技巧真是登峰造极了！明明输了，她却把那个什么艾丽莎的脸都打肿了！"

"我马上到。"陆霆骁说了四个字，然后挂断了电话。

他已经一刻都不想等待，想要立刻见到她。

夜色渐深，宾客差不多来齐了，现场的气氛越来越热烈，草坪上星星点点的灯光亮起，如同繁星，充满了梦幻的感觉。

"哇，好美啊！以往陆霆骁的生日宴全部是在酒店举行的，刻板又无趣，没想到这次弄得这么浪漫！”

“我估计是为了未来陆夫人吧！”其中一个女孩满脸羡慕的表情。

“听说今晚未来陆夫人也会出现，是真的吗？我不信我不信我不信！难道陆霆骁真的已经结婚了？”

“我也不想相信啊，可是消息准确，应该不会有错的。其实很早就有传闻了，只是陆家太低调了，至今没人知道未来陆夫人到底是谁。我刚去探了陆景礼的口风，他都亲口说了今晚他嫂子会来的。”

“天哪！看来我要失恋了！”

“何止是你啊，不知道有多少女人要失恋了好吗！也不知道是哪个女人运气这么好，应该说，不知道是哪个女人这么厉害，竟然能把陆霆骁这样的男人化成绕指柔。我早就听说陆霆骁将那个女人宠上天了！”

艾丽莎刚才丢了脸，这会儿还在生闷气，不顾李慕言的阻拦，气冲冲地走到宁夕的跟前就开始质问：“宁夕，你刚才是什么意思，故意羞辱我和慕言哥吗？”

宁夕闻言，微微挑眉，一副不明所以的表情：“羞辱？赢的是丽莎小姐，羞辱二字从何说起？”

这次的事情本就是艾丽莎挑衅在先，而且如果方才李慕言稍微打个圆场，她也不会进退两难。

之前那段时间她一直很忙，多余的心思也都放在陆霆骁的身上，李慕言也从未有逾矩的言行，所以她一直没有注意到李慕言的异样，完全只把他当成舅妈闺密的儿子。

直到方才，那一瞬间李慕言看着她的眼神才让她察觉了不对劲儿。而艾丽莎的态度和做法，更加确认了她的猜测。

刚才若李慕言打个圆场把这件事情了了，她也不会做到这种地步，事后找个机会，私下里跟李慕言说清楚就好。

只是，对于艾丽莎的咄咄逼人，李慕言却选择了旁观。既然如此，她只能用自己的方式彻底解决这件事情。

“你！”丽莎气得说不出话。

艾丽莎怎么会甘心，自然要从别的地方找回场子。

于是，艾丽莎盯着宁夕这一身惊艳的装扮开口道：“今天是陆先生的生辰，主角是陆先生和未来的陆夫人，你穿成这样，喧宾夺主，有丝毫做客该有的基本礼仪吗？”

宁夕今晚的这一身行头确实太高调、太吸引人的视线了。

从她一出现，就已经有不少人在偷偷打量她，尤其是现场那些年轻的女孩子。至于圈内的贵公子们，更不用多说。此刻听到艾丽莎的话，众人也觉得她穿成这样有些不妥。

一般这类场合都会请一些大明星来活跃气氛，今晚来的明星不止宁夕一个人，其他艺人都很识相地刻意避开了未来陆夫人的风头，穿得很低调，唯独宁夕一身惹眼的大红色。

大红色这样的颜色在中国是代表正统的颜色，一般类似这样的重要场合，都是主人家才能穿的，客人都会尽量避免。

宁夕这一身装扮，确实不合礼仪。

几个千金小姐围在一起轻声议论：“宁夕这一身装扮确实太高调了。”

“这也是难免的啊，名气再大，也毕竟只是一个戏子，哪里会懂这么多规矩！”

就在这时，门口传来一阵惊呼声和喧哗声，是今晚的主角陆霆骁到了。

一向喜欢穿暗色的陆霆骁，今天难得穿了一身比较亮眼的枣红色西装，衬得整个人更加丰神俊朗。

大概是因为今天是自己的生辰，心情不错，男人的面容没有那么冷厉，而是多了几分烟火气。

“陆总！”

“陆先生，生辰快乐！”

“生日快乐！”

在一片道贺声和仰望的目光中，陆霆骁微微颔首，一边简单地与宾客们寒暄，一边大步流星地朝会场内迈步走去。

陆霆骁脚步不停，在现场所有人的注视下，径直走到了穿着一身红色长裙，如骄阳般耀眼夺目的女孩跟前。

陆霆骁在女孩身前站定，手臂自然地轻搂过女孩的腰身，微微俯下身，薄薄的唇在女孩柔软的唇瓣上极其珍视地落下一吻。

女孩一直表情淡漠的脸上，瞬间如花朵绽放般缓缓露出笑容，嘴角微微弯起，轻声开口道：“生日快乐。”

此刻，一向如冰山般冷漠的陆霆骁，眸子里竟荡漾着清浅的笑意：“多谢夫人。”

头顶是万千星辰，四周悬挂着的彩灯给草坪镀上了一层梦幻的光辉。会场中央，俊美无俦的男人和他身前如骄阳般明艳动人的女孩，静静地凝视着彼此。

这一幕，如童话般美好。

看到陆霆骁搂着宁夕温柔地亲吻，听到陆霆骁的那句话，听到那无比缱绻的两个字“夫人”，刚才那些还在对宁夕的穿着评头论足的千金小姐，一个个已经呆若木鸡。

艾丽莎本来还因为宁夕不自量力跟她抢男人的事情而愤怒，此刻，她如同见了鬼一般，傻愣愣地盯着就在她身旁亲密无间的两个人。而身后李慕言的表情更不必多说。

陆霆骁身边那个宠之入骨的女人，那位传说中的陆家未来当家主母竟然是宁夕！

宁夕刚才的话不是为了解围的托词，而是真的……她真的订婚了！

短暂的静默之后，现场一片哗然。

“宁夕就是未来陆夫人！”

“陆霆骁的未婚妻是宁夕？这也太惊人了吧！”

刹那间，所有人似乎突然明白过来了，为什么宁夕今晚会穿着这样的颜色。

陆霆骁自然地让女孩挽着自己的手臂，目光扫向在场的所有人，宣布宴会开始，“感谢诸位今日前来，我与小夕不胜荣幸，愿诸位有个愉快的夜晚。”

愉快……

看着男神有主了，真是太“愉快”了！

今天特意过来的陆霆骁的迷妹们，这会儿硬生生被塞了一大把狗粮，简直快被虐哭了。

陆霆骁在众人眼中向来是不近女色、高岭之花般的形象，甚至一度有不少人以为他喜欢的是男人。

谁知道，他不鸣则已，一鸣惊人，攒着大招秀起恩爱来，凶残得让人肝儿颤！

“怎么会这样！怎么会是宁夕！”

“虽然宁夕是很漂亮，这点我承认，但论身份、论家世，怎么也配不上陆霆骁吧？”

“这若是二少的妻子还勉强算能理解，但这可是陆家当家主母的位置！”

无奈，无论大家怎么不服气，这已经是板上钉钉的事实，即使千万个不愿意承认，不远处的一对璧人实在是怎么看怎么赏心悦目。

一群千金小姐正在那里不服气地嘀嘀咕咕，入口处又是一阵低呼声。

“是庄老将军！”有人惊呼了一声。

只见老人头发银白，却身姿硬朗、精神矍铄，即使身上没有穿军装，依旧一身天然来自沙场的风霜，而他身旁的中年男人气场相似，只不过更加锋利、冷冽，一双鹰目带着慑人的光泽。

庄宗仁的左边跟着庄燎原，右边是穿着旗袍，一如既往高贵优雅、气质卓然的孟琳琅，身后还有穿着则灵高定小礼服，端庄明媚的庄可儿，以及一身军装、身姿挺拔的庄荣光。

这一家人可谓无比吸引眼球，顿时，会场中所有人的目光都被吸引了过去。

“好像庄家一家人全到了！”

“真的是哎！庄家跟陆家的关系什么时候这么好了，陆霆骁过个生日，庄家一家人都来了？”

众人想着，都有些狐疑：“是有点奇怪，这两家一个从军，一个从商，平日里也不过是点头之交吧？尤其是庄老爷子，从来不跟任何人，尤其是商人交往过密，更何况是亲自来参加一个小辈的生日宴？”

“不过也说不定啦，如今陆家可是上面都要忌惮的存在，庄家怕是也不能免俗！”

“这倒是……”

另一边，庄可儿一眼便看到了人群中最耀眼的宁夕，立即朝宁夕跑了过去，极其亲昵地打着招呼：“小夕！”

“可儿，你们也来了！”见到庄可儿，宁夕顿时露出一个真心的微笑。

身穿军装、英姿飒爽的庄荣光猴子一样窜到了宁夕跟前，一脸献宝的表情：“夕哥！你快看快看！就问你，我这身帅不帅？帅不帅？”

宁夕看着如今变得越来越有精气神的少年，眸子里满是赞叹，毫不吝啬地夸赞道：“确实又帅了不少！”

庄荣光听到想听的话，顿时乐开了花。

孟琳琅无奈地瞪了儿子一眼，随即看向宁夕这一身，眼前一亮：“夕丫头这身可真好看！你这孩子，平日里穿得太素净了，像你这个年纪，就该多穿这样鲜亮的颜色才对，别到了我这个年纪，想穿都穿不了了！”

看到不远处的这一幕，那些千金小姐面上的神色顿时有些复杂。

“庄家的人怎么都跟宁夕关系这么好？”

“肯定是沾着陆家的光呗！好歹她现在也是陆家的大少奶奶，当家主母啊！”

“她这是走的什么运啊，可真是飞上枝头变凤凰！太不公平了！我们在场的这些人，哪个的家世不甩她十几条街！陆家到底怎么想的，这种身份的人也同意进门，不为自己想想，也要为后代的基因和血脉想想吧！”

“这个宁夕一点儿都配不上陆大哥！”

一群千金小姐看着宁夕跟庄家的人这么熟稔，顿时心里更不平衡了，三五成群地围在一起嘀咕着，只有知道内情的李慕言内心满是苦涩。

庄宗仁岂能听不到这些声音，几乎瞬间就变了脸色，老爷子的脾气本来就火暴，何况事情涉及他这个最心疼的外孙女。于是他当场横眉冷目，怒道：“谁说我家小夕配不上陆家这个臭小子！”

苍老浑厚的声音，顿时传入所有人的耳朵里。

庄宗仁略带怒气的声音响起的瞬间，整个会场顿时被一股气压笼罩，那些嘀嘀咕咕的名门千金顿时大气都不敢出了，面面相觑。

刚才庄老将军说什么？

我家小夕？

这时，颜如意满脸笑意地走上前来打圆场：“老爷子，瞧您说的，小夕可是您的外孙女，连玄净大师都说小夕旺夫、兴家，福运无双，能娶到小夕这样的媳妇，是我们陆家前世修来的福气！”

听到颜如意的话，那一个个自诩家世过人的名门小姐、豪门千金已经全部惊呆了。

“庄老爷子的外孙女？”

“宁夕是庄老将军的外孙女？”

“这怎么可能！”

那可是帝都第一世家，根正苗红的顶级军政世家，在场哪个千金小姐的身份比得了她？

那个艾丽莎，号称母族有F国皇室血脉，可谁不知道所谓的皇室就是名头听着比较唬人，其实根本没有实权，真正有实权的还是军部！

艾丽莎听着周围人的议论，听着她的名字和宁夕被放在一起比较，原本不可一世的表情此刻已经全部化作难以置信。

这个女人跟庄家？怎么可能！

谁也没想到，这个出道以来风波不断，一步一步爬到今天这个位置的女孩子，竟然有这么可怕的身份和背景，嫁的更是陆家这样的人家。

“这个宁夕可真是深不可测，藏得也太严实了吧！”

“可不是吗？谁能想到她跟庄家竟然还有这样一层关系！”

说到这里，方才那些千金小姐反而对宁夕改观了。

宁夕若想稍微利用一下这些关系往上爬，轻而易举，可是她低调至今。

如同宁夕在面试Noble香水时说过的话：“真正的优雅、高贵不是字里行间带着奢侈品牌的名字，不是转动手腕上名贵的饰物，不是炫耀自己的美貌、学识、修养。真正的高贵，即使衣着朴素、装扮简单，也是无法掩盖的。”

今天来的客人有一部分是圈子里的太太和夫人，她们似乎早就知道宁夕跟庄家的这层关系，此刻也正和孟琳琅还有宁夕寒暄着，对宁夕的态度也非常亲切和善，看样子很是熟稔。

颜如意和陆崇山两人对宁夕这个儿媳妇的态度也显而易见，非常疼爱。

事到如今，那些不甘心的千金小姐这会儿已经全部没了脾气：“都别酸了，人家这是郎才女貌，门当户对，天造地设的一对！”

颜如意方才的那番话让庄老爷子的怒火熄了不少，不过他脸上还是有些余怒。

要知道，这个戎马半生的老爷子生气起来，那是没人哄得住的。

就在颜如意和陆崇山一脸尴尬，连宁夕、陆霆骁、庄可儿他们都束手无策的时候，旁边传来了一个软软糯糯的声音：“太姥爷！”

老爷子看到跟前乖萌可爱的小宝贝，瞬间便怒气全消，化作满面春风，冷硬的面容满是慈爱：“小宝啊！来，快到太姥爷这里来！”

全自动移动灭火器小宝宝贝乖乖地走了过去，然后，一老一少开心地聊起了天，气氛别提多融洽了。

见老爷子总算不生气了，宁夕和陆霆骁相视一笑，松了一口气。庄荣光则嫉妒不已，在旁边磨牙：这小拖油瓶，凭什么这么得宠！

草坪上，悠扬的生日快乐歌响起，一座十几层高的巨大生日蛋糕被陆景礼和庄荣光一起缓缓推了出来。在场的人都鼓起了掌，唱着生日快乐歌，祝福陆霆骁的生辰，祝福这一家三口。

小宝今天跟陆霆骁穿的是亲子装，父子俩和宁夕的衣服又是同色系，一家三口站在一起，别提多赏心悦目了。

伴随着烛光和音乐，巨大的LED屏幕上，一张张照片，全部是宁夕、陆霆骁和小宝平日里相处的点点滴滴。

那些照片全是陆景礼抓拍的，有些连宁夕自己都不知道他到底是什么时候偷拍的。

有陆霆骁第一次穿明亮的宝蓝色西装的照片；有宁夕在厨房做饭，小宝和陆霆骁在一旁帮忙的照片；还有小宝学校举行化装舞会，宁夕扮成小红帽，小宝和陆霆骁分别扮成小灰狼和大灰狼的萌照，惹得现场响起一阵阵惊叹声。

众人完全想象不到，高冷的陆霆骁竟然会做出这种事情，穿着可爱到爆的大灰狼衣服，陪着儿子去参加学校的化装舞会。

照片里，一家三口，女孩娇媚可人，小包子呆萌可爱，男人虽然一如既往面无表情，但眉宇间分明全是温柔。

陆景礼看着那些人惊呆的表情，心情简直嗨到爆。

——哈哈哈哈，这些年小爷吃进去的狗粮，终于有机会全部撒给其他人了！

陆景礼疯狂地撒着狗粮，现场的单身狗们如他所愿，一个个快被塞吐了。

“二少！你够了啊！”

“你别再放照片了，还有没有人性啊？”

“你给我们这些单身狗一条活路吧！”

人群之中，满是艳羡的眼神：“这三个人站在一起就跟真的一家三口一样，一点儿都看不出来宁夕是个后妈呢！”

“这女人不可小觑啊，连陆家的小太子爷都搞定了！要知道这位小太子爷可不是一般的难搞定！”

除了艳羡之外，一些不太好听的声音也响了起来。有人叹着气开口道：“虽然这两人是门当户对，但我倒是觉得宁夕往后的日子怕也是不好过的，毕竟后妈难为啊！”

“这倒也是，她年纪轻轻就成了后妈，还是在这样的大家族里面，尤其小太子爷又这么受宠，关系要是处理不好，矛盾可就不是小的，毕竟不管怎么说都不是亲妈……”

虽然这些话是早就能料到的，但有些人听起来还是觉得异常刺耳。

陆景礼见小包子已经渐渐变了脸色，急忙换了另外一张光盘，准备放一些他哥小时候的有趣照片，坑哥一把，调节调节气氛，也转移一下大家的注意力。

LED大屏幕黑了下来，一家三口的画面消失，很快大屏幕重新亮起来，开始播放另外一组照片。

陆景礼一脸促狭的笑容：“哥，我有你小时候光着屁股的照片哦！”

陆霆骁不紧不慢地朝着自家弟弟睨了一眼，陆景礼顿时吓得抱住了脑袋：“没有没有！最大的尺度也就只露了点肚子而已！我知道这种照片只能给你老婆一个人看啦！嫂子，你放心，待会儿我就偷偷发给你一个人！”

宁夕无语地朝身旁的二货看了一眼。不过，陆霆骁小时候的照片，她还挺想看看的，不知道会不会跟小宝长得一模一样啊！

二少难得放福利，曝光陆总童年的照片，众人都感兴趣地抬起头，朝大屏幕看去。

一张照片缓缓切入，看背景是在一家医院里，门口挂着妇产科的牌子，旁边的长椅上坐着一个挺着大肚子的女孩。

看到这张照片出现的瞬间，陆景礼就变了脸色。

因为照片里的孕妇是宁夕！

虽然女孩的面容比现在看起来稚嫩太多，但依旧可以看出，那就是宁夕！

短暂的愣怔后，大屏幕上已经闪过无数张照片，一张张都是宁夕挺着大肚子的照片，在医院、马路、公园……

“哎？这……这是怎么回事？”

“那张照片里的人是宁夕吧？”

“女孩看起来年纪很小啊，但应该是宁夕没错！可宁夕怎么挺着大肚子坐在妇产科门口？”

陆景礼的脸色一下子阴沉了下来，顿时就要去拔光盘，却被一只宽大的手掌按住。

如果这个时候突然中止播放，只会引起更大的猜测，到时候就更说不清了。

此刻，宁夕在看到那张照片之后，脸色已经完全白了，整个人一片恍惚。

在陆霆骁阻止陆景礼拔掉光盘后，他伸出手臂，用力拥紧了宁夕微微颤抖的肩膀：“没事。”

陆霆骁专注地看着那些照片，看着宁夕怀着小宝，一个人散步，一个人逛街，一个人去医院，眉宇之间满是难以言明的神色，搂着宁夕的力道不自觉地越来越大。

“哈哈哈哈！”这时，人群之中突然响起一个尖利的女声。

一个穿着侍应生制服的女人跌跌撞撞地从人群里冲到了大屏幕下面，状若疯狂地嘶吼着：“什么名门千金！什么天之骄女！这个女人十八岁就被野男人搞大了肚子，还在你们面前装得清纯和高贵！她就是一个破烂货！”

众人看到宁雪落之后，更加震惊了。

“那女人好像是宁雪落？”

“没错，就是她。宁家那个养女嘛，最近刚被宁家赶出家门的那个。”

因为宁雪落最近的事情实在是闹得太大了，所以在场的不少人都把她认了出来。

结合她跟宁夕的关系，众人对那些照片更加相信了。

如果是宁雪落的话，知道宁夕这些秘密倒是很正常，所以她这是混了进来报复宁夕呢？

万万没想到，今天陆霆骁的生日宴上竟然会闹出这么大的事情来！

陆霆骁未来的妻子，陆家未来的当家主母，竟然被人曝光这么大的丑事。

十八岁未婚怀孕？

“不会吧，宁雪落说的是真的还是假的？宁夕十八岁就被野男人搞大了肚子？”

“陆家知不知道这件事儿啊？陆霆骁知道吗？”

“他肯定不知道吧，不然怎么可能娶这种女人过门啊！太可怕了！果然混娱乐圈的女人私生活都乱得可怕呀！”

周围的喧哗声和议论声越来越大。

陆霆骁看着这些所谓的劲爆照片，神色从头到尾没有一丝变化，目光古井无波地朝疯疯癫癫、满脸快意的宁雪落看去，静静地开口道：“感谢宁小姐今日带来小夕这些珍贵的回忆。”

什么？珍贵的回忆？

宁雪落怔了一瞬，下一秒便听到陆霆骁继续开口道：“宁小姐口中的野男人，正

是在下。”

片刻诡异的静默之后，所有人的眼珠子都快瞪出来了。

“陆霆骁这话是什么意思？”

“野男人是他？”

宁雪落此刻的大脑一片混乱，脸上满是难以置信的惊惧之色：“你说什么？陆总，这个女人肚子里怀的分明是个野种！怎么会……”

一旁的陆景礼翻了一个白眼，冷笑不已：“呵呵，这位小姐，你先骂我哥是野男人，又骂我家小宝是野种，我很佩服你的勇气！”

陆景礼的话更是引起了轩然大波。

“小宝？陆景礼的意思是，宁夕当时怀着的那个孩子就是小宝？”

“小宝的亲生母亲竟然是宁夕？”

“刚才宁雪落说宁夕当时十八岁，按照时间算算，真的对得上啊！”

在嘈杂的议论声中，陆霆骁清冷的目光扫过了在场的所有人，可怕的气压铺天盖地地笼罩下来，顿时所有人都下意识噤声了。

整个会场针落可闻。

半晌后，陆霆骁开口：“诸位抱歉，因为我的疏忽，造成了一些不必要的误会。我与宁夕很早便已经相识，只是中间因为一些误会分开了几年。小夕回国之后，我们重新走到了一起。”陆霆骁顿了一下，然后继续说道，“小宝，是我与宁夕所生。”

听到这话，宁雪落先是一愣，随即笑不可遏：“哈哈哈！陆大总裁，没想到您为了自己的面子，竟然能把一个野种说成是自己的孩子，真是让人大开眼界！”

陆景礼已经完全是一副看白痴的样子，幽幽道：“这位小姐，你才是真的让人大开眼界。我哥自己播的种，还能不知道吗？之前因为一些手续需要，我嫂子跟小宝是做过亲子鉴定的，你当所有人跟你一样都是傻子吗？”

“这……这不可能！这绝对不可能！”宁雪落的脊背僵硬了一下，不过语气极其肯定。

陆景礼挑眉：“哦？不可能？这位小姐，您为什么这么肯定地说不可能呢？”

宁雪落顿时说不出话来，她自然不能说当年是自己给宁夕下的药，是自己亲自安排的那两个牛郎。

怎么可能……

不对！当时那两个牛郎说，他们去的时候，发现宁夕走错了房间……跟她发生关系的是一个陌生男人！难道那个男人竟然是陆霆骁！

想到这里，宁雪落的脸色已经一片煞白，身体剧烈地颤抖起来，如同知道了什么异常可怕的事情。

这个可能简直让她心神俱裂！

就在这时，人群之中突然走出来一个老人，老人目光极其不悦地看向宁雪落，语气严厉道：“这位小姐，我看你年纪轻轻，怎可这般造谣生事、无中生有，污蔑他人的清白！当初宁夕和小宝的亲子鉴定是我亲自做的，小宝百分之百是宁夕的亲生骨肉，如果谁有疑问，可以尽管来找我！”

说话的人是帝都军区医院的老院长，给国家元首看病的人，他的话无疑就是权威的象征。

赵院长一站出来，顿时众人心中的最后一点怀疑都打消了。

庄燎原看着赵院长出面，又看了一眼身旁从头到尾都神色镇定的老爷子，终于知道，当初在医院里，陆霆骁到底是怎么说服老爷子的，以及老爷子为什么这么轻易就接受了小宝。

当年宁夕昏迷，庄家人是想将宁夕接走的。庄家人本就对陆家不甚满意，何况陆霆骁还带着一个拖油瓶，但在陆霆骁与老爷子密谈之后，老爷子就妥协了。

原来是这样！

小宝眉宇间和宁夕的那些相似、母子俩的亲昵，以及小宝那与他们庄家人如出一辙的射击天赋，一切都有了解释。周围的议论声也陡然大了起来，所有人都没想到真相竟然是这样，同时看向宁雪落的目光全变了。

“竟然是真的！小宝的亲生母亲真是宁夕！”

“难怪呢，我就说他们怎么会相处得这么好，简直就跟亲生母子一样，搞了半天，原来本来就是亲生的啊！”

“这个宁雪落什么都不知道就跑来挑拨离间，还骂陆霆骁是野男人，骂小宝是野种！”

“宁夕也是挺惨的，被抱错就算了，还搭上这么一个无耻下作、鸠占鹊巢的主，她那对爹妈也是不靠谱的！难怪庄家只认宁夕，完全不搭理宁家和宁雪落呢！”

“我真是第一见到这么恶毒的女人，害死了养母的胎儿还不甘心，看宁夕现在生活得好，又来继续害宁夕，在今天这样的场合制造这种恶毒的谣言！”

周围全是厌恨、恶心的眼神，那些眼神如同一个人在看一堆爬满了蛆虫、让人恶心的垃圾。

宁雪落脑子里一片空白，腿一软，扑通一声如烂泥般跌坐在了地上。当年她为了得到宁家，为了争抢苏衍，费尽了心思，结果……竟然阴错阳差地促成了陆霆骁和宁夕！

当年跟宁夕发生关系的人竟然是陆霆骁！更让她难以置信的是，当年宁夕的孩子不是已经被车撞死了吗？为什么会这样？那个孩子竟然没有死？怎么可能会没死！

怎么会这样……

她无论如何也想不通，为什么事情会变成这个样子。

原本她准备死也要拉着宁夕一起死，才冒着得罪陆家的危险，不顾一切地闹了这一场。反正她已经什么都没了，她绝对不能看着宁夕安心地坐在陆太太的位置。

可是现在……

完了，一切都完了……

会场入口，几个穿着制服的警察神色肃穆地走了进来，径直朝宁雪落的方向走去。

“这位小姐，您涉嫌走私毒品，参与多起境外非法活动，请跟我们走一趟。”

陆霆骁知道，宁夕最重情意，之前是看在她养父养母的面子上，才没有对宁雪

落赶尽杀绝。可是这个女人直到现在还不知悔改，既然宁夕不好动手，那么便由他来动手！

深夜，宾客散尽，这场一波三折的生日宴终于结束。

宴会一结束，颜如意和陆崇山立即把陆景礼给拉住了。

“景礼，这到底是怎么一回事？宁夕真是小宝的母亲？”颜如意急切地问。

陆景礼神色认真地点点头：“七年前的那天晚上，跟我哥在一起的那个女孩子其实就是嫂子。当时嫂子被宁雪落下了药，原本宁雪落安排了人想坏嫂子的清白，嫂子在阴错阳差之下走错房间，进了我哥的房间。”

颜如意和陆崇山听得面面相觑，怎么也没想到这个世界上竟然会有这么巧合的事情。

“喏，你们也知道，当时我哥也被下了药，他和嫂子因为药物全部神志不清，对于那天晚上的事情完全没有记忆。我和我哥查到真相，后来做了亲子鉴定，确定我们的猜测没错，那天晚上跟我哥在一起的人确实是嫂子。”

“只是，因为当年的事情对嫂子造成了太大的伤害，我哥不敢对她坦白那个人就是他，所以才一直没有说出这个真相，直到今天宁雪落出来闹场……”

接着，陆景礼又将宁夕后来怀了孩子，以及为什么没有打掉这个孩子的事都跟二老说了一遍。

颜如意和陆崇山越听，神情越愤怒。

“那个宁雪落简直是丧心病狂！这幸亏是你哥，若是……”颜如意简直不敢想象。

“这件事情对嫂子的打击太大了。这些年，嫂子一直活在阴影里，当初她一直拒绝我哥，根本就不是你们以为的什么欲擒故纵。她是因为这件事情才不愿意接受任何男人。”陆景礼脸色凝重道。

听到儿子的话，陆崇山和颜如意的面上满是愧疚。颜如意叹息道：“小夕是个好女孩，就算真出了那样的事情，那也不是她的错。”

颜如意说着，又欢喜了起来：“现在可好了，皆大欢喜！小夕就是小宝的亲生母亲，这实在是太好了！小宝该多开心啊！”

一旁的陆崇山闻言，眉头微蹙，沉声道：“可是，景礼刚才也说了，小夕一直痛恨当年的那个男人，现在她知道了那个人是霆骁……”话到这里，一时之间，三人都陷入沉默。

鹿镇，花园小楼。

一直等回到了家，宁夕才终于有机会跟陆霆骁单独说话。

院子里，两人静静地站在蔷薇花架下。

宁夕的神色有些疲惫。今天是她第一次以未来陆夫人的身份正式露面，没想到会发生这么多事情，不过还好都有惊无险地解决了。

宁夕在一旁的椅子上坐了下来：“陆霆骁，你是怎么说动赵院长帮忙的？”

她从植物人的状态醒来后，除了安妮帮她调理身体之外，都是赵院长在照看她，所以她跟赵院长也算熟悉，知道他最看重名声和职业操守，绝对不会帮别人作假。陆霆骁劝服他，恐怕花了不少工夫。

面对宁夕的疑问，陆霆骁手指紧缩，一时沉默着，没有说话。

他也料到了，虽然所有人都已经相信了小宝就是她亲生的，但她还是认为这是他安排的。

毕竟，对于这个事实，宁夕是最不可能相信的人。

“心肝儿？”见男人不说话，宁夕的目光有些狐疑。

此刻，男人周身的气息已经冻结成冰，可身体如同被注入汹涌翻滚的火山岩浆，几乎要将他燃烧殆尽。

宁夕察觉到陆霆骁的不对劲儿，神色也变得凝重起来：“怎么，出了什么事？”

头顶的蔷薇花在夜风中一片一片飘落，不知过了多久，男人才终于开口：“小夕，不是我安排的，赵院长说的话是真的。”

宁夕的脑子当机了一秒，似乎一时没能理解陆霆骁这句话的意思：“什么？”

“我确实给你和小宝做过亲子鉴定，亲子鉴定也是真的……”陆霆骁深吸了一口气，从怀里拿出一份报告书递给了宁夕，“小夕，你确实是小宝的亲生母亲。”

宁夕呆呆地接过陆霆骁递过来的报告书，目光迟钝地看着报告末尾的结果。下一秒，她的瞳孔骤然收缩，大脑一片空白。

“综上述19个STR基因座的检验结果可知，宁夕的被检测遗传基因符合作为陆擎宇亲生母亲的遗传基因条件，他们之间的亲子关系概率值经计算为99.9999%……依据DNA分析结果，支持宁夕与陆擎宇存在亲生血缘关系。”

怎么可能！

宁夕张了张嘴，却一个字都说不出来。

陆霆骁生怕自己又失去了开口的勇气，立即继续开口道：“小夕，小宝是我们的孩子，是我跟你的孩子。”

其实宁雪落能这么顺利地出现，多少有他故意纵容的成分，他用这种方式，逼迫自己不再逃避。

宁夕觉得她似乎在做一场梦，梦里的一切都颠倒了，让她的大脑一片混乱，分不清楚此刻到底是梦境还是现实。

“怎么可能！我的孩子……当年那个孩子已经死了……”

陆霆骁的薄唇紧抿着：“虽然目前我还不清楚原因，但事实是他没有死，他就是小宝。”

“他是小宝，那个孩子是小宝……”宁夕神情恍惚。

陆霆骁：“我们的孩子。”

“我们的……”

陆霆骁闭了闭眼睛，声音微微颤抖：“小夕，对不起，这件事情我无法对你开口。我无法告诉你，那个伤害你、让你痛苦绝望了那么久的凶手就是我，我害怕你会离开我……”那个如此骄傲的男人，此刻却对她说出了“害怕”这样的字眼。

“对不起，那个人是我。”陆霆骁说完这一句话后，便这么安静地站在了那里，周身的光芒尽数黯淡下去，如同等待死亡宣判的人，一瞬间被抽离了所有的生机。

时间一分一秒地过去……

陆霆骁的脸色越来越白，血液也越来越冷，放置在双侧的手已经紧紧捏成了拳头。

这时，一阵甜美的气息陡然袭来，冰冷的唇上蓦然一软，那温暖的声音带着一丝酸涩，在这无尽的夜色里响起：“还好是你，这个世界上，再没有比这更美好的事情了。”

烈焰熄灭，灰烬化作土壤，骤然开出了铺天盖地的花。陆霆骁用力拥紧了怀里的女孩，深深地吻了下去，恨不得将怀里的人融入骨血。

这是他这辈子听到的最动听的话，他的女孩，总是一次又一次地让他感动和惊喜。

Chapter 20

▼

“陆霆琛先生，你是否愿意娶宁夕小姐作为你的妻子，是否愿意爱她、忠诚于她，不论贫穷、疾病、困苦，对她不离不弃，一生相随，直至死亡？”

“我愿意。”

月光下，两人静静地依偎在一起。

“抱歉，我应该早点告诉你的。”陆霆骁亲吻着宁夕的发顶。

宁夕用力地点点头表示赞同：“对啊，你要是早告诉我，哪还用纠结那么久！当初你知道我的事情的时候都没有在意，我又怎么会因为这个离开你？何况不是其他人，是你，是我老公，我开心还来不及。何况当年你也是被陆景礼坑的！”

躲在角落里偷听的陆景礼：宝宝怎么躺着也中枪！

好吧，这么激动人心的时刻，他中枪就中枪吧！还好小夕夕没有跟他哥分手，不然他真是死定了。

听着宁夕温柔的一字一句，陆霆骁如同全身浸泡在温水里，方才被焚烧过的五脏六腑迅速痊愈，内心满是劫后余生般的幸福：“是我的错。”

宁夕知道，也了解陆霆骁的心情，因为太在乎一个人，所以再聪明的人也会陷入这样的患得患失。

“我没有跟你说，还有一个原因。”陆霆骁开口道，语气略显低沉。

“什么？”宁夕下意识地感觉到陆霆骁接下来的话应该很重要。

“我一直在查小宝的事情，查当年小宝到底是被谁送到陆家的。”

宁夕顿时眸光凛然：“你查到了吗？”

陆霆骁语气微沉：“是当初宁雪落雇来的那个男公关做的，宁雪落让他负责把孩子处理掉。可是因为那晚，其中一个男公关撞到了我们俩在一起，知道这孩子是陆家的，担心弄死了孩子会有麻烦，所以他偷偷把奄奄一息的小宝送到了陆家的门口。因为怕被发现，他拜托一个黑客朋友把监控录像删掉了，所以我们才一直没有查到他。”

宁夕神色凝重，原来如此，幸好那人还有一点儿良知，否则后果不堪设想。

陆霆骁沉默着，这个问题，连他也毫无头绪。

“妈妈……”

身后突然传来一个声音，宁夕猛然回过身去，然后就看到小宝紧张地站在她的身后，大大的眼睛正一眨不眨地盯着她。

看着眼前的小包子，宁夕蓦然红了眼眶：“宝贝……”

小宝用手背抹了一下眼睛，顿时朝宁夕扑了过去：“妈妈！你真的是小宝的妈妈吗？是妈妈生的小宝吗？”

“嗯，是啊，我是小宝的妈妈，是妈妈生的小宝。”话音刚落，她便感觉到肩头一片湿润，心脏一阵抽痛。

“是真的吗？”小宝抬起红彤彤的眼睛，盯着眼前的陆霆骁，那目光如同易碎的玻璃一般脆弱。

陆霆骁蹲下身，宽大的手掌揉了揉儿子的小脑袋：“是真的，你是我和你妈妈的孩子。”

得到父亲肯定的回答之后，小家伙闪烁不定的眸子如同拂去尘埃的明珠般明亮，目光异常坚定：“小宝就知道，从我看到妈妈的第一眼就知道，妈妈就是小宝的妈妈。”

宁夕看着眼前粉雕玉琢、可爱的小包子，眼眶微湿，激动不已地一把将小包子揉进了怀里：“宝贝，你快掐我一下，我是不是在做梦？我居然能生出这么呆萌、可爱、聪明绝顶、天赋过人、人见人爱的宝宝！我真是太厉害了！”

小包子没有掐宁夕，眼睛亮晶晶的，他在宁夕的脸颊上亲了一下，然后也说：“小宝也觉得自己像在做梦。像公主一样闪闪发光、像玫瑰花一样美丽的妈妈居然是小宝的妈妈！小宝好开心！小宝也好厉害！”

看着这对母子，陆霆骁嘴角上扬，轻笑一声，眉宇间满是温柔之色。

至于暗处的陆景礼……他都快吐了：你们母子俩够了啊！有你们这么自夸的吗？

亏他还这么担心地跑来救场，结果就是来被虐的。得了，家里的那两位也还在火急火燎地等着他呢，他赶紧汇报好消息去。

深夜，卧室里。

宁夕温柔地唱着歌，哄小包子睡觉，小家伙睡眼惺忪地紧紧揪着她的衣角不松开。

宁夕俯身亲吻小包子的额头：“宝贝，睡吧，妈妈一直在的，晚安。”

小家伙迷迷糊糊地喃喃：“嗯，妈妈晚安。”小包子揉了揉眼睛，看向一旁的陆霆骁，又迷迷糊糊地喃喃，“晚安，爸爸……”

陆霆骁在听到小宝的这一声“爸爸”之后，陡然愣住了，似乎完全没有反应过来。

看着陆霆骁这副难得错愕的模样，宁夕微微挑眉，轻笑一声：“心肝儿，你不要告诉我，这是小宝第一次叫你爸爸？”

陆霆骁：他确实是第一次叫我爸爸。

宁夕简直哭笑不得：“真的是第一次啊？”

陆霆骁：……

是的，他就是混得这么惨。

“噗！”他这似乎是有点惨。

宁夕忍着笑，安抚般地在陆霆骁的嘴角亲了亲：“别伤心啦，以后小宝肯定就会慢慢开始叫你了。”

陆霆骁俯身回吻过去：“嗯，托夫人的福。”

宁夕仰着小脑袋，看着身旁的男人，眨了眨眼睛，突然开口道：“陆霆骁，等找个时间，我们公开吧？”

陆霆骁闻言，神色蓦然一怔。

“我就是那个意思，是彻底公开。”

陆霆骁的喉头一紧：“你那边没问题？”

宁夕分析道：“我现在的粉丝群已经很稳定，也可以开始转型了，这个时候公布婚讯对我不会有太大的影响，反而对转型有利。”

陆霆骁的声音微哑：“好。”

宁夕笑眯眯地对着自家心肝儿的俊脸亲了一口：“那我现在就开始准备了。不出意外的话，等我这段时间忙完，把跟沈眠的那部戏的签约流程搞定，就可以开始准备了。”

“谢夫人正名。”

云岚创投。

“啧，没意思。”

云深听着手下汇报陆霆骁生日宴上发生的事情，懒洋洋地打了一个哈欠。

一起跟过来的公司副手急忙上前请示：“云总，现在公司那边怎么办？这次整个集团受到重创，下面的人都等着您的回话呢。”

云深看了他一眼，轻飘飘地开口道：“哦，那就不要了。”

“不要了？”副手一脸迷茫。

云深勾着嘴角看着他：“从现在开始，你就是老板了。”

“我是老板？”副手一脸蒙，“那云总呢？”

云深看了一眼遥远的天际：“我去浪迹天涯吧。”

“什么？”副手呆了。

一旁的唐夜听到云深的话，眉头微蹙。

看来，他终究还是放弃了。

不久后，整个商界震惊不已，势头强盛的云岚创投竟然全面退出了中国市场。

半年后。

一起大型跨国毒品走私案即将开庭，令人关注的是，其中一名犯罪人员竟是娱乐圈曾经的人气女星宁雪落，亿丰集团的少奶奶宁雪落，令人直呼不可思议。

京郊某监狱。

宁雪落冷笑着看着来人：“苏衍，你别想了，我是不可能跟你离婚的！”

苏衍面无表情地看着对面浑身戾气，已经丝毫看不出往日温柔模样的女人：“我不是来跟你谈离婚的。”

“那你想说什么？”

“夫妻一场，我来见你最后一面。”

宁雪落眉头微蹙："你这是什么意思？"

苏衍没说话。

宁雪落不知想到了什么，脸色骤变："难道我……这不可能！我充其量不过是藏毒，加上那些什么境外非法活动，我不过是威胁了几个人，不过是买凶杀人未遂，就算是数罪并罚判个二三十年，我也一定还有出去的一天！"

苏衍的声音不带一丝感情："你不是藏毒，是非法持有毒品。"

宁雪落脸上的血色瞬间退去，激动道："非法持有毒品？什么非法持有毒品！我不过是帮别人藏毒！那些毒品根本就不是我自己的！你们这是污蔑！"

宁雪落终于慌了神。

若是非法持有毒品，以毒品数量，她足以被判处死刑。难怪苏衍说他不是来谈离婚的，她一死，他们的婚姻关系自然就解除了。

她想不通，她无论如何也想不通，警方到底是怎么掌握她藏毒的证据，又是怎么对她的一切活动了如指掌的。

她知道一定是那些人出卖了自己，可是死也想不通为什么。那些人因为在国外，又行踪不定，就算暴露出来，国内的警方也拿他们没办法，把这些证据给国内的警方，对他们来说有什么好处？

难道又是宁夕？又是宁夕买通了他们？

等苏衍离开之后，宁雪落强烈要求见她的律师。

"我这次是判十年还是二十年？你有几成把握？"宁雪落急切地问。

律师的神情有些闪烁："这个……"

看着律师的表情，宁雪落的血液顿时一冷："到底是怎么回事？你给我说实话！"

她手里还有苏家行贿的证据，为什么方才苏衍的语气有恃无恐？

律师犹豫片刻，随后开口道："苏夫人，恕我爱莫能助了，苏家在上面有人，你这个案子我怕是没办法了，你做好最坏的打算。"

"上面有人？苏家上面能有什么人？"

律师轻咳一声："你还不知道吗？我以为苏先生已经跟你说了。苏先生下个月就要和S市的梁家大小姐结婚了。"

"你说什么？"

难怪苏家要这么急着弄死她！原来是要给新夫人挪位！

宁雪落的面上满是阴鸷之色："我要举报！我要举报苏弘光大额行贿！我死也不会让他们好过！"

律师面带怜悯地叹了一口气："宁小姐，算了吧，你忘了梁家的背景？没用的。以苏家和梁家现在的关系，你那些东西送上去，中途就会被人给拦截。"

宁雪落闻言，脸上一白，彻底跌坐在了冰冷的铁质椅子上。

——不可能！这怎么可能？苏衍！你怎么可以这么对我！

几日后。

帝都市中心的中央广场，人潮汹涌，两侧车流湍急，所有路过的行人都忍不住停下脚步看着头顶的大屏幕。

激烈的打斗和枪战画面，炫目的特效，经典的情节重现，所有中国人无比熟悉的面孔出现了。

一段预告片结束后，大屏幕上出现了一段宣传话语：大年初一，《霹雳特工队》，敬请期待！

“啊啊啊！是夕哥的《霹雳特工队》！我等了半年，终于要上映了！”

“剧组财大气粗，据说请的特效团队超厉害的！”

“我夕哥简直帅炸了！而且谁说她只有几分钟片段啊？明明是重要角色好吗！”

宁夕刚和剧组一起聚餐完，到酒店停车场取车的时候，意外看到了一个人。

“小夕……”宁耀华神情局促地站在她的车子前面，似乎是特意在这里等她。

宁夕顿住脚步：“宁董，有事？”

宁耀华轻咳一声：“下个月，就过年了……”

宁夕不知道他想说什么，只是静静地站在那里。

宁耀华那句问宁夕要不要回家过年的话，终究还是没能问出口。

“小夕，我……我一直想找你聊聊的，但你也知道，宁家这半年的情况一直不好，公司当时元气大伤，你母亲又是那个样子，精神越来越恍惚，身边离不了人，我实在抽不开身。”

宁耀华絮絮叨叨地说着。

其实，他说了这么多，最终的原因还是不知道该怎么面对这个女儿。

宁耀华深吸了一口气，然后开口道：“当年的事情，我和你母亲已经知道真相了，知道并不是你的错，是雪落陷害了你。”

宁耀华的表情有些难堪：“我知道现在说什么都已经太迟了。但是，小夕，对不起，当初我没有相信你。雪落的判决已经下来了，她也已经受到了应有的惩罚。”

宁雪落的事情，宁夕知道一点，她刚得到消息，宁雪落被判处了死刑。

国外并不禁毒，但国内对毒品的管制非常严格，宁雪落涉嫌的毒品数量太大，足以判处死刑。

其实宁雪落充其量只能算是藏毒罪，因为毒品并非她自己的，所以不能算非法持有毒品罪，若找个不错的律师，倒是可以免于死刑。但问题是，有人想她死在牢里。

苏衍和宁雪落虽然还没离婚，但宁雪落一被抓，郑敏君便立刻给苏衍安排了相亲。

苏衍和宁雪落之间的事情，圈子里尽人皆知，苏家其实不可能联姻什么背景太好的女方。

但没想到，苏家倒是运气不错，S市的梁家大小姐对苏衍一见钟情，非君不嫁。梁家在法院有关系，暗中把宁雪落定了死刑，连宁雪落把苏家咬出来行贿的证据都中途拦截下来毁了。

当然，事情都有两面性。这位官家小姐也不是一个好相与的，还没结婚就已经把郑敏君和苏弘光等苏家的人都赶出了老宅，不愿与苏家的人同住，理由是嫌弃他们身上商人的铜臭气。

整个苏家的人都没办法，只能对她伏低做小。这位大小姐却还是不满意，基本上是三天一大作，两天一小作，且嫉妒心极其重，不久前还跟苏衍的一个情人撕得上了八卦头条，闹得尽人皆知。

郑敏君怎么也没想到这位官家小姐这么不好相与，叫苦不迭，可是等到后悔的时候已经来不及了，请神容易，送神难。

宁耀华也没指望会得到宁夕的回应，说完这些之后，便神色落寞地离开了。

宁夕看着宁耀华离开的背影，虽然宁耀华他们如今已经得知了一切，但伤害已经造成，要说原谅，她做不到。

上车后，宁夕正准备开车，突然一阵熟悉的恶心感自胃里涌上来。她赶紧拿起车上的垃圾篓，一阵干呕后，脸色异常苍白。

喝了点水，在驾驶座上靠坐了十多分钟，宁夕才总算稍微缓下来。她用手指轻轻摸着小腹，无奈地勾起嘴角，口中喃喃道："明明你哥哥那么乖啊……"

从一个月前开始，她便总是嗜睡、食欲不振。一开始，她只以为是拍戏太累了，时间一长，她才觉得不对劲儿，赶紧去医院检查。

结果，今天刚得到消息，她竟然怀孕了！

因为她打算等沈眠这部片子拍完后就开始暂缓工作，宣布婚讯，所以急着加快进度，这段时间，她一直忙得脚不沾地，根本没注意到自己的身体状况，连"大姨妈"不正常也没留心。直到最近一个月，她的身体越来越反常，她才终于抽了时间去检查，谁知道检查结果彻底让她蒙了。

她竟然怀孕了，肚子里又住了一个小家伙。

这感觉，好神奇！

不过，这小家伙明显没有当初的小宝乖巧。她怀小宝的时候，几乎没什么妊娠反应，可是怀这小家伙的时候，反应特别大。还好沈眠的片子已经杀青，《霹雳特工队》的宣传活动也已经全部完成。

现在她正准备驱车去公司找沈眠，跟他商议自己公开婚讯的事情。

至于陆霆骁那边……

这几天他在国外出差，大概要三天后才能回来。等到他回来的时候，她应该已经安排好一切，将他们的关系公布于众。

嗯，她突然好期待心肝儿的反应啊！肯定很惊喜！

宁夕不敢再自己开车，所以叫了徐韬过来接她，正好跟他商量事情。

很快，徐韬就赶过来了，却是连滚带爬、火烧眉毛似的冲过来。他一边跑，手机还像要炸掉了一样不停地响着。

"韬哥，你这是怎么了？"宁夕见徐韬跑得全身都汗湿了，急忙给他递了一瓶水。

徐韬咕噜咕噜喝了大半瓶水，终于可以说话了，可一开口就哇的一声大哭起来。

"呃……"宁夕被他吓了一跳，赶紧安慰，"韬哥，你别急啊，到底出什么事了，你慢慢说。"

不管遇到什么样的事情，徐韬都处理得游刃有余，她还从没见过徐韬这么激动的样子。

“哪个杀千刀的？女王大人！你告诉我，到底是哪个浑蛋！”徐韬一张口就连声怒骂。

宁夕一头雾水：“什么浑蛋？韬哥，你在说谁？”

徐韬双目通红地盯着宁夕的肚子：“你肚子里的孩子……哇……”说着说着，他悲从中来，又忍不住伏在方向盘上开始痛哭，“气死我了！我家的好白菜！”

宁夕顿时傻眼了：“你怎么知道我怀孕了？”

“果然是真的……果然是真的！”徐韬简直心痛得快要死掉了，把自己的手机递过去给宁夕看，“就在我刚接到你的电话，准备来接你的时候，梁飞星那边给我传来消息，说有人曝光了你怀孕的消息。”

“什么？”宁夕急忙拿起徐韬的手机翻看。

果然，只见那条微博不过才发出去短短一个小时，已经被顶上了热门第一，热搜上也全是“宁夕怀孕”的字样。

“你在哪个医院检查的？”徐韬问。

“就是大家常去的那家医院。”因为有之前小宝的事情，加上她这段时间喜欢胡思乱想，以为自己的身体出了什么严重的问题，所以去检查的时候没敢告诉任何人，也没去军区医院，而是找到业内公认的一家隐私性很好的私人医院。

徐韬沉吟道：“虽然那家医院的保密性很好，但是你怀孕这么大的消息还是曝光了，估计是有人扛不住诱惑……”徐韬说完，咬着牙，“咱们就咬死你没怀孕，说那些检查结果是伪造的。”

宁夕看着徐韬咬牙切齿的模样，失笑道：“韬哥，这次我想公开。”

“你说什么？”徐韬又想哭了。

到底是哪个浑蛋，竟然把他家女王大人迷成这样，为了他不惜放弃事业也要公开！

“抱歉，韬哥，我没有提前跟你说让你准备，我也是今天刚拿到检查结果。”

“重点不是这个好不好！重点是那个浑蛋到底是谁！女王大人，你千万要想清楚，这不是小事情。一旦你公开，这件事情对你造成的影响会非常大！虽然娱乐圈内对未婚先孕这种事情看得很开，但粉丝们的接受度可没这么高。”

徐韬正说着话，车窗就被人敲响了。

“谁？”徐韬立即一脸警惕。

“是我。”车外传来梁飞星的声音。

徐韬这才打开中控锁。

梁飞星拉开车门上了车，立即递给宁夕一沓厚厚的文件，语速很快地开口道：“公开的流程我已经全部准备好了，只等你定个时间，我就可以开始安排和通知记者。”

徐韬听到梁飞星的话后傻眼了：“什么！谁说要公开了？我还正在跟女王大人商量呢！还有这堆文件，你什么时候准备的？”

他随便看一眼，就知道这东西没有好几个月根本做不出来，这家伙怎么会一早就在做这种东西？

徐韬的脸色一下子阴沉下去："梁飞星，你疯了吗？你自己看看现在网上说得有多难听！多少人在看好戏！说什么宁夕一直都在装纯，说她私生活不堪，说她欺骗粉丝的感情。这些年嫉妒她，想把她拉下马的人有多少你知道吗？很多人都盯着她，在找机会踩上一脚。"

徐韬正激动地喷着梁飞星，下一秒，他脸色陡变，只见一大群记者突然黑压压地从入口处朝他们的方向蜂拥而来。

"啊！在那里！"

"是宁夕的车！"

"快走！"

那些记者扛着长枪短炮，一瞬间就将车子给围得密不透风。徐韬勉强将车子缓缓开出了停车场，然后就再也无法前进一步。

没想到记者为了堵住他们，直接不要命地挡在了车子跟前，用刺目的灯光往他们的车子里照射。

梁飞星的脸色也不太好看，因为宁夕状态不太好，这会儿又开始呕吐了。

而宁夕的这一反应，简直让外面那些记者跟打了鸡血一样，更加激动，一个个都举着手机开启了直播。

"宁夕小姐，对于你未婚先孕一事，你有什么想说的吗？"

"宁夕，网上曝光你怀孕的事情，请问是真的吗？孩子的父亲是谁？真的是江牧野吗？"

"之前有记者问你是不是恋爱了，你当场否认。现在你被曝光已经怀孕三月，是否证明了你从头到尾都在欺骗粉丝、欺骗公众？"

徐韬随手打开直播视频网站看了一眼，粉丝们刷屏刷得都快疯了。

"我夕哥竟然会未婚先孕！这不可能！我绝对不相信！"

"拜托，我在刚才的直播里都看到宁夕有孕吐反应了！"

"她就不能是肠胃不好吗？检查结果搞不好也是伪造的！"

"宁夕的粉丝醒醒吧，检查结果的真假先不说，宁夕为什么要深夜跑去妇产科做检查？照片总是真的吧！"

徐韬看得脸色越来越差："梁飞星，你现在立刻给我重新准备一份公关方案。这件事情绝对不能公开！那个浑蛋男人都能不负责任地让宁夕未婚先孕了，分明就是一个浑蛋、渣男！宁夕不清醒，你怎么也跟着犯浑？"

外面太吵了，导致宁夕状态更差，吐得昏天黑地，已经完全没办法去注意其他。而梁飞星面对着徐韬激动的质问，从头到尾一言不发。

此刻，外面的记者几乎要疯了，一个个激动地拍打着车窗，酒店的保安都出动了，依旧没办法将他们驱逐。

更糟糕的是，因为有人开了直播，不少粉丝认出了这是什么地方，问询并赶来的路人和粉丝也越来越多。整个酒店附近围满了人，这回是彻底走不成了。

整个酒店门口人山人海，一片混乱，保安和警卫忙成一团，警笛声四起。疯狂的媒体和激动的粉丝无论如何也不愿意离开。

“我绝对不相信！除非夕哥告诉我们这是真的！”

“对！不相信！不相信！夕哥绝对不可能是那种人！”

“宁夕的脑残粉居然到现在还不清醒！”

“你说谁是脑残粉呢？”

“谁应声说的就是谁呗！”

“你！我跟你拼了！谁都不许侮辱我夕哥！”

眼见着粉丝暴乱，宁夕吐得天昏地暗，她脸色苍白地朝车窗外看了一眼：“韬哥，开门，我要出去。”

徐韬当即震惊：“什么？宁夕，你疯了！”

车后座一直不说话的梁飞星也急忙道：“不可以！这样太危险了！”

宁夕目光微冷道：“开门。”

她怎么可能眼睁睁看着粉丝为自己争吵甚至打架，而她坐在车里不闻不问呢？

“可……”徐韬对上宁夕凌厉的视线，顿时说不出话来了。

宁夕平日里性子很好，尤其是对他们这些工作人员，但是涉及原则性的问题，谁劝都没用。

“不行，你不能开！”这回梁飞星倒是站在徐韬这边了。

外面那么多人，老板娘还怀着身孕，万一有个好歹，他赔了小命都不够。

就在徐韬犹豫不定的时候，宁夕已经直接越过他，按下了中控锁，随即推开车门，下了车。

“宁夕！”徐韬惊呼，赶紧和梁飞星一起下车，护在宁夕身边。

宁夕下车的一瞬间，外面的所有人都呆愣了一秒，似乎没想到宁夕竟然会下车。

“麻烦各位先安静。”

宁夕看起来有些虚弱，脸色也异常苍白，但是目光像刀锋一样凌厉，竟令现场所有的人都莫名地愣在那里，安静下来。

“你们要的回复，我现在告诉你们。”宁夕继续开口。

媒体、粉丝、直播间内的所有人都露出诧异的神色，紧张不已地等待着宁夕的回复。

“那份检查结果是真的，我确实怀孕了。”

宁夕清越的声音在安静的空气里响起，现场静默了三秒钟后，顿时炸开了锅。

“天哪！宁夕承认了！”

“她竟然真的怀孕了！”

“这怎么可能！”

刚安静没多久的媒体再次亢奋起来……

“宁夕，请问孩子的父亲是谁？”

“据我们所知，你根本就没有男朋友，你与孩子的父亲是不是不正当的男女关系？”

粉丝们也彻底疯了："怎么会这样！孩子到底是谁的啊？"

一些黑粉全部趁机冒了出来："啧啧，我还一直以为宁夕是娱乐圈里的一股清流呢，没想到竟然也会爆出未婚先孕这种丑闻！"

"她跟宁雪落、韩梓萱那种人也没什么区别嘛，搞不好私下玩得更开呢！只不过她更会装，没被大家发现而已！"

"孩子的父亲搞不好也是哪个有妇之夫，不然她干吗一直藏着掖着？"

听着那些话，徐韬几乎要崩溃了："梁飞星，你听听那些人说的话！宁夕好不容易才走到今天，现在难道全部要为了一个浑蛋毁了吗？"

随着宁夕的承认，现场再次暴动，所有人开始疯狂地往前挤。

就在这个时候，众人身后突然传来一阵刺耳的刹车声，七八辆黑色的车子在酒店对面整齐地停下，接着，二十多个训练有素的黑衣保镖陆续从车上走了下来。为首的那辆车子，车门被保镖打开，一个身材高大、身形颀长，面容冷得似冰的男人从车上走了下来。

现场立即有人认出了那个男人，惊呼出声："我的天！是陆霆骁！"

"天哪！我要疯了！好像是真的！真人好帅！"

"陆霆骁怎么会来这里？"

此刻，男人那张俊美的脸上表情可怕到了极点，他大步流星地朝人群的方向走来。

那些保镖一个个面容冷肃，而为首的男人的气场更是骇人到了极致，仿佛只与人对视一眼，就能将对方的血液冻结。

混乱的人群全部下意识地自动分出一条道。

男人越往里面走，脸色就越可怕，行走之处，众人仿佛能听到踩在冰碴儿上发出的声音。

终于，在所有人的注视下，男人径直走到了宁夕的身前，面上带着无比汹涌的风暴和骇人的戾气，死死盯着眼前面色苍白的女孩，沉着脸，一把将女孩拦腰抱起。

"啊……这……"现场响起一片错愕的惊呼声。

陆霆骁的脸色虽然可怕到了极致，但抱起女孩的动作别提多小心了，甚至显得手足无措，不知道该碰她哪里好，仿佛稍微碰一下，女孩就会受伤，以至于在众人看来，陆霆骁的动作甚至是有些笨拙的。

"啊！这……这是怎么回事？"

"陆霆骁和宁夕？什么情况啊？"

除了媒体和粉丝，最震惊的估计就是徐韬。此刻的徐韬呆呆地盯着抱起宁夕的大Boss，整个人的表情像傻子一样。

难道把宁夕的肚子搞大的那个浑蛋是……

梁飞星长长地舒了一口气，Boss总算及时赶到了，他都快吓出心脏病来了！

在一片震惊的目光中，男人冰冷的目光扫过在场的所有人："小夕肚子里的孩子是我的。"

所有人：……

他们刚刚听到了什么？

这句话简直如同一枚原子弹，炸响在了黑压压的人群中。人群在短暂的静默之后，陡然爆发出一阵巨大的惊呼声。

“宁……宁夕的孩子是陆霆骁的！”

“我确实是有妇之夫。”男人紧跟着开口。

“什么？”

众人还没来得及开始惊讶和嘲讽，便听到男人继续说了一句：“我与宁夕已经领证了。”

所有人：……

他们一定是幻听了！

本年度娱乐圈最重磅、最惊人的重大事件——影后宁夕怀孕，孩子的父亲竟是陆氏集团执行总裁陆霆骁，两人两年半之前就已经领证，隐婚至今！

然而这还没完，陆霆骁紧跟着开口道：“至于未婚先孕，确有此事。”

听到这话，众人顿时傻眼了，连徐韬也急了，下意识地要冲过去阻止，结果梁飞星一把将他拉住，迅速在他耳边说了一句话。

然后徐韬就蒙了：“什么？”

此刻，其他不明真相的粉丝和媒体还在蒙圈中。

“宁夕真的未婚先孕过？”

“陆霆骁怎么把这种事情也曝光了？”

“他明知道宁夕曾经未婚先孕，竟然还跟她在一起！”

陆霆骁的目光一扫，顿时所有人就像被按下了开关一样噤声，现场重新恢复了安静。

陆霆骁：“此事的过错在我，当时小夕尚未进娱乐圈，应该没什么需要和诸位交代的。”

此事的过错在陆霆骁，这是几个意思？该不会是他们想的那样吧？难道陆家那位传说中的小太子爷是……

陆霆骁：“宁夕是我儿子的生母。”

“小夕肚子里的孩子，也是我的。”

“我与宁夕已经领证了，宁夕是我儿子的生母。”

陆霆骁出场不到几分钟，不过短短几句话，就把整个娱乐圈，把整个中国公民给轰炸了个遍，然后就这么扔下惊呆的众人，抱着自家夫人直接离开了。

车子里。

宁夕依旧被陆霆骁抱坐在后座上，后者自从上车之后就一个字都没说，脸色也难看得不行。

宁夕对着手指，老老实实地认错：“心肝儿，对不起，我本来想给你一个惊喜来着……”

陆霆骁：……

是啊！是够惊喜的！他都快被她吓得魂飞魄散了！

“我……”宁夕刚要开口，又是一阵反胃。

“你开慢点！”陆霆骁眉头紧蹙。

前面正在开车的程锋：……

他已经把迈巴赫开成电瓶车了，Boss……

算了，他再挑战一下自行车的速度。

陆霆骁轻拍着宁夕的背部，神色如临大敌：“去医院！”

宁夕急忙摆手道：“不用，这就是正常的孕吐反应而已，要是因为这个都要去医院，那我岂不是要住在医院里了？”

陆霆骁：“可以。”

宁夕：“冷静点好吗？心肝儿！”

陆霆骁深吸了一口气，还是没能冷静下来。

宁夕看着陆霆骁因为过度紧张而紧绷的脸，无奈道：“咱们都有过小宝了，又不是第一胎了，你干吗还这么紧张啦！”

仅仅是紧张？

从别人口中得知她怀孕的消息后，他简直恨不得插上翅膀飞到她的身边。

一阵手机铃声急促地响了起来，陆霆骁接通电话：“没事，人在我身边，正在回去的路上。好。”

“家里的电话？”宁夕问。

陆霆骁点头：“我们先回老宅，爸妈都知道了。”

宁夕不知为何，莫名有种不太好的预感……

到了陆家老宅，宁夕下了车，刚走到门口就傻眼了，几乎认不出来这到底是什么地方。

从院子外一直到门口，被人铺了一层厚厚的软毯，门口坚硬的柱子、墙壁都被包裹了一层软垫，不远处的石子路上，小宝正指挥几个机器人把石子一粒一粒抠出来，然后重新覆盖上泥土。

宁夕咽了一口吐沫，转向身旁的陆霆骁，开口道：“心肝儿啊，对不起，刚刚我冤枉你了。”

陆家其他人的反应竟然比陆霆骁还要夸张，连小宝都不能避免。

“妈妈！”远远看到门口熟悉的身影，小宝立即迅速冲了过去。

以往小家伙都是直接往宁夕的怀里扑的，这会儿大概是怕伤到宁夕肚子里的宝宝，他非常谨慎，在距她还有三步远的地方停了下来，亮晶晶的眼睛瞅着宁夕的肚子：“妈妈，这里真的有妹妹了吗？”

宁夕失笑道：“还不知道是妹妹还是弟弟呢。”

“只要是妈妈生的，小宝都喜欢。”

没一会儿，颜如意、陆崇山，还有江牧野的母亲等陆家的长辈们也都出来了。

“小夕回来了，快进来，小心点儿！”

宁夕刚进屋不久，一辆军用吉普速度很快地在陆家门口停了下来。

“要我说陆家也太不靠谱了，小夕怀孕这么大的事情也不提早做准备，今天这个

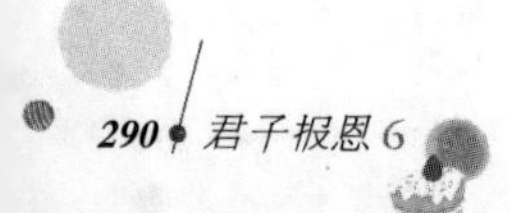

情况多危险啊！万一小夕磕着碰着……”孟琳琅刚抱怨着，就看到陆家门口的软毯和四周坚硬的物体上包裹的软垫，连院子里的桌椅板凳都被包裹了软皮。

一旁的庄燎原轻咳一下：“小夕的检查结果是今天刚出来的，应该还没来得及跟家里说，就被人泄露出去了。”

“别啰唆了，我们快进去看看小夕怎么样了！”庄宗仁催促着。

于是，客厅里，两家人齐聚一堂。

“你难受得厉害吗？”孟琳琅看着宁夕苍白的脸色，心疼得不行。

“没事没事，我现在已经好多了，就是一阵一阵地疼！”宁夕看着这一屋子的人，实在是有些头疼。她不过是怀孕了，大家会不会弄得太夸张了？

宁夕求助般地朝陆霆骁看去，无奈，她家心肝儿这会儿明显是和他们统一战线的。

“小夕现在连二胎都怀上了，这婚礼，你们陆家到底准备什么时候办？”庄宗仁一脸不满。

颜如意急忙道：“老爷子，您尽管放心，我们早就已经在准备婚礼了，事无巨细都已经张罗好，随时都可以举行。小夕什么都不用操心，只要她工作上没问题了，她定个时间就可以举办婚礼了。”

听到颜如意这么说，庄宗仁的脸色缓和了下来：“小夕，你的意思呢？你的婚礼不能再拖了！那些人要是再敢乱说，我亲自出面！”

宁夕急忙道：“外公，不用了，公司那边会处理好的。其实我一早就准备公开了，只是没想到今天出了点小意外，但影响不大。我看一下，要不婚礼就定在下个月举行吧？”

孟琳琅想了想，点头道：“下个月可以，正好在年前把你们的婚事给办了，再迟些，你挺着大肚子也不方便。”

颜如意喜道：“我翻过皇历了，下个月初八就是好日子！你们俩看看怎么样？”

陆霆骁：“看小夕。”

宁夕忙道：“可以，我没什么问题。”

“好，就这么定了！”

与此同时，老宅后面的院子里。

石阶上，某只小锦鲤正静悄悄地蹲在那里，一只手臂横过去，搭在了一旁同样静悄悄地与他并排蹲着的某只金毛肩上：“唉，这已经不是虐狗了，这是屠狗了啊！小爷得离家出走了，要一起吗？”

江牧野：“不用了，二舅。”

陆景礼惊讶道：“你确定？”

江牧野：“我已经订好机票了。”

陆景礼：……

宁夕和陆霆骁的婚礼在最短的时间内定了下来。

第二天，陆霆骁与宁夕的事情上了各大杂志、报纸以及网络媒体的头条，不仅娱乐版，经济版也刊登了。

在庄家的坚持下，这次宁夕的身世也曝光在了人前。经济版上全是陆氏集团与庄家强强联合的相关报道，说是全民议论也不为过。

两人的事情曝光之后，众人突然想起了很多曾经被他们忽略的事情。

“我的天！我和我的小伙伴都惊呆了！宁夕居然是陆霆骁的妻子！两人的娃都那么大了！”

“这确实太令人惊讶了，但也不是无迹可寻。你们记得吗？宁夕获得金棕奖影后的颁奖典礼上，就是陆霆骁跟宁夕一起走的红毯。事后，我们一直以为是跟宁夕一起走红毯的女演员突然不愿意跟她同台，她才好运地跟后面入场的陆霆骁一起走红毯，现在看来，根本就不是巧合吧？”

一石击起千层浪，这个粉丝的话顿时让所有人化身成了福尔摩斯，开始寻找蛛丝马迹。

“还有宁夕的获奖感言，当时她最后一句话说的是，她会不忘初衷，一直继续用心走下去，为了她最终的梦想，也为了她最爱的人！当时就有很多人在猜测，她这话是不是对特定的某个人表白。现在看来，她分明就是对当时在现场的陆霆骁表白吧？”

“还真是！不然谁跟我解释下，为什么从来不公开露面的陆霆骁，好端端的会跑去参加一个电影奖项的颁奖典礼？因为领奖的是他老婆啊！”

“还有还有，盛世娱乐周年庆那次，陆霆骁的第一支开场舞，他正好抽中宁夕，跟她一起跳。当时苏以沫还是盛世的一姐，并且以未来老板娘自称啊，第一支开场舞，苏以沫能不把机会给自己吗？可是在那种情况下，这个名额竟然还能落到她的头上！”

“陆霆骁就是那天当场打了苏以沫的脸，说根本就不认识她的！这分明就是在自家女朋友面前表忠心呢！”

“天哪！别说了，我的狗心、狗肺都要被虐残了！”

一时之间，所有人被虐得眼泪汪汪。

他们的恩爱秀得太凶残了啊！亏得所有人竟然还以为陆霆骁低调！

原来，这两人早就已经秀得全世界都知道了，只是他们一个个都傻乎乎的没发现。

盛世娱乐公司大楼。

此刻，盛世娱乐的全体艺人都处在亢奋中。

“星辉娱乐那群傻子真是笑死我了，之前居然还想挖我们夕哥！他们挖墙脚挖到咱们老板娘身上来了！”

“咱们夕哥也太低调了吧！那个宁雪落天天卖弄白富美、豪门太太、人生赢家的人设。至于苏以沫，老板都不知道她是谁，她还天天不要脸地顶着老板娘的头衔作威作福。韩梓萱就更不用说了，完全是我们夕哥的赝品！可咱们夕哥呢，妥妥的名门之后，小宝的亲生母亲，咱们光明正大的老板娘啊！结果直到现在才公开。”

“因为咱们夕哥的实力摆在那里，她靠自己就够了，根本就不需要其他好吗！”

“就是就是！”

一群人正围在一起兴奋地聊八卦，突然看着门口的方向惊呼出声。

“夕哥！”

“女神！”

“老板娘！”

不知道谁喊了一声“老板娘”，众人纷纷跟着叫起了“老板娘”。

宁夕被大家的热情弄得哭笑不得，笑着跟所有人打了一声招呼，然后准备去楼上找徐韬。

结果，她刚走没几步，身后突然传来一阵急促的脚步声。

“是大Boss！”

“活的Boss大人！”

突然，所有员工盯着宁夕身后的方向瞪大了眼睛，惊呼出声。宁夕转过身去，然后就看到陆霆骁快步跟了上来。

“呃，怎么了？”宁夕狐疑地眨了眨眼睛。

“围巾。”陆霆骁手里拿着一条羊绒围巾，轻轻给她围在了脖子上。

宁夕摸了摸暖暖的围巾：“没事的，公司里面有暖气。”

陆霆骁又从身旁程锋的手里拿过一个精致的餐盒递给她，她忙接了过来：“我忘拿了。最近她总犯困，脑子好像有点不够用。”

陆霆骁蹙眉看着她：“这些药和营养补充剂还记得怎么服用吗？”

宁夕挠挠头：“应该记得吧。”

“我跟你再说一遍……”陆霆骁正要开口，又捏了捏眉心，“算了。”随即他看向一旁的程锋，开口道，“把今天的会议推迟。”

“啊？可是Boss，都已经推迟过一次了……”程锋话还没说完，在对上Boss凌厉的眼神之后，顿时噤声，“我知道了，我马上通知下去！”

现在还有啥事比老板娘更重要啊！别说开个会了，就算公司要倒闭了，老板估计都不会眨一下眼睛。

见陆霆骁把会议推了，宁夕急忙开口道：“你还是去开会吧，工作要紧，我自己可以的，真没事！”

陆霆骁：“下午的视察也改期。”

程锋：“好的，Boss。”

宁夕：当我没说。

然后，陆霆骁就这么推了当天所有的工作，亲自陪宁夕上了楼。

此时此刻，所有盛世娱乐的员工：

“呃，我好撑！”

“这狗粮我是服气的！”

“大Boss宠起老婆来简直丧心病狂！我要上微博去控诉！单身狗联合保护协会在哪里？”

……

“心肝儿，我觉得你这样陪我过来，韬哥看到你会被吓死的！”在进徐韬的办公室之前，宁夕嘀咕了一句。

敲开门之后，与宁夕料想的差不多，徐韬看到宁夕身旁的大Boss的瞬间，差点吓哭了。

没办法，他心虚啊！

谁让他昨天说了大Boss那么多坏话！他居然骂大Boss是渣男、浑蛋！

“Boss……Boss大人！”

宁夕把陆霆骁安置在一旁的沙发上，随后便坐到徐韬的办公桌前：“韬哥，你不用管他，我们继续谈剩下的工作。”

在婚礼之前，她得把一些工作都收尾。

此刻，徐韬都快哭了！

拜托哦，大Boss这么强大的存在，他怎么可能当他不存在！

见陆霆骁完全没有注意他，而是在跟助理说话，徐韬才总算稍稍放下心来，开始整理宁夕现阶段要收尾的一些工作。

“你基本上没多少工作了，唯一一个要出席的是LG的新品发布会，在M国……”

一旁的某Boss开口：“让他们来中国召开新品发布会。”

徐韬咽了一口吐沫：“呃，这恐怕没办法吧？”

陆霆骁：“程锋。”

程锋立即开口道：“没问题，我会联系那边的，LG是陆氏的合作商。”

陆霆骁：“还有问题？”

徐韬连连摇头：“没有没有。”

——厉害了，我的Boss！

徐韬翻着行程单：“然后就是《霹雳特工队》上映当天的首映仪式，你得去参加。到时候可能人会比较多，不过保全设施肯定会安排好的。”

“把我当天的行程空出来。”陆霆骁对程锋道。

“是。”程锋赶紧拿笔记下来。

——Boss啊，你要是到时候也去首映式的话，那场面会更疯狂的好吗！

接下来，徐韬一项一项地汇报着宁夕的行程，而陆霆骁对照着宁夕的行程，把所有的时间都空了出来。

宁夕一开始还想说几句的，到最后已经放弃挣扎了。

徐韬这边说了半天，宁夕有些犯困，眯着眼睛打了一个哈欠。陆霆骁几乎是第一时间喊停：“你困了？去睡一会儿再说。”

宁夕揉了揉眼睛：“可我待会儿还要开个会。”

徐韬点头：“老板，待会儿公司有个会要开。”

陆霆骁直接走到宁夕跟前：“你去睡觉，我帮你开会。”

宁夕失笑：“你怎么帮我开会呀？”

陆霆骁：“有规定不许家属帮忙开会吗？”

徐韬：“这倒是没有……”

——就算有，可你是大Boss，你要改规定，谁还能说什么吗？

徐韬就这么被虐了一脸血，刚准备去公司群里吐槽几句，结果发现所有人跟他一样，已经被虐过一遍了。

然后，接下来的会议，所有人又被代替老板娘开会的大Boss虐了一遍。

没有及时退出公司群的陆景礼和江牧野生生又被甩了一嘴狗粮。

最后，陆景礼离家出走的计划毫无疑问地夭折了，因为他被亲娘抓去帮着布置婚礼现场了。

至于某只金毛，躲得了初一，躲不过十五，婚礼当天，他还是得乖乖滚回来吃这盆黄金狗粮。

未免被外界打扰，宁夕和陆霆骁的婚礼地点定在了陆霆骁名下的一个小海岛上。

海岛上有一座如童话般梦幻的教堂，是陆霆骁亲自设计，两年前开始施工的。整个海岛的风格也浪漫到了极点。

有心人都能看出来，这一整座海岛完全是为了婚礼而建造、布置的。

“东西都准备好了？不对！不是这副耳环，这是敬酒的时候戴的，那副珍珠耳环呢？”

“珍珠耳环在这里，我帮忙收着呢！”

房间内，庄可儿和宁天心从凌晨五点便开始陪着宁夕忙碌。虽然一切都是事先就准备好的，但是到了宁夕结婚当天，事情太多，难免还是会有些乱。加上宁夕现在还怀着身孕，一切都要更加小心。

门外，陆霆骁大步流星地走了进来，他穿着一身婚服，胸口戴着新郎标志的胸花，整个人耀眼到发光。

刚进门，陆霆骁便眉头紧蹙地看着眉宇间略有疲色的妻子：“你还好吗？不然婚礼延期？”

这都什么时候了，外面一个海岛的宾客，他说延期？宁夕长叹一声：“心肝儿啊，你到底什么时候能冷静啊？”

陆霆骁俯下身，眸子里映着穿着一身婚纱，比任何时候都要美的妻子：“我冷静不了，一想到你现在怀着我的孩子，想到能够与你白首……”

宁夕轻笑：“你亲我一下。”

陆霆骁怎么可能拒绝这样的要求，俯下身在女孩的额头上落下一吻。

宁夕笑眯眯的：“现在好啦，我一点儿都不累了。”

陆景礼刚一推开门，就看到这虐狗的一幕，顿时含泪道：“哥，你们好了吗？客人都在外面等着呢！”

“我的大师兄、三师姐他们到了没有？”宁夕急忙问。

陆景礼摇摇头：“我好像没有看到他们。”

“哦。”宁夕的神色有些失望。

她之前联系过唐夜和风潇潇了。唐夜他们还不知道在海上哪里漂着，行程不定。

风潇潇也很忙，估计也来不了了。

“别担心，他们会来的。”陆霆骁揉了揉宁夕的脑袋。

就在陆霆骁话音落下的瞬间，窗外响起一阵巨大的轰鸣声，只见一架直升机从上空缓缓降落，一个人不等直升机完全落地，便动作利落地跳了下来，随即直接从窗口翻身进来。

来人身材火辣，一头大波浪长发，一副英姿飒爽的模样：“宝贝儿！”

“三师姐！”宁夕顿时满脸惊喜。

风潇潇一见到宁夕便开始吐槽：“天哪！小师妹，你家男人简直厉害了，直接派人把我塞进直升机，我整个人都是蒙的，还以为被绑架了。结果对方告诉我，是请我来参加你的婚礼的。太刺激了！”

宁夕顿时无语地朝陆霆骁看了一眼：“呃……”她还以为陆霆骁说他们会来只是安慰她。

风潇潇走过去，给了宁夕一个大大的拥抱：“宝贝儿，新婚快乐！你今天实在是太美了！”

“谢谢师姐！”宁夕的心里满是暖意。

她的朋友并不多，但是每一个对她而言都无比重要。

稍作休息之后，宁夕和陆霆骁来到外面迎接宾客。

“恭喜恭喜！”

“恭喜二位！”

在一片道贺声中，宁夕和陆霆骁两边的亲戚朋友陆续到场。

在一阵阵海浪拍打沙滩的声响中，教堂的钟声敲响，一阵庄严的《婚礼进行曲》响起，婚礼正式开始。所有人的目光都落在了这对惹人羡慕的新人身上。

座席上，陆景礼眼泪汪汪：“我好感动！我哥终于等到这一天了！”

江牧野嫌弃地塞了一包纸巾丢过去：“你还是担心担心自己吧，二舅！大舅这边所有的事情一结束，紧跟着就是咱俩被逼婚了！”

陆景礼：……

——等婚礼一结束我就离家出走！

教堂内最末尾的位置，所有人都没有注意到，有一抹白影一闪而过。

男人一改往日随意不羁的穿着打扮，穿着一身极其正式的西装，头发也全部纹丝不乱地梳在了脑后，怀里捧着一束鲜花。

此刻，他正静静地看着与另一个男人一步一步朝神父走去的女孩。

他捧着花盛装出席，却只为错过她……

男子神色有些不耐烦，随手把手里的花扔给一旁的男人：“啧，麻烦！谁规定的一定要送新婚礼物？把我那些不要的垃圾送过去！”

唐夜：“是。”

什么不要的垃圾，分明是他这些年淘的珍品。他如同一条守着宝藏的巨龙，此刻却将自己所有的最好的东西都送出去。

这个从来不懂爱为何物的男人，最终因为一个女孩而明白。

《婚礼进行曲》到了尾声，一对新人站在了神父跟前。

“陆霆骁先生，你是否愿意娶宁夕小姐作为你的妻子，是否愿意爱她、忠诚于她，不论贫穷、疾病、困苦，对她不离不弃，一生相随，直至死亡？”

“我愿意。”

“宁夕小姐，你是否愿意嫁给陆霆骁先生，是否愿意爱他、忠诚于他，不论贫穷、疾病、困苦，对他不离不弃，一生相随，直至生命的尽头？”

宁夕静静地看着眼前的男人，看着这个初次见面便固执地要以身相许的男人，看着这个无论发生什么始终陪在她身边的男人，看着这个即使只有一个人也要完成誓词娶她为妻的男人。

还好这一次，她没有再让他一个人。

女孩的眼角闪过一抹泪光，语气是前所未有的郑重，如同在交付她的生命：“我愿意。”

图书在版编目（CIP）数据

君子报恩. 6 / 囧囧有妖著. —西安：三秦出版社，2019.1

ISBN 978-7-5518-1912-1

Ⅰ. ①君…　Ⅱ. ①囧…　Ⅲ. ①长篇小说—中国—当代　Ⅳ. ①I247.5

中国版本图书馆CIP数据核字(2018)第254033号

君子报恩. 6

囧囧有妖　著

出　　品　大周互娱
总 策 划　周　政
总 监 制　曾筱佳
责任编辑　韩　星
责任校对　赵　炜　周　甜
项目总监　冯　娟
特约编辑　月饼殿　周可爱
封面设计　小　乔
版式设计　李映龙
封面绘制　Ain&银

出版发行　陕西新华出版传媒集团　三秦出版社
社　　址　安市雁塔区曲江新区登高路1388号
电　　话　（029）81205236
邮政编码　710061
印　　刷　湖南天闻新华印务有限公司
开　　本　710mm×1000mm　1/16
印　　张　19
字　　数　439千字
版　　次　2019年1月第1版
　　　　　2019年1月第1次印刷
标准书号　ISBN 978-7-5518-1912-1
定　　价　36.80元

网　　址　http://www.sqcbs.cn